FURIE

JOHN FARRIS

FURIE

Roman traduit de l'américain
par Gilles Goullet

DENOËL

Titre original :
The Fury

www.denoel.fr

9, rue du Cherche-Midi, 75006 Paris

ISBN : 2-207-25464.9
B 25464.X

NOTE DE L'AUTEUR : *Furie* est une œuvre de fiction. Je me suis permis certaines libertés avec New York et sa région. Aucun plan de la ville ne mentionne par exemple Sutton Mews ou l'hôpital Washington Heights. L'Institut Parangon est pure création de ma part. Et bien que je me sois efforcé de créer des personnages aussi réels que possible, par bonheur aucun d'eux n'existe en dehors des pages de ce livre.

Pour Kathy

1.

Si l'on nettoyait les portes de la perception, l'homme verrait toute chose comme elle est : infinie.

William Blake,
Le Mariage du Ciel et de l'Enfer

2.

Dans ses bons jours, il faisait froid dans le dos. Il donnait au reste du genre humain l'impression d'être obsolète.

Mme Roberta P. Edge

3.

L'intérêt personnel est la seule constante de la vie, et on préfère toujours le meurtre à l'impuissance.

Childermass

4.

Ce qu'ils ont fait provoquera leur mort.

Anne Sexton, *The Book of Folly*

1

Si l'on nettoyait les portes de la perception, l'homme verrait toute chose comme elle est : infinie.

William Blake,
Le Mariage du Ciel et de l'Enfer

2

Dans ses bons jours, il faisait froid dans le dos. Il donnait au reste du genre humain l'impression d'être obsolète.

Mme Roberta P. Edge

3

L'intérêt personnel est la seule constante de la vie et on préfère toujours le meurtre à l'impuissance.

Childermass

Ce qu'ils ont fait provoquera leur mort.

Anne Sexton, *The Book of Folly*

UN

NEW YORK
DÉCEMBRE 1976

Ces derniers temps, beaucoup des filles avec lesquelles Gillian allait à l'école semblaient traverser une espèce de crise morbide ou subir un surprenant changement de personnalité. La plupart avaient déjà quinze ans, Gillian figurant parmi les benjamines de sa classe puisqu'elle ne fêterait les siens que le 4 février, en milieu d'année scolaire. Cette pauvre empotée d'Anne Wardrop avait sombré dans une véritable dépression nerveuse suite à un fou rire littéralement effroyable au cours du *Requiem* de Verdi donné à l'église St. Bartholomew. Les détails firent frissonner Gillian lorsqu'elle les apprit, mais comme Anne avait, au cours des deux dernières années, connu trois beaux-pères et changé plusieurs fois d'analyste, tout le monde savait qu'elle finirait par craquer. D'autre part, Carol Dommerick, plutôt du genre regard bleu vif et murmures timides, venait de découvrir le sexe et entretenait une liaison prématurée avec un séminariste du General Theological âgé de vingt-trois ans. Après quatre mois et demi de profonde angoisse, les parents de Bo Crutcher avaient réussi à retrouver leur fille sur une plage du Mexique, où ils l'avaient tirée d'un taudis en état de manque, jaune comme une citrouille et le corps couvert de marques d'aiguilles. On ne la reverrait pas à Bordendale avant la fin de l'année. Quant à Sue Noyes, qui s'était toujours beaucoup préoccupée de son apparence, il fallait maintenant lui rappeler de prendre un bain ou de se brosser les dents et elle laissait son épaisse chevelure brune pousser librement. Il y avait aussi Wendy Van Alexia – une non-conformiste fana de chevaux –, qui s'était plongée dans les philosophes existentialistes et les plus austères des dramaturges scandinaves du XIXe siècle. Elle souriait beaucoup moins volontiers qu'avant, et son sourire manquait à Gillian.

Des filles brillantes, riches, les enfants privilégiés de New York, une ville trop riche de tout et cruelle avec les psychismes les plus fragiles… Devait-on les dépressions de toutes ces gentilles filles à la pression de la ville ou aux névroses insupportables de leurs parents ? Gillian, qui vivait depuis toujours à Sutton Mews, un quartier d'une aisance indescriptible, adorait la vie citadine et connaissait aussi quelques adolescentes assez dérangées à Plandome ou Pound Ridge. Mais, de toute évidence, la sélection naturelle était plus dure et plus rapide en ville.

Le père de Gillian, anthropologue amateur, avait disserté sur le manque de rituel et les rites de passage à l'âge adulte, quasi absents de la société industrielle (sinon sous la forme de variations spontanées et souvent destructives des archétypes). Dans les cultures tribales, quelle que soit la complexité de l'environnement, le rituel vous permettait de sentir clairement le passage de l'enfance à la puberté et d'effectuer ce passage en douceur. Il renfermait un sens du merveilleux, affirmait-il, une dignité, une sensation d'accomplissement. Vous vous étiez montré à la hauteur de ce que le groupe attendait de vous. Vous étiez accepté. Avery Bellaver était rarement aussi loquace, même sur un de ses sujets favoris.

« Par contre, dans les civilisations soi-disant avancées, les tabous disparaissent et les groupes familiaux se fragmentent, aussi l'admission et l'approbation se concentrent-elles entre les mains de groupes de pairs très structurés dont les règles varient constamment, dictées comme elles le sont par la mode ou par les, mmh, caprices abrutissants de nos experts en marketing. Les jeunes des milieux religieux orthodoxes sont les seuls à recevoir des directives. La communication passe mal, les attentes restent floues. Des médias irresponsables et des adultes en marge de la société imposent des critères de maturité absurdes aux gamins de dix ans. Ce qu'on exige d'eux change de manière si fantaisiste que je ne suis pas surpris de voir aux coins des rues de très jeunes écoliers avec le cartable plein à craquer et le regard complètement vide, comme sur le point de hurler : “Qu'est-ce qu'ils veulent ? Qu'est-ce qu'il faut que je fasse ?” J'imagine qu'il existe des enfants qui ont hérité de la force intérieure et de la capacité à se concentrer sur soi-même nécessaires à la survie, et donc que, pour eux, cela se passe bien. Mais pour la plupart, ne pas connaître son statut représente une souffrance atroce. Ceux-là finissent par se disloquer émotionnellement, et tous nos chamans ne semblent pas à même d'intégrer les faibles et les déchus à ce qui est, en essence, une maison de fous sociétale. »

Il cligna des yeux, parut content de lui-même, puis dévisagea sa fille avec circonspection.

« Tu n'es pas en train de craquer, n'est-ce pas ? »

Surprise par la question, Gillian éclata d'un rire blessant pour son père.

Elle se rattrapa en le gratifiant aussitôt d'un petit baiser, signe d'affection et d'amour envers cet homme solitaire et vieillissant qui comprenait si bien la condition humaine mais se montrait parfaitement incapable d'affronter les quelques exigences auxquelles la vie le confrontait.

« Je vais bien, mais ce n'est pas le cas de toutes mes copines.

— Ah oui. Il y a tant de nouvelles têtes par ici. Comme cette adorable et délicate enfant qui se met parfois à trembler de tout son corps sans qu'on sache pourquoi. Tu t'en sors très bien avec tes amies. Tu es gentille avec elles. Tu les écoutes. »

La fille qui tremblait s'appelait Larue. Elle était arrivée de

Californie en octobre, aussi perdue qu'un réfugié, et Gillian l'avait aussitôt prise sous sa protection. Les grondements de la ville plongeaient Larue dans le désarroi et l'air qu'elle respirait lui provoquait des allergies, elle qui avait l'habitude d'habiter un ranch immense dans la région de Santa Barbara et de passer des étés heureux à Malibu.

Son père, réalisateur de cinéma, avait vu sa chance tourner et tentait de relancer sa carrière en montant une comédie musicale à Broadway. Professionnellement, il se comportait en Torquemada et n'était pas très marrant à la maison non plus. La mère de Larue était actrice et s'absentait régulièrement pour aller tourner dans des coproductions italiennes à l'autre bout du monde, situation que Gillian connaissait par cœur. En plus du déménagement, qui aurait à lui seul suffi à la traumatiser, Larue venait de perdre son demi-frère adoré, qui s'était tué en deltaplane l'été précédent dans les Rocheuses. Larue avait vu l'aile plier et s'écraser contre la roche dure, d'où ses crises de tremblement et son regard perdu lorsqu'elle pensait à son frère. Gillian voulait que Larue vienne fêter Noël à Acapulco avec sa famille et elle, mais le père de Larue s'y était opposé pour une raison mal déterminée.

En ce dernier lundi avant Noël, Larue devait passer la nuit chez Gillian. Les magasins fermeraient tard et les deux jeunes filles comptaient procéder à quelques achats. Le lundi étant le jour de congé du cuisinier des Bellaver, elles dînèrent dans un Beefsteak Charlie sur la 57e Rue avant d'aller chez Bloomingdale faire quelques courses puis d'assister à la séance de huit heures et demie au Trans-Lux. Elles ressortirent du cinéma sous un mélange de pluie et de neige, mais il n'y avait que quatre pâtés de maison jusqu'à Sutton Mews, qui donnait sur le fleuve juste au sud du pont Queensboro. Sous ce pont, un cargo labourait les flots dans un éclat de phares, générant des vagues à l'odeur océanique. Larue eut aussitôt la nostalgie du Pacifique et de son brouillard.

« Tant qu'à vivre à New York, fit-elle d'un air rêveur, autant vivre là. »

Trois maisons attenantes de style Adam et datant du début du XIXe siècle se dressaient dans la petite portion de ruelle pavée qui appartenait à la famille Bellaver depuis 1850. On accédait à cette ruelle, placée sous la protection d'une police privée forte de six hommes, par un passage en arche donnant sur Sutton Square. Gillian vivait dans la demeure en briques rouges située au coin. Douze grandes pièces, sept domestiques, la plupart de jour. La maison voisine appartenait à Grand-Mère Min, mais seul son valet y habitait durant la plus grande partie de l'année. Wade, un cousin de Gillian, était le propriétaire de la troisième maison, la plus grande. Wade travaillait dans la banque et les investissements, comme la plupart des hommes de la famille Bellaver. Ceux-ci trimaient dans des bureaux discrets, siégeaient dans divers conseils d'administration du pays et prenaient soin de la fortune familiale comme autant de cultivateurs de salades. La famille, d'origine française, disposait d'une fortune solidement établie, s'étant vu octroyer, à l'époque du roi James II, des centaines de millions d'hectares de terres dont les combustibles fossiles avaient par la suite centuplé la valeur.

Deux ans auparavant, lorsqu'on avait retrouvé sain et sauf, sur une des petites îles de la Sonde, le père de Gillian porté disparu depuis trois semaines, le magazine *Time* avait estimé la fortune personnelle d'Avery Bellaver à environ deux cent soixante-dix millions de dollars. Première – et peu intéressante – nouvelle pour Gillian. Par contre, lire dans le magazine : « Le membre le moins connu d'un puissant clan a beaucoup apporté à la science anthropologique », l'avait ravie. Voilà quelque chose dont elle pouvait se montrer fière.

La soirée se révéla l'un de ces moments merveilleux où tout se déroule à la perfection sans que personne ait rien préparé. Les filles revêtirent des vêtements d'intérieur – pulls et vieux Levi's à pièces décorés de bandeaux de couleur en plastique –, puis

Gillian descendit au rez-de-chaussée cajoler son père pour qu'il sorte des profondeurs de sa bibliothèque. Avery avait appris seul le piano et la contrebasse, instruments dans lesquels il avait atteint un bon niveau. Larue jouait de la guitare jazz et classique. L'éclectisme de Gillian la portait quant à elle vers la harpe, la flûte et le piano cadencé, auquel un des habitués des soirées de sa mère, musicien, l'avait initiée. Ils travaillèrent jusqu'après minuit, d'abord sur du Fats et du Willie « The Lion » Smith puis sur quelques mélodies de swing contemporain, avant de s'accorder une heure de détente en écoutant des enregistrements de Shearing. Les filles se couchèrent, trop épuisées pour bavarder, et s'endormirent en deux minutes.

Et lorsque Gillian se réveilla au matin, il s'était produit un véritable événement : sa mère était rentrée à la maison.

Gillian devina qu'elle avait dû dormir comme une bûche, ainsi que cela lui arrivait depuis quelque temps. Elle dormait d'un sommeil tétanisé et sans rêves au sortir duquel elle restait souvent plusieurs minutes groggy et épuisée, comme si elle avait passé la nuit à escalader des montagnes. Une douche tiède lui permettait en général de retrouver son efficacité et son allant coutumiers, reflets de la vivacité naturelle de sa mère. Mais ce matin-là, elle souffrait d'un vague mal de tête et de ganglions dans le cou, et elle ne se sentait pas le courage de se déshabiller pour se lancer dans l'habituelle routine revigorante. De toute façon, il n'y avait ni école ni rien de vraiment urgent avant midi, et Larue dormait toujours à poings fermés dans l'autre lit, à l'abri des rayons du soleil derrière un oreiller. Gillian se leva, enfila ses mocassins indiens, remonta les draps et passa aux toilettes.

La tête lui tournait un peu lorsqu'elle s'assit sur les W.-C., et la migraine ne passait pas. N'ayant que rarement besoin de médicaments, elle n'en avait pas dans sa salle de bains, mais quelques analgésiques lui semblaient nécessaires dans le cas présent. Elle monta donc à l'étage de ses parents ingérer quatre des aspirines pour nourrissons aromatisées à l'orange que Katharine Bellaver rangeait derrière vingt sortes de vitamines naturelles.

Avery avait quitté la maison à l'aube pour aider le Musée de la culture panaméricaine, qu'il avait fondé, à préparer une exposition définitive sur la mythologie toltèque. Mais Katharine était là, puisque Gillian entendait du mouvement dans son atelier. La jeune fille grimpa l'escalier métallique en colimaçon pour aller la saluer.

Sa mère était rentrée vers trois heures du matin de Washington. Et maintenant, à un peu plus de sept heures, elle se tenait en justaucorps dans la posture de la Grande Ourse. Âgée de quarante-cinq ans, Katharine n'était pas aussi grande que Gillian mais avait des jambes tout aussi longues. Sa peau couverte d'un hâle cuivré et sa longue cascade auburn de cheveux bouclés serré lui donnaient un air de jeune fille qu'elle pouvait encore se permettre. À voir sa dentition parfaite, on aurait cru qu'elle ne s'en était jamais servie et qu'elle se nourrissait depuis toujours par intraveineuse.

Gillian toussota d'un air boudeur et parcourut du regard le studio où sa mère travaillait ses photographies. Gillian adorait la maison et cette pièce était l'une de ses préférées, avec ses visages de célébrités bien trop prétentieuses lui rendant son regard depuis les parois coquille d'œuf, ses odeurs âcres émanant de la chambre noire et sa géométrie brillante créée sur le sol et les murs par la lumière du soleil. S'y installer au chaud par un matin d'hiver donnait l'impression de s'asseoir dans une mer équatoriale.

Katharine était une photojournaliste de talent. Au début, les magazines ne lui avaient confié du travail et accordé de la place dans leurs pages qu'à cause de son fabuleux carnet d'adresses. Depuis, les années avaient passé et elle avait prouvé son sérieux en écrivant deux volumes d'essais photographiques. Elle connaissait très bien l'art moderne, possédait deux galeries bénéficiaires, une sur Madison et l'autre dans les Hamptons, était associée d'une compagnie de films documentaires et avait publié deux nouvelles que Truman Capote, la grande dame des lettres américaines, avait qualifiées de « magiques ».

Katharine passa en souplesse de la Grande Ourse à une autre position apparemment très pénible et sourit à Gillian.

« Tu n'as pas eu l'accréditation pour la conférence de Téhéran », dit Gillian sans réfléchir. Elle le regretta aussitôt : le moment était mal choisi pour la prescience.

Le sourire de Katharine vacilla.

« Tu es *vraiment* étrange, ce matin.

— Je me souviens, tu m'avais dit que ce serait difficile.

— Oui, oh, ce n'est pas bien grave. Ce week-end, le Shah va en Suisse. Donc Duff parlera de moi à Binnie et Binnie en touchera un mot à Sa Majesté impériale, comme ça, je serai admise et toute cette connerie de protocole pourra aller se faire foutre. » Elle bougea légèrement et un bruit sec retentit, lui arrachant une grimace de surprise. « Tu te sens déjà dans l'humeur de Noël ? Moi pas trop, cette année. »

Le nez de Gillian coulait, aussi l'essuya-t-elle discrètement avec sa manche. De toute façon, sa robe de chambre devait aller au sale.

« Ça ne va pas ? demanda Katharine.

— Si si.

— Ton œil louche pas mal, ce matin.

— Merci de l'information. » C'était la seule chose que Gillian détestait en elle, ce léger strabisme convergent qui affectait son œil gauche sans, à en croire les gens, ôter à son charme ni déparer son superbe visage. Elle avait toujours décliné les propositions que les agences de mannequins lui adressaient depuis qu'elle avait douze ans. Eh bien, Katharine lui avait rendu la monnaie de sa pièce. Pourquoi fallait-il toujours que cela se passe ainsi ? Gillian n'en savait rien. Sa mère et elle s'aimaient, cela ne faisait aucun doute. Peut-être même s'adoraient-elles. Mais ni l'une ni l'autre ne pouvait empêcher les frictions qui se produisaient entre elles. Gillian n'avait pas la langue dans sa poche et cela l'agaçait que sa mère se sente systématiquement en concurrence avec elle. Peut-être cela s'expliquait-il tout simplement par la peur de Katharine que Gillian en sache plus qu'il ne lui en était possible sur sa vie amoureuse.

« On continue ensemble ? Il suffit de respirer en rythme pour arriver à… »

Gillian pressa à nouveau son nez contre sa manche.

« Je ne suis pas habillée.

— Personne ne regarde. »

C'était vrai, mais le corps de Gillian commençait à peine à prendre des formes, un style à lui, et elle ne s'y sentait pas à l'aise, surtout à cause des derniers restes de graisse de bébé et de ses seins bourgeonnants que les mamelons envahissaient comme la truffe sur le museau d'un bébé phoque. Elle s'excusa et retourna dans sa chambre.

Larue s'éveillait avec de petits grognements de plaisir. Gillian se fit une place sur son lit entre les chats de la maisonnée, Mr. Rudolph et Sulky Sue, et tâta les ganglions sous sa mâchoire. Appuyer dessus était douloureux. Elle se demanda si elle avait attrapé quelque chose.

« Tu as parlé en dormant, lui dit Larue.

— Ah bon ?

— Assez fort pour me réveiller, même. Il devait être trois ou quatre heures du matin. Il faisait encore nuit mais il ne pleuvait plus et je te voyais grâce aux lumières de la rue. Tu étais assise dans ton lit, les yeux grands ouverts. J'ai d'abord cru que tu me disais quelque chose, mais quand je t'ai parlé, tu n'as pas eu l'air d'entendre. Tu as continué comme si de rien n'était à t'adresser à quelqu'un d'autre. Un garçon, je crois.

— Et qu'est-ce que je disais ?

— Je n'ai pas bien compris. Tu lui demandais s'il était heureux. Tu voulais savoir… s'ils le traitaient bien. Puis tu n'as rien dit pendant un bon moment. Tu ne bougeais pas. Tu ne faisais que… regarder. Ensuite tu t'es mise à pleurer.

— Mon Dieu ! C'est vraiment bizarre. Et après ?

— Tu as essayé de te lever, mais comme un bébé, avec des gestes pas du tout synchronisés. Tu as dit : "Non, non, ne les laisse pas faire ça !" Puis tu as dû arrêter de rêver. Tu es retombée en arrière sur ton lit, tu t'es tournée sur le côté et tu as remonté les couvertures sur ta tête. Je suis allée aux toilettes, et quand je suis revenue tu dormais comme un loir. Tu te rappelles ton rêve ?

— Je ne me souviens jamais de mes rêves.

— Moi non plus, à part les cauchemars. » Larue bâilla. « On fait quoi, aujourd'hui ?

— Eh bien, j'ai flûte à une heure, et ensuite… si on allait à la patinoire ?

— D'accord », répondit Larue.

DEUX

Il était six heures et quart du matin lorsque Peter Sandza descendit à Atlantic City du car interurbain venu de Newark. Il avait une heure à tuer avant de prendre le bus pour Royal Beach. Le snack de la gare routière n'étant pas encore ouvert, il remonta trois blocs face au vent salé et mordant que soufflait l'Atlantique afin de prendre un café et une tartine beurrée au café-restaurant d'un hôtel à qui la lumière hivernale donnait, comme à la plus grande partie de la ville, l'air d'être mort depuis longtemps, voire antique.

Quelques vieux durs à cuire se vantaient de leur plongeon matinal dans les vagues glacées. La radio passait Tanya Tucker, *I Believe The South Is Gonna Rise Again.* Le petit déjeuner coûta quarante *cents* à Peter, ce qui ne lui laissait guère qu'un peu plus de trois dollars. Il avait déjà son billet de retour en poche. Le café lui fit mal à l'estomac, avertissement qu'il était parvenu à ignorer assez longtemps.

Royal Beach était en train de perdre sa bataille contre l'érosion. En novembre, une vilaine tempête avait déplacé la ligne de marée à huit cents mètres à peine de la Promenade, ce qui avait quelque chose d'effrayant. Des maisons abandonnées se désagrégeaient dans les flots et le port abritait des dragues du Génie. Peter parcourut la Promenade d'un bout à l'autre. Des magasins et des échoppes, tous fermés. Des vendeurs de crêpes. Des boutiques de souvenirs. Une galerie de jeux. Et une enseigne décolorée surmontant une porte apparemment cadenassée depuis de nombreuses saisons. « Bonne aventure ☆ Médium et conseiller de renommée mondiale ☆ Lecture du tarot ✋ Chiromancie. »

Il y avait aussi un morceau d'affiche dans une vitrine que la tempête ou des vandales avaient brisée. *La presse a vanté ses pouvoirs fantastiques ! Raym.......ie est maintenant prêt à vous révéler ce que......us réserve !!*

Huit heures trente-sept. Cette fois, Peter buvait du lait, dans un café de la rue principale où les deux serveuses se mouraient d'ennui. Celle de Peter avait les cheveux roses et un visage vieillissant constellé de taches de rousseur en train de prendre une noirceur de suie.

« C'est plutôt tranquille par ici.

— Oh ça, en hiver, c'est mortel. Et ça sera pas mieux cet été si le Génie arrive pas à arranger la plage. On a encore plus souffert ici que vers Cape May. Encore un bon coup de vent et le compte est bon. Vous voulez manger quelque chose ? Les beignets à la confiture sont frais de ce matin.

— Non, merci.

— C'est la première fois que vous venez à Royal Beach ?

— Oui, j'espérais y trouver quelqu'un. Mais ça doit faire longtemps qu'il est parti.

— Sûrement, s'il n'est pas complètement idiot. Avant, l'eau n'était qu'à deux mètres. Promis ! Quand j'étais gamine, la plage resplendissait, et maintenant elle est toute salopée par le goudron des pétroliers. Et quand les océans auront disparu, elle va devenir quoi, l'humanité ? C'est ça qu'on devrait se demander. Un ami à vous ?

— Pardon ?

— Celui que vous avez dit que vous cherchiez.

— Non, quelqu'un dont j'ai entendu parler. Un certain Raymond Dunwoodie. »

La serveuse le regarda d'un peu plus près.

« Ah ouais. Alors comme ça, il y a *encore* des gens qui cherchent Raymond. “Le médium miraculeux.” Je ne vous aurais pas cru du genre à gober ces fadaises.

— Simple curiosité. Je pensais éventuellement en tirer un article. Je suis auteur indépendant. »

Elle sembla regarder trop longtemps le col élimé de sa chemise.

« Et ça marche bien ? »

Peter eut un sourire invitant à la sympathie.

« Pas trop, ces derniers temps.

— Eh bien… Je ne pense pas que Raymond soit très intéressant. Ça court les rues, dans le coin, les diseurs de bonne aventure. Raymond vendait le même genre de camelote. Sauf qu'il s'en sortait un peu mieux. Mais quand ces enquêteurs l'ont mis au défi de…

— Quels enquêteurs ?

— Oh, vous savez, le genre de types qui passent leur temps à tripatouiller derrière le décor des maisons hantées et à démasquer les voyants. Ils se sont intéressés à Raymond quand les journaux ont commencé à parler de lui, il doit y avoir quatre ou cinq ans. Alors Raymond est allé à New York, Boston ou je ne sais plus où passer des tests avec toutes sortes de machines. Et évidemment, il n'avait aucun talent, c'était qu'un escroc. Il est revenu traîner en ville quelques mois plus tard. Il s'était mis à boire. Sa mère a essayé de le ramener dans le droit chemin, mais le shérif l'a bouclé un soir qu'on l'a trouvé tout nu dans un pré à vaches en train de hurler des histoires de robinets psychiques, de conspirations gouvernementales et de je ne sais plus quoi d'autre. Il a fallu l'envoyer à Ancora un petit moment.

— Ancora ?

— L'hôpital public. La maison de fous.

— Il y est toujours ?

— Oh non, il s'est calmé et on l'a relâché. Il me semble qu'il y a deux étés, il a recommencé à pratiquer la chiromancie sur la Promenade, mais il a encore disjoncté. Depuis, ça va et ça vient.

Pour autant que je le sache, il vit dans le coin, en ce moment, chez sa mère… Dis, Hannah, c'est quand la dernière fois que t'as vu Ray Dunwoodie ?

— Ouh là… qu'est-ce qu'on en a à faire, de ce dingo ?

— Sa mère, où habite-t-elle ? s'enquit Peter.

— Au bout de la route de Bellbrook. Au-dessus d'un magasin de robes de mariées.

— Je peux y aller à pied ?

— D'ici, il doit y avoir trois à quatre kilomètres. Mais vous m'avez l'air d'avoir de bonnes jambes. »

Peter posa sur le comptoir l'un des dollars qui lui restaient. « Passez un joyeux Noël.

— Vous aussi », répondit la serveuse, rayonnante à la vue du pourboire.

La route de Bellbrook, bordée de cottages modestes, d'abris à bateaux, d'épiceries, de magasins d'articles de pêche aux vitrines vides (à l'exception de quelques mouches mortes) et d'une ou deux marinas, restait parallèle au bras de mer sur presque toute sa longueur. Tout semblait provisoire, ennuyeux et ensablé comme un campement mal entretenu. La civilisation était allée plus loin trouver un peu mieux. À l'intérieur des terres, les mouettes survolaient une décharge qui brûlait à petit feu en dégageant une odeur âpre.

Quand il vit la voiture de police avancer vers lui, Peter fut pris d'un accès de paranoïa. Cela ne dura qu'un instant, mais un instant terrible, glacé comme la pointe d'un couteau sur sa tempe. Il continua cependant d'un bon pas, allant jusqu'à sourire et saluer de la main en croisant la voiture. Le policier ne lui répondit pas et ne lui accorda qu'un coup d'œil superficiel.

Non loin de l'endroit où la route se perdait dans les touffes de dunes, il trouva la maison, une grande demeure de type victorien récurée par le sel, assez haute, avec ses quatre étages, pour avoir vue à l'est sur la mer, scintillante, du même bleu que le drapeau américain. Derrière la maison, le bras de mer formait une crique bordée de saules que des vents violents avaient jetés les uns contre les autres en les enchevêtrant comme de vieilles serpillières. Peter remonta l'allée de coquillages. Depuis la fenêtre du salon, une femme en robe blanche curieusement démodée suivait son approche du regard. Ce n'est qu'arrivé à proximité du perron qu'il reconnut un mannequin de cire vêtu d'une robe de mariée satinée. C'était le seul signe extérieur du commerce de Mme Dunwoodie.

Une femme au nez bulbeux et aux lèvres serrées sur des épingles répondit à son coup de sonnette.

« Nous avons cousu jour et nuit, mais ce ne sera pas prêt avant quatre heures et demie. Je croyais que nous nous étions mis d'accord. Impossible avant quatre heures et demie.

— Madame Dunwoodie ?

— Non. Vous n'êtes pas le beau-frère de Carolyn Oberdeck ?

— Non.

— Qu'est-ce que vous voulez, alors ?

— C'est à propos de Raymond. »

Elle le dévisagea, la bouche pincée sur les épingles, puis ouvrit la contre-porte.

« Grands dieux. On a beau s'y attendre, évidemment, il fallait que ça tombe aujourd'hui. »

Elle alla pêcher dans une poche de son tablier en denim un morceau de carton sur lequel elle entreprit de transférer les épingles, s'abstenant de parler jusqu'à la fin du processus. La maison était surchauffée. Deux caoutchoucs meublaient le long hall central. Peter entendit fonctionner une machine à coudre, quelque part derrière l'escalier.

« Je ne voudrais pas que vous vous mépreniez sur mon…

— Si c'est moche, il vaut mieux me le dire d'abord. Je suis la personne forte de la famille. Essie ne supportera pas la moindre tension supplémentaire. »

La femme gardait deux ou trois paires de lunettes dans une

autre poche. Elle en essaya une, qui ne convint pas, trouva enfin la bonne. Elle fronça les sourcils en découvrant la tenue miteuse de Peter.

« Qu'est-ce que c'est ? demanda-t-elle d'un ton agressif. Il a mis le feu à son lit et a brûlé dans l'incendie ? Ou bien il s'est fait tabasser à mort dans un coin sombre par une de ces bandes de gamins du ghetto ?

— Madame…

— Edge. Roberta P. Edge.

— Madame Edge, je ne vous apporte ni bonnes ni mauvaises nouvelles de Raymond. J'essaie juste de le retrouver.

— Grands dieux. Il fallait le dire ! Nous sommes très occupées, vous savez. Nous n'avons pas le temps de…

— Dites-moi juste où j'ai une chance de trouver…

— Pourquoi ? exigea-t-elle, les mains sur les hanches.

— Madame Edge, peut-être que si je pouvais parler à la mère de Raymond…

— Eh bien non, vous ne pouvez pas. Il ne faut pas la déranger. Et elle a déjà assez souffert comme ça, monsieur.

— Madame Edge, je sais à peu près par quoi est passé Raymond. Je sais pourquoi il boit et je sais que les histoires qu'il racontait, celles qui l'ont conduit en établissement psychiatrique, sont probablement vraies. Je crois aux pouvoirs de Raymond. Il faut que je le trouve, que je lui parle. J'ai besoin de son aide. »

Elle secouait la tête, mais sans trouver le courage de lui montrer la porte.

« Raymond a cessé depuis longtemps d'être utile à qui que ce soit, y compris à lui-même. Et c'est la vérité.

— Mais ce n'est pas de sa faute.

— Oh, je le sais bien. » Elle tendit vivement l'oreille vers la machine à coudre, puis se dandina. « Vous ne m'avez pas dit votre nom.

— Peter.

— Peter ? C'est tout ?

— Si vous le permettez.

— Vous avez un peu cet air de... Oh, ce n'est pas la manière dont vous êtes habillé, ça ne veut rien dire. Ce sont vos *yeux*, votre attitude, cette manière d'insister tranquillement tant que vous n'obtenez pas ce que vous voulez. On en a connu des comme ça, à l'époque où ils s'intéressaient encore à Raymond, où ils le surveillaient encore. Si ça se trouve, vous êtes l'un d'eux et c'est une espèce de... piège pour Raymond, peut-être qu'il a des ennuis sans que nous soyons au courant. Et si je vous disais, là, tout de suite, de vous en aller et de ne plus nous déranger ?

— Je partirais sans faire d'histoires, madame Edge. Je ne tiens pas à vous causer des ennuis. Je ne peux pas me le permettre.

— Peut-être, dit-elle. Peut-être... que ça pourrait nous aider que je vous aide. » Elle désigna brusquement du menton la pièce dans son dos.

« Asseyons-nous dans le salon. Ne parlez pas trop fort, sinon Essie risque de vous entendre et de se déconcentrer quand elle arrêtera de coudre. Il faut qu'on termine cette robe Oberdeck avant la fin de la journée. On a besoin de cet argent, monsieur. »

Il y avait deux autres mannequins en robe dans le salon hexagonal. Sur un bureau poussiéreux, une plaque indiquait *Service de mariage complet.* Quelques catalogues aux pages cornées. Peter ôta son imperméable, remarquant au passage qu'un des coudes ne tarderait pas à se trouer. Mme Edge s'excusa et s'absenta cinq minutes, assez longtemps pour inquiéter Peter. Il surveilla l'allée au cas où la voiture de police qu'il avait vue en venant fasse son apparition. La machine à coudre changeait aléatoirement de point.

Mme Edge revint avec du thé, une assiette de biscuits et un cliché Polaroïd.

« Voilà une photo prise le 4 juillet au barbecue communautaire des Festivités de Neptune. Là c'est Essie, et là Raymond. On voit qu'il avait arrêté de boire depuis un certain temps, il commençait à se remplumer. »

Peter étudia le jeune homme gras. Raymond semblait entre deux âges, mais Peter savait qu'il n'avait que vingt-six ans. Un front haut et rond, les cheveux longs sur les oreilles, un sourire d'écureuil. Mais il y avait de la détresse dans son regard et il joignait les mains à la manière de quelqu'un qui a l'habitude de soudaines crises d'angoisse.

« Madame Edge, je sais que cela ne change pas grand-chose, mais il y a eu beaucoup de Raymond.

— Vous en savez vraiment tant que ça là-dessus ?

— J'en sais suffisamment. »

Elle tira ses propres conclusions de sa réticence et lui effleura le dos de la main.

« Vous avez peut-être l'estomac noué en ce moment, mais ces biscuits sont à la mélasse et aux dattes. Vous en emporterez une poignée, ils sont très nourrissants.

— Où dois-je chercher ?

— Il est à New York, du moins il y est allé. C'est là qu'il était la dernière fois qu'il a donné de ses nouvelles. »

Elle lui montra une carte postale représentant la Statue de la Liberté. La carte datait de début septembre. Le message se réduisait à quelques mots qu'il ne parvint pas à déchiffrer. Seule la signature était lisible.

« Essie et moi l'avons étudiée, et nous avons fini par comprendre ce qu'il racontait, expliqua Mme Edge. Il logeait dans un hôtel appelé le San Marino. Mais c'était en septembre. Il a probablement déménagé depuis.

— Il va vers le sud ?

— Non, il ne migre pas comme les autres… clochards. Il ne veut pas s'éloigner de l'endroit où ils l'ont à moitié tué. Je pense qu'ils le paient, mais pour quoi faire, je n'en ai aucune idée. Il espère qu'un miracle va arriver, que cela lui reviendra. Qu'il retrouvera tous ses pouvoirs.

— Il était vraiment bon ?

— Vous donniez à Ray n'importe quel objet – un stylo à

bille, un mouchoir – et sans jamais avoir posé les yeux sur son propriétaire, il pouvait vous raconter sa vie. Je vous le dis, dans ses bons jours, il faisait froid dans le dos. Il donnait au reste du genre humain l'impression d'être obsolète. Mais ce n'était qu'une partie de sa vie comme une autre. Il voulait qu'on l'aime, qu'on ait besoin de lui, il voulait aider les gens. Ce n'était pas un saint pour autant. Il a ses défauts et ses faiblesses, qui ont eu raison de lui de la manière dont nous savons. Peut-être que vous pourriez aussi le trouver à un autre endroit…

— Où ça ?

— À Central Park. Surtout l'hiver, quand il fait beau. Il aime bien s'asseoir au soleil pour regarder les patineurs.

— Je vais faire de mon mieux pour le retrouver. Et si j'y arrive… »

Les yeux rouges de la femme s'emplirent de larmes.

« Dites-lui que le plus grave, ce n'est pas qu'il boive. Ça, on peut s'en accommoder. Mais ne pas savoir où il est ni ce qu'il fait, voilà ce qu'on n'arrive pas à supporter. »

La machine à coudre s'était tue. « Roberta ! appela Mme Dunwoodie. Si ce n'est pas trop te déranger, je refuserais pas un petit coup de main ! »

Mme Edge se leva, enveloppa en hâte les biscuits dans une serviette qu'elle tendit à Peter.

« Chhh, je pense que vous feriez mieux de partir. Je ne veux pas redonner espoir à Essie. Ce serait trop cruel. »

Peter sortit discrètement de la maison pendant que Mme Edge retournait à la pièce de couture. Lorsqu'il redescendit l'allée, l'éclat du soleil le força à plisser des yeux. New York jouirait du même temps magnifique. Treize degrés sans trop de vent, un temps à faire sortir les citadins au teint pâle, voire ceux qui pensaient ne plus avoir longtemps à vivre.

Avec un peu de chance dans ses correspondances, il pourrait être à Central Park à trois heures.

TROIS

Gillian n'était pas du genre à s'apitoyer sur son sort et elle ne voulait pas gâcher le séjour de Larue. Pendant la plus grande partie de la journée, elle rationalisa donc ses symptômes de plus en plus sérieux, parmi lesquels une gorge enflée, des articulations douloureuses et une fièvre croissante qui, en émoussant ses perceptions, fit un désastre de sa leçon avec Tynan Wells. Quand on voulait apprendre sérieusement la flûte et qu'on pouvait supporter le caractère de Tynan Wells, on l'étudiait avec lui. Mais il avait déjà renvoyé définitivement des étudiants qui avaient mieux joué que ce que Gillian était en mesure de produire ce jour-là.

Au bout d'un quart d'heure, il exprima son mécontentement en se levant d'un bond du piano pour arracher la partition (celle de sa *Sonatine pour flûte et piano*, inspirée d'un poème d'Emily Dickinson) du pupitre de Gillian et la déchirer en mille morceaux qu'il répandit sur le tapis persan. Il passa les cinq minutes suivantes face à la fenêtre, le regard noir, les lèvres crispées, laissant Gillian soupirer tout bas en se rongeant les ongles.

« Si vous voulez être bonne flûtiste un jour, vous devez apprendre ce qui ne figure *pas* sur la partition. Vous avez une technique magnifique pour quelqu'un de votre âge, mais ce n'est pas le raffinement que je recherche pour le moment. Je préférerais presque une interprétation trop rapide, avec des fausses notes ou une respiration abominable à une telle timidité. C'est un ostinato *joyeux*, Gillian ! Révélez-vous à moi au lieu de m'ennuyer avec une répétition mécanique. »

Gillian sourit bravement, mais l'odeur envahissante des roses posées sur le demi-queue finit par avoir raison d'elle. Elle s'excusa et courut vomir aux toilettes.

Quand elle revint, Tynan l'attendait. Il lui posa une main fraîche sur le front.

« Je n'avais pas vu que vous étiez malade. Vous feriez mieux de rentrer chez vous.

— Ça ira », répondit Gillian. Vomir ne l'avait pourtant pas soulagée, elle se sentait juste plus vide.

Larue écoutait Alicia de Larrocha au casque dans la bibliothèque. Elles filèrent attraper le bus pour le centre-ville au coin de la 86e Rue et la Cinquième Avenue.

« Toute cette violence mystérieuse sur le point de se déchaîner, waouh ! dit Larue. Il est bon musicien ?

— C'est sans doute le meilleur flûtiste d'Amérique et un des trois meilleurs du monde.

— Il veut te sauter.

— Vraiment ?

— Tu ne t'en es pas rendu compte ?

— Non.

— Il ne le montrera pas en devenant gentil comme certains. Lui, il ne dira rien. Il restera juste là à te regarder, et ensuite il te donnera deux secondes pour te déshabiller avant de t'arracher tes vêtements.

— Jusque-là, ça a l'air bien, répondit Gillian en riant.

— Tu as envie de coucher avec *lui ?*

— Je ne sais pas, tu crois qu'il est aussi poilu partout ? »

Larue s'esclaffa et se pencha.

« En parlant d admirateur, il y a un clodo au fond qui ne te quitte pas des yeux. »

Gillian attendit quelques secondes avant de lancer mine de

rien un coup d'œil à l'arrière du bus. Le clochard avait toute la banquette pour lui et s'y était installé en plein milieu. Les cheveux qui lui poussaient autour des oreilles et à l'arrière de la tête descendaient jusqu'aux épaules en brillant comme des serpents. Son crâne dégarni bougeait par instants au rythme des cahots du bus sur les nids-de-poule. Il se tenait les genoux écartés, cramponné à la poignée en corde d'un vieux sac des magasins Bergdorf qu'il avait dû récupérer dans une poubelle. Son pantalon remonté à mi-mollet dévoilait une peau blême, qui rendait encore plus disgracieuse sa plaie au tibia. Tous ses vêtements semblaient trop grands pour lui, comme s'il venait de perdre beaucoup de poids d'un coup.

Pathétique, songea Gillian par réflexe. Au même instant, il leva soudain les yeux et croisa son regard.

Il avait un œil troublé par l'abus d'alcool et l'autre d'un bleu étincelant qui frappa Gillian et retint son attention. Il lui adressa un sourire étrange, un sourire d'adoration servile mais sans la moindre concupiscence. Il se pencha un peu en avant comme s'il allait quitter sa banquette pour s'approcher d'elle, et pourtant elle ne put détourner le regard. Elle fut prise à nouveau au dépourvu, mais cette fois par quelque chose qu'elle sentit plus qu'elle ne vit ; comme si une grosse vague froide la renversait sur une plage.

Gillian secoua la tête et se mit à trembler si fort que Larue la dévisagea d'un air perplexe.

« Qu'est-ce qu'il t'arrive ?

— C'est à cause des gaz d'échappement de ce foutu bus », expliqua Gillian. Elles approchaient de la 68ᵉ Rue. « Si on descendait pour terminer à pied ?

— D'accord. »

Le clochard se leva aussi et se précipita à leur suite. Il brailla d'indignation lorsque les portes se refermèrent sous son nez sans lui laisser le temps de descendre. Le bus rouvrit ses portes et le libéra avec un bruit de flatulence.

« Ne regarde pas, mais…
— Notre copain est descendu.
— Tu veux lui donner de l'argent ?
— *Non.*
— Eh bien, ça m'étonnerait qu'il vienne nous embêter. Tu trembles, Gillian. Tu n'as quand même pas peur de lui ? »

Elle avait plutôt peur *pour* lui, une peur immense et presque vertigineuse, mais elle était incapable d'expliquer et même de comprendre pourquoi. Tout ce qu'elle savait, c'est qu'elle aurait aimé être loin, aussi loin que possible de ce vagabond qui la suivait à quelques dizaines de mètres en traînant des pieds. Soit il pensait la connaître, soit il avait absolument besoin d'elle.

Il n'essaya pourtant pas de les rattraper tandis qu'elles finissaient de descendre la Cinquième Avenue et coupaient par le zoo. Larue l'oublia. Gillian ne put en faire autant, mais elles parlèrent d'autre chose en gagnant la surface glacée et bondée du Wollman Rink.

Gillian, qui patinait bien mieux que Larue, apprit à son amie la manière de tourner en douceur et les rudiments du patinage à reculons. Malgré l'éclat vif du soleil dans le bleu intense du ciel, Gillian se sentait transie jusqu'aux os sur la glace et devait serrer les dents pour les empêcher de claquer. Super, voilà qu'elle avait des frissons en plus d'une fournaise dans la tête, maintenant. Mais elle allait bientôt prendre un taxi pour rentrer se blottir dans son lit, et tout irait mieux après une bonne nuit de sommeil…

Une fois ou deux, en levant les yeux, Gillian vit le clochard errer dans le voisinage, mais toujours à distance respectable. Elle put l'observer à loisir. Manifestement, il s'intéressait toujours à elle. Elle ressentit non du dégoût mais de l'empathie.

… Comme presque toutes les femmes de la famille de Raymond, qui lui pardonnaient presque tout.

Qui ? pensa Gillian, surprise.

« Mes chevilles commencent à flancher », se plaignit Larue.

Raymond.

Gillian était sûre et certaine de ne l'avoir jamais vu de sa vie. Elle savait pourtant qu'il s'appelait Raymond. Ray… mond Dun… Dunwoodie ! C'était tout aussi évident que s'il était venu se présenter au lieu de traîner en douce dans le coin.

Gillian examina à nouveau le clochard, mais elle avait le soleil dans les yeux. Et la foule se pressait sur les sentiers et les bancs entourant la patinoire.

Elle n'arrivait plus à repérer Raymond. Peut-être était-il parti pour de bon.

« Gil, tu es aussi blanche que la glace », dit Larue.

Gillian sourit doucement. Le visage de son amie était un peu flou, tout comme les patineurs qui glissaient autour d'elles. Elle ferma les yeux et faillit perdre l'équilibre, mais sa vue était redevenue nette lorsqu'elle les rouvrit.

« Si on allait chez moi boire quelque chose de chaud ? » Larue habitait dans le quartier, sur Central Park South.

Gillian hocha la tête. « Je fais juste encore un ou deux tours et on y va. »

Elle se lança, vira avec adresse pour contourner une bande de petits garçons qui s'essoufflaient sur des patins à double lame, et se retrouva à regarder le corps de Raymond Dunwoodie affalé à quelques mètres de là sur la glace.

Parmi ce qu'avait répandu son sac, elle reconnut un vaporisateur de parfum ébréché contenant encore quelques gouttes d'un liquide ambre, des fleurs fanées et des vieux magazines. Et aussi un ensemble hétéroclite de vêtements, dont un soutien-gorge, ainsi que des clous galvanisés. Raymond souriait de toutes ses dents, un sourire glacé de terreur, et son œil le plus brillant fixait, ironie du sort, un ciel tout aussi bleu que lui. Sur son front, à deux centimètres du sourcil gauche, un trou bavait tandis que sur la glace, un mélange de sang et de cervelle lui dessinait une étoile autour de la tête. Des groupes de patineurs le frôlaient sans lui prêter la moindre attention. Il était mort, mais personne ne paraissait s'en apercevoir ou s'en soucier.

Le peu d'esprit rationnel qu'elle avait conservé avertit Gillian que ce n'était pas réel, que si personne d'autre ne le voyait, alors Raymond ne pouvait se trouver allongé là, mais elle sentit derrière ses dents serrées le goût amer de la bile. Elle s'évanouissait déjà lorsqu'elle vira lourdement sur ses patins, tournant son visage blafard vers Larue.

À l'instant où les yeux de Gillian se révulsaient et où elle tombait devant Larue avec un vague murmure d'excuse, trois cents mètres plus loin, devant un téléphone public, Raymond Dunwoodie cherchait une pièce de dix *cents* dans ses poches. Derrière lui, un ours polaire tournait dans sa cage baignée de soleil.

Raymond ne trouva au fond de ses poches que quelques pièces d'un *cent* et trois tickets de métro.

Il faillit en pleurer. Tremblant de frustration, il se cogna la tête contre le métal froid de la cabine téléphonique. Mais cet habituel manque de contrôle n'empêcha pas sa main de se tendre par réflexe vers le réceptacle de monnaie et… oui, il y en avait une, une pièce de dix *cents* que quelqu'un avait oubliée ! À moins qu'un problème mécanique n'ait trop retardé sa restitution. Peu importait, Raymond avait passé des jours à explorer les téléphones publics sans jamais y trouver de monnaie, et là, au moment où il en avait le plus besoin… Cela ne faisait aucun doute : en ce jour, tous ses péchés lui avaient été pardonnés.

Une fois sa précieuse pièce insérée, il se crut quelques instants trahi par sa mémoire : il ne retrouvait plus ce numéro qui ne figurait pas dans l'annuaire. Sa langue se colla contre son palais. Puis la mémoire lui revint. Avant de composer le numéro, il le prononça deux fois à voix haute afin de s'assurer qu'il le tenait.

La fille décrocha en donnant les quatre bons chiffres et le cœur de Raymond battit la chamade tandis qu'il s'efforçait de parler avec autorité.

« Ici Raymond, Raymond Dunwoodie. Non, ne raccrochez pas ! J'en ai un pour vous, cette fois, promis. J'en suis absolument certain !

— Ray-mond, dit-elle, nous ne pouvons plus tolérer que vous…

— Non, non, écoutez ! C'est juste une gamine, quatorze ans, peut-être quinze, juste le bon âge… Je vous le dis, c'est une réceptive… elle ne s'en est pas encore aperçue, mais ça ne va pas tarder… alors laissez-moi lui parler, Kristen.

— Oh, Raymond, s'il s'agit encore d'une de vos magouilles, je n'aimerais pas être à votre place.

— Non ! Mon Dieu, celle-là est phénoménale ! J'ai beau être complètement usé, elle me lisait à livre ouvert. Mais elle n'en est pas encore tout à fait consciente, soit elle fait un blocage parce qu'elle ne veut pas le savoir, soit, comme beaucoup, elle prend son talent pour de l'intuition. »

Kristen hésita. Raymond s'aperçut qu'il haletait dans le combiné et retint sa respiration.

« D'accord, Raymond. Il est très pris, mais je vais voir ce que je peux faire. Je vous mets en attente.

— Très bien, mais pas trop longtemps », dit Raymond avec une pointe d'*amor propio* qui ne lui déplut pas. Puis il se souvint. « Hé ! paniqua-t-il. J'appelle d'une cabine. Et je n'ai pas d'autres…

— Quel est le numéro de la cabine, Raymond ? »

Il se recula légèrement, se concentra sur les chiffres imprimés sur le cadran et les lut.

« C'est noté, Raymond. Il devrait vous rappeler d'ici cinq minutes. »

Raymond raccrocha et jeta un coup d'œil aux alentours pour voir si quelqu'un attendait la place. Il était prêt à tuer pour tenir les gens à l'écart de *son* téléphone. Il plongea la main dans son sac, en sortit sa dernière bouteille de vin et s'octroya quelques gouttes de rouge.

Il faisait froid, à l'ombre, et ce froid pénétrait ses multiples couches de vêtements. Il attendit, une main sur le combiné. Il entendit les flonflons du manège du parc. Puis une sirène. Il eut l'impression d'attendre bien plus de cinq minutes.

Le téléphone sonna enfin et il décrocha aussitôt.

« Ouais, c'est Raymond. » Il écouta et fut enchanté. « Très bien, d'accord. Je vous promets que vous ne serez pas déçu. » Il écouta encore et se fit méfiant. « Pourquoi vous voulez savoir ça ? Je veux dire, je peux vous la montrer quand vous arriverez, ça ne suffit pas ? D'accord, je serai sur le ponton qui surplombe la patinoire. Mais vous feriez mieux de vous dépêcher. »

Raymond raccrocha. Il tremblait de bonheur. Il rassembla ses possessions et se traîna vers la patinoire, choisissant le chemin le plus long afin d'éviter la longue volée de marches qui jouxtait les cages des ours.

À l'entrée sud-est de la patinoire, une foule de curieux entourait une ambulance à l'arrière carré. Les ambulanciers poussaient quelqu'un vers les portes ouvertes. C'était elle, inconsciente, sur le brancard à roulettes.

Raymond s'immobilisa, paniqué. Puis il courut maladroitement vers l'ambulance. Il écarta les gens. La deuxième fille, les larmes aux yeux, grimpait à l'arrière s'asseoir à côté de son amie. Les portes se refermèrent juste au moment où Ray arrivait.

« Attendez ! cria-t-il. Où l'emmenez-vous ? »

L'un des hommes en blanc regarda Raymond d'un air dégoûté.

« Elle est… », commença Raymond avant de se rendre compte que tout ce qu'il pourrait rajouter aurait l'air ridicule. Il paniqua à nouveau et agrippa une manche immaculée de ses doigts sales. « *J'ai dit : où l'emmenez-vous ?* » Il vit du coin de l'œil un flic approcher. Le conducteur de l'ambulance se dégagea d'une secousse et se mit au volant. Raymond l'aurait suivi si le flic ne lui avait barré le passage.

« Allons, mon gars. Va pas t'attirer des ennuis.

— Vous ne comprenez pas ! se mit à pleurer Raymond. Il faut que je sache qui c'est ! »

La sirène de l'ambulance poussa son cri. L'automobile s'éloigna, s'éloigna de lui.

« Je t'ai dit de circuler. »

Le pandore le poussa, pas très fort, mais suffisamment pour le faire tomber sur les fesses. Quand il se releva, Raymond perdit tout espoir. Tout ce qu'il savait, c'était que l'ambulance se dirigeait vers la sortie du parc la plus proche ; il l'avait *perdue*, et qu'est-ce qu'il allait dire, cette fois ? Il leur avait déjà menti dans le passé, par désespoir, et jamais ils ne lui donneraient une nouvelle chance.

Comme le flic le surveillait toujours, Raymond s'éloigna lentement en broyant du noir. Il alla s'asseoir sur un rocher couvert de graffitis, très haut au-dessus de la patinoire. Il finit sa bouteille de gros rouge.

« Monsieur Dunwoodie ? »

Raymond se retourna, un sourire aux lèvres, comme chaque fois qu'il était pris au dépourvu ou démoralisé.

Un homme de taille moyenne vêtu d'un imperméable râpé montait vers lui. Il approchait de la quarantaine. Son visage ressemblait à une enclume recouverte de peau, ses cheveux prématurément gris argent étaient mal coiffés et ses yeux couleur de nickel terni. Raymond ne l'avait jamais vu.

Mais il lui suffit de voir ses yeux pour savoir tout ce qu'il importait de savoir sur lui. Raymond battit en retraite et se mit à balbutier en tendant le doigt vers l'ouest.

« Ils viennent de l'emmener ! En ambulance ! Elle a eu un accident ou quelque chose comme ça ! C'est vrai, vous n'avez qu'à vérifier dans les hôpitaux ! »

L'homme ralentit mais Raymond continua à reculer. Son arthrite aux genoux l'empêchait de se déplacer sans douleur autrement qu'en se traînant en avant.

« Vous êtes bien Raymond Dunwoodie ?

— Évidemment ! Évidemment que c'est moi. Je n'ai rien inventé, je vous le jure ! Elle patinait là sur la glace il n'y a pas dix minutes… »

Une lueur de perplexité dans les yeux tranquilles.

« Qui ça ?

— La fille ! La fille dont j'ai parlé au téléphone. La perceptive. » Raymond heurta un banc et s'immobilisa. À quelques mètres de lui, l'homme se contentait de le regarder, les mains dans les poches.

« Ah, oui », dit-il doucement.

Raymond inspira profondément, ce qui ressembla à un sanglot de soulagement. Il s'assit malgré lui. Il se rendit compte qu'il avait besoin d'aller aux toilettes. Il espéra que cela ne prendrait pas longtemps, que le type lui donnerait vingt dollars et s'en irait. Mais il commençait à avoir des soupçons.

« Pourquoi est-ce que le docteur n'est pas venu lui-même ? Il avait dit qu'il viendrait.

— Vous savez ce que c'est, répondit l'autre en haussant les épaules.

— Eh bien, je… » Raymond lécha un bouton de fièvre. « Il va me payer, n'est-ce pas ? Quand vous aurez trouvé la fille.

— Pour tout dire, Raymond… » L'homme s'assit près de lui sur le banc. « C'est un autre perceptif qui nous intéresse. Nous devons absolument le localiser au plus tôt.

— Allons, vous savez bien. Vous savez bien que mon rayon d'action n'est plus aussi long. Pourquoi n'utilisez-vous pas Bruckner, ou Helen Tavaglini ? »

Raymond ne put rien lire dans les yeux couleur métal. Mais au cours de ses seize dernières secondes de vie, ses pouvoirs se concentrèrent avec précision sur la vérité de la situation dans laquelle il se trouvait. Son esprit se vida sous le choc.

« Je n'ai pas accès à eux, Raymond, admit l'homme. Vous êtes mon seul espoir. Cela vaut au moins cent dollars, pour moi, plus si j'y arrive. Dites-moi combien il vous faut.

— Non. Je ne travaille plus. La fille était une exception, elle était si près et si puissante… »

Il se leva et l'homme l'imita, sa main puissante posée à quelques centimètres au-dessus du poignet droit de Raymond. Raymond pesait toujours près de quatre-vingt-dix kilos, mais avec une ossature légère et sans le moindre muscle utile. Il sentit la puissance de l'homme, comprit que l'autre ne se gênerait pas pour lui arracher le bras s'il le mécontentait.

« Je ne vous connais pas, couina Raymond. Je ne parlerai qu'au docteur. À personne d'autre. »

Il essaya de se dégager mais ne réussit qu'à se faire mal en se tordant le bras. Il se déplaça donc dans l'autre sens en jetant son poids contre l'homme ; Raymond se tourna à moitié, perdit l'équilibre, et son regard se posa à cinquante mètres de là sur une berline grise qui s'immobilisait sur un pont de pierre.

Dans la forme anodine de la berline, ses pouvoirs psychiques lui permirent de reconnaître celle de la mort, et il eut un sourire réflexe une fraction de seconde avant que le pistolet à silencieux fasse feu.

La lourde balle frappa Raymond au-dessus du sourcil gauche avec un impact similaire à celui de l'extrémité d'une barre de fer projetée avec force par quelqu'un se tenant à moins de deux mètres ; Peter sentit un mélange humide d'os et de tissus le gifler au moment où l'arrière du crâne de Raymond explosait et où le clochard tombait en arrière et sur la gauche en laissant échapper son sac à provisions.

D'instinct, Peter lâcha Raymond, se retourna et plongea au bas de la pente, s'éloignant aussi vite que possible de ce mamelon rocheux et dénudé tout en attrapant un mouchoir en papier dans la poche gauche de sa veste pour essuyer le sang sur sa joue. Il se dirigea vers le groupe de personnes le plus important qu'il voyait. Il modifia inopinément sa course à deux reprises, jusqu'à se retrouver sur un sentier séparé de la route, et aussi de Raymond, par quelques châtaigniers et vendeurs de bretzels. Il ne regarda pas en arrière avant de s'être glissé au sein de la foule qui entourait la patinoire.

Alors il vit, ou plutôt aperçut, Raymond allongé sur le dos sur le rocher, et à distance respectueuse, deux gamins qui observaient, fascinés, les derniers soubresauts de son pied droit.

Il vit aussi la voiture grise.

Elle avait dépassé d'une trentaine de mètres l'endroit où Peter s'était fait tirer dessus et où Raymond avait incontestablement fait le mauvais mouvement au bon moment, lui sauvant ainsi la vie. Le conducteur avait tourné sur une route d'accès et s'efforçait de contourner deux véhicules de service du parc.

Peter devait de toute urgence déterminer de combien de voitures et de combien d'hommes à pied ils disposaient, et quelles étaient ses chances de sortir du parc en vie.

En fait, ce coup de feu tiré depuis la voiture donnait l'impression d'une opération mal conçue, improvisée en toute hâte. Stratégiquement faible : en admettant qu'ils eussent décidé de le tuer à la première occasion, la méthode employée dénotait un défaut de logistique. Par conséquent, ils surveillaient Raymond Dunwoodie pour des raisons à eux, et c'était son apparition à lui, Peter, qui les avait surpris. Conclusion, une seule voiture et sans doute deux hommes.

Peter glissa la main droite dans la poche sans fond de son imperméable pour saisir l'automatique Baretta calibre .38 qu'il gardait dans sa veste. En même temps, il essayait de se faufiler entre les mères qui poussaient des landaus, les adolescents aux radios greffées sur les oreilles et les personnes âgées qui chauffaient au soleil leurs visages paisibles. La voiture le poursuivait, bien entendu, mais à vitesse réduite, à cause du public. Elle se trouvait maintenant à quatre-vingts mètres de lui, trop loin pour que le tireur puisse à nouveau se servir de son arme, sans doute un pistolet muni d'un silencieux. Peter tenta de semer la voiture en dévalant une longue volée de marches et en empruntant un passage souterrain qui le conduisit près de la cafétéria du zoo.

Ils devaient savoir qu'ils risquaient la mort en abandonnant la voiture pour le poursuivre à pied. Ils avaient sûrement déjà demandé du renfort, mais celui-ci n'arriverait pas avant quelques minutes. La police de New York n'entrait pas en ligne de compte.

Peter fit rapidement le tour des solutions qui s'offraient à lui. Il fallait qu'il sorte du zoo, où il y avait trop d'espaces découverts et pas assez de monde. Il ne pénétra pas dans la nouvelle station sur la 63ᵉ Rue, préférant à cette ligne de métro transversale la ligne de transit Brooklyn-Manhattan, pour laquelle il fallait continuer jusqu'à la 60ᵉ. Malgré le feu vert pour les automobiles, il traversa la Cinquième Avenue à toute allure ; un chauffeur de taxi l'insultait toujours lorsqu'il atteignit l'entrée du métro. Moins de soixante secondes plus tard, une rame l'emmenait vers le Queens.

Au moment où il entrait dans le parc, le taxi du Dr Irving Roth fut dépassé par deux voitures de police qui roulaient, toutes sirènes hurlantes, vers le Wollman Rink. Devant lui, deux autres voitures de police s'arrêtèrent sur le bord de la route, gyrophares en marche. De nombreux uniformes bleus semblaient occuper une crête rocheuse en surplomb de la patinoire. Ce n'était pas tout. Roth ne fit qu'entrapercevoir l'homme en guenilles allongé sur le dos, mais cela lui suffit pour comprendre que quelque chose de très grave était arrivé à Raymond Dunwoodie.

Il se cala dans le coin du siège et prit un mouchoir : des gouttes de sueur perlaient sur son crâne presque chauve. Le chauffeur fit ralentir l'épave qui lui tenait lieu de taxi.

« J'vous laisse ici, m'sieur, j'peux pas approcher plus, avec tous ces flics. Hé, m'sieur ! C'est bien là qu'vous vouliez aller, non ? La patinoire ?

— Continuez à rouler », dit Roth.

Dans le métro, Peter changea à deux reprises de wagon pour s'assurer que personne ne le suivait et descendit au deuxième arrêt après le fleuve.

Il se sentit alors assez en sécurité pour se rendre aux W.-C. où, une demi-heure durant, il fut malade au point de ne presque plus pouvoir relever la tête, secoué à double titre par le meurtre qui avait mis fin à ses espoirs. Sa résistance à l'adversité était tombée très bas. La fatigue expliquait en partie son malaise, il était sur la route et dans la rue depuis trop longtemps. Mais il y avait aussi de la faiblesse : il comprit qu'il s'était montré faible et stupide en espérant autant, en espérant un miracle de la part d'une autre victime, d'un type aussi usé que le mondialement célèbre Raymond Dunwoodie.

J'ai été idiot, pensa-t-il, nourrissant sa colère, la seule étincelle de vie qui lui restait encore. Idiot de monter directement vers Raymond sans d'abord inspecter les environs. Le hasard les avait amenés foutrement trop près de lui. Childermass devait maintenant avoir été informé, et après toutes ces semaines de recherches infructueuses, cela l'encouragerait, accroîtrait son impatience. Combien leur avait coûté jusque-là cette chasse à l'homme ? Un million ? Childermass n'hésiterait pas à en dépenser un autre. Et vu ses moyens financiers et humains, il exploiterait l'idée fixe de Peter et finirait par gagner. Ce n'était qu'une question de temps.

Peter sortit des toilettes et remonta à l'air libre. Il attendit sur le quai surélevé l'arrivée de la rame allant en ville. Il mangea le dernier des biscuits aux dattes offerts par Mme Roberta P. Edge, avec lesquels il calmait son estomac depuis le matin. Est-ce qu'elle lui en voudrait quand elle apprendrait, pour Raymond ? Oui, bien sûr. Elle pourrait même parler de lui à la police, si Childermass ne se dépêchait pas de rendre visite à Mme Edge et de mettre quelques milliers de dollars sur la table pour s'assurer de son silence.

Malgré le coup de feu, cette conversation avec Raymond Dunwoodie n'avait peut-être pas été inutile. D'après lui, il y avait quelqu'un d'autre, quelque part. Une fille, peut-être à peu près du même âge que son fils.

Si elle avait autant de talent que Raymond semblait le penser, Peter devait la trouver. Mais ils le suivaient de trop près, de dangereusement trop près, et il aurait besoin d'aide pour contacter cette fille qu'on avait conduite dans un des hôpitaux de la ville.

Le soleil se couchait, la nuit tomberait dans une demi-heure. La rame arriva et Peter y monta.

Même s'il ne portait pas de montre, il savait disposer de largement assez de temps pour atteindre Lower Manhattan malgré l'heure de pointe. À dix-neuf heures précises, dans la station de métro de Canal Street, un téléphone public sonnerait. Cela faisait trois soirs d'affilée que Peter ne s'y était pas rendu, et il avait sérieusement envisagé de ne plus jamais entrer en contact avec elle. Mais ce soir, il savait qu'il faudrait qu'il réponde.

Ce qui, très probablement, reviendrait à condamner quelqu'un d'autre à mort.

QUATRE

Larue téléphona chez les Bellaver du hall de l'hôpital Roosevelt. La gouvernante, Mme Busk, transféra son appel sur le poste de la secrétaire de Katharine. Mlle Chowenhill décrocha et posa une rafale de questions. Où et quand était-ce arrivé ? Comment s'était comportée Gillian avant de s'effondrer ? Sa tête avait-elle heurté le sol ? Comment s'appelait l'interne qui la soignait ? Renseignez-vous, s'il vous plaît, et demandez-lui de m'appeler dans dix minutes à ce numéro.

Dans l'intervalle, Mlle Chowenhill passa plusieurs coups de fil, le premier pour demander au pédiatre de Gillian un résumé de ses antécédents médicaux. Non, Gillian n'était allergique à aucun des antibiotiques à spectre large les plus courants. Elle appela ensuite l'associé principal d'un très ancien cabinet d'avocats qui consacrait soixante-dix pour cent de son activité aux affaires de la famille Bellaver. C'était le parrain de Gillian. Il écourta une réunion avec ses associés et se fit conduire à l'hôpital. Elle contacta le directeur de l'hôpital Roosevelt et lui laissa un message. Elle joignit un des six meilleurs neurochirurgiens du monde.

À ce moment-là, un résident-chef de l'hôpital l'appela sur une autre ligne. Mlle Chowenhill lui fit poliment comprendre qu'il avait entre les mains une patiente très importante, qu'ausculterait bientôt une équipe de spécialistes constituée d'autant de médecins de talent que l'on pouvait en faire entrer dans la chambre.

L'homme fit preuve de coopération et ne lui cacha rien. Il n'avait pas la moindre idée de ce dont il s'agissait. Rien ne pouvait être exclu pour l'instant, pas même la méningite. La fièvre avait grimpé jusqu'à 41 °C, et Gillian avait du mal à respirer. On l'avait enveloppée de glace et placée sous tente à oxygène. On lui administrait fluides, Tylenol et phénobarbital afin d'éviter de nouvelles convulsions, et il recommandait de compléter au plus tôt ce traitement par 1,2 million d'unités d'ampicilline, si toutefois Mlle Chowenhill n'y voyait pas d'inconvénients. Elle autorisa l'ampicilline.

Lorsqu'il raccrocha, Mlle Chowenhill sut lire entre les lignes de l'agenda de Katharine pour la localiser dans un appartement de Greenwich Village, celui d'un auteur dramatique qu'elle fréquentait beaucoup ces derniers temps.

Retrouver Avery Bellaver fut moins évident. Il n'avait ni secrétaire ni habitudes. Il lui arrivait de partir dans des endroits comme le Honduras ou le Kaokoveld sans avertir personne qu'il s'absentait pour un mois. Elle essaya la fondation familiale. Puis les associations, les clubs et les collègues. Il lui fallut une heure et demie pour le dénicher aux fins fonds des sous-sols mal éclairés du Muséum d'histoire naturelle, sur Central Park West.

Sur Bank Street, au Village, Katharine songea quelques instants à tenter de persuader Howard Wrightnour de revenir au lit pour une espèce de conclusion rapide dont elle avait terriblement besoin. Elle le regarda qui, les épaules voûtées, fumait une cigarette à ses pieds. Cela lui suffit pour abandonner l'idée, mais son envie subsista.

Howard était un homme de grande taille aux yeux noirs hargneux et à la lèvre supérieure ornée d'une moustache de khan ; les femmes songeaient en général au viol en le voyant alors que c'était un amant doux et sensible, peut-être même trop sensible puisque la moindre perturbation anéantissait sa concentration.

Que l'un de ses poissons rouges hoquette au mauvais moment et on ne pouvait plus compter sur lui. Howard et Katharine pensaient chacun que l'autre avait décroché le téléphone. Maintenant, il boudait, vaguement honteux.

Elle s'habilla puis le prit dans ses bras et le lécha comme une maman chat pour le sortir de sa mauvaise humeur.

« Il faut vraiment que j'y aille.

— J'espère que Gillian va bien.

— Elle n'avait pas l'air en forme ce matin. Mais avec une si grosse fièvre…

— Ce n'est pas si grave pour quelqu'un de son âge. Je veux dire, ce n'est pas forcément…

— Je t'appellerai. Tu ne penses pas que dans le second acte, Brent devrait plutôt réagir avec un mélange de fureur et d'impuissance ? »

Howard réfléchit avant de hocher la tête.

« J'essaierai comme ça. »

Elle le quitta avec un sourire crispé.

Il y avait dans sa vie des hommes qu'elle trouvait bien plus excitants qu'Howard Wrightnour, mais aucun n'avait autant besoin d'elle. Grâce à elle, il terminerait sa pièce, la grande pièce qui suivrait son succès critique off-Broadway, le drame qui le hisserait au niveau de O'Neill. Si materner Howard retardait ses propres travaux littéraires, tant pis, elle retirait quand même une certaine satisfaction à être la sage-femme qui mettait au monde un événement artistique significatif. Elle aurait des intérêts dans la production, bien entendu, juste ce qu'il fallait pour garantir une mise en scène de qualité à la pièce.

Katharine remonta jusqu'à la 59e au volant de sa voiture, une Porsche bleu indigo munie de plaques diplomatiques. Chowenhill ne lui avait pas dit grand-chose au téléphone. De toute évidence, Gillian était très malade, et la soudaineté avec laquelle elle avait été terrassée inquiétait Katharine. Elle abandonna sa voiture à un endroit pratique pour elle, c'est-à-dire dans une zone de l'hôpital où le stationnement était strictement interdit, et entra.

Cinq minutes plus tard, elle parvenait au chevet de Gillian qui, à moitié consciente, ne sembla pas la reconnaître.

« Mon Dieu, s'écria Katharine. Mais qu'est-ce qu'elle a, Wally ? »

L'avocat, Wallace Mockreed, posa la main sur son épaule.

« On n'en sait rien. Si c'est un virus, ils le trouveront dans son sang. Et ils ont besoin d'une ponction lombaire.

— Le plus tôt possible, précisa l'interne en neurophysiologie. La fièvre est tombée, mais ce n'est peut-être qu'une rémission. »

Katharine le regarda, un grand sourire sans expression aux lèvres.

« Une ponction ? Je préférerais que ce soit le Dr McKinstry qui la pratique. C'est sa spécialité. Je ne veux pas que quelqu'un d'autre la touche. Il arrive, n'est-ce pas Wally ?

— Il sera là dans quelques minutes. Ne t'inquiète pas.

— Et Avery, où est-il ?

— En chemin. »

Katharine regarda à nouveau Gillian, regarda les yeux entrouverts et rougis par cette fièvre inexpliquée, les yeux qui ne comprenaient pas. Pour la première fois, la possibilité d'une tragédie la frappa de plein fouet. Elle se sentit prise d'un léger malaise, qu'elle combattit en s'attardant sur des détails d'une valeur inestimable pour elle. Le discret fard à paupières de Gillian, le minuscule anneau d'or à son oreille, la propreté du blanc de la raie au milieu. Les mains artistiques de son enfant, avec ces doigts longs et fins… aux ongles rongés. Combien de fois s'était-elle plainte, l'avait-elle houspillée, avait-elle explosé de rage ? « Les habitudes sont le reflet du caractère. Qui a de mauvaises habitudes s'expose à avoir mauvaise réputation. » Gillian recommençait aussitôt à se ronger les ongles. Beaucoup de choses traversèrent en quelques instants l'esprit de Katharine. Cette nuit où, peu avant ses douze ans, Gillian l'avait rejointe dans sa chambre, son slip roulé en boule dans la main. Une tache couleur rouille de la taille d'une grande pièce de monnaie s'étalait sur le sous-vêtement. « C'est ça ? » avait-elle demandé d'un ton à la fois inquiet et plein d'espoir. Katharine se souvint à quel point faire s'habiller Gillian était difficile, il y avait toujours quelque chose qui n'allait pas, même avec ses vêtements les plus élégants : une tache, une trace ou un pli inexplicable, un bouton qui manquait ou ne tenait plus qu'à un fil, donnant à sa fille l'air d'avoir été agressée, ou détroussée.

« Je crois qu'il me faut une cigarette », fit Katharine à voix basse.

Dans le couloir des soins généraux, elle prit Larue par le bras.

« Tu as été d'une grande aide, je ne sais pas comment te remercier.

— Tout a été si soudain… Je savais qu'elle ne se sentait pas très bien, mais elle ne se plaignait pas. J'espère qu'elle…

— Elle va s'en sortir. Tu as l'air fatiguée, Larue. Tu devrais rentrer chez toi, non ? Wally, tu peux faire appeler un taxi pour Larue ? Dis à ton père que je n'entends que du bien de sa nouvelle pièce. Nous t'appellerons dès que nous aurons du nouveau sur Gillian. »

Cela mit du temps à venir. Les spécialistes entraient et sortaient en groupes, se consultaient. Un rapport du laboratoire arriva qui excluait la méningite. La température de Gillian fluctuait néanmoins entre 39,5 et 40,5 °C. On la plaça sur un matelas thermique. Elle somnola, s'éveilla, s'adressa de façon délirante à plusieurs personnes, dont aucune ne se trouvait dans la pièce. Elle avait une respiration superficielle, et les ganglions dans son cou, toujours enflés, laissaient penser à une infection virale malgré l'apparence normale de la gorge. L'hématocrite n'avait rien d'anormal. Le nombre de plaquettes était au minimum de la normalité, mais il n'y avait pas non plus excès de leucocytes, autrement dit de globules blancs, ce qui n'avait rien d'inhabituel dans beaucoup de maladies, y compris la grippe.

Avery Bellaver emmena sa femme dîner non loin de Lincoln Center, un quartier bourré de restaurants à la mode qui servaient une nourriture exécrable. Celui qu'ils avaient choisi rendait hommage aux aviateurs de jadis. Aux capitaines des nuages. Aux as des airs. Une réplique de Fokker était accrochée au plafond. Des sépias d'avions en train d'exploser décoraient les murs. Les serveurs portaient des bottes en tuyau de poêle, de ces casques de cuir qu'on porte comme des bonnets de bain, des lunettes d'aviateur et de longues écharpes blanches qui traînaient parfois dans les plats qu'ils transportaient.

Les Bellaver se concentrèrent sur la liste des vins, plutôt bien fournie, et mangèrent peu.

Ces trois dernières années, Katharine avait moins vu son mari que son dentiste. Même ses amis les plus intimes auraient été surpris d'apprendre qu'elle avait de l'affection pour Avery ; selon eux, elle restait mariée pour toutes les raisons convenables, l'argent étant la moindre. Elle avait gagné sa place dans la famille Bellaver, où elle était tolérée par les femmes et respectée par les hommes, même ceux qui ne la convoitaient pas. Dans le clan Bellaver, Avery représentait une anomalie : sombre, étrange, d'un abord difficile. C'était admirable qu'elle l'ait séduit, racontaient ceux qui croyaient savoir, mais ensuite elle avait *travaillé*, très chère, pendant *des années*, prenant de l'âge en plaisant d'abord à l'esprit puis aux glandes d'Avery, sondant, sondant adroitement pour trouver une ou deux réactions humaines, tirant par la suite le meilleur parti des besoins sans aucun doute insignifiants de son mari.

Katharine avait entendu tous ces cancans et les avait tous appréciés. Elle n'avait jamais fait le moindre effort pour expliquer son mari à quiconque. Il avait eu, et avait toujours, merci pour lui, des besoins sexuels assez conséquents ; les potins semblaient oublier les deux fausses couches à un an d'intervalle. Puis était venue Gillian et, avec elle, la tragédie ignorée de tous qui avait décidé Katharine à ne plus jamais tomber enceinte.

Elle aimait toujours coucher avec Avery, à l'occasion et si elle était d'humeur. Quant aux limites de son époux dans le domaine social, elles tenaient plus à l'anxiété qu'à la timidité. Confronté aux plus agressifs et aux plus arrogants spécimens de l'espèce humaine, qu'ils soient chauffeurs de taxi, maîtres d'hôtel ou ersatz de royauté, il perdait ses moyens. Ce n'était pas un homme d'appareil. La politique l'ennuyait ou l'effrayait. Les obsessions d'Avery étaient largement plus gratifiantes et plus enrichissantes pour l'humanité. Il voulait, par exemple, en apprendre le plus possible sur la vie quotidienne d'un village indien du Mexique auquel il rendait régulièrement visite depuis vingt-cinq ans. Au début de leur mariage, Katharine l'avait un jour accompagné à Mtecla et avait vu tout le village sortir pour accueillir Avery Bellaver. Il parlait leur dialecte et connaissait le nom de chacun. Dans ce pays chaud et sec, sa maladresse et son hésitation disparaissaient ; il se sentait à son aise une fois débarrassé de l'obligation de se comporter comme un Bellaver est censé se comporter. Ces Indiens n'étaient pas pacifiques, ils se méfiaient des étrangers et avaient déjà lapidé des missionnaires à mort, mais le respect qu'Avery leur manifestait inspirait la confiance et même l'affection.

Ce sont des sentiments de cet ordre que Katharine éprouvait envers son mari, même si leurs vies différaient et si elle ne pouvait se passer des attentions de nombreux hommes. Elle restait raisonnable vis-à-vis de son propre appétit et organisait ses rendez-vous galants de manière à ne pas mettre Avery dans l'embarras. Il ne l'avait jamais blessée et elle n'avait aucune intention de le blesser un jour, ce qui constituait la définition la plus pure de l'amour qu'elle avait à offrir.

Avery étudia la peinture murale, qui représentait un lieutenant des temps jadis.

« J'avais quatre ans quand on a promu mon frère officier, confia-t-il. Il ressemblait à ça. J'étais béat d'admiration devant lui.

— Il est mort à la guerre ?

— Oui, mais pas au combat. Il s'est rompu le cou en glissant dans des escaliers verglacés à Amiens.

— Comment s'appelait-il, déjà ? Ah oui, Charles. Mère Min voulait qu'on appelle notre premier fils Charles. » Katharine termina son troisième verre de bordeaux 1964. Le vin et les vodka-Martini qui l'avaient précédé commençaient à faire leur effet. « Il t'arrive d'y penser ?

— À mon frère ?

— Non, à *notre* fils. Celui qui n'a pas survécu. Le jumeau de Gillian. »

Il secoua la tête. « Et toi ?

— Oui, des fois. Je me demande ce qu'il serait devenu s'il n'était pas mort. Gillian y pense aussi, du moins elle y pensait à une époque. Elle posait plein de questions. Je lui ai expliqué du mieux que j'ai pu, pour le cordon. Je lui ai dit qu'on ne pouvait rien faire. S'il avait survécu, ç'aurait été un légume. » Katharine fit une grimace. « Cette fièvre… À force, cela va finir par lui abîmer le cerveau. Par lui court-circuiter les synapses ou je ne sais quoi. Ce serait vraiment trop bête qu'elle soit allée si loin pour… Elle sera…

— Katharine.

— Je sais, je sais. Mais je ne peux pas m'empêcher d'en trembler. Tout bien considéré, nous avons trop de chance. Nous perdons un bébé à la naissance, mais il y en a un autre en bonus. Foutue chance Bellaver. Nous ne sommes pas si charmants que ça et nous n'avons jamais été les chouchous du pays, mais nous n'avons pas non plus comme ces pauvres Kennedy… montre-moi l'addition, s'il te plaît. »

Elle la prit à Avery, qui s'apprêtait à payer, et la vérifia rapidement.

« Vous nous réclamez un dollar et demi de trop », reprocha-t-elle au serveur, qui fit mine d'être accablé de chagrin. Plus tard, elle dit affectueusement à son mari : « Ils te font le coup à chaque fois. » Avery limita sa réponse à un sourire déconcerté.

Quand ils arrivèrent à l'hôpital, on leur présenta le Dr Hubert Tofany, du département de médecine tropicale de l'université Columbia.

« Monsieur et madame Bellaver, j'ai cru comprendre que vous voyagiez beaucoup. J'aurais besoin de la liste des pays dans lesquels vous vous êtes rendus ces six ou huit derniers mois. Escales dans les aéroports exclues.

— Vous pensez que nous pourrions avoir ramené une espèce de microbe ? demanda Katharine. Nous serions tombés malades aussi, non ?

— Pas nécessairement. Le labo d'arbovirus de Yale possède le casier judiciaire d'environ quatre cents virus pour la plupart mal connus, tous potentiellement dangereux et ayant chacun ses particularités. Leurs incubations restent mystérieuses. Certains ne perturbent qu'à peine les adultes mais foudroient les enfants. Ou vice versa. Nous allons vous prendre un échantillon de sang chacun. Et nous voudrions transférer Gillian en quarantaine à Washington Heights. Nous y sommes mieux équipés pour le genre d'analyse sérologique nécessaire au dépistage du… coupable. Peut-être existe-t-il un sérum. »

Katharine regarda son mari, qui dit : « Nous… Ma femme reçoit souvent. Des invités venus du monde entier. Cela pourrait aussi bien être quelqu'un que nous avons eu à dîner. »

Le Dr Tofany sourit patiemment.

« Il nous faudrait une liste aussi complète que possible. De tous vos invités récents.

— Cela peut prendre un certain temps.

— En effet.

— Et si d'ici là vous ne trouvez pas ce que c'est… S'il s'agit de quelque chose que vous n'avez encore jamais vu…

— Nous suivrons le protocole. Combinaison d'antibiotiques. Parfois, y compris avec une nouvelle souche de virus, le patient arrive à le détruire en produisant spontanément les anticorps adéquats. Inutile de vous inquiéter outre mesure, madame Bellaver. »

Ils rendirent brièvement visite à Gillian tandis qu'on prenait les dispositions pour la transférer à l'hôpital situé à l'angle de Broadway et de la 167e.

« Elle a recommencé à parler, leur apprit l'infirmière.

— Bonjour, chérie, dit Katharine. Ma pauvre petite. »

Sous la tente à oxygène, Gillian ouvrit les yeux et la regarda.

« Ruh, murmura-t-elle.

— Que dit-elle ? demanda Avery. Tu peux répéter, Gillian ?

— On a du mal à la comprendre », leur rappela l'infirmière avec un sourire.

Gillian se mit à hurler.

Il fallut les efforts conjugués de Katharine, d'Avery et du Dr Tofany pour l'empêcher d'arracher les aiguilles des intraveineuses et de déchirer la tente à oxygène. La crise, et les hurlements, durèrent presque trente secondes. Gillian luttait avec la force de la démence, ou celle du désespoir.

« Larue ! » cria-t-elle avant de se calmer, aussi trempée que si elle sortait de la douche.

« On la sangle, docteur ? » s'enquit l'infirmière.

Tofany vérifiait la position des intraveineuses.

« Non. Séchez-la. »

Katharine rattacha la robe d'hôpital de Gillian, qu'elle avait presque perdue en se débattant. Le sang pulsait aux tempes de Katharine et ses doigts ne fonctionnaient plus très bien. Gillian portait en pendentif une petite croix en or et en onyx noir que Katharine n'avait jamais vue.

« Le phénobarbital devrait la calmer, non ? demanda Katharine.

— En effet. Qu'est-ce qu'elle disait ? Est-ce que quelqu'un a…

— Elle appelait Larue. Son amie, la fille avec laquelle elle a patiné aujourd'hui. Avery, d'où vient cette croix ?

— Je ne l'avais jamais vue.

— Infirmière ! aboya le Dr Tofany.

— Oui, docteur ?

— Ne la touchez pas !

— Mais vous…

— Vous l'avez touchée depuis que vous êtes là ?

— Non, docteur, je viens d'arriver il y a…

— Allez faire soigner votre main. Vous n'avez donc rien dans le crâne pour entrer ainsi dans la chambre d'une malade avec une plaie ouverte ? »

L'infirmière le regarda sans comprendre. D'un bref mouvement du menton, il désigna sa main droite. Elle eut le souffle coupé en voyant le sparadrap imbibé de sang.

« Seigneur Dieu !

— Nous avons affaire à un virus dont nous ignorons tout. Ce genre de négligence est impardonnable…

— Je ne comprends pas, docteur. Je me suis fait cette égratignure il y a deux jours et elle a à peine saigné…

— Eh bien, elle saigne, maintenant. Elle saigne même beaucoup. Sortez. »

L'infirmière se précipita à l'extérieur. Katharine regarda une fois encore le visage calme et pâle de sa fille avant de sortir aussi. Elle se dirigea vers un téléphone, chercha dans son sac le numéro que Larue lui avait gribouillé et le composa nerveusement. Le téléphone sonna six fois avant qu'une voix endormie réponde.

« Larue ? » On entendait une télévision dans le fond.

« Mmh-mmh.

— Katharine Bellaver à l'appareil.

— Oh, *bonjour*, madame Bellaver. Quelle heure est-il ?

— Neuf heures un peu passées.

— Je me suis endormie. Avec toutes ces émotions… Gil va bien ?

— On la transfère à l'hôpital Washington Heights. Il n'est

pas impossible que tu aies été exposée à quelque chose de très contagieux. On ne sait pas encore.

— Je me sens bien.

— Tu es seule ?

— Papa a des invités. »

Pour la première fois depuis les hurlements de Gillian, Katharine parvint à se détendre.

« Alors tu ne risques rien. »

Elle entendit un bâillement réprimé, suivi d'une réponse perplexe. « Oui, m'dame. Quand pourrais-je voir Gillian ?

— Pas avant quelques jours. Elle va rester en quarantaine jusqu'à ce qu'on sache exactement de quoi elle souffre. Au moindre symptôme, même si tu penses que ce n'est qu'un rhume, *appelle-nous.*

— D'accord.

— Larue ? Tu sais d'où vient cette croix en or et en onyx que porte Gillian ?

— Oh ! C'est à moi. Je sais bien que Gillian n'est pas spécialement croyante, mais ça m'a tellement bouleversée quand elle s'est évanouie… je la lui ai mise au cou en attendant l'ambulance. C'est une croix bénie par un jésuite que ma mère tient pour très saint. Je ne pensais pas à mal. J'espère que cela ne vous dérange pas.

— Bien sûr que non. C'était une attention très délicate de ta part, Larue. Je te tiendrai au courant. »

Katharine raccrocha et resta quelques minutes appuyée au mur, à la fois engourdie et épuisée ; une migraine s'annonçait. Elle n'avait pas supporté les hurlements frénétiques de Gillian ; c'était parce qu'au milieu de sa souffrance sa fille avait crié le nom de Larue que Katharine s'était bêtement jetée sur le téléphone. Presque comme si Gillian l'avait voulu, comme si elle avait ordonné à sa mère d'appeler. Mais tout allait bien, il n'y avait pas de quoi s'affoler. Larue était chez elle, en sécurité.

Katharine savait qu'elle devait se ressaisir, puisque Gillian pouvait rester des jours dans cet état. Elle allait insister pour obtenir une chambre le plus près possible de celle de sa fille dans le nouvel hôpital. Plus question de partir en vacances à Acapulco, et Howard Wrightnour allait devoir se débrouiller sans elle. Désormais, seule Gillian comptait.

CINQ

LAMBETH, VIRGINIE
JUIN 1972

Robin attrapa la petite chandelle à un mètre ou deux de la ligne de première base et tomba sur les fesses, le gant serrant la balle contre sa poitrine : en éloignant du geste le joueur de première base, il avait quitté un instant la balle des yeux, ce qui avait faussé son estimation de la trajectoire. Il se releva néanmoins d'un bond, prêt à foncer sur la plaque sans protection si Shanley, le coureur de troisième base, décidait d'aller au marbre. Shanley feinta mais retourna à la base. Robin rapporta la balle à petites foulées, comme on le lui avait enseigné au stage Johnny Bench, et ce n'est qu'une fois la plaque couverte qu'il renvoya la balle en lob à son lanceur. Il leva un doigt.

« Encore un ! cria-t-il. N'importe quelle base ! » Feast of the Assumption occupait toutes les bases à la fin de la sixième manche ; les Barksdale Baptiste Little Leaguers se cramponnaient à leur avance 10 à 9 et avaient déjà éliminé deux joueurs adverses. Leur batteur, un gamin maigre aux grands bras nommé Giffin, en avait vraiment touché un dans la cinquième manche.

L'entraîneur s'était levé de son banc et poussait du geste l'arrêt-court vers la troisième base. Robin ajusta son plastron et ramassa le masque dont il s'était débarrassé pour aller réceptionner la chandelle.

« Bravo les gars ! encouragea-t-il les joueurs de champ intérieur, qui commençaient à fatiguer. On se cause un peu, maintenant. Restez bien concentrés et on va les avoir. »

Le soleil se couchait derrière les tribunes de la troisième base, jetant une lueur orange sur le terrain. Robin s'accroupit et jeta un coup d'œil à Shanley, le plus robuste des joueurs d'Assumption.

Shanley jouait en première base, et plus tôt dans la saison, Robin avait couru au but contre lui en essayant de battre une balle roulante un peu molle. Un mauvais lancer avait déporté Shanley d'un pas hors de la base et, en essayant d'éliminer Robin, il lui avait percuté la bouche de l'épaule. Résultat : une canine brisée et trois autres dents si ébranlées qu'il avait fallu les fixer à leurs voisines. Cela avait pu n'être qu'un accident, mais Robin en doutait. Red Shanley ne crachait pas sur un mauvais coup, quand il pensait que personne ne le mettrait en cause. Il semblait lourd, presque gras, à se tenir ainsi accroupi sur la troisième base en tapotant le sol du pied gauche, mais Robin pouvait témoigner de sa puissance, et de la rapidité avec laquelle il se mettait en mouvement, une rapidité plutôt surprenante pour quelqu'un de sa corpulence.

« Regardez qui voilà, ricana Robin lorsque Giffin pénétra dans le rectangle. Ta batte est trouée, mon vieux. Dis au revoir, Giffin, dis au revoir.

— Tu ne la fermes donc jamais ? » marmonna Giffin en jetant un coup d'œil au lanceur. Robin fit signe à Harkaday d'effectuer son meilleur lancer, une balle à changement de vitesse, et tendit son gant. Giffin en laissa passer une sur le coin extérieur que l'arbitre jugea valable. Il y eut du remous du côté du banc de Feast of the Assumption. L'air dégoûté, Giffin recula et frappa le sol de sa batte.

« Voilà ce qui arrive quand on ne va pas à confesse, se moqua

Robin. Okay, Giffin, ça vient droit sur toi. Sors-nous ton magnifique swing. »

Première balle, que Robin dut étouffer en plongeant au sol. Il demanda un temps mort et alla donner ses instructions à son lanceur.

« Une balle à effet, commanda-t-il à Harkaday.

— Mais l'entraîneur dit que…

— Fais-le quand même », insista Robin en espérant ne pas se retrouver à pourchasser la balle jusqu'à l'écran arrière, ce qui laisserait le champ libre à Shanley pour gagner tranquillement le marbre.

Il retourna derrière la plaque, et Harkaday lança sa meilleure balle courbe en deux semaines. Giffin parvint néanmoins à la frapper, l'expédiant sur le monticule du lanceur.

« Home ! » cria Robin en s'accroupissant sur la plaque. La meilleure tactique, la plus sûre, consistait à passer par la première base, et Harkaday, qui n'avait pas perdu de temps pour bondir sur la balle, ne l'ignorait pas. Habitué à suivre les directives de Robin, il se tourna néanmoins et relança maladroitement la balle tandis que sur la craie, Shanley arrivait à toute vitesse de la troisième base.

Le lancer était large, mais Robin l'avait anticipé. Il avança rapidement de deux pas, attrapa la balle de sa main nue et se relança en arrière vers la plaque tout en s'agenouillant pour la couvrir de son corps. Shanley le heurta et ils roulèrent plusieurs fois dans la poussière. Robin ne lâcha pas la balle et se redressa d'un bond tandis que l'arbitre annonçait Shanley out. L'autre resta à terre, cherchant son souffle, les mains crispées sur le ventre. Robin lui jeta nonchalamment un coup d'œil en s'éloignant. C'était bien entendu pur hasard si son genou avait abouti dans le plexus solaire de Shanley… mais le résultat n'était pas pour lui déplaire.

Pendant le rassemblement d'après-match pour la prière, l'entraîneur fixa longuement Robin, qui n'en tint aucun compte.

En tant que capitaine, les décisions cruciales sur le terrain lui revenaient. Si la balle courbe ou le lancer précipité de Harkaday vers la plaque s'étaient égarés, il en aurait accepté la responsabilité, avant de passer à autre chose. Johnny Bench ne s'excusait jamais non plus. Quand Johnny ratait quelque chose, ce qui n'arrivait pas souvent – peut-être une ou deux fois par saison –, il vous regardait dans les yeux et reconnaissait son erreur. Il ne vous rappelait ni toutes les parties qu'il avait gagnées quasiment à lui tout seul avec sa batte, ni toutes celles où sa lucidité dans les annonces de balle avait fait passer ses lanceurs pour des génies. Et Robin jouait dans le même style que Johnny.

Il dédaigna les compliments, loua ses coéquipiers pour tous les bons mouvements dont il se souvenait, tapa dans quelques paumes et sur quelques croupes, puis rentra à pied chez lui, seul, ses outils de receveur à la main, boitant légèrement à cause de quelques contusions, fatigué mais satisfait.

Robin avait dix ans, et depuis qu'il en avait trois, il vivait avec sa tante et un homme qu'il appelait monsieur mais jamais oncle, dans une maison en bois agréablement ombragée qui penchait nettement d'un côté, comme la tour de Pise, mais si ses madriers ne se privaient pas de grogner et de craquer les jours de tempête, la demeure se débrouillait pour ne jamais tomber dans la mare des voisins. Elle avait connu son dernier ravalement au lendemain de la Seconde Guerre mondiale et n'en connaîtrait probablement jamais d'autre puisqu'elle appartenait à l'Église mondiale du Treizième Apôtre, une église missionnaire qui interdisait à peu près tout ce dont la privation n'engendrait aucune souffrance physique. Il avait fallu que Robin fugue trois ou quatre fois pour que le conseil apostolique l'autorise, à contrecœur, à jouer au base-ball avec les baptistes. Et puis son père avait menacé de le retirer de chez les Tidrow pour le placer en école militaire, ce qui n'aurait pas manqué de permettre au diable de s'emparer de son âme.

Lorsqu'il arriva à la maison, sa tante Fay faisait frire du poulet dans la cuisine.

Poulet frit, épi de maïs au beurre de baratte, courge au vinaigre et tomates précoces, biscuits gros comme un poing d'adulte... les fidèles du Treizième Apôtre avaient au moins ceci de bien qu'ils préconisaient une nourriture solide afin d'avoir la force de participer aux réunions de prières, de frapper aux portes et de fortifier la foi des indigènes dans la brousse. Et il n'y avait pas meilleure cuisinière que tante Fay dans tout le Sanctuaire de Lambeth.

Leur religion stricte était généralement plus clémente envers les femmes, qui travaillaient aussi dur que des pionniers mais voyaient la beauté de la vie se refléter sur leurs enfants ; les hommes quant à eux devaient gagner hors du foyer de quoi faire bouillir la marmite et, davantage exposés au mal et à la duplicité du monde par leur emploi salarié, ils se montraient souvent réservés et dépourvus d'humour, même entre eux.

« Tu as gagné ? demanda Fay.

— Mm-mm. » Il jeta un coup d'œil à la table de la cuisine : sur la toile cirée, le couvert était déjà mis. C'était normalement à lui de s'en charger, mais le match avait commencé en retard. « Désolé que ça ait pris si longtemps.

— Ce n'est pas grave, Robin. Ellis a appelé de Washington : il ne rentrera pas avant huit heures. Ça te laisse une demi-heure pour la toilette et les Écritures.

— Oui, m'dame. » Robin regardait le coin supérieur droit du réfrigérateur pour voir s'il avait du courrier, et plus particulièrement l'une de ces enveloppes en papier bleu ultra-léger arrivant d'outre-mer en avion. Cela faisait presque deux mois, cette fois.

« Non, rien aujourd'hui, lui confirma Fay Tidrow avec un sourire compatissant.

— Ça pourrait vouloir dire qu'il rentre », dit Robin, soudain nerveux par anticipation ; cette fois, c'était plus qu'une intuition, il ne prenait pas ses désirs pour la réalité. Il était devenu très doué pour prédire ce que signifiait une absence de communication de la part de son père.

Il arrivait au Commandant d'avoir trop à faire pour écrire, ou bien de se trouver dans une partie du monde où une lettre mettait des semaines rien que pour sortir du pays. Le père de Robin, ancien officier de marine, travaillait désormais comme hydrologue pour une agence gouvernementale qui l'expédiait à des endroits que Robin avait du mal à repérer sur les cartes pourtant détaillées de son atlas mondial. L'eau était la vie, et il faut croire qu'il restait beaucoup d'eau douce à récupérer sur le globe. Un réservoir vieux de sept mille ans à moins d'un kilomètre et demi sous le sol des États-Unis, un lac préhistorique grand comme l'Angleterre et le pays de Galles piégé sous le Sahara.

Mettre toute cette eau en service était le travail de son père, un travail important et intéressant. Malheureusement, il l'empêchait de passer plus de quatre ou cinq semaines par an à la maison. Robin et lui avaient appris à profiter au maximum de ces semaines, aussi attendre le retour du Commandant le soulageait-il de ces mois austères de réunions à l'église et d'étude de la Bible, sans cinéma ni télévision.

Et son père avait tout autant besoin de cette intimité et de ce plaisir que Robin ; il revenait parfois très amaigri par la malnutrition ou la maladie.

L'année précédente avait été la plus dure pour Robin : cinq mois sans nouvelles. Quand le Commandant était enfin arrivé, son apparence avait choqué Robin. Il n'avait que trente-sept ans, mais déjà ses cheveux devenaient gris argent. Un accident dans son travail l'avait contraint à passer cinq mois dans un hôpital primitif. Une vilaine cicatrice qu'on aurait dite causée par une lame mal assurée ondulait de son thorax jusqu'au creux de ses reins.

Aussi ne firent-ils rien de trop fatigant pendant les vacances aux Caraïbes qu'ils prirent aussitôt. Ils affrétèrent un sloop de douze mètres à Tortola. Le ciel resta bleu, le temps parfait. Ils explorèrent St. John's, Virgin Gorda et le Horse Shoe Reef. Deux plongeurs, réservoir sur le dos, maladroits avant la plongée comme des chevaliers sans monture, s'enfonçant dans les profondeurs bleutées, sous le maelström et l'œil lumineux d'un paradis privé de vent, dans les cogitations salées du corail. Apercevant des régiments de petits poissons à damiers, un schooner veiné de varech, du fer couvert d'une croûte, une pieuvre œdémateuse comme une feuille parcheminée se déplaçant en soufflant sur le sable au fond de la mer. Le Commandant prépara des hamburgers et un délicieux potage aux fruits de mer. Robin se montra dynamique, aimable, facile à vivre et toujours serviable. Il fit beaucoup d'efforts pour rendre la paternité facile. Malgré tout il fallut plus d'une semaine à son père pour recouvrer sa vigueur et son discret sens de l'humour : petit à petit, cauchemars et suées nocturnes cessèrent de le tourmenter.

« Robin », dit doucement Fay pour la troisième fois, parvenant enfin à attirer son attention.

Robin se secoua et leva les yeux vers elle.

« Tu ne vas pas prendre ton bain ?

— Je pensais que…

— Je sais. Ce serait merveilleux s'il cessait de voyager et choisissait un travail moins prenant, n'est-ce pas ? Mais nous avons tous une mission dans la vie, Robin. Pense aux vies qui ont été sauvées. La faim. La famine. La pestilence. La sécheresse. Voilà les ennemis de ton père. Nous pouvons être fiers de lui. »

Robin lambina dans la salle de bains et ne commença sa toilette qu'en entendant claquer la portière de la guimbarde d'Ellis Tidrow. Il arriva en retard au dîner et quelques gouttes d'eau coulèrent le long de sa mâchoire lorsqu'il déplia sa serviette et baissa la tête. Ellis Tidrow le regarda avec une patience lugubre et récita longuement les Écritures, auxquelles il adjoignit ses prières personnelles.

Tidrow était un homme sec et tout en longueur qui parlait

les yeux baissés. Il avait pour habitude de se frotter distraitement le front lorsque la conversation se prolongeait. Les aspects les plus banals de la vie lui apparaissaient comme une suite de malédictions. « Nous sommes affligés par la pluie, aujourd'hui », remarquait-il en se levant pour jeter un coup d'œil par la fenêtre. Ou « ce chien est un vrai fléau » chaque fois que le colley des voisins venait voir à quoi s'occupait Robin. Il gérait les finances des missions du Treizième Apôtre, travaillait hors du quartier général international de l'église situé en limite d'un quartier insalubre de Washington. Mais il languissait d'aller convertir les païens sur le terrain.

Ils n'avaient pas terminé de dîner lorsque Fran Marshall se présenta à la porte de derrière en gigotant comme un papillon géant. Fay l'invita à entrer.

Fran, pâle et tendue, regarda Robin et ne le quitta plus des yeux.

« J'm'en veux vraiment d'vous déranger comme ça, mais on s'en sort pas avec Brian, alors si Robin pouvait v'nir lui parler comme les aut'fois…

— Nous avons la vigile, ce soir, répondit Ellis Tidrow d'un ton ferme.

— Il n'est pas *formellement* obligatoire que les enfants y assistent, lui rappela Fay. Et si Robin peut être utile à ce pauvre gosse…

— Avec plaisir, s'empressa de dire Robin.

— Il n'y a qu'un moyen d'aider un enfant comme celui-là, c'est de prier pour lui », répondit Tidrow (une réponse qui lui semblait des plus raisonnables) tandis que Fran se dandinait d'embarras.

C'était une grande fille originaire des Montagnes bleues, à la blondeur si terne qu'elle en semblait liquide. Âgée d'à peine dix-huit ans, elle avait déjà mis au monde deux enfants dont l'aîné, Brian, souffrait d'autisme, et elle était à nouveau enceinte d'au moins cinq mois. Cela ne manquait pas de se voir dans sa robe d'été toute simple. Elle aurait quand même pu enfiler des sous-vêtements avant de se précipiter chez nous, songea Tidrow.

Il regarda Robin en tentant une fois de plus de comprendre le mystère de l'attraction que celui-ci exerçait sur les gens. Jéhovah n'avait pas voulu qu'Ellis Tidrow soit père, puis l'avait frustré davantage encore en lui confiant la garde d'un garçon irréfléchi, pénible et têtu. Tidrow avait de bonnes raisons de croire que Robin, s'il avait encore quelque religion, était un hérétique en herbe. Peut-être fallait-il remercier le Créateur de l'influence que Robin semblait avoir sur Brian Marshall, mais le doute taraudait Tidrow. Les maladies mentales, quelles qu'elles soient, le terrifiaient. Les Légions noires étaient à l'œuvre parmi les affligés et nos asiles regorgeaient de victimes des caprices de Satan. *Toi qui prétends soigner, lis la Bible et connais la vérité!* Personne n'arrivait à communiquer avec Brian, personne sinon Robin pour qui cela ne posait aucun problème : fallait-il y voir l'œuvre du Malin ? D'autant plus que Robin était roux, signe ô combien funeste.

Cet enfant roux dont Tidrow avait la charge lui apparaissait parfois au cours de rêves désagréables; il s'était même une fois réveillé avec une forte érection et un épanchement, lui dont la turgescence n'avait jamais duré assez longtemps pour qu'il arrive à féconder son épouse. La fourberie du Diable... et le rire du Diable dans les espaces nus et ordonnés de son esprit. La prière était son salut. La prière intense, la prière qui purifie.

Il céda au plaidoyer silencieux des femmes et adressa un petit hochement de tête à Robin. Celui-ci, ravi d'échapper à la corvée du mercredi soir, se leva d'un bond et sortit sur les talons de Franny.

Pour une femme au centre de gravité si ballonné, Fran avait le pied léger : Robin ne la rattrapa que de l'autre côté de la route. Ils firent le reste du chemin côte à côte, Fran respirant bruyamment et retenant à grand-peine ses larmes.

Ne sachant que lui dire, Robin lui prit la main. Elle serra la sienne très fort.

Les Marshall possédaient deux à trois hectares de bois et de prairie marécageuse. Ils vivaient sur un terrain sans herbes à l'ombre d'arbres qui, la nuit, semblaient monter jusqu'aux nuages. De l'extérieur, leur maison était identique à celle qu'habitaient les Tidrow, mais sans l'inclinaison italianisante. Les montagnards dont Fran et son mari Whit descendaient avaient vendu leur héritage un dollar l'hectare à des exploitations forestières ou charbonnières, mais leur avaient transmis l'amour de l'artisanat.

Robin entendit Brian bien avant d'arriver à la maison, il s'agissait ce soir-là de cette litanie particulière qu'il chantait généralement pour accompagner ses « tournées ». Il marchait en un cercle presque parfait d'exactement un mètre quatre-vingt-quinze de diamètre (Whit avait mesuré), en adoptant à l'occasion une espèce de trot rapide. Il pouvait tourner ainsi pendant des heures, jusqu'à en tomber gris et trempé d'épuisement, aussi fourbu que ses parents désemparés.

Il se tenait sur la grande véranda construite par Whit à l'arrière de la demeure afin de profiter du soleil durant l'hiver. Whit et Fran y avaient leurs établis, ainsi qu'un assortiment d'antiquités dépareillées, de bric-à-brac et de barils de vieux vêtements qu'ils transformaient en objets éblouissants. Whit fabriquait des tables, des chaises, des tympanons en forme d'amphore et des banjos à dos ouvert, Fran des pulls en poils de colley qu'elle filait sur son antique rouet, des édredons Étoile-de-Bethléem vendus trois cents dollars pièce en ville ainsi que des objets traditionnels des montagnes : fleurs artificielles en copeaux et paniers en érable teintés à l'aide d'un mélange à base de noix et de racines de douces-amères.

Robin aimait traîner sur la véranda, où il avait appris à fabriquer lui-même quelques petits trucs comme des abris à oiseaux en calebasse et des cochons en épi de maïs. Whit avait promis de lui montrer comment fabriquer un *whimmydiddle*[1]. Mais cela n'avait rien de simple, et entre ses journées d'enseignement dans une université du Maryland, de l'autre côté de la frontière, et ses recherches d'aide médicale pour Brian, il ne lui restait plus beaucoup de temps libre pour cela.

On entendait Bernice, le bébé, pleurer dans son berceau. Fran jeta à Brian un regard de désespoir et partit s'occuper d'elle. Whit, qui se balançait en tirant sur sa grande barbe, fixa sur Robin ses yeux d'un bleu délavé. Il avait entrepris de vider quelques cannettes pour l'aider à gérer sa détresse.

« Brian faisait de vrais progrès, marmonna-t-il. De vrais progrès. »

Robin ne dit rien. Il s'assit par terre, jambes croisées, à côté de Brian. Visiblement, Brian avait encore fait dans sa culotte. Depuis un certain temps, il ne se salissait plus et répondait à des ordres verbaux simples, mais voilà qu'il recommençait à pleurer sans pouvoir s'arrêter.

Cela attrista Robin, qui savait Brian rationnel, brillant, beau… et voué à l'échec (ce que Brian lui-même savait). D'où ces tournées frénétiques, cette même porte claquée à répétition, ces heures passées assis dos contre le mur à se tordre les mains en restant sourd à toute tentative pour le distraire. C'était sa manière à lui de tenter de résoudre l'immense énigme de son moi intérieur et extérieur, d'essayer de presser les bons boutons, à la manière de Whit qui en enfonçant les touches de sa machine à écrire obtenait un résultat cohérent auquel son corps et son esprit avaient collaboré. Mais Brian n'y arriverait jamais.

Pendant ses Visites, Robin pouvait effectuer quelques petites

1. Jouet traditionnel constitué d'un bâton sur lequel on a taillé des encoches et à l'extrémité duquel un petit bout de bois est fixé comme une hélice. Frotter les encoches avec un autre bâton provoque la rotation de l'« hélice ». (*N.d.T.*)

tâches simples pour lui. Lorsque Robin prenait le contrôle, Brian s'habillait et se déshabillait sans problème, se baignait et mangeait lui-même. Mais une fois la Visite terminée, une fois Robin reparti, Brian se retrouvait aussi perdu qu'auparavant. Il pouvait imiter le moi de Robin durant un certain temps, mais tôt ou tard quelque chose se détraquait : de même que les cellules du corps finissent par perdre leur capacité à se reproduire sans défaut, le cerveau de Brian ne produisait bientôt plus que les exemples les plus bizarres de ce qu'il avait appris. Il peinait à se nourrir tout seul, oubliait de baisser sa culotte pour se soulager, mais pouvait tourner inlassablement en cercles parfaits et monotones.

Robin n'aurait pu dire comment il arrivait à Visiter. Bien entendu, il trouvait la séparation plus facile à atteindre dans son lit, après une dure journée, à l'instant où il se sentait sombrer dans le sommeil. Dans cet état-là, aucune Visite ne lui résistait. Mais éveillé, il n'y arrivait jamais aussi bien qu'avec Brian qui était complètement dépourvu de défenses et absorbait bien plus de stimulus qu'il n'en pouvait traiter. Robin utilisait une technique de projection qui consistait à se mouler dans la force-pensée puis à la lancer mentalement, et quand il le voulait vraiment, il pouvait laisser une trace jusque sur l'esprit le plus rigide, exactement comme en projetant sur un mur en béton une balle de caoutchouc imprégnée de peinture. Avec les personnes les plus réceptives, cela revenait à lancer la balle contre une clôture : de temps en temps, elle passait entre les piquets. Dans ces cas-là, Robin s'attirait souvent des regards étonnés qui le faisaient sourire.

Pendant quelques minutes, Brian ne tint aucun compte de sa présence et continua ses tournées, mais Robin persista à lancer la balle dans sa direction et finit par pénétrer dans l'esprit de Brian.

Comme d'habitude, la violente vague d'énergie le submergea presque, le garçon en train de sombrer tentant d'étouffer son sauveteur, mais il avait appris à garder Brian à distance jusqu'à ce qu'il arrive à harmoniser toute cette dissonance et à débarrasser Brian de son impulsion à tourner en rond. Cela prenait du temps et de l'énergie, et le corps continuait à avancer en sautillant et la voix à émettre ses psalmodies rauques jusqu'à ce qu'il y arrive.

À une ou deux occasions, Robin jeta un coup d'œil sur son propre corps, assis en tailleur à l'extérieur du cercle, tête baissée, yeux fermés, lèvres réduites à une simple ligne blanche, joues tavelées dégoulinantes de sueur. Mais il avait trop à faire pour se préoccuper du corps physique, et se voir de l'extérieur n'était plus une nouveauté pour lui. Il commença à s'accorder et à réguler les ondes cérébrales en plein chaos, à imposer ses rythmes plus calmes et plus lents au thalamus surchargé.

Brian ralentit bientôt l'allure. La mélopée laissa la place à des pleurs discrets.

« Pam ! » répéta-t-il à de multiples reprises, sa façon à lui de dire papa. Robin le dirigea vers son père et Brian se cramponna au genou de Whit avec peut-être un peu trop d'obstination, en se tétanisant presque. Cela valait toujours mieux que de tourner en rond.

Robin se retira à regret tandis que Franny revenait avec le bébé sur la hanche.

Elle jeta un coup d'œil à Brian et se pencha pour déposer un baiser sur le front trempé de Robin. Abasourdi, il leva les yeux vers elle.

« Je ne sais vraiment pas comment tu y arrives », dit-elle.

Whit, qui aurait bien eu besoin d'un peu d'aide après toutes ces bières, emmena Brian redevenu docile se baigner et se changer pour la nuit.

Fran bâilla et éteignit les lumières, plongeant la véranda dans l'obscurité ; elle adressa à Robin un sourire amical mais distant. Robin prit congé et partit.

Il s'attarda néanmoins quelques minutes entre les arbres pour écouter ce que Fran chantait doucement à Bernice en la berçant dans ses bras. Il la percevait, comme un reflet dans le champ de vision de son immense dévotion, qui se déplaçait lentement dans la véranda, les cheveux répandus dans le dos, pâle comme le cœur d'un arbre foudroyé.

Robin fut stupéfait de découvrir que les Tidrow étaient déjà rentrés de la vigile, ce qui voulait dire qu'il avait passé presque deux heures en compagnie de Brian. Pas étonnant qu'il ait du mal à tenir debout. Sa tante récurait le parquet de la cuisine sans laisser les émanations entamer sa bonne humeur. Elle lui avait mis de côté deux biscuits du dîner, que Robin dévora avec une généreuse ration de prunes en conserve. Il expliqua que Brian allait mieux. Fay hocha la tête et lui sourit. Ses mains étaient encore plus rouges que le coup de soleil sur son nez. Robin aurait voulu qu'elle ne soit pas à genoux en train de nettoyer un sol qui n'en avait pas spécialement besoin. Le remords le tarauda.

Fay capta une petite partie de son émotion et leva à nouveau les yeux.

« Laisse, je finirai demain matin », proposa-t-il, mais Fay répondit non, c'était son travail à elle, merci, Robin.

Il se demanda comment elle pouvait continuer à vivre avec un homme qui lui proposait si peu en retour, comment elle pouvait continuer à s'échiner pour lui. Robin avait beaucoup appris tout seul, par exemple pourquoi les Tidrow n'avaient pas eu d'enfants. Ce qui se produisait toujours lorsqu'il jouait avec sa queue dans le bain ou au lit n'arrivait presque jamais à Ellis Tidrow. S'il en ignorait la raison, Robin comprenait qu'un homme pouvait s'en ressentir profondément humilié. Mais Fay acceptait cette défaillance avec générosité et supportait l'absence de progéniture en essayant de ne pas étouffer Robin avec tout l'amour qu'elle aurait dû prodiguer à une maisonnée pleine d'enfants. La religion comptait vraiment pour elle et elle s'en trouvait grandie. Son mari, par contre, piochait dans sa Bible comme on creuse dans une grotte, pour fuir la vie qu'il détestait. Il ne demandait qu'une chose à l'existence : lui ouvrir les portes du Paradis pour avoir tant enduré.

Un jour, Robin avait tenté d'avoir une conversation sérieuse avec Tidrow sur un sujet qu'il trouvait complexe et fascinant. Il s'était servi d'une métaphore plutôt subtile pour quelqu'un de son âge. Je mets mon uniforme, avait-il dit, je vais au parc jouer un match de base-ball, et pendant six manches je ne pense qu'au jeu et à son déroulement. C'est toute ma vie, je prends ça vraiment très au sérieux. Ensuite, on gagne ou on perd, et j'ai fait quelques erreurs stupides pour lesquelles je m'en veux et j'ai besoin de temps pour y réfléchir, mais la partie est terminée, et je ne peux rien faire d'autre qu'enlever mon uniforme et attendre. Dès que je voudrais jouer, il y aura un autre match, et je sais que la prochaine fois je m'en sortirai mieux.

Donc, avait conclu Robin, là on est assis et on discute, et c'est ce qu'on croit être la vie, mais en fait, on se trompe, on a juste mis ces corps parce que cela fait partie du matériel nécessaire pour jouer un certain type de jeu, un jeu qu'il faut inventer au fur et à mesure. Mais la partie se terminera un jour ou l'autre, et à ce moment-là on enlèvera nos corps et on se reposera un peu, peut-être qu'on en discutera, par exemple avec des copains qui étaient là aussi. Et puis après, disons, une bonne nuit de sommeil, sauf qu'elle pourrait durer cent ans, on partira de là où on est et on trouvera un autre corps pour jouer une nouvelle partie. On aura tout oublié de la dernière partie ou de la précédente, et on ne pensera pas à toutes les parties qu'il nous reste à…

Il s'en fallut d'un cheveu qu'il ne se fasse frapper par un homme habituellement non violent. À la place, il eut le droit à un sermon fondamentaliste sur la nature de la relation de l'homme avec un Dieu de colère et sur les tourments éternels de l'enfer qui attendait les athées. Ellis Tidrow envisagea sérieusement pendant les deux semaines suivantes de chasser Robin de sa maison. Mais cela serait revenu à faire une croix sur une âme qui pouvait être sauvée, et sur les quatre cents dollars que versait tous les mois le père de Robin pour subvenir aux besoins de son fils, somme qui permettait à Ellis de se montrer généreux dans sa dîme et lui conférait un statut plus élevé au Sanctuaire de Lambeth. Ellis garda donc Robin, mais en surveillant de plus près ses études, contraignant l'enfant à introduire en fraude dans la vieille maison les livres que Franny empruntait pour lui à la section adultes de la bibliothèque.

La chambre de Robin, au deuxième étage, était meublée d'un lit affaissé, d'une armoire-penderie dont les portes ne restaient fermées qu'avec un bout de ficelle, d'une table et d'une chaise en bois. On l'avait néanmoins autorisé à la décorer à son goût. Un fanion des Cincinnati Reds était fixé au-dessus du lit. Une photo encadrée de ses héros, dédicacée à son nom par Johnny Bench en personne, jouxtait plusieurs clichés de son père pris le jour de la remise de son diplôme à Annapolis et en action au sein d'une équipe d'élite de démolition sous-marine. Il y avait aussi un Polaroïd récent sur lequel Robin se hissait sur la pointe des pieds pour tenir un grand barracuda qu'il avait pêché presque tout seul dans les hauts-fonds de Montezuma. Son père avait barré le haut de l'image des mots *Prise de Skipper – Bequia, Noël 1971*. Robin possédait aussi un petit portrait de ses parents pris avant sa naissance. Il n'avait plus que de vagues souvenirs de sa mère, décédée alors qu'il avait deux ans. Le Commandant n'en parlait presque jamais. Elle avait été mannequin et était morte des complications d'une infection dentaire pendant que le Commandant se trouvait en mer. Cela semblait une bien étrange façon de mourir.

Les livres occultes, Robin les gardait bien cachés, sachant qu'Ellis Tidrow fouillait régulièrement sa chambre à la recherche d'une preuve irréfutable que Robin était un suppôt de Satan.

Dans la salle de bains, au-dessus de la baignoire aux pieds de griffon, la colle des carreaux auxquels était fixé le porte-savon branlant avait cédé sur un grand carré, et en s'appliquant, Robin pouvait retirer à la fois le porte-savon et les carreaux. Entre les solives de bois sur lesquelles les carreaux étaient collés, il y avait de l'espace pour trois ou quatre livres. Robin lisait beaucoup dans la baignoire, certain que personne ne viendrait le déranger dans la salle de bains.

C'est dans les livres qu'il avait découvert la théorie de la réincarnation qui, en confirmant ce qu'il subodorait sur l'immortalité de l'âme, l'avait imprudemment décidé à tester le concept sur Tidrow. Il avait appris que ce qu'il appelait Visite était une forme de projection astrale, également connue sous le nom d'expérience extracorporelle. On connaissait peu de cas, mais Robin savait déjà que toutes les âmes voyageaient, ou rendaient Visite, de temps en temps, en général la nuit pendant le repos du corps. Robin se souvenait toujours très bien de ses Visites, ce qui était plutôt rare : pour le bien-être de l'entité (comme on la dénommait souvent), les Visites se déformaient et passaient pour des rêves.

Il était encore plus rare de Visiter comme il Visitait Brian Marshall. Robin découvrit que les livres ne mentionnaient presque jamais certains de ses autres talents qu'il dévoilait parfois, pas toujours volontairement. Un jour qu'il attendait dans le parc son coéquipier Harkaday, il avait laissé courir deux de ses doigts sur le grillage de l'écran de protection. Cela y avait ouvert une brèche d'un mètre cinquante dont les gens avaient parlé pendant des jours. Robin aurait bien voulu réessayer, mais il préférait éviter qu'on en parle à nouveau.

Pour autant qu'il le sache, personne d'autre ne savait faire comme lui avec une balle de tennis. Quand il en prenait une et se pliait en deux en se la plaquant brutalement sur le plexus solaire, cela la retournait, la mettait dedans-dehors, mais il pouvait tout aussi facilement remettre le côté pelucheux à l'extérieur sans que la balle perde de ses capacités de rebond. Il avait montré son tour à Bob Brownell, un élève de dernière année qui faisait le magicien dans les fêtes d'anniversaire des petits. Bob l'avait ensuite embêté pendant des semaines pour connaître le truc. De guerre lasse, Robin avait fini par prétendre utiliser deux balles. Bob continuait à trouver ce tour sacrément bon et était sans doute toujours en train de s'entraîner.

Quoi d'autre ? Les jours où Robin se sentait obligé de parfaire ses talents, il pouvait déclencher d'un simple regard la sonnerie de son réveil, et le jour de la fête nationale il avait ainsi fait tinter vingt-six fois l'horloge du tribunal de Lambeth à deux heures dix de l'après-midi. Cet exploit avait exigé tant d'énergie de lui qu'il avait manqué s'évanouir et avait souffert d'une vague nausée pendant plusieurs jours. Là encore, ses lectures lui avaient fourni le terme par lequel on désignait le phénomène : *psychotronique*. Son esprit avait des affinités avec les machines.

Fran savait ne pas poser de questions, et Whit et elle ne passaient pas leur temps à trouver Robin *bizarre* juste parce qu'il avait de l'influence sur Brian. Mais Fran n'était pas qu'une amie proche. Robin était sincèrement amoureux d'elle, et elle ne pouvait manquer de son côté d'avoir des sentiments à son égard. À la fin de l'hiver précédent, alors qu'un après-midi Fran berçait Bernice dans le rocking-chair sur la véranda, Robin, fatigué de tailler au couteau, avait grimpé sur ses genoux pour se faire bercer aussi, et au bout d'un agréable moment de somnolence et de demi-sommeil en commun, il avait levé la tête et demandé à goûter son lait. Fran n'avait pas hésité à lui présenter son autre sein.

Le lait de maman était chaud, poisseux et doux, et il avait pu en boire tout son soûl bien avant de se lasser de l'excitation procurée par la tétée et par la perception de l'émotion qu'elle ressentait en se balançant et en lui caressant la nuque. Encore quelques années et il serait assez grand pour prendre soin de Fran… une fois que ce qui allait arriver à Whit sur le pont se serait produit parce qu'il buvait.

Le jouet préféré de Robin était à cette époque-là un pantin articulé en bois que Whit lui avait fabriqué. Le pantin sans caractère, haut d'environ vingt-cinq centimètres, était articulé aux épaules, aux hanches et aux genoux grâce à des petits clous. Lorsqu'on tournait la tige de bois fixée au milieu de son dos, le jouet se trémoussait, dansait, ses grands pieds maladroits martelant la table de Robin. Mais ce soir-là, il trouvait le pantin plus déprimant qu'amusant : cela lui rappelait trop Brian.

Il le rangea et se coucha, languissant, pour la première fois depuis des mois, de Visiter sa propre espèce, de pouvoir parler de ce grillage dont il avait proprement séparé les mailles sans les couper ni les fondre, des cloches le jour de la fête nationale ou encore de ce nouveau talent qui se développait lentement en lui, celui de voir, simplement en touchant quelqu'un, certains fragments et bribes de son passé et de son futur proche.

Robin savait qu'il y avait des centaines, voire des milliers de gens comme lui, et il le savait non pour en avoir rencontré mais plutôt à cause de fronts d'onde, d'un sismographe mental de non-Visitation. Mais il ne pouvait pas se lancer comme ça dans une Visite sans savoir qui était et où se trouvait exactement la personne qu'il Visitait. Il existait une règle absolue : une fois sorti de son corps, on n'errait pas au hasard, sauf à vouloir courir bien plus de risques qu'en faisant de l'auto-stop en pleine nuit sur une route peu fréquentée. On pouvait se retrouver dans des situations épouvantables. Ellis Tidrow se croyait capable d'imaginer les horreurs de tous les démons de l'enfer, mais un seul regard aux créatures grouillant dans l'éther (qui était à la fois l'espace et la source de la vie elle-même), juste au-delà de la perception normale, l'aurait plongé tout hurlant dans un état de démence dont il ne serait jamais ressorti.

Ces créatures effrayaient Robin, pourtant habitué à elles. Il avait appris à les ignorer lors de ses premières tentatives de Visite, des essais à courte portée. Leurs cris, leurs descentes en piqué ou leurs séduisantes protestations d'amitié ne manquaient pas de vous intimider. Robin avait compris d'instinct qu'elles ne pouvaient ni le blesser physiquement, ni couper le cordon bleu de lumière scintillante qui le reliait à son moi physique, mais si elles arrivaient à l'affaiblir par la peur ou à le séduire par la flatterie, elles risquaient alors de s'inviter dans le corps endormi. Et une fois installés, elles ne partaient jamais de leur plein gré. Or c'étaient des hôtes infects.

Il savait où il voulait aller ce soir-là, même si ses précédentes Visites l'avaient souvent déçu. Il se dressa donc, superbe, comme quelque chose de noyé ; coincé ; oscillant en remontant le flot lumineux que déversait la lune, en équilibre – les mains flottantes – avec comme seul poids la pensée de la chair – et non la chair elle-même – accrochée à ses talons, sa progression ralentie par le désir d'évoluer en liberté au-dessus des menaces terrestres. Il s'éleva encore, d'un coup de pied, entre les dormeurs de la maison, l'un silencieux et la respiration calme, l'autre tremblant dans sa nuit de fièvres pentecôtistes ; il traversa le toit et les branches et les feuilles emportées par la brise et se dirigea vers l'est, croisant un corbeau de nuit et une chouette furtive, survola tel un flamboiement de parasites un torrent à moitié assoupi, la dernière chute bleue de la montagne. Il traversa des niveaux de *ghost dance*[1] et des endroits hurlants où des créatures semblables à des loups bondissaient vers l'œil fermé de la Lune et retombaient, frustrées, dans un bain de sang.

Les chiens maléfiques le détaillèrent, canines découvertes et langue pendante. Les magiciens noirs aux ailes veinées et aux griffes anémiées appelèrent avec des murmures fins comme une langue vipérine. Il vit des incubes et des succubes. Il vit un lutin aussi répugnant qu'un rein frit.

Robin trouva la paix dans les profondeurs infinies de la lumière, sentit la présence palpitante de sa jumelle comme une grosse veine pulsant sur le fœtus de l'été. Arrivé à proximité, il

1. Danse religieuse des Indiens d'Amérique destinée à provoquer des visions de la vie après la mort. (*N.d.T.*)

fondit sur elle, qui dormait dans son lit à l'intérieur de la maison près du pont.

Elle était allongée sur le dos, une main tendue pour agripper son vieux panda, et sa respiration bruissait entre ses lèvres. Le haut de son pyjama, à moitié déboutonné, était tout entortillé. Pas la moindre vigueur dans ce corps de dix ans, rien que la douceur cruciale de la jeunesse, les mamelons plats sans plus de signification que des cicatrices de vaccination. Il se réjouit de l'entendre et de la voir ainsi sans protection. Mais elle ne savait pas qu'il était là, même si, sur le rebord de la fenêtre, le chat avait levé la tête, la lumière du couloir teintant ses yeux d'or terne. Robin expédia d'impérieuses pensées à l'assaut de l'état d'oubli de la fille.

Gillian!

Elle remua, serra plus fort son panda en émettant un murmure réprobateur, mais n'ouvrit pas les yeux, ne répondit pas. Robin parcourut du regard cette chambre qu'il connaissait bien pour y avoir souvent joué quelques années plus tôt – avant qu'ils se retrouvent inexplicablement séparés. Il admirait nombre de ses possessions, en particulier cette boîte aux lettres en cuivre massif récupérée pendant la démolition de la vieille gare de la Compagnie des chemins de fer de Pennsylvanie. Il aimait le théâtre de marionnettes et le confortable fauteuil à bascule en bois courbé. Bien entendu, les quelques poupées en vitrine ne l'intéressaient guère. Par contraste, sa propre chambre avait toujours été très austère. Quand Gillian venait lui rendre Visite en Virginie, ils préféraient jouer dehors, dans les vallons et les creux fleuris qui entouraient Lambeth.

Gillian, arrête de faire semblant! Tu sais que c'est moi, Robin. Je veux juste te parler, c'est tout. J'ai plein de choses à te dire.

Il arrivait plus ou moins à lui « parler ». Mais elle se retourna sur le ventre sans se réveiller, le panda serré contre elle. Cela le mit en colère et il regretta de ne pas être présent en chair et en os pour pouvoir lui taper si fort sur les fesses qu'elle en bondirait hors du lit.

Pourquoi tu ne me rends plus Visite, pourquoi tu ne me laisses plus te rendre Visite ? Allez, Gillian, c'est idiot. Tu peux faire tout ce que je peux faire. Tu es ma sœur…

Mais elle ne l'était pas, pas tout à fait, et peut-être le problème venait-il de là. Il l'avait épousée et engendrée et aussi aimée dans tant de vies antérieures, et cette fois-là ils avaient voulu être frère et sœur, naître à deux doigts l'un de l'autre, une unicité en miroir. Mais le fœtus avait eu un problème dans l'utérus bondé. Le cordon ombilical s'était entouré autour de son cou, l'avait étouffé, forçant Gillian, à peine une heure avant la naissance, à lui trouver un autre corps afin qu'ils puissent naître au plus fort des conjonctions et de l'éclipse solaire.

Ils s'étaient donc retrouvés jumeaux psychiques et non de sang, mais cela n'avait pas semblé changer grand-chose au cours de leurs trois premières années. Ils étaient presque inséparables et se rendaient constamment Visite. Puis Gillian avait commencé à renier ses pouvoirs innés, et à le renier par la même occasion.

Ce n'est pas bien d'agir comme ça, Gillian, pensa-t-il avec mauvaise humeur. *J'ai besoin de toi. Il n'y a qu'à toi que je peux dire… des choses.* Il se laissa aller à un dernier accès de colère. *Va te faire voir, Gillian ! Je ne vais pas t'attendre toute la nuit. Je m'en vais !*

Elle n'eut aucune réaction, soit parce qu'elle n'avait pas entendu, soit parce qu'elle s'en fichait. *Un jour, tu auras besoin de moi, tu verras,* pensa Robin en guise d'adieu. Il partit mécontent, et retourna en deux longs clins d'œil à son lit de montagne froid et défoncé.

Gillian soupira, remua et se retourna dans son lit, projetant le panda sans yeux par terre, donnant un coup de son pied mince et bronzé dans le drap froissé, ne rêvant plus désormais que superficiellement, trop jeune pour comprendre qu'elle pouvait briser le cœur de quelqu'un.

SIX

À seize heures dix, en cette maussade veille de Noël, le dernier des ouvriers quittait en break la ville de Bradbury, dans le Maryland. Quelques kilomètres plus loin, la baie de Chesapeake moutonnait. Le vent de sud-ouest crachait des particules de neige, même si la météo n'avait pas prévu de manteau blanc pour le lendemain. Sur la place, le sapin de Noël d'un vert trop artificiel frissonnait à chaque bourrasque. Le vent emporta l'une des décorations métalliques, qui rebondit d'un bout à l'autre de la place pour finir sa course devant la gare où les trois wagons neufs d'un train de banlieue attendaient le départ de seize heures trente-sept.

Les reflets irisés de cette décoration grosse comme un pamplemousse attirèrent l'attention d'un grand aigle d'Amérique qui planait très haut au-dessus de la gare. Les aigles ne fréquentaient que rarement les environs, mais celui-ci, vieux et distrait, était revenu par erreur vers ce qu'il avait connu sous la forme d'étendues de pins idéales pour se percher et chasser. L'aigle descendit en cercles et se posa sur le dôme de la gare. Une inspection plus poussée le convainquit qu'il ne trouverait rien à manger à cet endroit. Ces rues-là semblaient étrangement vierges des habituels débris comestibles qui attiraient les petits oiseaux et les rongeurs dont l'aigle faisait son ordinaire lorsque les canards noirs se raréfiaient sur l'estuaire plus au nord.

Il reprit son essor et survola un taxi bleu, qu'il marqua au passage d'une fiente d'un blanc crayeux. Il passa à basse altitude devant le grand magasin, la pharmacie, la banque et le cinéma sans rien voir d'autre que son reflet élégant dans les vitrines. Mais il faisait déjà presque trop sombre pour qu'on y voie quoi que ce soit, et pourtant aucune lumière n'apparaissait dans la ville. L'aigle s'éleva au-dessus de la centrale électrique municipale silencieuse, puis de la caserne de pompiers et de l'école, devant laquelle le bus de ramassage scolaire attendait, portes ouvertes. Il quitta Bradbury en franchissant les rails de chemin de fer et la clôture de trois mètres de haut coiffée de barbelés.

Sentant, avant même de la voir, la flotte d'hélicoptères qui arrivait de l'ouest en rase-mottes, le rapace prit de l'altitude pour rejoindre la crique inhabitée dans laquelle il s'était établi. On pouvait vivre des années près de Chesapeake Bay sans jamais l'apercevoir, ni lui ni aucun de ses congénères. Il n'y naissait plus guère d'aigles d'Amérique, leur nidification ayant été gravement compromise par les tonnes de pesticides et autres phosphates artificiels que l'ouragan Agnès avait poussées en 1972 dans la baie. Ils pondaient des œufs trop souvent anormaux. Les aiglons éclosaient déformés, incapables de survivre plus de quelques jours.

L'hélicoptère de tête franchit les barbelés à trente mètres d'altitude. Luxueusement aménagé pour une douzaine de passagers, il ne transportait que l'équipage plus cinq hommes, dont le responsable de la conception de Bradbury et celui qui s'était chargé de la construction de la petite ville – deux opérations qui avaient été menées à bien en presque exactement un an.

Les deux autres hommes étaient les gardes du corps du cinquième passager, un manchot nommé Childermass installé dans un fauteuil en cuir. Childermass regarda par le hublot tandis que les quatre gros hélicoptères faisaient lentement et bruyamment le tour de la ville. Des lignes profondes barraient son front. Il avait des yeux gris, d'une taille différente l'un de l'autre, et une bouche grande comme une boutonnière. La raideur de ses cheveux blonds rejetés en arrière évoquait la crête d'un martin-pêcheur en colère. Dans l'ensemble, son visage était étrange, désordonné, aussi rond et désolé que la lune.

Le concepteur et le constructeur de Bradbury l'observaient avec attention. Lorsque l'hélicoptère acheva son tour de la ville, Childermass se rencogna dans son fauteuil et porta la main au moignon de son bras gauche. Huit mois après, ce bras refusait toujours de cicatriser et allait exiger une nouvelle intervention chirurgicale mineure. Il lui avait été arraché à Washington, par une nuit pluvieuse, à la suite d'un plan pourtant soigneusement conçu qui avait mal tourné. Childermass souffrait souvent de son absence, mais moins que du souvenir de l'humiliation qu'il avait subie.

« Eh bien, dit-il en tendant la main, voyons voir comment vous vous en êtes sortis. »

On lui passa une machine qui ressemblait à une calculatrice électronique. Il la posa sur ses genoux, saisit un code avec deux doigts et regarda à nouveau par le hublot. L'obscurité était désormais quasi complète. Dix secondes s'écoulèrent sans qu'il se produise rien, mais quelque part dans un bunker de béton enterré sous Bradbury, un ordinateur s'éveilla et émit des instructions. Dans la centrale électrique, des roues commencèrent à tourner lentement avant d'accélérer en bourdonnant.

Toutes les lumières de Bradbury s'allumèrent. Sur la place, le sapin de Noël prit soudain un air somptueux et devint visible à des kilomètres à la ronde sur la plaine du terrain d'essai d'Aberdeen. Quatre feux de circulation passèrent au vert, puis au rouge. Les téléviseurs dans la vitrine du magasin d'électroménager se mirent à scintiller en recevant des images câblées. À l'intérieur du cinéma, un projecteur 16 mm fit apparaître sur l'écran Marlon Brando dans *Le Parrain.* Le train de seize heures trente-sept quitta la gare à l'heure prévue et entama son circuit de deux kilomètres à l'intérieur du périmètre délimité par les barbelés, circuit qui comportait deux autres arrêts avant de revenir à la gare sur la place. Le bus scolaire ferma ses portes et mit le cap vers l'est, s'arrêtant au passage à niveau pour laisser passer le train qui roulait alors à une trentaine de kilomètres-heure. Le taxi bleu avança jusqu'à la gare, la laverie automatique et la caserne, passant devant une voiture de la police municipale et un camion de livraison qui accomplissaient eux aussi sans le moindre conducteur des circuits préprogrammés dans Bradbury. De la musique de Noël s'éleva, mais le vacarme des hélicoptères en vol circulaire, en se réverbérant dans les rues, aurait empêché quiconque s'y serait tenu de l'entendre.

Dans l'hélicoptère de tête, les deux hommes qui venaient de se tuer à la tâche pendant douze mois ouvrirent une bouteille de champagne pour fêter l'événement. Childermass eut un petit sourire ambigu.

« Voilà bien le plus beau train électrique qu'un garçon puisse avoir. »

N'étant pas mordus de cinéma, ils ne comprirent pas mais acquiescèrent poliment. Childermass ne prit pas la peine de leur expliquer[1].

Au cours des jours suivants, alors que sa fièvre diminuait et qu'elle dormait presque tout le temps, Gillian sentit, lors de ses rares moments de lucidité, qu'on ne l'approchait que revêtu de blouses d'hôpital, de coiffes et de masques, et qu'on ne la touchait qu'avec des gants. Même son père et sa mère portaient des masques – si c'étaient bien eux : elle voyait parfois trouble et avait l'impression d'être séparée des visages qu'elle regardait par une ennuyeuse épaisseur de plastique. *Tente à oxygène.* Elle n'entendait pas très bien non plus : les voix étaient brouillées à la

1. Les mêmes mots sortirent de la bouche d'Orson Welles en 1939 lors de sa première visite des studios de la R.K.O. pour laquelle il allait réaliser *Citizen Kane.* (*N.d.T.*)

fois par le chuchotement de l'oxygène qu'aspirait la volumineuse tente et par un vibrato qui bourdonnait en permanence dans ses oreilles, comme le son produit par un archet frottant d'une certaine façon les cordes en boyau d'un violon des montagnes : c'était bruyant, mais relativement musical.

Cet appareillage et l'évidente gravité de son cas auraient dû la bouleverser : elle se trouvait dans un hôpital où elle subissait des affronts genre prélèvements, aiguilles, thermomètre rectal et autres. Elle restait pourtant apathique. Essayer de comprendre ce qui avait pu lui arriver était bien trop fatigant. Mieux valait dormir.

Sans aucune transition dont elle eût conscience, elle se retrouva faible mais parfaitement réveillée dans une autre chambre où seul un éventail de lampes au coin du plafond dissipait la semi-obscurité. Elle n'avait plus aucun problème de vision et constata qu'une canule nasale avait remplacé la tente à oxygène. Elle sentit une douleur pulser dans sa main droite et tourna la tête, que soutenait une pile d'oreillers. Son bras était attaché par du ruban adhésif à une planche, et elle avait le dos de la main enflé là où on avait inséré l'aiguille de l'intraveineuse. Des monceaux de fleurs encombraient le rebord d'une fenêtre. Dessous, une table avec un petit sapin de Noël entouré de cadeaux enrubannés.

Gillian s'éclaircit la gorge.

« Joy… Noël », murmura-t-elle sans s'adresser particulièrement à quelqu'un.

Une infirmière aux épaules carrées et aux lunettes sévères s'approcha du lit, un petit badge bleu et blanc libellé *Mrs D. Ombres* épinglé sur sa poitrine amidonnée. Juste derrière elle, il y avait la grand-mère de Gillian, Min, qui résidait en général à Palm Springs. Elle était bronzée, noueuse et reluisante, comme un beau meuble ambulant.

Gillian fut étonnée et ravie de la voir.

« Salut », dit-elle, et elle fit la grimace. C'était d'*elle* que sortait ce croassement rauque ? La parole lui était devenue une sorte de talent exotique qu'elle se devait de réapprendre à maîtriser.

L'infirmière entreprit de lui prendre le pouls. Grand-mère Min contourna le lit pour se placer à droite de Gillian.

« Eh bien, bonjour. Comment te sens-tu ?

— Un peu… engourdie et… dans les vapes, j'imagine. » Gillian lécha ses lèvres desséchées. Min lui tint le broc d'eau pour qu'elle puisse y boire avec une paille courbe. Quand elle eut son content, elle demanda l'heure.

Min jeta un coup d'œil sur le cadran minuscule d'une montre encombrée de diamants.

« Neuf heures vingt.

— Non, je veux dire… » Gillian regarda le petit sapin de Noël qui se dressait gaiement devant une montagne de cartes de vœux.

« Oh, eh bien, nous sommes le 27 décembre, Gillian. L'année est quasiment finie.

— Ah bon ? Quand est-ce que j'ai… Combien de temps…

— Tu as été hospitalisée le 21. Cela fait donc une semaine. » Mme Ombres sourit et relâcha le poignet de Gillian.

« Je reviens tout de suite, dit-elle.

— On m'a hospitalisée ?…

— De quoi te souviens-tu exactement ? » demanda Min tout en posant son gros recueil d'œuvres de Dashiell Hammett pour s'asseoir au bord du lit. Gillian fit la grimace.

« Pardon. Mal à la main ?

— Mmh-mmh. Eh bien… si je me souviens bien… Larue a dormi chez nous. On est allées faire les magasins, on a vu un film. Je ne sais plus lequel. Ensuite, je me souviens… De docteurs. D'infirmières. Des masques que tout le monde portait comme si… comme si on avait peur de respirer à côté de moi. Ma tête… elle brûlait. Je suis si malade que ça ?

— Tu étais *très* malade, chérie, une espèce de microbe tropical bizarre, croyait-on, alors on t'a placée quatre jours en isolement, à titre préventif. Ensuite, ils ont décidé que c'était la grippe. Une de ces nouvelles variétés monstrueuses. Encore peu répandue aux États-Unis, Dieu merci. Mais ce n'est aussi grave que dans un cas sur mille.

— Tu es là depuis longtemps, grand-mère ?

— J'ai pris l'avion dès que Katharine m'a appelée. Nous nous sommes tous relayés pour te veiller depuis ta sortie d'isolement. Et, bien entendu, il y avait toujours une infirmière avec toi. La grande costaude, c'est Mme Ombres. Elle a dû aller chercher le thermomètre, c'est à peu près l'heure, mais tu n'as presque plus de température depuis vingt-quatre heures.

— C'est… vraiment dommage pour sa voiture.

— Tu dis ? J'entends de moins en moins bien de cette oreille.

— Sa voiture… toute démolie. Pas dans un accident. Quel genre de gamin… s'acharne au marteau sur une voiture toute neuve ? Pourquoi est-ce qu'il la hait à ce point ?

— Tu as dû nous entendre en parler. Le jeune homme est quelqu'un qu'elle essayait d'aider, par pure bonté d'âme. Quel sale tour il lui a joué ! Elle en est toute retournée. »

Gillian le savait déjà, sans bien comprendre néanmoins comment elle l'avait appris, tant pour la voiture neuve de Mme Ombres que pour le jeune paumé plein de rancune que celle-ci avait recueilli. Mais en lui prenant le pouls sans dire un mot, l'infirmière lui avait communiqué son infortune, ce sentiment de trahison qui la faisait davantage souffrir que la destruction de son automobile… Tout à coup, Gillian pensa à autre chose.

« Qui est mort ? demanda-t-elle.

— Tu pourrais parler un peu plus fort, Gillian ?

— Tu… as assisté à un enterrement. Juste avant de partir du désert. »

Min hocha la tête. « Celui de ma chère Lucille, une très vieille amie. Mais comment le sais-tu ?

— J'ai… je viens d'entendre la musique. De sentir les fleurs. Et… je la vois. Elle porte de la soie. Pas vrai ? De la soie couleur pêche. »

Min retira sa main de la joue de Gillian et sourit jusqu'aux oreilles, toutes gencives dehors.

« Oui. Elle… Je ne me souviens pas avoir parlé à qui que ce soit de…

— Il n'y a pas besoin de me le *dire*, répliqua Gillian avec un peu d'humeur Je le vois. Cancer ?

— Oui. Qui aurait cru que le méchant crabe arriverait à s'emparer de Lucille ? Mon Dieu, quelle battante c'était ! Et dynamique, avec ça. À soixante-dix ans, elle continuait à jouer au tennis. On plaisantait tout le temps là-dessus, pendant qu'autour de nous nos amis tombaient comme des mouches. "Pas moi, disait-elle. Le cancer n'oserait pas." »

Gillian sourit doucement et ferma les yeux. Mme Ombres revint avec le thermomètre électronique. Min se leva du bord du lit.

« Je vais appeler Avery et Katharine pour leur dire que tu vas vraiment bien. »

Mme Ombres tira les rideaux autour de Gillian. Min regarda le téléphone, mais tout ce coin de la chambre était soudain brumeux. Au lieu d'aller directement téléphoner, elle passa dans la salle de bains pour se rafraîchir. Elle eut un choc en se regardant dans le miroir. Son œil gauche, rouge comme une tomate, se remplissait de sang. Elle avait subi deux interventions chirurgicales au laser pour corriger cette faiblesse des minuscules vaisseaux sanguins de la sclérotique, la dernière remontant à quatre mois.

Personne ne fait-il donc plus les choses correctement ? Min n'avait pas souvenir d'une hémorragie de cette ampleur. Rien de dangereux à court terme, mais cela lui enlaidissait l'œil et elle détestait porter des lunettes de soleil à l'intérieur. Elle baissa la tête pour ne plus se voir. Ses mains tremblaient quand elle les lava.

Sur Long Island, Hester Moore emprunta la route de la crique à l'est du village de Beach Meadows. Il était quatre heures du matin. Dans les phares de sa Maverick de location, les flocons de neige tombaient comme des parachutes. Elle n'avait pas vu la moindre voiture dans son rétroviseur depuis qu'elle avait quitté la 27A, plus de dix minutes auparavant, mais lorsqu'elle atteignit le rideau de cèdres qui masquait l'entrée de chez les Nally, elle tourna néanmoins subitement à gauche, passa de phares en veilleuses et grimpa jusqu'à la résidence secondaire aux volets fermés. Là, elle fit demi-tour, éteignit veilleuses et moteur, puis s'installa pour le troisième des arrêts de dix minutes prévus pour déjouer une éventuelle surveillance.

Devoir patienter alors que Peter se trouvait si près la frustrait à l'extrême. Une forte migraine ne l'avait pas quittée de tout le trajet et elle avait presque pleuré de peur, non d'être suivie mais de ce qu'il lui faudrait faire en arrivant au refuge de Peter. Elle savait qu'elle allait se comporter comme une idiote hystérique. Pourquoi ne pouvait-elle pas simplement conduire et en finir ?

La maison des Nally surplombait la route. De son poste d'observation, Hester apercevait quelques lumières éparpillées sur Beach Meadows ainsi qu'une bonne partie de la route de la crique. Si un autre véhicule l'empruntait derrière elle, elle en verrait les phares dès qu'il sortirait du village. Mais personne ne l'avait suivie, du moins pas depuis l'aéroport, elle en aurait mis sa main au feu. Elle avait perdu des heures à suivre les instructions précises, voire maniaques, de Peter. Sortir au tout dernier moment de l'avion en le laissant emporter ses skis à Denver aurait certainement suffi à brouiller sa piste pour le plus acharné de ses poursuivants.

Hester consacra les longues minutes d'attente à se tapoter rapidement le menton du dos des doigts afin de tonifier la chair qui s'y relâchait un peu. C'était à peu près son seul défaut physique en dehors de quelques minuscules cicatrices d'acné faciles à dissimuler. Elle avait des cheveux d'un noir de jais qu'elle savait coiffer d'une douzaine de manières flatteuses, des yeux ronds sombres et confiants, une bouche rouge et expressive qui savait se faire sournoise ou salace suivant son humeur.

Pour le moment, ses lèvres restaient serrées sans chaleur. Il faisait *très froid* dans la petite voiture, une fois le moteur coupé. Mais Peter l'avait avertie qu'ils disposaient d'équipements assez sensibles pour repérer le bruit d'un moteur, fût-il au ralenti, à plus d'un kilomètre. Même si la voiture était dissimulée, ils détecteraient la chaleur du moteur à plusieurs centaines de mètres à l'aide d'un « appareil d'imagerie thermique ». Il devait s'y connaître, mais il lui arrivait de l'effrayer délibérément afin de l'inciter à plus de prudence.

Hester activa l'affichage de sa montre Pulsar : neuf minutes. Elle décida que cela suffisait. Elle redémarra la Maverick, qu'on avait réservée pour elle et qui l'attendait quelques minutes seulement après qu'elle était sortie de l'avion pour Denver. Personne n'aurait eu le temps de placer un mouchard sur la voiture de location, et elle avait emprunté et quitté à plusieurs reprises l'autoroute de Long Island afin de semer d'éventuels suiveurs. Cette partie-là avait été excitante, elle aimait la conduite rapide et sportive, même si elle aurait préféré avoir sa petite MG pour sortir sans prévenir de l'autoroute en coupant brusquement toutes les files dans un grand crissement de pneus. Cela avait été parfois un peu juste, mais l'excitation était retombée depuis bien longtemps et toutes ces précautions lui semblaient maintenant puériles, inutiles et paranoïaques. Et qu'est-ce qu'elle allait *dire* à Peter ?

Cinq kilomètres plus loin sur la route de la crique, les phares de la Maverick illuminèrent la clôture en grillage sur la dune. Elle les éteignit avant d'emprunter l'allée défoncée qui desservait la maison. La neige la gifla de ses flocons denses lorsqu'elle descendit de voiture. Elle plaqua la bandoulière de son sac contre son torse, baissa la tête et courut vers la porte.

La maison qu'elle avait empruntée à Connie Sepoy était une vieille baraque solide sans vraiment de personnalité vue de l'extérieur. Mais à l'intérieur, le mari architecte de Connie avait tout vidé et simplifié en une espèce de grande pièce haute comme une église avec une charpente à chevrons, des fenêtres à claire-voie du plus bel effet, des mezzanines, des parcs à bébé, des coins salon et une grande terrasse dînatoire autour de l'îlot de cuisine. Peu de gros meubles. La maison était bien isolée contre la tempête qui sévissait dehors, la véranda servant de sas. Hester entra à pas de loup. À l'étage principal, un faux feu de bois à gaz brûlait à son niveau minimum. Elle s'immobilisa le temps de s'habituer à l'obscurité. Elle repéra sur une des mezzanines Peter endormi sur le ventre et monta doucement l'escalier autoportant. Elle était déjà à moitié nue en arrivant au lit, les yeux désormais parfaitement accoutumés aux formes obscures de la maison. La tête de Peter semblait étrangement noire sur l'oreiller : la lotion de repigmentation capillaire qu'elle lui avait achetée faisait déjà effet. Hester se glissa hors de ses sous-vêtements et, folle d'excitation, s'agrippa les seins en soulevant les mamelons. Ses larmes débordaient presque. Elle se pencha pour toucher la tête endormie.

Elle sentit avec horreur le cuir chevelu glisser sous ses doigts, sentit la froideur mortelle du crâne en dessous, et réalisa au même moment qu'elle ne l'avait pas vu respirer sous la couverture.

Elle poussa un cri plus terrifiant qu'un hurlement, s'éloigna à reculons du lit, marcha sur un pied nu et anguleux.

« Hester ! »

Elle se retourna, les bras levés pour se protéger, vit les crêtes et les angles abrupts de son visage dans la lumière bleue et distante du feu à gaz ; elle regarda à nouveau le lit, l'assemblage de perruque, de galet rond et de membres en chiffon. Un instant, elle paniqua et faillit le frapper qui cherchait à la toucher pour la rassurer. Puis elle grogna, s'étrangla, éclata en sanglots, et ne fut plus qu'un poids mort entre ses bras.

« Hester, je suis désolé… Je ne peux pas prendre le moindre, moindre risque.

— Mais à *moi*, tu peux faire confiance ! Tu n'as pas encore compris ça ? Je voulais seulement… te retrouver, faire l'amour avec toi, faire en sorte que tout aille bien ! Oh, mon Dieu…

— Je vérifiais derrière toi, murmura Peter. Aucun problème, apparemment. »

Il débarrassa le lit, l'y installa et s'allongea à ses côtés, mais elle avait perdu toute notion de son moi physique.

« Je sais que ça a été dur pour toi, Hester…

— Tu ne sais rien ! Écoute… » Mais pendant quelques instants, elle ne put que sangloter, sangloter de toute son âme. Elle reprit petit à petit le dessus et s'aperçut avec plaisir qu'il laissait longuement et tendrement courir le bout de ses doigts du creux de son dos jusque loin entre ses jambes, où elle finit par fondre, tout simplement fondre, comme une motte de beurre par une chaude journée…

Il y avait de la lumière dehors. Peut-être s'était-elle assoupie. Hester roula sur le côté et regarda Peter allongé sur le dos. Il avait les yeux fermés et respirait profondément. Elle le regarda avec avidité. Leur rencontre remontait à un peu plus de deux mois, au moment où, dans un restaurant bondé de l'East Side, Peter lui avait demandé la permission de s'asseoir à sa table. Hester, déjà à la moitié de son repas, l'avait jaugé d'un regard méfiant, mais il était présentable, juste un peu miteux, comme un intellectuel au chômage. Avec des yeux attirants. Il fallait qu'elle aille à son cours du soir en comptabilité et elle n'avait pas du tout envie d'entamer une conversation. Mais Peter avait ceci de curieux qu'une fois qu'on avait commencé à lui parler, même avec l'idée de l'envoyer balader, on ne pouvait plus s'arrêter. Avec son regard qui invitait à la confidence, il semblait plus accessible et plus compréhensif qu'un psychiatre. Il aurait pu lancer une statue dans un monologue. Avant même d'avoir achevé son dîner, Hester avait décidé de sécher son cours. Et avant la fin de la soirée, elle s'était convaincue qu'elle avait le béguin pour lui. Béguin devenu depuis réel, mortellement réel… Hester ne sut qu'elle pleurait qu'en voyant ses larmes tomber sur le visage endormi de Peter.

« Il y a un problème ? demanda-t-il sans ouvrir les yeux.

— Peter, j'ai essayé… de te parler de l'ordinateur. J'ai pu avoir le code d'accès… et… »

Il leva les yeux vers elle et la regarda de longues et graves secondes sans changer d'expression.

« Peter… L'ordinateur dit… que Robin est mort. »

Elle ne put supporter ni de le regarder ni d'esquiver son regard. Le seul changement immédiat fut qu'il se raidit petit à petit et détourna calmement les yeux de son visage, comme si tout d'un coup il ne supportait plus de la voir. *Autrefois*, pensa-t-elle avec un frisson de tout le corps, *on mettait à mort les porteurs de mauvaises nouvelles.* Il y eut un changement dans le rythme de sa respiration, un grincement dans sa gorge. Il jeta ses jambes hors du lit et se leva. Il enfila avec raideur de vieux vêtements chauds, descendit l'escalier et sortit de la maison. La couverture couleur rouille sur les épaules, Hester commença par le suivre, mais s'arrêta à la véranda, d'où elle l'observa en grelottant : désespéré, il se lançait à l'assaut des dunes désagrégées sous le ciel gris et moucheté de neige. Elle le suivit des yeux jusqu'à ce qu'il disparaisse, se demandant si, maintenant qu'une partie à ce point essentielle de lui avait péri, il reviendrait un jour.

SEPT

Une fois que le jeune Dr Newbold Jr lui eut changé son pansement au cours de sa tournée de huit heures, Irene Cameron McCurdy se prépara à rendre une visite.

La veille, son coiffeur était venu tout spécialement à Washington Heights l'apprêter pour le Nouvel An, et Irene avait dormi assise dans son lit d'hôpital de peur d'abîmer sa coiffure. Dans la lumière fonctionnelle du matin qui inondait sa chambre du huitième étage, elle étudia les reflets de sa teinture et en trouva la couleur voyante mais acceptable, Hedy n'ayant pu travailler qu'avec un matériel limité. Elle vint à bout des marbrures laissées par l'opération à l'aide d'une bonne quantité de fond de teint, étudia le somptueux pyjama d'intérieur lapis-lazuli qu'elle portait et se maquilla les yeux en conséquence.

Elle se fit assister d'une aide infirmière pour sortir du lit et s'installer dans le fauteuil roulant. Elle réussit à sourire malgré la douleur atroce dans sa jambe. Deux ans plus tôt, on lui avait déjà retiré des veines sur la jambe gauche, aussi savait-elle se servir d'un fauteuil roulant, même avec la jambe en extension.

Irene choisit dans une de ses valises un si grand nombre de bracelets et de bagues émaillés à l'allure de boucliers qu'elle eut, en dessous des coudes, un air intimidant de gladiateur. Elle retira d'une autre valise plusieurs objets qu'elle fourra dans un grand sac. Le grand album, elle le glissa entre sa bonne jambe et le fauteuil. Puis elle descendit le couloir en adressant un mot aimable à chacun des amis qu'elle comptait à l'étage.

Elle s'arrêta devant la chambre qu'elle avait discrètement repérée la veille au soir. La porte en était entrebâillée. Irene se pencha et frappa. Pas de réponse. Il était peu probable que l'enfant dorme, pas après huit heures, avec les rondes médicales, le petit déjeuner et les ouvriers portoricains qui parlaient toujours très fort – *il faut croire*, se dit Irene, *que grandir dans des familles si* nombreuses *vous oblige à* crier *pour qu'on s'occupe de vous*... Elle ouvrit la porte et sourit largement à Gillian qui, assise dans son lit avec un casque blanc sur les oreilles, écoutait de la musique en écrivant des notes sur une portée.

« Je peux entrer ? » s'enquit Irene avec une pantomime burlesque. Elle roula jusqu'au lit sans attendre de réponse. Quelle beauté ! se dit Irene avec une pointe de jalousie. La maladie de Gillian lui avait laissé des cernes sombres autour des yeux et la fièvre semblait l'avoir privée de plusieurs kilos, mais on récupérait si vite, à son âge...

« BONJOUR. VOUS ÊTES GILLIAN, N'EST-CE PAS ? JE M'APPELLE IRENE CAMERON MCCURDY ET JE SUIS JUSTE UN PEU PLUS LOIN... »

Gillian affronta l'intruse avec un sourire courageux et coupa la musique en ôtant son casque.

« ... dans le couloir. Vous êtes seule, ce matin ? J'ai eu une discussion si agréable hier soir avec votre grand-mère, j'espérais la revoir aujourd'hui.

— Min a dû retourner à Palm Springs pour cette espèce de gros truc caritatif sur lequel elle travaille depuis un an.

— Elle m'a tant parlé de vous. Il fallait absolument que je vous rencontre dès que possible. Je crois que nous avons beaucoup de choses en commun.

— Ah bon !

— Non que je puisse me prétendre *douée*, même si j'ai toujours été persuadée d'avoir un petit peu plus de PES que la moyenne... »

Irene observait Gillian attentivement. C'était une jeune fille très bien élevée à qui on avait très tôt appris à ne jamais révéler ses sentiments à un étranger, mais sa réaction fut celle de quelqu'un qui s'attend à ce qu'on lui tende un serpent à sonnette crochets en avant. Changeant de stratégie, Irene hocha la tête d'un air sage.

« Je sais, je *sais*, ma petite. Pour l'instant, vous préférez ne pas en parler parce que vous avez l'impression d'en avoir déjà trop dit, mais je vous promets que je n'en soufflerai mot à personne.

— Madame McCurdy, je ne crois pas que je...

— Appelez-moi Irene, et sachez que vous pouvez me faire confiance ! Dans un moment comme celui-ci – celui de votre *nouvelle naissance*, virtuellement –, vous avez besoin de quelqu'un qui y croie vraiment et que cela intéresse. Je suis là pour ça. Je suis une experte en... » Irene décocha un regard mauvais à quelqu'un qui passait dans le couloir et colla son fauteuil contre le lit afin de se retrouver nez à nez avec Gillian. « ... en phénomènes psychiques », termina-t-elle. Elle ouvrit son grand sac dont elle tira un livre de poche passablement écorné, qu'elle tendit à Gillian. « Voici ma biographie de Peter Hurkos. »

Gillian regarda l'Irene Cameron McCurdy bien plus jeune dont la photographie figurait en quatrième de couverture.

« Qui est Peter Hurkos ?

— Quelqu'un qui a eu un accident très grave il y a des années. Il a failli se tuer en tombant d'une échelle alors qu'il repeignait une maison. Mais quand il s'est réveillé à l'hôpital, il a été stupéfait de se découvrir doué de seconde vue. Il pouvait littéralement voir des bribes du passé, comme de l'avenir de parfaits inconnus ! »

Irene sourit pour encourager Gillian, qui fronçait les sourcils. « C'était presque comme si Hurkos – écoutez-moi ça – pouvait régler une espèce de grand téléviseur cosmique sur la chaîne de son choix. Il a vu son propre enfant dans une pièce en feu, il a vu… mais vous trouverez tout cela dans mon livre. Il faut absolument que vous le lisiez. Son don de seconde vue était une conséquence directe de sa commotion ; dans votre cas, cela doit provenir de cette fièvre anormalement élevée.

— Qu'est-ce que ma grand-mère vous a raconté exactement, madame McCurdy ?

— Allons, allons, Gillian, ne vous fâchez pas. Min m'a raconté que vous aviez décrit en détail l'enterrement de son amie, et l'histoire avec cette infirmière qui s'est fait saccager sa voiture, et aussi celle avec l'autre infirmière, cette ravissante Jamaïcaine qui s'occupait de vous la journée. Elle ne savait pas qu'elle était enceinte, c'est vous qui le lui avez appris. Oh, plein de petits incidents comme ça que seul un voyant peut révéler – et je suis sûre qu'il y en a beaucoup d'autres dont vous n'avez pas parlé ! » Gillian fixa résolument son regard sur la fenêtre. « Je pense que vous devez faire partie de ce Nouveau Peuple très spécial. Il y en a de plus en plus.

— Madame McCurdy…

— Irene.

— Oui m'dame. Je… j'étais probablement en train de rêver, en tout cas ça y ressemblait, et… et je ne veux plus en parler. »

Irene sourit avec sympathie. « Mais ça vous aide, de savoir que vous n'êtes pas seule au monde, non ? Bien entendu, pour vous c'est tout neuf, et déconcertant, du coup. Ce pauvre Peter Hurkos était persuadé qu'il perdait la tête… »

Expression malheureuse, et Irene le savait. Elle ouvrit son album.

« À mon avis, vous avez raison de ne pas en dire plus tant que vous n'êtes pas intimement persuadée qu'il vous est arrivé quelque chose de véritablement merveilleux. Oh, je le pense vraiment ! Et il y en a tant comme vous parmi les enfants de votre âge ! Cette charmante petite Sud-Africaine, par exemple, qui voit un nuage scintillant là où il y a de l'eau sous la terre, et tous ces gamins qui tordent des cuillers ou font osciller un pendule d'un simple regard, de vrais phénomènes en psychokinésie, regardez ça, Gillian, jetez donc un coup d'œil sur cet article, voulez-vous ? »

Irene lui montrait un long article de presse consacré à des enfants japonais de cinq à quinze ans qui accomplissaient des prouesses télékinétiques des plus spectaculaires sous contrôle scientifique.

« Il doit y en avoir littéralement des centaines, tous de la deuxième génération après la Bombe. Ça fait réfléchir, non ? En fait, la pk ne manque pas d'intérêt, mais le talent le plus significatif, c'est la psychométrie. Si vous le souhaitez, nous pourrons faire une ou deux… expériences.

— Non, répondit Gillian. Non. » Elle sembla sur le point de fondre en larmes. « Quoi que ça puisse être… ça va sans doute disparaître. *Je ne veux même pas y penser.* Et là, il faut que j'apprenne cette musique. » Elle ferma l'album, qu'elle repoussa à portée de main d'Irene avec le livre sur les médiums, et reprit son casque. Irene ne se laissa pas décontenancer et ne fit pas mine de reprendre les livres.

« Pourquoi ne pas les garder un moment ? Et cet album n'est que la partie émergée de l'iceberg, la partie la plus récente. J'ai des tonnes de matériel. Bon, eh bien, Gillian, si vous avez des questions à me poser, vous me trouverez dans la chambre 819. »

Gillian se réinstalla sans un mot sur ses oreillers et augmenta le volume.

Irene sourit et s'écarta du lit. Elle sortit en laissant la porte entrouverte, comme elle l'avait trouvée, et roula jusqu'à sa chambre, trépidante d'excitation et d'énergie, sans plus penser à sa jambe douloureuse. Cela ne s'était pas aussi bien passé que prévu : de toute évidence, Gillian allait résister au fait qu'elle était une partie d'un miracle… d'une étape transitionnelle sans précédent dans l'évolution de l'humanité ! Cette formulation lui plut tant qu'elle la coucha sur papier dès que possible. Elle s'installa ensuite pour contempler par les fenêtres les tours du George Washington Bridge, à quelques pâtés de maisons de là.

Suivant une démarche plus naturaliste qu'occultiste, Irene avait ouvert l'œil et attendu presque vingt ans les indices inquiétants et incompréhensibles de l'apparition d'un Nouveau Peuple, et voilà qu'enfin, ils surgissaient partout comme des fleurs sauvages après une pluie de printemps. Quelle chance elle avait eue de faire ce sinistre séjour à l'hôpital ! Irene attendait encore beaucoup de réponses à ses questions, mais elle avait pleinement conscience qu'il faudrait faire preuve de prudence avec Gillian, celle-ci n'allant plus demeurer bien longtemps à l'hôpital. Irene devait gagner sa confiance, apparaître comme un guide fiable pour le médium qui émergeait. Quand on y resongeait, Gillian avait eu l'air effrayée – peut-être avait-elle déjà vécu une mauvaise expérience ? Gillian n'était pas juste un autre de ces amuseurs qui arrivent à déplacer ou à faire bouger des objets, un de ces poltergeists de salon, un de ceux qui faisaient joujou avec la coutellerie, mais une visionnaire cosmique ayant accès au cours intemporel de la vie elle-même, aux secrets de l'être et du devenir. Correctement stimulée et motivée, elle parlerait au nom de l'univers.

Irene prit autre chose en note et aperçut son reflet dans la vitre lorsqu'elle releva les yeux. Se voir ainsi confrontée à la preuve du passage des années avait tendance à la consterner, mais pas cette fois-ci, car elle se rappelait la triste métaphore de Cocteau : « Regardez-vous toute votre vie dans une glace et vous verrez la mort travailler comme les abeilles dans une ruche de verre. » Aujourd'hui, Irene Cameron McCurdy avait entendu – certes très indistinctement – la musique des sphères, et cette musique la captivait.

Gillian avait toujours été douée pour imiter les gens en gestes et en paroles : à six ans, elle pouvait reproduire à la perfection le comportement de sa mère, et maintenant, alors qu'elle ne voyait ou n'entendait plus Barbra Streisand qu'en de rares occasions, elle pouvait recréer celle-ci avec une précision allègre, presque à la demande. *Doncha think I'm pretty ? Ya don't have to give me ya ansa right way, why doncha think about it f'three uh four munts ?* Comme elle écoutait flûte, piano et violoncelle au casque, la légère pression de mots qui se formaient dans son esprit ne la dérangea tout d'abord pas trop ; c'était un peu comme écouter la radio tard la nuit et entendre une voix masquée par intermittence par un signal plus puissant. Elle se mit aussitôt à étudier la voix, même si celle-ci était trop éloignée dans le temps pour qu'elle se rappelle à qui elle appartenait.

Je suis trop loin, Gillian. J'ai besoin d'aide pour

Non.

C'était plutôt : *Gil-yan.*

Elle ressentit une certaine satisfaction à avoir compris la manière dont parlait le garçon, mais elle échouait à le visualiser. Comme s'il sortait de nulle part. Sauf qu'en imitant sa voix, elle avait en quelque sorte permis à ses faibles mots – et sa pointe de satisfaction se transforma en frisson – de prendre beaucoup plus de puissance, d'être accompagnés de la réalité d'un… d'un *esprit* qui pouvait écarter la musique et compliquer tout autre effort mental que la conscience de sa présence.

Oui, il était réel, et voilà qu'il déboulait comme une tornade ; Gillian tenta de l'effacer en augmentant le volume de *Vox Balaenae* et en se concentrant sur la partition posée devant elle.

Une urgence douloureuse, imposante : *Non, Gillian, ne fais pas ça ! Je veux te rendre Visite. Continue à travailler. Essaye de visualiser…*

Elle se sentit particulièrement mal à l'aise en essayant d'imiter en silence la voix. Les muscles de sa gorge s'efforcèrent de s'adapter abruptement à une tessiture de baryton. Comme c'était mignon… sa voix muait ! Gillian sentit qu'elle le tenait à la perfection, mais elle avait peur d'aller plus loin. Elle ne voulait pas le visualiser comme il le demandait car cela pouvait signifier une apocalypse de l'esprit, un hurlement poussé depuis le subconscient par le terrifiant théâtre d'ombres de l'enfance. Gillian essaya d'imiter quelqu'un d'autre. Le contralto de poitrine d'Irene Cameron McCurdy lui trottait toujours en tête, il lui suffirait d'un peu d'entraînement pour l'imiter assez bien – mais ce *garçon* ne voulait pas lâcher prise.

J'ai besoin d'aide pour arriver jusqu'à toi. De nouveaux jeux, Gil-yan. Je veux t'apprendre de nouveaux jeux.

Gillian arracha le casque de ses oreilles et se leva trop rapidement. Prise de vertige, elle perdit l'équilibre. Elle s'agrippa au pied du lit, se mordit la lèvre inférieure jusqu'à ce que la douleur lui fasse monter les larmes aux yeux… non sans calmer sa panique.

Elle tolérait les aperçus de la vie, de la mort et des secrets qu'elle avait en songe parce qu'ils arrivaient d'eux-mêmes, sans aucune intervention de sa part, et parce qu'ils ne la concernaient pas. Mais cette fois c'était différent. Gillian se sentit vulnérable au point d'en devenir invisible et en danger de dépossession. Elle en trembla. Les tremblements montèrent de ses genoux glacés, firent mal à ses os et palpiter le sang dans sa gorge et ses tempes. Si elle pouvait seulement *sortir* de ce foutu hôpital… Le téléphone sonnait.

« Gillian ? Tu pleures ?

— Oh, Larue ! Non, c'est juste que… je m'ennuie tant, je veux rentrer chez moi. Je suis contente que tu m'appelles. »

Se lover dans le fauteuil près du téléphone pour discuter école, musique et amis ou prévoir d'aller à tel ballet et à tel concert fut un vrai bonheur. Son rire, essentiel dans sa vie, sortait tout seul quand Larue l'écoutait. Elle n'avait jamais porté autant d'intérêt aux petits détails banals du quotidien, mais pendant que Larue et elles bavardaient, Gillian sentit un ou deux pincements, une bizarre sensation d'incomplétude ou de perte, comme si petit à petit elle oubliait les béguins sans espoir qu'elle avait eus dans la vie.

HUIT

Après avoir fait le tour des installations, les quatre visiteurs gouvernementaux du complexe souterrain de Bradbury se rassemblèrent dans un salon Régence tendu de cuir. On les approvisionna en cigares et en cognac, puis un ancien publiciste maigre et barbu du nom de Braintree se chargea de l'endoctrinement.

Il leur présenta un extrait d'un documentaire sur le corps humain réalisé par la National Geographic Society que la télévision avait diffusé le 28 octobre 1975. L'extrait montrait une expérience de biofeedback réalisée en laboratoire dans laquelle un jeune homme avec des électrodes sur le crâne contrôlait le mouvement d'un train électrique par l'intermédiaire de ses ondes alpha – l'énergie basse tension de ses ondes mentales étant transformée en électricité pour faire avancer le train.

« Une expérience banale, affirma Braintree. N'importe qui peut y arriver avec un peu d'entraînement. Aucun pouvoir psychique particulier n'entre en jeu. » L'écran s'éteignit. Un assistant poussa un chariot recouvert d'un drap à proximité de Braintree. Celui-ci ôta le drap, qui dissimulait un assortiment de sculptures en alliage métallique. La plus importante était un cube de vingt centimètres de côté dont un profond sillon traversait l'une des surfaces ; une autre ressemblait à un beignet tacheté et la troisième aurait pu être une roue dentée très mal façonnée.

« Ces machines psychotroniques simples sont dérivées de modèles conçus par Robert Pavlita, un créateur textile tchécoslovaque qui prétend tirer son inspiration du journal d'un alchimiste du XVe siècle. »

Les visiteurs commençaient à s'agiter. L'académicien au physique agréable appelé Byron Todfield afficha un sourire ironique et souffla des ronds de fumée au plafond ; le chef d'état-major prit l'air dégoûté, tout comme l'homme d'État qui ressemblait à un vicaire bouffi de sa propre importance. Le quatrième visiteur, Boyd Huckle, auquel le Président tenait plus qu'à ses lobes frontaux, semblait dans un demi-sommeil et la cendre qui tombait de son cigare venait ternir le poli d'une de ses bottes de cow-boy à trois cents dollars la paire.

« On pourrait penser que M. Pavlita se fiche de nous, continua Braintree, mais ses machines sont d'une efficacité indéniable. Chacune peut accumuler l'énergie d'êtres humains avant d'agir comme un générateur en la libérant à des fins diverses. Celle-ci... », il désigna le cube, « fait tourner un petit moteur électrique pendant plusieurs minutes. La roue dentée accroît de manière spectaculaire la croissance des plantes. Le beignet tue les insectes placés à l'intérieur du cercle.

— Énergie électrostatique ? avança le chef d'état-major.

— Non, ce type d'énergie ne fonctionne pas sous l'eau. Contrairement à ce générateur dont l'eau augmente les effets. Ni son énergie magnétique, ni sa température, ni rien de ce que nous comprenons pour l'instant ne varie. Et la fonction d'une machine semble dépendre de sa forme. Par exemple... le film, je vous prie. »

La pièce s'assombrit légèrement et ils regardèrent un film 35 mm tourné en couleurs et sous un éclairage excellent – du travail de professionnel.

« Cette expérience a été effectuée il y a dix-huit mois à la faculté de physique de l'Université d'État kazakh, en URSS, expliqua Braintree. Le sujet en est Petr K. Woronov, un théoricien de la physique bien connu qui ne prétend pas disposer de pouvoirs psychiques.»

Le film montrait une petite pièce sans fenêtres dont le seul ameublement consistait en une table en acrylique transparent à l'extrémité de laquelle trônait un ventilateur électrique sans cordon. Woronov, un vieillard voûté vêtu d'un costume rayé et d'une chemise à col ouvert, s'approcha de la table avec une machine psychotronique très semblable au cube que Braintree leur avait montré. Il plaça la machine à l'autre bout de la table transparente et recula d'un peu plus d'un mètre avant de fixer la machine du regard. Quelques secondes plus tard, les pales se mirent à tourner et devinrent un halo rose tandis que le ventilateur oscillait légèrement. Des chiffres blancs apparurent sur l'écran : $1{,}2 \times 10^{-3}$ dynes. La force requise pour faire tourner les pales. La caméra zooma. Le film s'arrêta.

«C'était bien Woronov», confirma Todfield, qui travaillait dans le renseignement. «Et les images sont toujours trompeuses.

— Je vous accorde que cette démonstration pourrait être truquée, répondit Braintree. Sauf que nous l'avons reproduite à de multiples occasions à la Faculté Psi, avec divers sujets. Nous avons aussi considérablement étendu les applications de nos machines psychotroniques, ce qui est bien entendu la raison pour laquelle nous avons estimé nécessaire d'interrompre vos vacances. L'autre film, s'il vous plaît.»

Une nouvelle fois, la pièce s'assombrit et le projecteur ronronna doucement.

«Voici un film tourné il y a dix semaines à la Faculté Psi, expliqua Braintree. Cette pièce a des parois en béton massif d'un mètre vingt d'épaisseur. La caméra filme par l'intermédiaire de meurtrières protégées par six centimètres de verre réfractaire. Le dispositif à base d'oxyde de manganèse et de thermite d'aluminium est une cartouche classique capable de générer pendant quatre à huit secondes une température comprise entre mille cinq cents et deux mille degrés Celsius. La table en acier inoxydable est épaisse de deux centimètres. Comme vous le voyez, dans ce test le générateur ressemble à un bronze précolombien grossier. Vous remarquerez les sillons sur la "tête" du générateur. C'est ce que nous appelons le "motif visuel" : le sujet tient le générateur dans ses mains et parcourt les sillons du regard, le chargeant ainsi de cette énergie vitale à qui les mystiques et les chercheurs ont donné des noms divers. Les Hindous de l'Antiquité l'appelaient *prana*, pour Paracelse c'était *munis* et dans son œuvre, Mesmer s'y réfère comme au "magnétisme animal". De nos jours, nous parlons plutôt d'énergie psychotronique ou bioplasmique. Incidemment, mieux vaut éviter de saisir un générateur tout juste chargé par quelqu'un d'autre si on ne veut pas risquer la paralysie temporaire. Comme vous le voyez, c'est une très grande force. Ah, messieurs, je vous présente notre sujet… nom de code "Skipper". »

Tous l'écoutaient avec attention, même Boyd Huckle qui, avachi dans son fauteuil confortable, plissait les yeux de fascination au-dessus de son cigare. Boyd refusait de porter des lunettes.

« Pourquoi sa respiration fait-elle ce brouillard ? Où est-il ?

— Dans ce que nous appelons, pour des raisons évidentes, le Labo Froid. Le froid ne gêne pas Skipper et il améliore les transmissions télépathiques et pk, pour des raisons que seuls nos théoriciens seraient capables de vous expliquer. »

Le chef d'état-major s'éclaircit la gorge avant de prendre la parole d'un ton brusque : « À quelle distance est-il du bunker ?

— Quatre cent cinquante mètres, monsieur. »

Le film les ramena dans la pièce de béton. La caméra effectua un panoramique du générateur psychotronique jusqu'à la cartouche explosive posée sur la table métallique afin de montrer qu'ils n'étaient pas reliés physiquement.

« Et donc, avança l'homme d'État en hésitant un peu, à quasiment un demi-kilomètre de distance, il va essayer de décharger l'énergie du générateur, qui va à son tour déclencher… »

Au moment où il prononçait ces mots, une lueur actinique envahit l'écran, qui devint complètement blanc. Seul le chef d'état-major, dont les verres teintés s'assombrirent pour protéger ses yeux de la lumière qui déferlait dans la pièce, put continuer à regarder jusqu'à ce que la terrible ardeur s'éteigne un peu plus de huit secondes plus tard. Plus de la moitié de la table avait brûlé et il n'en restait qu'un morceau déchiqueté et fumant ainsi que des fils d'acier fondu sur le sol de béton. L'image se figea. L'homme d'État laissa échapper un petit bruit sinistre qui évoquait une fuite de radiateur. L'éclairage se ralluma.

« Des ondes sonores, marmonna le chef d'état-major. On pourrait arriver au même résultat avec des ultrasons. » Personne d'autre ne dit rien jusqu'à ce que Boyd Huckle redemande du cognac.

« Il va faire froid, là-haut, se justifia-t-il. Autant prendre des forces. »

Il n'avait pas fini sa coupe de cristal quand ils remontèrent en ascenseur jusqu'au hall du bureau de poste de Bradbury et sortirent sous les étoiles éparpillées dans le ciel de pur indigo. Le taxi sans chauffeur de Bradbury descendit la rue, patienta poliment au feu rouge et s'arrêta devant la gare, à l'autre bout de la place par rapport à la poste. Le train de banlieue arriva, vide, et s'arrêta avec un petit couinement de métal sur du métal, un hoquet d'air dans les freins. Des caméras vidéo filmaient le groupe venu de Washington sans que celui-ci en ait conscience.

L'homme d'État parcourut les alentours du regard comme si quelque chose le travaillait.

« Mais je connais cette ville, s'écria-t-il. Je veux dire, je l'ai déjà vue quelque part, j'ai même posté une lettre à ce bureau de poste. Zut, ce n'est qu'un *petit* village, pas très loin de Camp David, si je me souviens bien… »

Braintree sourit. « Bien vu, monsieur le secrétaire. Lambeth, en Virginie. Nous avons recruté les meilleurs décorateurs d'Hollywood pour reproduire brique par brique une bonne partie de Lambeth. Nous avons aussi emprunté quelques-uns de ses... objets. Ce bus scolaire, par exemple, est celui qui conduisait tous les jours Skipper à l'école.

— Pourquoi dépenser vingt-deux millions de dollars dans une réplique ? demanda Boyd Huckle.

— Pour la vraisemblance. On pourrait la considérer comme un support de cours. Elle a beaucoup aidé Skipper à développer le genre d'imagerie eidétique nécessaire au travail avec des machines à potentiel psychotronique plus complexes... comme les ordinateurs qui font fonctionner Bradbury, par exemple.

— Là je suis perdu, monsieur Braintree. Une imagerie "et d'éthique" ? De quoi diable s'agit-il ?

— De l'imagination. De la capacité à regarder une image ou un objet et à en garder une représentation mentale parfaite pendant des minutes, des heures, voire des semaines. Beaucoup d'enfants en sont capables à un point inimaginable, mais l'éducation moderne entrave malheureusement le développement de l'imagination, réduisant ainsi l'efficacité d'un outil précieux pour l'accroissement de la conscience... O.K., messieurs, nous y sommes. »

Une dépanneuse d'engins lourds, celle-ci avec quelqu'un au volant, remorqua sur la place une voiture de stock-car dernier modèle.

La Dodge Charger rouge et bleue avait de grands chiffres peints en blanc sur les flancs et le toit et plusieurs décalcomanies publicitaires pour des bougies ou des additifs pour essence. Elle semblait avoir effectué plusieurs milliers de tours de piste et heurté de nombreux murs.

Mais le plus étrange était qu'à l'exception des pneus, elle était intégralement recouverte d'un treillis en cuivre.

« Qu'est-ce que c'est que ça ? » demanda l'homme d'État avec une trace d'appréhension dans la voix. On leur avait promis une surprise.

« Une cage de Faraday roulante, répondit Braintree. Vous êtes familiers du concept, messieurs ? Non ? Eh bien, pour faire court, le treillis en cuivre élimine la possibilité que la voiture puisse être télécommandée comme ce taxi là-bas, ou comme le train. La cage bloque toute transmission électrique. La voiture a été modifiée afin que seule une machine psychotronique puisse la piloter. Pour en terminer avec nos démonstrations, nous avons estimé qu'un petit tour dans la ville serait le meilleur moyen de vous convaincre de la réalité du travail effectué à la Faculté Psi.

— Une minute… fit Boyd Huckle.

— Oui, attendez un peu, protesta l'homme d'État. Je ne crois pas que…

— Autrement dit, l'interrompit le chef d'état-major, vous voulez que nous montions dans ce véhicule *sans chauffeur* et que… »

Todfield eut un sourire las et sortit un tube de pilules pour l'estomac, puis se tint debout jambes écartées, mains derrière le dos, détestant chacune des secondes qu'il lui fallait passer entre les griffes de ce service rival. La voiture faisait indubitablement partie d'un plan diabolique manigancé par Childermass, et Todfield ne doutait pas qu'il aurait l'air complètement ridicule quoi qu'il choisisse de faire.

Braintree s'efforçait vaillamment de rassurer tout le monde. Les ouvriers qui avaient désolidarisé l'automobile de la dépanneuse vérifiaient à l'aide d'instruments de mesure l'absence de tout champ électrique ou magnétique. Malgré son inquiétude, Todfield était intrigué. Il s'avança pour inspecter la Charger de plus près.

« Comment on monte dedans ? demanda-t-il à un mécanicien.

— Pas de problèmes, monsieur. Il suffit de détacher le

treillis pour ouvrir la portière et de le remettre en place ensuite. Rien de plus simple.

— Et à quoi elle roule ?

— Ah ça, j'aimerais bien le savoir. On a fixé des boîtes métalliques hermétiques aux emplacements de l'alternateur et de l'allumage. Et deux aussi de chaque côté de la boîte de vitesses, qu'on a modifiée. Je suis incapable de vous dire exactement *comment* elle tourne, mais c'est lié à quatre notes de musique qui activent un gadget à peu près gros comme mes deux poings. C'est un concertina informatisé, un accordéon, vous savez.

— J'espère que la musique sera bonne. »

Le mécanicien eut la politesse de glousser.

« Si ça avait été que de moi, j'aurais enlevé le moteur de compétition, c'est une vraie *bombe* qu'il y a sous ce capot. Mais les savants ont refusé, ils voulaient aussi peu de modifications que possible. Skipper, toute cette puissance, ça l'éclate.

— Il a l'âge de conduire ? persifla Todfield. Parce qu'il n'en a pas vraiment l'air.

— Oh, oui, monsieur, il conduit bien. Surtout en considérant qu'il n'approche jamais à moins de cinq cents kilomètres de la voiture. » Ils se regardèrent et le mécanicien sourit nerveusement. « Je ne devrais peut-être pas en dire autant, je ne connais même pas votre niveau d'habilitation.

— Vous ne me reconnaissez pas ?

— Non, monsieur.

— Je suis de l'Autre Agence. À vrai dire, c'est moi qui la dirige.

— Oh, eh bien, dans ce cas, je ne pense pas qu'il y ait de problèmes de confidentialité. Vous voulez monter dedans ? »

Todfield hocha la tête, glissa deux doigts entre ses dents et poussa un sifflement perçant. Les autres se turent et le regardèrent.

« Alors, les poules mouillées, vous venez ? » appela Todfield.

On confia à Todfield et au chef d'état-major des talkies-walkies dont une voix sourde vérifia le fonctionnement. L'homme d'État se vit remettre une radio FM portative qui recevait sans problème neuf stations de la région Washington/Baltimore.

Ils s'entassèrent dans la Dodge et on leur attacha leurs ceintures. Trois se serrèrent sur la banquette arrière installée juste à leur intention et Todfield s'assit dans un siège baquet à l'avant, à la place du passager. Il n'y avait pas de siège derrière le petit volant. Les deux talkies-walkies recevaient sur la même fréquence un compte à rebours à intervalles de dix secondes. La radio de l'homme d'État diffusait du Bach.

« J'espère que vous n'êtes pas trop mal installés, messieurs, fit Braintree en les regardant.

— Je préférerais presque la chaise électrique, répliqua Boyd Huckle.

— Bonne promenade. » Braintree referma la seule portière en service, les autres ayant été soudées. Le treillis en cuivre fut rapidement remis en place, ce qui coupa la radio. Todfield et le chef d'état-major vérifièrent et revérifièrent leurs émetteurs-récepteurs. Rien. La radio était muette comme une tombe. Assis au milieu de la banquette arrière, l'homme d'État avala difficilement sa salive.

« Je me demande si tout ça est vraiment nécessaire », fit-il.

Todfield jeta un coup d'œil par-dessus son épaule ; la nuit tombait rapidement et le treillis masquait en partie l'extérieur. Une autre automobile était arrivée sur la place, une Oldsmobile ou une Buick couleur bronze dans laquelle Braintree prit place. Le train de banlieue venait de quitter la gare et prenait de la vitesse. La cloche du tribunal sonna cinq coups. La Dodge Charger resta immobile, défoncée à l'arrière, basse à l'avant, dans un silence glacé qui finissait par porter sur les nerfs. La voiture sentait la graisse, le carburant et surtout la sueur rance. Mais au moins était-elle équipée d'un arceau de sécurité, ce dont, se dit Todfield, ils allaient peut-être bientôt se réjouir. Surtout que la pédale de frein tout comme le levier de vitesses au sol avaient été enlevés.

« En supposant qu'ils ont déjà réglé ce tas de ferraille et fait chauffer le moteur pour lui, tout ce qu'il lui reste à faire avec son énergie et d'éthique et son imagerie *psychotronique* – j'espère que j'ai bien prononcé tout ça –, c'est de démarrer ce gros moteur, de passer les vitesses, de tourner au bon moment et de freiner à quelques centimètres d'un mur de briques ou d'un grillage…

— Il ne dispose probablement que d'une vitesse, murmura Todfield. Sinon ce serait trop compliqué.

— Messieurs, la puissance disponible sous ce capot suffit à monter à cent kilomètres-heure en première.

— Quelle que soit la vitesse, dit l'homme d'État, il ne peut tout simplement pas conduire cette voiture dans la ville sans…

— Il doit avoir une espèce d'aide visuelle, conclut Todfield. Probablement une mini-caméra vidéo. Même comme ça, vu où il se trouve, c'est une véritable prouesse informatique. »

Ils avaient beau s'y attendre, ils sursautèrent tous en entendant le grondement grave du moteur et en sentant la puissance vibrer dans le fond de leurs pantalons.

« Viens à mon aide, Seigneur », dit Boyd Huckle avec un sourire d'humilité.

Soudain les phares s'allumèrent et les freins se relâchèrent ; la Charger traversa la place dans un crissement de pneus et passa devant les sapins de Noël obsolètes en laissant des traces de caoutchouc larges de trente centimètres sur le revêtement. L'accélération plaqua les hommes sur leurs dossiers. Todfield sentit le sang refluer de sa tête vers son entrejambe. L'automobile chassa au premier carrefour, comme si elle se demandait où allait. Elle ralentit un instant puis bondit vers la pharmacie située de l'autre côté du carrefour. Todfield croisa ses bras devant lui mais la voiture fit une embardée le long du trottoir, le heurta violemment d'un de ses gros pneus arrière, rebondit dans la rue et tangua vers la voiture de police sans conducteur, qui se dirigeait vers la place en reproduisant fidèlement ses rondes quotidiennes.

« Il n'arrive pas à la contrôler ! hurla Boyd Huckle. Cet enfoiré de débile, il sait qu'il peut nous tuer ? »

La voiture repartit brutalement vers la droite, libérant la voie pour la voiture de patrouille, et remonta la rue jusqu'au feu rouge. Elle s'y arrêta et attendit, gloussant et murmurant, monstrueusement gorgée de puissance.

Mais elle en consommait, et Todfield se demanda combien de temps tiendraient les générateurs. Sûrement pas plus de quatre ou cinq minutes, l'automobile resterait ensuite au milieu de la rue jusqu'à ce qu'on la remorque et qu'on la prépare pour la prochaine épreuve. En attendant…

Todfield arrivait presque à sentir l'esprit qui les contrôlait, qui travaillait à la mise au point de quelque exploit spectaculaire destiné à les impressionner avant qu'il ne soit trop tard.

Il vit, huit cents mètres devant eux, le train de banlieue qui tournait lentement sur ses rails. Il ne dépassait jamais les cinquante kilomètres-heure sur son trajet en boucle. À l'arrière, le chef d'état-major, excédé, tirait sur sa ceinture de sécurité. Mais on ne pouvait les détacher qu'avec un outil spécial. Ils n'avaient aucun recours.

La Dodge Charger repartit dès que le feu passa au vert et fonça vers le train.

Non, pensa Todfield, *pour l'amour du Ciel, ne fais pas ça, tu n'es pas encore assez bon.*

Ils dépassèrent le quartier des affaires, franchirent sur un pont métallique un lagon bordé de roseaux, et il devint absolument évident qu'ils faisaient la course contre le train pour le passage à niveau.

Quatre cents mètres… trois cents, en approche de biais. Pour l'instant, ils avaient de l'avance sur le train. Todfield observa les petits coups de volant qui gardaient la voiture au milieu de la route. *Et si un des générateurs flanche, il se passe quoi ?* Impossible d'abroger d'un coup les lois d'inertie et le principe de la conservation de la masse. La Charger irait faire un horrible trou bien profond dans le premier wagon… avant de passer sous les roues qui l'écraseraient et la transformeraient en un tas de ferraille torturée.

Todfield tendit les mains vers le volant mais ne parvint qu'à l'effleurer – il comprit alors pourquoi on lui avait attribué cette place de choix dans l'automobile : il était le moins grand des quatre, et donc celui aux bras les plus courts. Il se rejeta en arrière avec un sentiment d'horreur croissant au fur et à mesure que la Charger dévorait les derniers cinquante mètres avant le passage à niveau. Et voilà qu'elle semblait ralentir un peu et perdre son léger avantage sur le train.

« On va se le prendre », dit l'homme d'État à mi-voix.

Comme en réponse, le régime du moteur changea d'un coup et il y eut une nouvelle augmentation de puissance quelques secondes avant qu'une partie essentielle de la transmission se casse et se bloque, mais à ce moment-là, ils avaient rebondi pardessus les rails, passant à quelques dizaines de centimètres du train en approche.

Le temps que l'automobile fumante s'arrête en roue libre, l'autre voiture les avait rejoints.

Des ouvriers découpèrent aussitôt le treillis et déverrouillèrent les ceintures de sécurité. Des fusées simples éclataient dans le ciel, suivies de fusées complexes à têtes multiples qui emplirent le firmament de bouquets de chrysanthèmes. Quelqu'un fêtait cela, ou alors se moquait d'eux. La radio fonctionnait à nouveau. L'homme d'État fit deux pas chancelants et se précipita sur un rocher. Il tomba ensuite à genoux sur le sol. Le chef d'état-major s'étouffait dans sa bile. Boyd Huckle, le visage illuminé de rose et d'ambre par les explosions dans le ciel, tendit une main tremblante vers son paquet de cigarettes. Il regarda pensivement les feux arrière du train qui s'éloignait vers la ville.

Todfield sortit avec force précautions de la voiture, mais ce fut quand même trop pour son estomac fragile. Il vomit sur son pantalon et ses chaussures. Hébété, il s'essuya les lèvres du dos de la main. Lorsqu'il releva les yeux, il vit Childermass à quelques mètres de lui, transporté de joie.

L'expression de ses yeux inégaux confirma à Todfield ce qu'il avait soupçonné en se gardant bien de n'en parler à personne : l'homme était un dangereux psychopathe, et Todfield maudit le tireur inconnu qui n'avait réussi à le priver que d'un bras. Todfield disposait de nombreux assassins à même de terminer le travail, et il était largement temps de lancer un contrat. Mais bien entendu, il prenait ses désirs pour la réalité en pensant ainsi. Il y avait maintenant trop de MORG, on en trouvait dans toutes les fondations du gouvernement, comme des charançons. Et il ne fallait pas trop compter sur Childermass pour s'autodétruire en un acte aussi stupide que celui auquel ils venaient de survivre.

« Il est génial, hein, Toddie ? » exulta Childermass d'une voix presque trop aiguë pour une oreille humaine, le bras tendu vers le spectacle tape-à-l'œil.

Tout tremblant, Todfield regarda autour de lui pendant que Boyd Huckle le rejoignait. Boyd n'était pas davantage prêt à défier Childermass. Ils venaient de se faire bizuter, mais ils allaient devoir faire contre mauvaise fortune bon cœur.

« Vous avez beaucoup répété avant de nous offrir cette balade ? » s'enquit Boyd. Dans le ciel, les fusées continuaient à siffler et à détoner, et le magnésium en combustion leur donnait à tous des faces blêmes de clowns.

« Bien sûr, Boyd. Nous avons tout réglé à la fraction de seconde près.

— Voilà qui est des plus réconfortants.

— Il fallait bien vous convaincre. Une démonstration, si bonne soit-elle, n'est vraiment réussie que lorsqu'elle convainc. »

Des soleils feux d'artifice tracèrent à leur intention un message pyrotechnique dans un champ :

BONNE ANNÉE

Boyd se tritura le lobe de l'oreille et tendit sa cigarette à Todfield pour qu'il en tire une bouffée.

« Oh, je suis convaincu, dit-il tranquillement. Convaincu que vous feriez mieux de tuer ce petit morveux avant qu'il ne nous cause de gros, gros ennuis. »

NEUF

Il était quinze heures passées de peu en ce jour de la Saint-Sylvestre lorsque Hester Moore brancha un fer à vapeur. Elle venait de terminer les retouches du manteau noir et du pantalon noir au fond lustré. Les envolées pompeuses et les ruptures ragtime d'une musique funèbre New Orleans emplissaient la maison de la crique. Hester testa la température du fer en l'effleurant du doigt, mais la salive dont elle l'avait humecté ne grésilla pas. Elle ramassa un parapluie noir déglingué et entra d'un air important dans la salle de bains où Peter, nu, se rasait devant le miroir.

« Ça porte malheur d'ouvrir un parapluie dans une maison, rappela-t-il.

— Je ne suis pas superstitieuse. » Elle le referma pourtant avant de s'asseoir sur le rebord de la baignoire pour regarder Peter se raser. Ses cheveux avaient pris une nuance de marron qui se mariait bien avec son teint plutôt rose et il ne lui restait que quelques mèches blanches autour des oreilles. Hester avait taillé presque tout le duvet. Affublé de grosses lunettes, d'une pipe et d'une démarche un peu traînante, il n'était plus le même homme. On aurait dit un professeur d'économie de l'Université de New York, ou un de ces brillants jeunes jésuites du bureau du Cardinal.

« Tu as un talent naturel pour le vol ? lui demanda-t-elle d'un ton admiratif.

— Non, j'ai eu de très bons instructeurs.

— Et si la femme de ménage de cette bonne vieille Immaculée Conception était arrivée pendant que tu cambriolais le premier étage du presbytère ?

— C'est une demeure très ancienne qui menace presque de s'écrouler. Je lui aurais donc parlé de murs de soutien, de poutres et d'entretoisement. J'aurais dessiné des diagrammes jusqu'à ce qu'elle en ait marre et se rappelle qu'elle avait autre chose à faire. Les gens ont envie de croire ce que tu leur racontes, ça leur simplifie la vie.

— Je t'ai cru quand tu m'as parlé de Robin. Et pourtant ce n'était pas facile à croire : d'un coup, ça rendait très sinistre l'endroit où je bosse. Tu m'as observée longtemps avant de tenter ta chance ?

— Six semaines.

— Et avant de me faire confiance ?

— J'avais positionné quelques pièges à rat autour de moi, le bon gros morceau de fromage. Mais personne n'a essayé de me croquer.

— Je me demande où tu trouves encore le courage de continuer après tout ce qu'il t'est arrivé. »

Le fer devait être chaud et Hester avait du travail, mais elle aimait rester assise à le regarder. Il partirait dans quelques heures et elle risquait de ne pas le revoir avant très longtemps… si tant est qu'il revienne. Rien que trois jours plus tôt, elle aurait juré que la brève notice nécrologique de l'ordinateur signait la fin de leur relation.

```
Parangon 21 h 15 (côte est)
ID: Déjà Vu
Ref: Fichier Sandza
********************************
Situation actuelle?
********************************
```

Décédé/Détails ci-après:
Le 18 juin 1975 à environ 2 heures Robin Sandza est tombé ou a sauté dans l'East River depuis la promenade du Carl Schurz Park aux environs de la 86ᵉ Rue/Les quatre témoins interrogés par la police ont donné une version concordante des faits/Le corps n'a pas été retrouvé/Bureau du Coroner le 19 juin.

Peter avait mis des heures à revenir, pendant lesquelles Hester avait essayé de lire, de coudre et de dormir un peu. Quand il était enfin rentré, frigorifié, le visage détrempé de pluie glacée, elle avait tout de suite vu qu'aucune preuve de la mort de son fils ne parviendrait à le convaincre, qu'il refuserait sans doute d'y croire si on exhumait son cadavre devant lui.

Quatre témoins avaient vu Robin faire le grand plongeon dans le fleuve : pourquoi cela ne lui suffisait-il pas ? Hester n'avait quant à elle pas besoin d'autres preuves, mais elle ne pouvait pas le lui dire. Cela comptait beaucoup trop pour lui... bien plus que ce qu'il vivait avec elle – une chose qu'elle avait du mal à accepter. Mais il avait besoin de sa présence, pas pour lui parler, en tout cas pas pour l'instant, juste pour la toucher quand il en avait envie. Par un après-midi triste, il avait besoin de réconfort, de ne pas se sentir complètement seul.

Une soupe de légumes chaude avec bœuf et os à moelle ; de la bière brune d'importation servie chambrée. Un vrai feu, pas le truc apprivoisé à gaz mais de grosses bûches grisonnant dans l'âtre, des fontaines d'étincelles, l'odeur âcre de la fumée, le spectacle fascinant et toujours changeant des flammes. Hester avait posé la tête sur les genoux de Peter, qui laissait courir ses doigts sur sa nuque.

« Tu as toujours su que Robin avait des pouvoirs psychiques ?

— Non. Il me l'a longtemps caché. Ce n'était pas bien difficile, d'ailleurs, je le voyais très peu quand il était enfant. À mon avis, il *voulait* m'en parler bien avant d'arriver à le faire. Mais il avait très peur de mal s'y prendre et de détruire notre relation. Il pensait que je serais très perturbé.

— Il se trompait ? »

Peter sourit. « Nous étions à St. Thomas… c'était en avril 1974. Il grandissait vite, il avait pris six mois ou un an chaque fois que je le revoyais et je commençais à penser qu'on se gâchait la vie, lui et moi. À cette époque, j'envisageais déjà de quitter le MORG. Ça n'avait rien à voir avec l'âge, le courage ou les réflexes, je m'en sortais encore très bien : j'avais un temps de réaction simple de 0,14 seconde et 0,26 seconde face à une situation à six choix. J'ai la même vitesse de perception et la même acuité visuelle dynamique que lorsque j'étais gamin. Je tire toujours bien de loin, jusqu'à mille cinq cents mètres quand on a, au plus, trente centimètres de marge. Mais tout s'était… dégonflé, en quelque sorte. J'avais perdu mon sentiment d'indignation. Comme si j'étais sorti quinze ans trop tard de l'adolescence.

« Bref, dans l'avion, on était plutôt soucieux, il y avait une espèce de gêne entre nous. Robin m'avait déjà lu, à ce moment-là, il savait qui j'étais, ce que je faisais et qui j'avais tué. Il m'aimait quand même. C'était mon amour qu'il avait peur de perdre, et cela parce qu'il se considérait comme un putain de monstre.

— Pauvre gosse.

— Nous avons loué un bateau, pêché des carangues et des palomines, plongé un peu. Quand il a fini par dénouer tous ces nœuds émotionnels et par m'avouer…

— Tu n'as pas cru la moitié de ce qu'il t'a raconté.

— Exactement. Alors il a lancé cinquante fois de suite une pièce de monnaie. Le côté face est sorti quarante-sept fois. Il a affirmé pouvoir la maintenir tout l'après-midi en l'air, mais que ce serait ennuyeux. Il a dégainé son couteau de plongée et m'a demandé de me placer derrière lui. Il ne portait que son maillot de bain, avec un peu de lotion solaire sur le nez et les épaules.

Nous étions sur le pont arrière, au soleil. Il s'est levé et a tendu le bras droit, paume vers le haut. Il a posé le couteau sur sa paume et s'est concentré quelques minutes. Sa main n'a pas bougé mais soudain le couteau est allé se planter violemment dans le mât, à trois ou quatre mètres de nous. Robin a récupéré le couteau et l'a levé : je me souviens du reflet du soleil sur la lame. Il a passé son autre main par-dessus la lame et elle s'est affaissée comme une fleur fanée. Il l'a ensuite redressée, mais pas complètement : elle avait encore trois ou quatre millimètres d'écart par rapport à l'aplomb.

— Seigneur Dieu. Qu'est-ce que tu as fait ?

— J'ai souri et je lui ai demandé comment il faisait. Il a répondu : "En le voulant, c'est tout ce que je sais." Il avait l'air fatigué. Je suis descendu lui chercher de la limonade et me préparer un verre. J'ai versé une grosse dose de gin sur des glaçons et je l'ai bue avant qu'elle ait refroidi. On ne se débarrasse pas facilement de l'image d'un couteau en acier trempé avec une pointe tordue.

— Je comprends ça.

— Quand j'ai essayé de rationaliser ce à quoi j'avais assisté, mon esprit a tout simplement… refusé l'obstacle. Rien ne m'avait l'air normal, mais je n'ai pas mis ça sur le compte du gin. J'ignorais si je regardais de l'eau ou du béton bleu artistiquement arrangé. J'avais le sentiment inquiétant de pouvoir marcher dessus jusqu'à Buenos Aires. Je me suis demandé si les tables de multiplication étaient toujours valides. Et si le soleil allait se coucher comme d'habitude ou s'il resterait toujours à cet endroit dans le ciel…

— Autrement dit, tu as flippé.

— J'ai fini par comprendre que j'étais tout simplement terrifié. J'avais déjà connu la peur. Quand on a peur, il faut se forcer à bouger, à faire quelque chose, peu importe quoi, du moment qu'on ne reste pas paralysé. Alors j'ai apporté sa limonade à Robin. Il était inquiet et mal à l'aise. Je ne sais pas de quoi j'avais l'air pour lui. J'imagine que je souriais jaune. Mais lorsque j'ai effleuré sa main en lui donnant son verre, je me suis aperçu que j'arrivais à nouveau à respirer. Et après ça, ça allait. Ce n'était plus pareil, mais ça allait.

— Quand as-tu décidé de quitter le MORG ?

— À ce moment-là. Il me semblait évident que Robin aurait énormément besoin de moi. J'avais une obligation, une obligation morale de terminer une mission sur laquelle je travaillais depuis un an. Ensuite je pourrais rentrer à la maison et y rester. Cela faisait un certain temps qu'Ellis Tidrow voulait redevenir missionnaire à Bornéo, en Nouvelle-Guinée ou dans un de ces endroits oubliés de Dieu. J'ai annoncé à Robin que je me sentais prêt pour être père à temps plein. Au début, il a eu peur que j'aie décidé ça parce que je pensais qu'il lui fallait un gardien. Quand je l'ai convaincu du contraire, il a été... fou de joie. Bon Dieu, on a passé une semaine vraiment délicieuse après ça, de quoi rattraper toutes ces années perdues.

— Tu as de la fumée dans les yeux ? demanda Hester.

— Non, je pleure.

— Oh !

— Ne t'inquiète pas, je ne vais pas perdre la boule.

— Je ne vois pas ce qu'il y a de dingue à pleurer quand on aime quelqu'un. »

Peter la déplaça, mais en douceur, et se leva pour évacuer son émotion en marchant. Il ajouta une bûche dans le feu. Il revint vers elle. Il était en colère, maintenant, mais pas contre lui-même. Hester ferma les yeux et le toucha sans les rouvrir, excitée par les larmes de Peter.

« Je pense que Childermass a décidé de me prendre Robin dès le soir où je les ai présentés l'un à l'autre. Robin avait préparé quelques démonstrations assez difficiles. Avec des billes sur une table en Formica, par exemple. Il en a gardé plusieurs en mouvement constant sans qu'une seule tombe de la table, un truc que je n'arriverais même pas à faire avec mes mains. Childermass a ensuite écrit une longue liste de nombres, il a mis cette liste dans une boîte en métal qu'il a fermée, mais en gardant une copie pour lui. Robin a pris la boîte entre ses mains et a entré les nombres sur une calculette à deux mètres cinquante de là. Il allait tellement vite qu'on avait du mal à suivre. Déjà, à ce moment-là, il était évident que les talents de Robin... n'avaient aucune limite concrète.

— Je ne comprends pas pourquoi il a fallu que tu parles à Childermass des pouvoirs psychiques de Robin.

— Tu te souviens de ce que MORG veut dire ?

— Multiphasic, Operations, et, euh... Research quelque chose.

— Research Group.

— MORG. C'est... vraiment grotesque, quand on y songe.

— Une vilaine petite agence à qui le ministère de la Défense n'a jamais accordé beaucoup d'importance. Sans Childermass, elle aurait été démantelée au début de la guerre de Corée. Mais Childermass est un grand bureaucrate et un grand démagogue, l'égal d'un Hoover. Il a pris le contrôle d'une agence dont personne ne savait grand-chose et s'en est servi pour créer une sphère d'influence dans le climat de guerre froide des années cinquante. Pour devenir vraiment puissant, il n'avait besoin que de quelques centaines de millions de dollars. Il a obtenu ce butin en faisant peur aux gens. Il a triché, menti, fait du chantage. Il a persuadé beaucoup de personnes *a priori* raisonnables que la CIA et le FBI ne suffisaient pas. On avait besoin du MORG. On l'a eu.

— Tu n'as pas répondu à ma question sur Robin et...

— J'en avais vraiment marre de ce boulot de gangster, du racket de protection. Parce qu'en fait, malgré les grands discours et le chauvinisme, ça s'est toujours résumé à ça. On protégeait nos intérêts sûrement vitaux dans des endroits comme le Cambodge, le Pérou ou les Émirats. Et les vieilles méthodes étaient toujours les plus efficaces : un pot-de-vin ici, un assassinat là… J'en avais vraiment ma claque et j'étais devenu un peu moins prudent bien avant de m'en rendre compte. J'aurais dû démissionner tout de suite, mais Childermass m'a persuadé de rester. J'ai accepté un doublement de mon salaire et une nomination à un poste où mon expérience et ma formation pouvaient servir. Un poste sensible. Trop sensible, puisque Robin avait accès à tout ce que j'avais dans la tête. Tôt ou tard, cela aurait posé des problèmes. Alors j'en ai parlé à Childermass. Merde, je l'ai quasiment invité à me voler mon fils.

— Tu ne savais pas que Childermass s'intéressait aux pouvoirs psychiques ?

— Non. Les Russes et les Tchèques jouaient avec ça depuis des années, ce qui suffisait à Childermass pour investir quelques millions dans l'Institut Parangon. Ça n'avait jamais rien donné de concret. Mais tout était là, en place, à attendre Robin. »

Peter se leva pour ouvrir une bouteille de bière irlandaise et tisonner le feu. Hester se recroquevilla dans la chaise et le regarda comme un animal songeur dans sa tanière d'hiver.

« Je vais te donner une des raisons pour lesquelles je ne crois pas à la mort de mon fils, dit Peter d'un ton calme. Le Dr Irving Roth est un menteur. Son ordinateur ment aussi, et les quatre "témoins" ont été trop bien payés pour changer un jour de version. Childermass ne laisse rien au hasard. Robin avait beaucoup trop de valeur pour qu'on le laisse sortir seul de Parangon, surtout à deux heures du matin.

— Et s'il s'était… enfui, pour une raison ou pour une autre ?

— Pour sauter dans le fleuve sous les yeux de quatre personnes ? La coïncidence est un peu trop grosse, Hester.

— J'imagine, oui.

— Childermass s'est retrouvé en possession d'une ressource naturelle unique. Les Russes n'en ont pas. Les Chinois n'en ont pas. Il voulait que Robin soit enfermé – leur euphémisme est "mis sous séquestre" – dans un endroit où ses chercheurs pourraient l'étudier à fond. Il ne voulait pas qu'on pose des questions sur le garçon, jamais. Son plus gros problème n'était pas de simuler la "mort" de Robin…

— C'était toi ? »

Peter hocha la tête. « Childermass savait que tant que je serais vivant, je ne le laisserais pas faire. On avait prévu que Robin passe cinq jours à l'institut Parangon pour des tests. Pendant ces cinq jours, Childermass m'a demandé de traiter une affaire urgente. Un de nos Russes venait de mourir en prison à Vladimir après y avoir passé huit longues années. Aussitôt qu'il a été enterré, le NTS ukrainien a récupéré sa femme, qui avait refusé de quitter la Russie tant que Sergueï était encore en vie. Elle pouvait détenir certaines informations, c'était l'une des pièces d'un puzzle sur lequel on travaillait depuis longtemps, et comme je les avais connus tous les deux, il paraissait probable que Katia accepte de coopérer avec moi. Elle était vieille et malade et le temps ne jouait pas en notre faveur, aussi j'ai sauté dans un avion pour la Finlande. Mais je suis arrivé quelques heures trop tard : Katia avait sombré dans le coma et s'enfonçait tellement vite qu'il était inutile de compter sur un rétablissement. J'ai pu la voir quelques instants. C'était peut-être elle. Ou alors une autre vieille femme droguée pour l'occasion.

— Droguée ? Par qui ?

— Par notre groupe de la mer Baltique. Qui a, ou avait, à sa tête un nommé McGourty. Je crois l'avoir tué, mais je n'en suis toujours pas sûr. Ce bon vieux McGourty. Il m'a payé à manger à Kalastasaturppa puis m'a conduit à l'aéroport d'Helsinki largement à temps pour le vol Finnair de 19 h 20 à destination de Copenhague, d'où la SAS m'aurait conduit directement à New York. J'ai pris congé de lui à la porte d'embarquement. Je crois que l'avion était un DC-9, et il n'y avait pas beaucoup de passagers, peut-être vingt-cinq en tout.

« Nous traversions la piste sous la bruine pour monter à bord quand la bombe a sauté prématurément, arrachant quasiment la queue de l'appareil. L'explosion a disloqué quelques bagagistes ainsi qu'un agent de piste. La plupart des passagers qui embarquaient ont été blessés, heureusement qu'un gros camion de restauration nous séparait de l'explosion. J'ignore pourquoi la bombe a sauté à l'aéroport et pas au-dessus du golfe de Finlande. Peut-être que l'un des bagagistes avait fureté dans la mauvaise valise. J'ai repris connaissance à l'arrière d'une ambulance garée sur la piste. Je me souvenais vaguement avoir dîné avec McGourty, et voilà qu'il était à nouveau là, penché sur ma civière, à me parler d'un air très inquiet. Je n'entendais rien de ce qu'il me disait. Il avait remonté ma manche. J'ai vu l'aiguille dans sa main. Je ne peux pas te dire pourquoi j'ai réagi comme ça. J'ai dû voir quelque chose passer dans son regard. Je pense que McGourty a entendu l'explosion alors qu'il quittait l'aéroport en voiture et qu'il est revenu au cas où il faille terminer le sale boulot. J'avais les deux mains autour de son cou avant qu'il ait pu me piquer, et si par hasard il n'était pas mort quand je l'ai laissé sur le brancard pour partir au volant de l'ambulance, c'est uniquement parce que j'étais un peu faible.

— Et tous ces gens sont morts à cause de…

— Childermass voulait s'assurer que je ne reviendrais pas de Finlande. Il aurait pu mettre un contrat sur ma tête, je connais une demi-douzaine de pros qui auraient considéré que le jeu en valait la chandelle. Childermass n'avait jamais regardé à la dépense pour ses projets fumeux, mais ma vie ne valait pas deux cent cinquante mille dollars là où cinq mille suffisaient, tant pis pour les autres passagers. Le temps qu'il désigne un assassin fiable, j'avais retrouvé tous mes esprits. Il m'a fallu six semaines pour rentrer. J'avais deviné… pourquoi il avait fait ça, ce qu'il voulait. J'ai pris contact avec lui. Il a reconnu avoir commis une énorme erreur et m'a dit qu'il voulait qu'on en parle. En tête à tête.

— Tu lui faisais confiance ?

— On a arrangé un rendez-vous qui excluait toute possibilité d'un comité d'accueil. Mais il tenait tellement à se débarrasser de moi qu'il était prêt à s'en charger lui-même. Childermass n'est pas un lâche, mais il n'avait jamais utilisé une arme ni tué personne, pour autant que je sache. Et la première fois, ce n'est pas toujours facile. Il comptait sur un léger relâchement de ma part. Le Matériel lui avait préparé un High Standard Model 10, autrement dit un fusil automatique d'un peu plus de soixante centimètres de long, avec une poignée comme un pistolet, chargé de cartouches Sabot générant trois mille joules d'énergie au canon. L'une des armes les plus dangereuses jamais conçues. Il la portait sous son imperméable. Nous nous sommes rencontrés après minuit, au milieu d'un parking du stade Robert F. Kennedy. Il y avait sa voiture, une Volkswagen, et la voiture volée que je conduisais. J'ai tourné autour de sa Coccinelle pour m'assurer qu'il était seul dedans, et je me suis garé à deux mètres cinquante de lui, en parallèle. Il est sorti sous la pluie. Il avait la main droite glissée dans la fente de son imper. Je ne m'attendais toujours à rien de spécial. Mais j'avais laissé le moteur tourner et je gardais la pédale de frein enfoncée et le pied sur l'accélérateur.

« Il aurait mieux fait de sortir son flingue et de tirer dans la vitre passager – tout le côté de la voiture aurait sauté, bordel. Mais il n'y voyait pas bien à cause de la pluie, et peut-être qu'il n'avait pas confiance dans sa puissance de feu. S'il s'y était pris comme il faut, il m'aurait réduit en bouillie au-dessus de la ceinture. Mais ce n'était pas un pro, il voulait que la portière soit ouverte. Je lui avais préparé une petite surprise, histoire de le décontenancer, de le rendre nerveux. Une torche qui l'a aveuglé en lui balançant ses cinquante mille chandelles en plein visage dès qu'il a ouvert la portière. Il a paniqué et a voulu sortir son fusil de sous son imper. Il ne savait plus trop quoi faire, il tenait toujours la poignée de la voiture de l'autre main. J'ai écrasé l'accélérateur et je me suis tiré. Childermass est tombé sur le cul, le bras gauche toujours tendu, et le fusil n'était pas dans la bonne direction. La secousse a fait partir le coup. Ces saloperies de balles Sabot lui ont arraché le bras au niveau du coude.

— Mon Dieu, quelle horreur ! Qu'est-ce que tu as fait ?

— Quinze mètres plus loin, j'ai arrêté la voiture pour le regarder. J'ai passé la marche arrière. Je me suis dit que son bras ne lui manquerait plus une fois que je lui aurais passé trois ou quatre fois sur le corps. »

Le visage d'Hester avait perdu toute couleur. « Je ne pensais pas… que tu aurais fait ça. »

Peter réagit avec une violence qui la fit sursauter : il prit son visage entre ses mains, enfonçant les doigts dans les pommettes. Elle eut du mal à inspirer entre ses mâchoires serrées. Elle ne parvint pas à détourner le regard.

« Hester, dit-il doucement. Pour qui tu me prends ? Je n'ai jamais été un preux chevalier sur son cheval blanc. Je n'ai jamais participé à un combat loyal de ma vie. Je n'ai jamais donné à l'autre une chance de dégainer le premier. Mourir d'un coup de flingue est vraiment horrible. Pire sans doute que l'explosion d'une bombe à trois mille mètres au-dessus de l'océan. Je lui aurais roulé dessus, Hester. Je l'aurais écrasé. Mais ils surveillaient, ils nous observaient de quelque part, et ils se sont précipités avec un tas de bagnoles. J'en suis sorti vivant parce que j'avais piqué la Roadrunner à gros moulin d'un gamin et que j'avais moins à perdre que le type lancé à ma poursuite ; la vitesse et le désespoir m'ont permis de prendre l'avantage. »

Hester avait l'estomac retourné et la joue droite lui faisait mal là où s'enfonçait un des ongles de Peter.

« Peter, s'il te plaît… »

Il la relâcha. Il détourna la tête, comme s'il la méprisait, elle et son inexcusable faiblesse. Hester en souffrit davantage que s'il l'avait battue.

Elle avait dit : « C'est peut-être… pour cela qu'il n'abandonne pas, qu'il cherche toujours à t'attraper. »

Et Peter avait répondu : « La vengeance n'a pas tant d'importance que ça pour Childermass. Non, il me cherche parce qu'il a peur. Peur que je lui reprenne Robin qui, pour lui, est devenu encore plus important que le MORG. »

Hester regarda Peter se racler le dessous du menton avec le vieux rasoir à main qu'il avait affûté avec soin. Ses mains ne tremblaient pas, ce jour-là. Il avait dormi comme un loir deux nuits d'affilée, aussi ne souffrait-il plus de ces maux d'estomac causés une fois sur deux par la fatigue nerveuse. Il arrivait à garder ses repas et s'était épaissi de deux ou trois kilos depuis qu'elle cuisinait pour lui, ce qui avait un peu étoffé sa silhouette. Dans une semaine… des larmes piquèrent soudain les yeux d'Hester. Elle aurait voulu avoir menti à propos de la pauvre fille mentionnée par Raymond Dunwoodie, celle avec des pouvoirs psychiques. « *J'ai vérifié dans tous les hôpitaux, Peter. Je n'ai trouvé aucune trace de cette fille. Elle n'a peut-être pas été soignée… Tu sais, si ça se trouve, comme elle allait bien, ils l'ont juste renvoyée chez elle.* » Mais lui mentir n'était pas si facile. Pas quand il se tenait tranquillement assis juste à côté de vous, le regard fixe comme une espèce inquiétante de mort à l'affût, avec ces vagues reflets métalliques qui rappelaient la brutalité dont pouvaient faire preuve les petits chats sauvages, ceux que même les meilleurs dresseurs n'arrivent pas à dompter.

Elle lui avait donc dit tout ce qu'elle avait appris sur Gillian Bellaver. Sur ces Bellaver-*là*. Il l'avait félicitée pour ses talents de détective. Il avait retrouvé un peu d'animation, un but dans sa vie. Hester ne pouvait s'empêcher de penser qu'elle avait commis une terrible erreur.

Peter finit de se raser et se rinça. Hester se leva et retourna à la table à repasser où elle s'occupa des vêtements sacerdotaux qu'il avait volés la veille : un col de pasteur, un chapeau mou noir et une sacoche noire du genre qu'utilisaient les docteurs des régions reculées pour leurs visites à domicile. Dans un hôpital, personne ne regardait un prêtre de trop près, quelle que soit l'heure du jour ou de la nuit. Personne ne lui demandait ses papiers.

Quand Peter eut revêtu tout cela, Hester l'étudia d'un œil critique de l'autre bout de la pièce.

« Si je venais d'entrer, je ne te reconnaîtrais pas, admit-elle.

— Je me sens aussi authentique qu'une coiffure à deux balles, grogna-t-il. Je n'ai jamais été fana de déguisements.

— Ça ira très bien, père… euh…

— Van Bergen.

— Et pour le minutage ?

— On ne pouvait pas mieux tomber. C'est la Saint-Sylvestre, l'hôpital est à moitié vide et tourne avec un personnel réduit. Ce soir, à dix heures, il y a une petite fête discrète mais très animée pour les infirmières de garde. J'aurai tout le temps de parler à cette petite Bellaver. Et si elle est ce que Raymond disait…

— Alors elle intéresse peut-être aussi quelqu'un d'autre, rappela Hester. Ceux à qui Raymond a parlé avant que tu le rencontres dans le parc. Il a *forcément* parlé au MORG, Peter. L'Institut n'a pas trace d'un appel de Raymond Dunwoodie ce jour-là. J'ai vérifié. »

Peter la dévisagea. « Tu prendrais pas un peu trop de risques, ces derniers temps ?

— Oh, Peter, n'importe qui peut jeter un coup d'œil au registre des appels téléphoniques.

— Cet endroit est bourré de micros, Hester ! Et je t'ai déjà expliqué comment fonctionnait l'Évaluateur de Stress Psychologique : ils sortent au hasard le listing des employés. C'est un appareil à longue portée qui évalue les manifestations physiologiques du stress, il n'y a même pas besoin d'être surveillé pour se trahir…

— O.K., O.K.

— Et donc, tu as farfouillé un peu dans leur ordinateur sans te faire pincer, mais si ça se trouve, tu as fait autre chose qui paraîtra bizarre à la sécurité de Parangon, et ils sont du genre soupçonneux. Un pas de travers, et tu rejoins tous ceux expédiés par l'Institut Parangon dans un coin nuageux des limbes.

— Tu te crois obligé de me faire peur, hein ? Je vais bien ! Personne ne me poursuit, moi ! C'est toi qui passes ton temps à disparaître et, et, mon Dieu, je ne te *vois* pas pendant des jours et des semaines, et tout ce que je peux faire, c'est appeler, appeler, appeler cette foutue cabine téléphonique dans le métro, et des fois il y a un ivrogne qui décroche et… »

Elle se stupéfiait elle-même à fondre si facilement en larmes, à lui montrer justement encore plus de faiblesse ; elle avait prévu de rester aussi stoïque que lui quant à son départ. Mais maintenant qu'elle avait commencé, la légère inquiétude qu'elle lut dans le regard de Peter aurait pu la plonger dans une véritable crise d'hystérie s'il ne l'avait si bien rassurée en la serrant contre lui.

« Fais bien attention à toi, c'est tout, le supplia-t-elle. Et ne disparais pas trop longtemps, cette fois.

— Hester, je ne pourrais pas continuer sans toi », l'assura Peter, et même si Hester était trop intelligente pour y croire vraiment, il n'y avait rien au monde qu'elle aurait davantage souhaité entendre.

DIX

Son épouse étant partie à Minneapolis pour la naissance d'un de leurs petits-enfants, Irving Roth, médecin et directeur de l'Institut Parangon, n'avait pour occuper sa Saint-Sylvestre qu'une réception organisée par l'Association médicale de la vallée de l'Hudson en l'honneur de Russes qui voyageaient aux quatre coins du monde. C'était une grande cérémonie solennelle et ennuyeuse du genre où chacun doit porter un badge nominatif sur son smoking. Le buffet se défendait. Roth mangea trop, comme il avait trop mangé pendant toutes les fêtes. Des kilos et des kilos dont il n'avait pas besoin. Il était déjà aussi corpulent qu'un lutteur, mais avec des bras courts et une expression qu'un sourire doux et attirant privait de toute agressivité. Tout compte fait, il était un peu charmeur. Ses cheveux disparaissaient sur le sommet de son crâne, comme de l'herbe sur une pelouse atteinte par la sécheresse.

Roth parla à des gens qu'il avait peu revus depuis la faculté de médecine et à un nombre déconcertant de collègues qui le croyaient à la retraite dans une partie plus tranquille du monde.

« Je m'occupe de recherche fondamentale », répondait-il quand on finissait par lui poser la question. Personne ne demandait davantage de détails, mais plusieurs, qui dirigeaient eux-mêmes des projets de recherche, s'intéressèrent aux chiffres.

« Vous êtes bien financés, j'espère », lui dit un physiologiste à barbiche qui cherchait un sponsor. Roth sourit de ce sourire confortable de l'homme qui baigne dans les financements publics. Il répondit au physiologiste avoir un coup de fil à donner, se servit un troisième martini en se jurant de n'en boire que la moitié et partit à l'aventure. La maison était plutôt déprimante, avec tous ces courants d'air, ces sols d'ardoise et ces lambris sombres à hauteur d'homme.

« Irv ? Irving Roth ? »

Roth se retourna, un sourire machinal aux lèvres.

« Oh, bonjour docteur, euh...

— Tofany », compléta le nouveau venu. Son lorgnon à la Teddy Roosevelt et sa complexion rose fraise surmontée d'un tourbillon de cheveux apprêtés blancs comme neige lui donnaient ce genre d'allure joyeuse et vieux jeu qui évoquait le début du siècle. « Hubert Tofany.

— Voyons... Médecine tropicale, si je me souviens bien. Columbia. »

Tofany hocha la tête. « Je vous ai vu entrer. J'espérais avoir une petite conversation avec vous, comme j'avais l'intention de vous rendre visite... Vous avez une minute, Irv ?

— Je cherchais un téléphone, mais cela peut attendre. Je dois appeler le Minnesota pour savoir si je suis à nouveau grand-père.

— J'ai moi-même six petits-enfants. Encore un ou deux ans et l'aîné aura l'âge de faire sa médecine. »

Roth gloussa et secoua la tête comme pour dire « Que le temps passe vite ». Il décida finalement de terminer son troisième Martini. De ne pas en laisser une seule goutte.

« Ce qui a piqué mon intérêt, Irv, c'est d'entendre dire que vous vous intéressiez aux phénomènes psychiques.

— Comme à une annexe de la psychologie noétique et transpersonnelle, oui. Je suppose qu'on pourrait dire que je travaille sur les pouvoirs psychiques.

— Je vous en parle à cause d'une patiente, un cas peu ordinaire sur lequel je suis intervenu en tant que consultant parce qu'on suspectait une infection par un de ces virus ultracontagieux qui se glisse parfois dans le pays. Nous l'avons gardée en quarantaine à Columbia jusqu'à identifier avec certitude une simple mutation particulièrement rétive du virus de la grippe, comme celle qui a dévasté Recife l'été dernier.

— Ah ah !

— La patiente est une jeune fille de quatorze ans qui a été frappée soudainement, et dont la température est montée très haut, jusqu'à 41,2 °C.

— Impressionnant.

— Elle semble n'avoir subi aucun dommage permanent ; on supporte beaucoup, à cet âge. Elle a convulsé au moins une fois avant que nous la voyions, mais l'EEG pratiqué il y a deux jours n'a rien révélé d'anormal. Gillian est maintenant quasiment remise, nous la laisserons sans doute rentrer chez elle dès demain. Elle n'attend que ça. Elle a eu quelques expériences paranormales intéressantes ces derniers jours.

— Paranormales ?

— Je ne sais pas trop comment vous appelez ça. Des visions, peut-être ?

— Elle s'est vue devant les portes du Paradis ou quelque chose de ce genre ?

— Rien d'aussi confortablement mystique. Elle m'a décrit, avec force détails, un procès pour faute professionnelle que je connais bien puisqu'il concerne mon gendre. L'affaire a été réglée il y a deux ans.

— Elle se rappelait des articles de journaux.

— Le procès a eu lieu au Texas, et même là-bas il n'a eu le droit qu'à un ou deux paragraphes dans la presse.

— Elle a entendu le personnel médical en parler, alors.

— Parler d'une affaire vieille de deux ans dans un hôpital de Houston ? Ça m'étonnerait. Et Gillian en savait trop pour avoir tout reconstitué à partir de vagues bavardages. Par exemple, elle pouvait décrire très précisément l'aide de camp du général Robert E. Lee, d'après lequel mon gendre Josiah a été baptisé. Il y a un portrait du capitaine Brakestone dans le bureau, là-bas à Houston, mais Gillian ne peut pas l'avoir vu. Je trouve cela assez exceptionnel.

— Quoi d'autre ?

— Avant que ça commence à l'inquiéter et qu'elle cesse totalement d'en parler, elle divertissait les infirmières… et je crois bien qu'elle leur faisait un peu peur aussi. On aurait dit une sorte de… d'aimant mental, elle captait des bribes d'informations personnelles. Je veux dire, le genre dont on ne discute même pas avec ses meilleurs amis. L'étage entier parlait de Gillian, et j'imagine qu'avec cette attention et sa notoriété relative, elle est devenue prudente.

— Il s'agissait peut-être d'un phénomène transitoire. Ça arrive. Nous sommes encore loin de comprendre le fonctionnement de l'esprit humain. Cette forte fièvre, par exemple, étant donné l'état globalement passif de la convalescente, aurait pu provoquer une espèce de biocommunication, voire une ou deux hallucinations véridiques…

— Ah, oui, je vois.

— Ça serait plus significatif si la fille avait eu conscience d'expériences psi avérées avant sa maladie.

— Eh bien, une des raisons pour lesquelles elle s'est évanouie à la patinoire… »

Roth dressa l'oreille. « À la patinoire ? Celle de Central Park ?

— C'est cela.

— Elle s'est évanouie là-bas et on l'a transportée à l'hôpital ?

— À Roosevelt. Je l'ai fait transférer à Washington Heights le soir même.

— Vous vous souvenez quel jour c'était ?

— Avant Noël. Mardi, je crois, le 21, parce que nous étions attendus chez les Amerdeen à huit heures et que…

— Donc, docteur, excusez-moi, vous m'avez bien dit

que cette fille avait eu une sorte d'expérience paranormale à la patinoire ?

— C'est ce qu'elle m'a raconté, deux jours après la disparition de la fièvre, quand elle a pu se rappeler ce qui lui était arrivé juste avant qu'elle tombe. Gillian et sa copine avaient remarqué un… une espèce de clochard, de vagabond, il y en a plein le parc, maintenant, vous savez, et peut-être qu'il embêtait les gens. Qu'il demandait la charité. Dieu sait pourquoi, Gillian avait l'impression de le connaître. Du moins, elle savait son nom et son origine : il venait d'un petit village du New Jersey. Tout cela, m'a-t-elle dit, avait surgi d'un coup dans son esprit.

— Et comment s'appelait ce clochard ?

— Raymond. Dun quelque chose. Dunkirk, peut-être.

— Continuez, s'il vous plaît.

— Gillian se souvient avoir eu un peu mal au cœur à la patinoire. Elle était déjà un peu fiévreuse et mourait d'envie de rentrer chez elle faire une bonne sieste. C'est en tournant sur la glace qu'elle a été frappée par la vision du clochard, Raymond, couché sur le dos, une balle dans la tête.

— Une balle dans la tête !

— Un spectacle affreux et sordide, qui a provoqué son évanouissement.

— Mais il n'était pas là, il s'agissait, disons, d'une simple hallucination.

— Bien entendu.

— Une balle dans la tête, elle en est absolument sûre.

— Sûre et certaine », répondit le docteur Tofany.

Roth avait terminé son troisième martini sans le goûter et se sentait méchamment sur les nerfs. Un petit vaisseau sanguin s'agitait dans sa tempe gauche, signal habituel qu'il fallait qu'il arrête les boissons fortes, qu'il respire profondément dans une pièce ventilée et qu'il pense avec chaleur à la condition humaine.

« Avec votre permission, docteur, j'aimerais parler à cette fille. Gillian comment ?

— Bellaver.
— Oh. De ces Bellaver-là ?
— Son père est Avery Bellaver.
— L'excentrique de la famille ?
— Je l'ai trouvé sensible et cultivé, mais pas très… accessible, ce qui doit expliquer sa réputation. Sa femme est d'une beauté éblouissante. »

Roth consulta sa montre.

« Voyons, il est 21 h 46, l'hôpital n'est qu'à quelques minutes…
— Vous voulez la voir *ce soir ?*
— La clairvoyance, ou la précognition, n'est ni rare ni un signe d'anormalité, mais Gillian n'a aucun moyen de le savoir. Elle est peut-être complètement perdue. Effrayée. Mais je pense qu'elle aura confiance en moi. Et ce sera bien plus simple ce soir qu'une fois qu'elle sera rentrée chez elle, dans sa famille.
— Oui, je comprends.
— C'est la Saint-Sylvestre, ma femme est à Minneapolis… » Roth écarta les mains avec un grand sourire. « Et moi je suis entouré par deux cents médecins parlant boutique. Autant travailler. Au moins, je ne me réveillerai pas avec la gueule de bois. »

Le docteur Tofany sourit aussi.

« Elle est au 809 dans l aile nord de Herlands. Merci de votre intérêt. Vous m'appelez d'ici un ou deux jours ? »

La seule ligne téléphonique de la maison laissée disponible par les autres médecins était un téléphone payant installé pour les domestiques dans une niche située entre l'office et la cuisine grouillante d'activité. Roth appela Minneapolis sur sa carte de crédit et fit preuve d'une telle rudesse avec son épouse qu'elle s'inquiéta de sa santé. Le bébé n'était pas encore né. Roth informa Grace-Ann qu'il serait rentré à Pelham dans une heure et demie environ et qu'elle pourrait l'y joindre après l'heureux événement. Il parvint à lui dire au revoir d'un ton enjoué, mais elle était déjà sortie de son esprit quand il raccrocha.

En repensant à cette magnifique journée, peu avant Noël, où Raymond Dunwoodie l'avait appelé de Central Park, Roth fut pris d'une nouvelle crise de culpabilité. Il se sentirait toujours coupable à propos de Raymond. Ils n'auraient jamais dû le laisser essayer d'émettre de l'intérieur du champ électrique à haute fréquence, une expérience qui, sans qu'on sache pourquoi, avait toujours un effet désastreux sur l'organisme. Un jeune médium prometteur en avait été réduit à fouiller dans les poubelles, tout cela à cause d'une directive que Roth n'avait pas eu la sagesse d'ignorer. Voilà pourquoi il s'efforçait d'être patient avec Raymond chaque fois que, par désespoir, celui-ci jouait la comédie et inventait des histoires dans l'unique but de leur soutirer quelques dollars. (Ils auraient quand même pu prendre soin de lui, en le pensionnant, par exemple. Roth avait honte du manque d'éthique et de respect envers la vie humaine dont faisait preuve son employeur.) Bien entendu, l'histoire de la fille à la patinoire était trop belle pour être vraie, mais la voix de Raymond semblait différente, cet après-midi-là. Il ne geignait pas. Il était excité, mais pas à bout. Son soupçon d'assurance avait surpris Roth qui, du coup, avait pris le temps, malgré sa journée chargée, d'aller en taxi au parc en s'attendant quasiment à tout, sauf à voir Raymond si pathétiquement mort sur un rocher qui surplombait la patinoire.

Il avait signalé ce décès le jour même et on lui avait ensuite fourni une explication surprenante. Raymond avait été vu en compagnie de Peter Sandza. L'équipe du MORG avait pris la décision de liquider Sandza parce que de telles occasions se présentaient rarement et que sinon, Childermass aurait piqué une crise. L'opération ne s'était hélas pas déroulée comme prévu et avait mis un terme grotesque à la vie et au déclin de Raymond Dunwoodie.

Roth aurait pu leur parler du médium que Raymond prétendait avoir repéré, mais plus il y réfléchissait, plus cela lui semblait une ultime frasque de Raymond. De toute façon, maintenant qu'il était mort, on n'aurait pas su localiser cette fille si elle existait vraiment. Aussi Roth avait-il gardé cette histoire pour lui.

Maintenant que, par un pur hasard, il savait que Raymond avait dit vrai, il ne fallait pas qu'il tarde à réagir. Il était temps de passer un autre coup de fil, il était peut-être même largement temps, suivant la manière dont ils accueilleraient la nouvelle. Il se pourrait bien qu'il aille au-devant d'ennuis.

La veine dans sa tempe faisait encore des siennes. Il se tenait debout, la pression des fixe-chaussettes qu'il ne portait qu'avec son smoking lui engourdissant la jambe droite. Il ignora la domestique noire qui rôdait dans l'espoir de récupérer le téléphone, essuya ses paumes moites sur une serviette en papier, tourna le dos, se pencha sur le combiné et passa un autre appel.

Comme d'habitude, une fois joint le premier numéro, il fallait patienter. Roth ne se sentait pas à l'aise, il pensait à la fille à l'hôpital en se demandant si elle leur échapperait à nouveau, mais il avait son nom, cette fois. Gillian. Tout juste quatorze ans. L'âge de Robin Sandza.

Le téléphone sonna et Roth décrocha.

« Quoi de neuf, docteur ? » fit la voix joviale de Childermass.

C'était sa dernière nuit à l'hôpital Washington Heights et Gillian, qui se mourait d'ennui, songeait à piquer une crise de rage.

Elle se trouvait dans un état de frustration absurde, avec une sensation de vide intérieur, mais pas de faim ; elle se sentait désespérée, mais pas assez pour qu'une bonne séance de larmes l'en soulage. Malgré le somnifère, elle n'avait pas du tout sommeil et ses yeux restaient grands ouverts. Il n'y avait que des programmes merdiques à la télé, écouter de la musique l'ennuyait ou l'énervait et on ne voyait par ses fenêtres qu'une autre aile de cet hôpital tentaculaire. Une mystérieuse éruption sur les fesses l'empêchait de rester assise sans bouger plus de quelques minutes. Elle s'était rongé les ongles jusqu'au sang. Elle ne se trouvait pas assez séduisante pour se donner du plaisir dans le lit : elle n'arrivait pas à se sentir excitée, même en se concentrant sur une image de Robert Redford en train de jouer au tennis, avec cette lueur dévastatrice dans les yeux et cette sueur sur le visage quand il renvoyait un service puissant. Difficile d'avoir des fantasmes érotiques quand on avait besoin d'un bon shampooing. Elle savait que Bob n'aurait pas ce grand sourire effronté et réconfortant qui était *rien que pour elle* s'il la voyait comme ça. Il aurait plutôt envie de vomir.

Minute après minute, l'ancienne année glissait dans l'oubli. Un silence lugubre s'abattit sur l'étage à 22 h 05. La plupart des chambres voisines de celle de Gillian étaient vides ; personne n'aimait passer cette période de l'année à l'hôpital, pas quand on pouvait faire autrement.

Même recevoir une visite d'Irene Cameron McCurdy aurait été préférable à devenir maboule toute seule, mais une ribambelle de dames du club de jardinage traînant la patte étaient venues voir Mme McCurdy jusqu'à vingt heures et celle-ci devait maintenant dormir à poings fermés. Gillian envisagea une nouvelle promenade dans le couloir, mais à part ces deux infirmières qu'elle ne connaissait pas au guichet situé à l'entrée de l'étage, il n'y avait quasiment personne avec qui discuter. Impossible aussi de tuer une heure au téléphone : ses amies s'étaient absentées pour la soirée ou prenaient du bon temps sous un climat plus clément, sa mère se trouvait Dieu sait où et son père était parti à Boston afin d'y lire un article savant devant un groupe de ses pairs.

Il y avait quelques livres empilés sur le rebord de la fenêtre. Gillian les passa en revue avec espoir et s'arrêta sur le livre de poche dans lequel Mme McCurdy retraçait la vie de Peter Hurkos. Elle fronça les sourcils : elle croyait le lui avoir rendu avec cet album qui était resté tout l'après-midi dans sa chambre sans qu'elle y touche. Peut-être avait-elle emporté un autre livre par erreur. Elle décida de se rendre à l'autre bout du couloir restituer la biographie. Au moins, cela l'occuperait. Elle n'aurait peut-être plus le temps de le faire au matin, et de toute façon, elle ne penserait qu'à rentrer chez elle.

Gillian changea de pantoufles et choisit un des peignoirs les plus neufs parmi ceux rangés dans le placard. Au guichet qui faisait face aux ascenseurs, elle ne vit en sortant dans le couloir qu'une seule infirmière, qui lui tournait le dos. Gillian partit dans l'autre direction, passa devant une chambre dans laquelle luisait un téléviseur muet : l'homme dans le lit s'était endormi. Rien ni personne ne bougeait dans l'étage. Il y régnait un calme tel qu'elle se sentit un peu effrayée.

Jamais plus je ne me laisserai coincer dans un hôpital, résolut-elle. *Si j'ai des enfants, ils naîtront chez moi.*

Gillian trouva la porte d'Irene Cameron McCurdy entrouverte. Elle jeta un coup d'œil par l'interstice. Il y avait une veilleuse allumée près du sol dans le coin opposé au lit. Allongée sur le dos, Irene dormait profondément, les jambes un peu surélevées pour réduire ses problèmes de circulation sanguine, en produisant des ronflements à peine plus sonores qu'un ronron de chat satisfait. Un vaporisateur soufflait un nuage de brume. Avant de se coucher, Irene avait pulvérisé un arôme floral dans la pièce. Gillian trouva quasi irrespirables cette humidité et cette douceur intense. Elle posa le livre sur la commode.

« Qui est là ? » demanda tranquillement Irene du lit. Gillian se retourna. « Oh, c'est vous, ma chère.

— Je croyais que vous dormiez, madame McCurdy. Je venais juste vous rendre un livre que vous m'avez prêté.

— C'est très aimable de votre part », murmura Irene. Gillian se dirigea vers la porte. « Mais vous n'êtes pas obligée de partir tout de suite.

— Eh bien…

— Je vais bientôt m'endormir. On m'a donné un petit supplément contre la douleur, ce soir, c'est très… relaxant. Vous ne voudriez pas vous asseoir quelques minutes à côté de moi ?

Depuis toute petite, j'ai peur de m'endormir toute seule. C'est bête, non ? »

Gillian s'approcha. « Cela m'arrive aussi. »

Irene sourit et tapota le lit.

« Asseyez-vous là. Quelle journée épuisante. Et donc, vous… rentrez chez vous demain. Mais nous resterons en contact, ça oui. Il y a tant de choses dont il faut que nous parlions. »

Irene prit la main de Gillian. La sienne, un peu charnue, semblait parcheminée, mais le contact n'en était pas désagréable, et Gillian ne doutait pas que la femme s'endormirait bientôt.

« Nous devons réfléchir à… la manière de nous occuper de tout ce Nouveau Peuple, murmura Irene. Je sais qu'en haut lieu, beaucoup utilisent déjà leurs considérables pouvoirs psychiques pour contenir les Forces de l'Ombre ; mais comparée à celle du Nouveau Peuple, leur puissance est celle d'une goutte d'eau face à un océan. Et voilà que nous franchissons le seuil d'un nouvel âge de conscience. Mais on ne peut pas se fier à n'importe qui, ne l'oubliez pas. L'histoire nous a enseigné que le mal le plus absolu n'est qu'un pauvre excès de bien. Le bien devient la vertu et la vertu devient le mal. Sommes-nous à l'aube d'un Grand Éveil ou dans les derniers moments du crépuscule, juste avant le plongeon dans les abysses de l'ignorance et de la terreur ? Je n'en sais rien. Certains préféreront un autre Âge des Ténèbres au Triomphe du Nouveau Peuple, à l'aveuglante pureté des Lumières psi. Je radote, non ? Vous êtes là, ma chère ? »

Ne recevant aucune réponse, Irene pressa un peu plus la main de Gillian. Elle avait l'impression de glisser dans le sommeil, de traverser des nuages faiblement éclairés, comme par des colonnes de lumière issues d'une source céleste. Elle faillit ne pas avoir la force de tourner la tête pour lever les yeux vers la grande fille assise de profil à côté d'elle.

Elle y parvint néanmoins et vit un ensorcellement, une expression de concentration scandalisée.

« Papa, non, ne fais pas ça ! » glapit Gillian d'une voix de fillette qu'Irene reconnut malgré les années écoulées.

« Laisse-la, papa ! » exigeait maintenant Gillian qui se raidissait de plus en plus, et Irene sentit avec stupéfaction une onde de colère brûlante émaner de la peau de la fille. Elle essaya instinctivement de retirer sa main, mais Gillian la tenait trop serrée. L'effort dépassa ce qu'il lui restait de ressources, et une fois encore Irene se sentit glisser malgré elle vers l'assoupissement. Elle aurait pu perdre paisiblement conscience si son organisme ne lui avait lancé un signal d'alarme pour l'avertir d'une soudaine exsanguination massive, de l'approche d'un choc fatal.

Le sentiment de paix ne venait pas des pilules qu'elle avait absorbées une heure plus tôt. Irene comprit instinctivement qu'elle était en train de mourir et que sa vie défilait devant les yeux de Gillian.

« Je vous tuerai tous les deux ! » gronda Gillian. Elle avait commencé à trembler et à s'agiter sur le lit, mais serrait toujours très fort la main d'Irene. Un des pieds de Gillian reposait sur le sol. Ce pied dans sa pantoufle tapotait avec autorité sur le sol tandis qu'elle maudissait sans retenue le père d'Irene Cameron McCurdy. Elle maudit aussi la maîtresse de son père, cette femme plantureuse qui gémissait, étalée à plat ventre sur le tronc moussu d'un arbre tombé à terre, les boucles de ses cheveux blonds lui pendant devant les yeux, la graisse de ses fesses agitée de tremblements tandis qu'il la besognait par-derrière avec force grognements dans ses habits impeccables où seule dénotait la braguette ouverte.

Tap tap.

« Ah, mon Dieu ! s'écria Gillian, rendue folle de douleur par l'infidélité à laquelle elle assistait. Comment as-tu pu faire *ça*, papa ? »

Par bonheur, l'image qui la mettait en transe commença à s'effacer ; son pied produisait maintenant des petits bruits humides sur le sol devenu glissant. La main qu'elle tenait dans la sienne était désormais froide comme un crapaud dans une congère.

La première pensée consciente de Gillian au sortir de sa vision psychométrique fut qu'elle s'était malencontreusement oubliée en restant assise à rêvasser et à attendre que la vieille dame s'endorme au milieu de son bavardage.

Puis, malgré la présence encore écœurante de l'arôme floral dans la chambre chaude et humide, elle reconnut l'odeur.

Roth gara sa voiture au deuxième étage du parking de l'hôpital, sur la 168e Ouest, et emprunta la passerelle conduisant à l'aile nord de Herlands. Il y avait peu d'automobiles dans le parking et il ne croisa personne en entrant.

Dans le hall de l'hôpital, juste derrière les portes de verre et d'acier, l'horloge murale à côté du poste de garde indiquait 22 h 27. Roth n'était plus venu dans cet hôpital depuis la construction de ce nouveau bâtiment en forme de Y. Il le trouva aussi déprimant qu'une prison. Le plafond était un plan fluorescent blanc qui créait un environnement sans ombres. Assis en hauteur derrière une épaisse vitre, le garde s'adressa à lui d'une voix que le haut-parleur rendait métallique. Roth lui expliqua la raison de sa venue et se vit délivrer un passe qu'il fixa sur son smoking.

Il croisa deux infirmières qui sortaient en bottes et manteaux à capuchons. L'une d'elles lui sourit : « Eh, où est la fête ? »

Roth sourit et tourna les pouces vers le bas. Il s'approcha des ascenseurs. Après une attente interminable, l'un d'eux finit par arriver et ouvrit ses portes sur un interne hébété appuyé contre la paroi. Il lui manquait une chaussure et il avait enfilé la culotte à fleurs de sa petite amie par-dessus son pantalon.

« Tu descends là, mon gars ? » demanda Roth en lui tenant les portes. L'interne se lécha les lèvres et regarda autour de lui sans rien voir.

« Les jardins botaniques ?

— Essaye la ligne de Lenox Avenue », lui suggéra Roth. L'interne sortit en titubant de l'ascenseur et s'immobilisa, une expression de tristesse ahurie sur le visage, pour explorer les alentours du regard. Roth souhaita qu'il trouve une salle de réunion où se traîner pour y cuver son vin. Il appuya sur le bon bouton et l'ascenseur l'éleva jusqu'au huitième étage.

Les plafonniers y avaient été mis en veilleuse et diffusaient une reposante lueur jaune de pleine lune. Plusieurs petits spots brillaient sur le guichet des infirmières, mais il n'y avait personne de garde.

En fait, l'étage semblait complètement désert.

Ils arrivèrent en voiture de divers points de la ville à 22 h 35. Trente agents du MORG avaient été mobilisés, dont certains les yeux un peu rouges. Une sirène se déclencha sur Fort Washington Avenue ; le vent siffla avec tristesse sur le toit non couvert du garage tandis qu'ils attendaient le minibus apportant le matériel de communication, qui arriva à 22 h 38 du centre-ville.

Leur chef les rejoignit une minute après le minibus. C'était un métis crow nommé Don Darkfeather, un homme très grand à la minceur sinistre et à l'énergie brute d'un fouet. Ses yeux semblaient deux punaises noires dans un morceau de liège couleur tabac. Il avait une expression de commandement impitoyable. Il dirigeait les opérations P et C du MORG dans la région métropolitaine de New York depuis le lendemain du jour où Raymond Dunwoodie avait été abattu à Central Park. Son prédécesseur avait été muté dans une nouvelle unité antiterroriste basée en Alaska.

Les agents de Darkfeather étaient équipés d'émetteurs-récepteurs de ceinture, de microphones de poignet et d'écouteurs, ainsi que de talkies-walkies plus puissants. L'équipe comptait des spécialistes en infiltration, des experts en conduite automobile et des tireurs. Ces derniers disposaient d'armes à munitions basse vélocité telles que fusils anti-émeutes et revolvers tirant des balles à pointe plate déformables qui, où qu'elles vous atteignent, vous arrêtaient en vous infligeant de terribles blessures. Sous son imperméable gris sombre d'ordonnance, chaque agent avait enfilé une veste multicouches en Kevlar capable de stopper une balle de .45 tirée à bout portant. Il n'y avait pas eu besoin de rappeler que l'homme qu'ils pourchassaient était un des trois ou quatre meilleurs tireurs jamais sortis du MORG.

Les instructions de Darkfeather furent brèves.

« Ne négligez personne, dit-il. Sandza a eu le temps de se fondre dans le décor.

— Et s'il a un branleur avec lui, monsieur ? » C'était le mot utilisé au MORG pour désigner un civil.

« Si vous devez trouer un branleur pour choper Sandza, pas de problème. On arrangera ça après.

— Même un docteur ou une infirmière ?

— Personne n'est sacré, dit Darkfeather.

— Et un flic ? »

L'Indien tritura une de ses longues pattes avant de changer d'avis.

« Ne trouez pas un flic, décréta-t-il. C'est trop long à arranger. »

Roth descendit le couloir jusqu'à la chambre 809, celle de Gillian. La porte était entrouverte. Une lumière brillait près du lit. Il frappa doucement.

« Mademoiselle Bellaver ? »

Comme elle ne répondait pas, il entra. La pièce était vide.

Roth tournait le dos à la porte du cabinet de toilette. Il se retourna en souriant quand il l'entendit grincer.

« Je ne voulais pas… »

Il se mordit la langue de surprise. Sur le seuil du cabinet de toilette, un prêtre pointait un pistolet sur sa tête. De toute évidence, l'homme avait l'habitude des armes à feu. Il se tenait dans une posture autoritaire.

« Qu'avez-vous fait d'elle, docteur ? »

Sa voix était familière et Roth faillit défaillir sous le choc.

« Arrghhhh », s'étrangla-t-il, la peur lui paralysant les cordes vocales. Son corps se raidit, sur la défensive, au souvenir du passage à tabac qui, quelques mois plus tôt, l'avait laissé plus d'une semaine handicapé. Il n'y avait eu que quelques traces de coups, bien que la douleur ait été à peine tolérable, même sous opiacés. Il savait qu'il ne survivrait pas à une autre correction de ce calibre, mais lut dans les yeux diaboliques de Peter Sandza que celui-ci n'avait pas l'intention de se donner cette peine, qu'il se contenterait de presser la détente au moment adéquat.

Même privé de l'usage de la parole, le docteur Roth visualisait sans mal une blessure par balle, et une masse de plus en plus pesante se formait juste sous son diaphragme.

« Je n'ai pas le *temps*, le prévint Peter d'une voix basse et sans timbre. Ressaisissez-vous vite, docteur, et amenez-moi à Gillian Bellaver. Sinon je commence à éteindre vos lumières.

— Je... » dit Roth, ce qui lui permit de constater qu'il pouvait bouger la langue, que son larynx n'était plus totalement paralysé. « ... ne sais pas... où... elle est. Je viens... j-juste d'arriver m-m-moi...

— Docteur, je vais passer dans votre dos pour vous briser la septième vertèbre cervicale. Vous savez ce que cela signifie : vous vous transformerez en tête vivante pour quelques années, mais peut-être qu'ils vous donneront un de ces fauteuils roulants qu'on pilote en soufflant de l'air dans un tube.

— *Attendez !* Je sais que vous n'avez aucune raison de me croire, mais pour l'amour du Ciel, écoutez-moi ! C'est une des patientes de l'hôpital, mais je viens à peine de l'apprendre. Ils l'ont peut-être transférée dans une autre chambre, je n'en sais rien, mais donnez-moi une seconde, que je vérifie auprès d'une infirmière d'étage... »

Il eut un mince sourire. « Elles sont attachées l'une en face de l'autre dans une chambre vide au bout du couloir. Comme je voulais avoir une longue conversation avec la fille, je préférais éviter qu'on nous dérange. D'accord, si bizarre que cela paraisse, je pense que je vous crois. J'irais même jusqu'à vous croire si vous me disiez être venu seul.

— Mais je *suis* venu seul. »

Un intense gémissement d'aliéné leur parvint du couloir, un bruit qui hérissa les cheveux sur la nuque de Roth telles des aiguilles de pins. En même temps, on entendait quelqu'un passer la serpillière. Les yeux de Peter s'écarquillèrent un peu, et il sembla momentanément incapable d'affronter ce présage d'un asile de fous, cette pauvre âme qui nettoyait tranquillement le sol tandis qu'une autre sombrait manifestement dans la démence. Puis, de sa main libre, il fit signe à Roth de sortir de la chambre.

Roth se rua à l'extérieur en regardant du mauvais côté, mais il entraperçut quelque chose de terrifiant à sa droite juste au moment où Peter arrivait dans son dos et le poussait sans ménagement. Pour retrouver son équilibre, Roth fit deux pas jusqu'au mur opposé, contre lequel il s'immobilisa. Il jeta un coup d'œil par-dessus son épaule, vit une espèce d'apparition aux pantoufles imprégnées de sang glisser lentement vers lui en traînant des pieds.

Gillian avait la peau d'une blancheur de lait. Ses yeux roulaient comme ceux d'un cheval effrayé et elle se mordait la langue. Il n'y avait pas de femme de ménage folle, le bruit provenait d'un peignoir dégoulinant de sang accroché à une cheville qu'elle traînait derrière elle. Gillian, à moitié nue, avait arraché ses vêtements ; la majeure partie de sa chemise de nuit en lambeaux était collée à ses jolies jambes. Roth vit qu'elle avait le corps tout aussi couvert de sang, et elle continuait à émettre ces sons épouvantables. Mais il ne décela aucune coupure, aucune blessure profonde d'où sortirait le sang, et il devina qu'elle n'était pas, qu'elle ne pouvait être aussi gravement blessée qu'elle en avait l'air.

Il s'avança d'un pas hésitant pour intercepter Gillian, mais Peter se montra plus rapide. Il la gifla violemment, faisant gicler un peu de sang de la langue mordue. Gillian s'arrêta craintivement, les mains immobiles, ses yeux hagards, immenses et brillants semblant une auréole dans son visage exsangue. Il fallut que Peter la frappe à nouveau et laisse la marque de ses doigts sur sa pommette pour que les gémissements cessent. Peter supposa, d'après la faible quantité de sang maculant la bouche et le menton, que la blessure à la langue n'était que superficielle. Il vit que tout lui revenait en mémoire, quelle que soit l'atrocité qu'elle avait fuie avec tant de terreur ; il se déplaça souplement, arracha le reste de la chemise de nuit détrempée qu'il jeta sur le mur opposé.

Une affreuse quantité de sang, et pas du sien. À qui appartenait-il, alors ? Avait-elle assassiné quelqu'un ? Une idée fantastique lui traversa l'esprit. Il détacha la fille puante et glissante du peignoir qu'elle remorquait et la tint serrée contre lui. Complètement tétanisée, elle ne respirait plus dans ses bras.

« Cherchez d'où elle vient ! » ordonna-t-il à Roth. Le médecin partit précipitamment en remontant la traînée de sang sur le sol.

Peter souleva Gillian, la transporta dans la chambre dont il ferma la porte d'un coup de pied, et la déposa contre le mur, près de la porte du cabinet de toilette. Il trempa une serviette et entreprit de nettoyer la fille. La peau froide, craintive, elle gardait les yeux fermés. Il la frotta avec brutalité et elle chia sur la serviette. Peter soupira, jeta la serviette, en prit une autre et frotta de plus belle. C'était douloureux et Gillian grogna, mais au moins était-ce là un son plus sain, un son de protestation qui lui parut encourageant. Il lui agrippa les cheveux à pleines mains et lui cogna légèrement la tête contre le mur.

« Regarde-moi, exigea-t-il. Je ne sais pas de quoi il s'agissait mais c'est terminé, maintenant. Tu es en sécurité, et tu peux y faire face. Ne le laisse pas prendre le dessus sur toi. Ouvre les yeux, fillette. Je t'ai dit de me regarder ! »

Gillian trembla, mais le regarda. Un regard profond, nota-t-il, et un corps élancé ; ce devait être une vraie beauté quand elle n'avait pas l'air de sortir d'un égout. Il se servit d'un coin de la serviette pour frotter, plus doucement, ses lèvres mouchetées de sang.

« Le sang est parti, insista Peter. J'ai tout essuyé… non, ne fais pas ça. »

L'envie de trouver à nouveau refuge dans l'hystérie se fit pressante dans le corps de Gillian. Il entortilla la serviette humide et lui en fouetta le flanc. Elle poussa un cri.

« Reste avec moi. Parle-moi. Comment tu t'appelles ? Dis-moi ton *nom*, bon Dieu !

— G… Gillyun.

— Plus fort ! Gillian comment ?

— BELLAVER ! Ne me frappez plus. »

Cela ressemblait plus à un avertissement qu'à une supplique. Elle n'arrivait toujours pas à refréner son tremblement pathétique mais montrait des signes de réchauffement, telle cette rougeur salutaire dans le triangle de sa gorge, ou encore les grandes zones marbrées le long de son corps là où il l'avait si énergiquement récurée.

« J'ai froid, dit Gillian, la voix brouillée par sa langue rétive. Vous m'arrachez les cheveux ! Et je ne c-crois p-pas que vous soyez q-quelqu'un de très gentil… »

Quand les larmes vinrent, à foison, Peter fit un pas en arrière, un peu essoufflé mais satisfait de son opération de sauvetage. Il se demanda juste à quel point elle était passée près de finir le reste de ses jours dans une maison de santé hors de prix, une expression tranquille figée sur le visage comme un épais masque de cire.

Il l'abandonna le temps de prendre dans le placard un peignoir en tissu éponge. Il l'aida à l'enfiler et l'assit sur une chaise. Elle sanglota et toussa à en devenir toute bleue avant d'essayer de se rouler en boule, de se retirer aussi profondément que possible dans l'enfance. Un autre symptôme familier : elle voulait dormir encore et encore, comme si elle faisait la sieste sur le lit de sa maman par un après-midi pluvieux.

Peter savait disposer d'extrêmement peu de temps. Il n'en tira pas moins Gillian de la chaise pour lui faire arpenter la chambre sans tenir compte de ses plaintes et de ses gémissements.

« Marche ! Arrête de faire le bébé. Au moins, *agis* comme une grande personne !

— Connard ! Enfoiré ! »

Gillian le frappa, puis tressaillit lorsqu'il leva la main. Mais il l'embrassa tendrement, en y mettant autant de désir qu'elle pouvait selon lui en connaître à cet âge. Gillian trouva cette nouvelle approche déconcertante, choquante et injustifiable, mais elle se détendit entre ses bras et finit peu à peu par trouver du réconfort dans ce baiser. Les yeux fermés, Peter avait tendance à oublier à quel point elle était jeune ; la légère pression de sa chatte découverte contre lui était assez adulte, voire suggestive.

Gillian entrouvrit alors les lèvres et Peter sentit le goût amer du sang. Il la prit par le bras, sans qu'elle proteste, cette fois, et l'emmena au lavabo se rincer la bouche.

L'eau froide piqua la langue blessée de Gillian et la fit piailler de douleur. Elle avala quelques gorgées d'eau qu'elle faillit rendre, mais qui finalement lui restèrent dans l'estomac.

Peter lui posa la main sur la nuque pour la calmer.

Il éprouvait à l'égard de cette fille peu ordinaire des sentiments absurdement partagés, comme s'il venait de lui donner naissance, comme s'ils étaient déjà amants. Il courait les dangers les plus graves, sans quoi il l'aurait emmenée… et Peter savait que Gillian l'aurait accompagné sans discuter. Il l'avait sauvée de la furie et de la terreur, et désormais, d'une certaine manière, elle lui appartenait.

Gillian leva de grands yeux vers l'étrange prêtre qui avait commencé par la battre avant de la séduire à moitié. Peter lut dans son regard qu'elle devinait la vérité.

« Non, je ne suis pas prêtre, ce n'est qu'un vilain déguisement. Écoute, Gillian, il faut que je parte. Je risque de me faire tuer en restant plus longtemps. Je sais que tu ne comprends pas grand-chose à ce que je te raconte, alors contente-toi de t'en souvenir, tu y réfléchiras plus tard. J'ai un fils qui te ressemble, Gillian, je crois qu'il te ressemble énormément. On me l'a enlevé. Je dois le retrouver. Je crois qu'il n'y a que toi qui puisses m'aider, alors je reviendrai te voir. D'ici là, il y a un homme qui s'appelle Roth : méfie-toi de lui. Il va se montrer compatissant, serviable et charmant. Ne crois pas un traître mot de ce qu'il te racontera. Ne lui avoue jamais, en aucune circonstance, avoir des pouvoirs de médium. Et ne t'approche pas d'un endroit appelé l'Institut Parangon. Si tu t'y retrouves, je ne pourrai peut-être pas t'en sortir. »

Il commençait à y avoir du bruit dans le couloir, derrière la porte de la chambre. Peter fronça les sourcils. Il ramassa le sac noir avec lequel il était venu.

« Je veux que tu ailles téléphoner avant que l'enfer se déchaîne dans le coin. Appelle ton père ou quelqu'un en qui tu as confiance, un avocat serait le mieux, et dis-lui de venir te chercher ce soir. Dis-lui que tu l'attends dans la chambre 909, celle exactement au-dessus. J'ai vérifié : elle est vide. Les escaliers sont juste de l'autre côté du couloir. Habille-toi, va à la 909, ferme la porte et attends que celui que tu as contacté vienne te chercher. C'est bien compris, Gillian ? »

Elle cracha de l'eau rose dans le bassin et hocha la tête d'un air las.

« Comment… comment vous vous appelez ?

— Peter.

— Peter. » Gillian hocha à nouveau la tête et s'efforça de sourire. *Peter.* Le nom lui plaisait. Des larmes se mirent à couler sans raison sur ses joues. Elle prit une serviette pour se sécher le visage. « Peter, marmonna-t-elle. Mme McCurdy est morte. » Parler lui faisait très mal, à cause de sa langue. « Ah… » Gillian reprit sa respiration et fit une nouvelle tentative. Il fallait absolument qu'elle en parle tant qu'elle le pouvait. « Elle a juste saigné, *saigné.* Elle a saigné partout. Elle m'a… trempée. Mon Dieu. Je crois que c'est à cause de *moi,* Peter. C'est moi qui ai fait ça. »

Elle baissa la serviette et regarda autour d'elle, quêtant désespérément sa compréhension.

Peter avait disparu.

La peur saisit Gillian. Non, elle avait besoin de lui ! Mais elle ne pleurerait plus. Et il lui avait donné un conseil des plus sensés. Elle savait qu'elle devait immédiatement quitter l'hôpital et rentrer chez elle. Elle y serait en sécurité jusqu'au retour de Peter…

Bientôt. Il *fallait* qu'il revienne bientôt.

Avalant de l'air, hoquetant, Gillian alla droit au téléphone et se pencha dessus, l'esprit momentanément vide. Des voix dehors la ramenèrent à la réalité : elle avait peur que quelqu'un entre. Elle n'avait pas d'homme à appeler comme Peter l'avait espéré, mais depuis toute petite, chaque fois qu'elle avait eu grand besoin d'aide, elle avait toujours pu compter sur Mme Busk, la gouvernante des Bellaver. C'était la Saint-Sylvestre, mais Mme Busk serait à la maison, des bigoudis dans les cheveux, à attendre Guy Lombardo à la télé. Une fois avertie et convenablement motivée, elle n'hésiterait pas, pour ramener sa Gilly à la maison, à foncer à l'hôpital et à pénétrer de force.

En passant sur le corps de quiconque s'y opposerait.

ONZE

En sortant de la chambre de Gillian, Peter tomba sur quelques petits groupes de patients au minimum quinquagénaires qui gloussaient sur les taches de sang par terre ou se plaignaient d'avoir été réveillés. Plus loin, au bout de l'aile où les ennuis semblaient avoir commencé, deux femmes en enlaçaient une troisième extrêmement large qui vibrait de terreur en s'efforçant de perdre conscience.

« Mon père, où sont passées les infirmières d'étage ?

— Mon père, dans cette chambre, là, il y a une femme… c'est vraiment horrible…

— Je sais, je sais, répondit Peter. Ayez tous l'obligeance de regagner vos chambres et d'y rester. Il semble que nous ayons un fou en liberté. »

Son avertissement vida les couloirs encore plus vite qu'il ne s'y était attendu. Il ne resta qu'un homme appareillé d'une minerve qui persistait à rejoindre le guichet des infirmières avec son déambulateur. Il avait cet air particulier qu'on voit aux vieux soldats.

« Colonel ? dit Peter.

— Général de brigade.

— Où allez-vous, général ?

— J'essayais de joindre quelqu'un sur ce fichu bigophone de chambre. Manque de chance, c'est la Saint-Sylvestre, tout l'hôpital est au pot. Je vais essayer de téléphoner du guichet des infirmières.

— Leurs lignes téléphoniques ont été coupées, général.

— Ah oui ? Qu'est-ce que vous en savez ?

— Général, j'aurais besoin de votre aide. On peut peut-être encore faire quelque chose pour cette femme. Vous voulez bien me suivre ? »

Peter ne l'attendit pas ; quelques portes se refermèrent en hâte sur son passage tandis qu'il courait à la chambre 819. Il jeta un coup d'œil au nom indiqué sur la porte : MCCURDY, IRENE C.

Sans le poids considérable d'environ cinq litres de sang, ce n'était plus qu'une chose flasque sur le lit. Sa coiffure brillante, bouffante et artificielle ne s'accordait pas avec son visage ratatiné d'un gris de pierre. Ses dents découvertes exprimaient un dégoût absolu. La chambre évoquait une serre. L'odeur âcre du sang, qui dégoulinait toujours du lit, força Peter à retenir sa respiration. Pour ce qu'il voyait, Irene McCurdy s'était vidée de tout ce sang depuis un point situé sous la taille, et probablement à une pression supérieure à celle que générait le cœur. Avait-elle récemment subi une intervention chirurgicale dans cette zone ? Peter ne put se résoudre à s'en assurer.

Ainsi qu'il s'y attendait, le docteur Irving Roth avait disparu. En s'approchant du lit, il avait laissé une empreinte de pied partielle au bord de la flaque visqueuse qui s'étendait lentement. Gillian avait quant à elle laissé de longues traînées. Elle avait glissé et était tombée avant d'arriver à quitter la chambre à quatre pattes.

Peter entendit le grincement du déambulateur et la respiration sifflante du vieux soldat dans son dos.

« Extraordinaire. C'était comme ça dans les tranchées, vous savez. Quelque chose de vraiment affreux, les tranchées. Tous ces merveilleux soldats.

— Oui, général. Je vais chercher de l'aide. Ne laissez personne déranger quoi que ce soit dans cette chambre.

— Vous n'avez pas des prières à dire, aumônier ?

— Ça attendra. »

Peter se livra à quelques calculs essentiels en descendant le couloir. Heure d'arrivée de Roth au huitième étage, environ 22 h 30. L'horloge murale au guichet des infirmières indiquait 22 h 47. Il en fut quelque peu abasourdi. La porte de la cage d'escalier se referma derrière lui et il grimpa quatre à quatre, son sac noir à la main.

Il avait donc passé près d'un quart d'heure en compagnie de Gillian Bellaver. Pendant ce temps-là, Roth avait examiné Irene McCurdy. Il avait bien dû lui falloir trente secondes pour établir qu'il ne pouvait rien faire. Ensuite, s'il était un médecin digne de ce nom, il avait forcément passé une minute ou deux à s'interroger sur la cause du décès avant que son instinct de survie se rappelle à lui en lui conseillant de sauver sa peau. Il lui fallait le genre de gros bras capables d'affronter un Peter Sandza armé et réputé extrêmement dangereux. Un coup d'œil au téléphone, quelques instants d'hésitation, et il était parti en courant comme s'il avait le diable aux trousses.

Vers les ascenseurs ? Non. L'aile nord de Herlands n'en comptait que deux, dont l'un était hors service depuis un certain temps. Pas évident de faire venir un réparateur pendant les fêtes. Hester avait chronométré le second ascenseur en passant méticuleusement l'hôpital en revue pour mettre au point la retraite de Peter. En dehors des heures de pointe, le temps d'attente moyen s'élevait à trois minutes et vingt secondes. Si, en arrivant à l'hôpital, Roth avait attendu et pressé plusieurs fois les boutons, il s'en était souvenu et avait écarté ce moyen de fuite.

Restaient donc les escaliers. Monter ou descendre ? Le gros Roth souffrant d'un problème de poids, il avait trouvé bien plus facile de descendre. Jusqu'au septième ? Non, le bon docteur avait tenu à s'éloigner le plus possible de Peter.

Et donc à dévaler jusqu'au sixième voire au cinquième avant de trotter jusqu'au guichet des infirmières. Arrivée complètement à bout de souffle, identification, avertissement qu'il se passait des choses au huitième et qu'il fallait demander de l'aide au plus vite. Composition du numéro de la sécurité au rez-de-chaussée. Un seul homme de service dans la guérite près de l'entrée, il ne peut pas quitter son poste. Activation du pager du vieux Fred. Qui, bien entendu, est un flic à la retraite. Peut-être, c'est pas sûr mais peut-être, Fred rappelle-t-il tout de suite. Fred, contacte un docteur Roth au guichet des infirmières du sixième. Dring. Dring. « Sécurité. Vous avez appelé ? »

Temps minimum pour tout cela, disons cinq minutes. Huit au maximum. Ce qui faisait 22 h 38 sur l'horloge.

Mais il était au moins 22 h 45 lorsque Peter était sorti de la chambre de Gillian. À ce moment-là, Fred aurait dû se trouver sur place, en compagnie de vigiles d'autres sections de l'hôpital, voire de flics de New York s'il y en avait dans les parages. Ils auraient tous pointé leurs armes sur la porte en attendant qu'il fasse son apparition. Peter imaginait Irving Roth tapi dans le fond, un sourire d'attente malsaine aux lèvres.

Roth n'avait donc pas averti la sécurité de l'hôpital.

Il avait peut-être eu si peur qu'il avait foncé jusqu'à la sortie la plus proche pour récupérer sa voiture et qu'il se trouvait maintenant à mi-chemin de chez lui, une sueur glacée coulant le long de sa colonne vertébrale.

Peter écarta cette hypothèse : elle ne collait pas avec sa propre perception paranoïaque des choses en tant que fugitif.

Supposons qu'en cas d'urgence Roth puisse appeler quelqu'un d'autre. Non d'anciens flics un peu lents ou de jeunes machos nerveux en stage à la sécurité qui s'étaient retrouvés de corvée pour le réveillon, mais des forces d'élite, des types capables de fouiller les bâtiments et même tout le quartier sans laisser personne passer entre les mailles du filet.

Oh, oui, se dit Peter. Ça lui plairait.

Si Roth n'avait pas menti en affirmant n'avoir su que dans la soirée où trouver Gillian (et ses paroles avaient semblé sincères), on pouvait penser que Childermass avait encouragé le docteur à passer la voir. Et Childermass savait additionner deux et deux. Peter le même après-midi que Gillian à la patinoire de Central Park. Il devait donc savoir, pour elle, et écumer les hôpitaux pour la retrouver. Par conséquent, envoyer des hommes à Washington Heights, juste au cas où, en valait peut-être la peine.

Roth avait rejoint le chef local du MORG et lui avait confirmé la présence de Peter.

Ils devaient se trouver à l'œuvre, maintenant, couvrant calmement et méticuleusement toutes les issues, mais sans lui laisser le moindre indice de leurs activités. Ils patienteraient en gardant un profil bas, puis feraient tout sauter si nécessaire, quitte à nettoyer derrière.

Peter craignit quelques instants pour Gillian. Mais si elle avait suivi ses instructions, ni Roth ni le MORG ne la menaçaient directement dans l'immédiat. Childermass lui-même prendrait ses précautions pour l'approcher, vu le nom des Bellaver et la puissance de leur fortune.

Et faire une sortie exceptionnellement bruyante attirerait à lui le gros des forces du MORG présentes, ce qui pourrait aider Gillian à filer en douce.

Sauf que si attirer le MORG ne posait pas de difficultés majeures, s'en débarrasser par la suite se révélerait très vraisemblablement impossible.

Tu prendras un peu de temps pour réfléchir à ce problème pendant ta longue descente.

Il atteignit le dixième et dernier étage du bâtiment. Sur la porte métallique, un panneau portait une inscription en rouge : ACCÈS À CET ÉTAGE INTERDIT. TRAVAUX EN COURS. La porte grise était munie d'une serrure impressionnante. Une serrure plus intimidante que résistante, quand on savait avec quels outils l'amadouer. Il ouvrit son sac noir. Lampe-stylo, nécessaire de crochetage. Vingt secondes à titiller la serrure en silence, et il avait mis la porte, soigneusement refermée, entre la cage d'escalier et lui.

Il faisait plus frais, à cet endroit. L'étage de chirurgie était terminé à quatre-vingt-dix pour cent et disposait déjà de ses éclairages de sécurité. Leur lueur rouge lui suffisait pour se frayer un chemin entre les débris laissés par les ouvriers. Il tenait son Baretta automatique à la main. Ils n'avaient pas encore entamé l'installation des appareillages complexes et devant lui le sol n'était qu'à moitié carrelé.

Peter recommençait à avoir l'estomac noué. Non par la peur, pas vraiment, plutôt par une angoissante impression de déjà-vu. Encore une fuite éperdue et cauchemardesque pour éviter la Fosse, en étant chaque fois plus près d'y glisser, de tomber à jamais tête la première dans les ténèbres.

Si la Fosse vous fait peur, descendez-y en signe de mépris. Mépris de la Fosse, mais aussi de la terreur paralysante qu'elle inspire.

De toute façon, le toit n'était plus une option. C'était la sortie la plus évidente à bloquer pour eux, une fois avertis.

Peter avait emporté un petit pied-de-biche, mais il en trouva un autre de plus grande taille près des ascenseurs, abandonné sur une caisse à moitié démantelée. Il se servit des deux pour forcer les portes de l'ascenseur numéro un. Cela ne manqua pas de faire du bruit, mais celui que produisait l'ascenseur numéro deux en descendant suffit à masquer le cliquetis des pieds-de-biche et l'ouverture des portes au dixième étage.

La lampe-stylo lui permit de jeter un coup d'œil aux câbles suspendus au milieu du puits. Les ascenseurs des hôpitaux étant plus spacieux que la normale, les câbles se trouvaient un peu plus loin que prévu, mais ils semblaient peu usés, sans trop de graisse ni de cambouis dangereusement glissants. Il ne regarda pas en bas. La veille, l'ascenseur se trouvait au sous-sol, des touffes de fils électriques pendant de son tableau de commandes. Mieux valait qu'il n'ait pas bougé depuis.

Peter rangea la lampe et prit une paire de gants de conduite en cuir noir dans son sac. Il avait passé plus d'une heure à encoller et à sabler soigneusement ces gants que Hester avait achetés pour lui. Quand on avait la technique et l'endurance nécessaire, descendre une trentaine de mètres à la corde ne représentait pas un bien grand exploit, mais sur un câble d'ascenseur en acier tressé, cela relevait quasiment du suicide. Le câble tendu empêchait toute utilisation efficace des pieds pour freiner la descente. Presque tout son poids pèserait sur ses mains gantées. Et il n'avait aucune idée du temps pendant lequel les gants accrocheraient. S'ils devenaient glissants à mi-chemin, il descendrait tout fumant jusqu'au toit de l'ascenseur, qu'il percuterait suffisamment fort pour que son bassin projette des fragments osseux dans divers tissus mous irremplaçables.

Il avait fabriqué pour le sac une sangle amovible qui lui permettait de l'emboîter assez étroitement sous son bras gauche. Il attendit que ses yeux se soient accommodés à la faible luminosité. Le léger reflet sur les câbles était à peine visible dans le puits. Il ne pouvait compter sur sa perception du relief. Dans la cage adjacente, l'ascenseur numéro deux s'élevait maintenant dans un bourdonnement de rouages.

Peter s'avança au bord du trou. Ses chaussures de bowling noires lui permettaient de sentir la plaque d'acier, mais il aurait préféré être pieds nus. Il crocha sa main gauche sur la fente horizontale dans laquelle coulissaient les portes, se pencha et tendit la main droite. Il atteignit un des câbles, s'y agrippa et ouvrit la main gauche en grognant pour s'élancer tel un trapéziste sur le point d'exécuter un triple saut périlleux. Il releva les pieds jusqu'à se retrouver presque vertical tout en faisant passer sa main gauche devant son corps pour attraper le câble. Il bénéficia d'une demi-seconde d'apesanteur pendant qu'il assurait sa prise, mais l'appréhension lui fit serrer trop fort, et la surface en papier de verre des gants de conduite remplit parfaitement son rôle.

Tandis qu'il se balançait autour des câbles avec une inertie suffisante pour lui déboîter l'épaule, il eut la présence d'esprit de garder les pieds joints, s'assurant ainsi un équilibre précaire. Lorsqu'il desserra un tout petit peu les mains pour compenser la gravité et l'arc décrit par son corps, il fusa d'un coup de trois mètres vers le bas. Il mit alors les fines semelles de ses chaussures en contact avec le câble afin d'avoir plus de prise et parvint à s'arrêter. Il resta un moment à osciller, penché en arrière pour se stabiliser plus rapidement. Il inspira entre ses mâchoires serrées. Numéro de cirque. Merci de ne pas applaudir avant la fin.

L'ascenseur numéro deux s'arrêta au huitième étage. Les portes s'ouvrirent, mais Peter n'entendit pas le moindre bruit de voix. Discipline stricte. Le MORG était monté faire le ménage. Il entendit dans le lointain le vieux général qui appelait à l'aide.

Où es-tu, Gillian ? se demanda Peter. L'endroit où il pendait était parcouru d'autant de courants d'air qu'une cheminée. La sueur sous ses aisselles lui semblait du mercure glacé dont des gouttelettes lui glisseraient paresseusement sur les flancs.

Il commença à descendre. Une main après l'autre, trente centimètres à la fois.

Dans la chambre 612 de l'aile ouest de Herlands, le père Karl Krásno était si fatigué qu'il en oubliait une partie de sa langue natale et s'endormait sur ses prières. Il avait espéré que psalmodier en tchèque lui permettrait d'établir la communication avec l'homme dans le lit, mais il y avait sans doute plus de quarante-huit heures que Jonas Krásno avait cessé de prêter attention à la voix de son frère, et même à n'importe quelle voix. Le frère-héros était parti trop loin, même si sa vaste poitrine, sans se laisser intimider par la pourriture qui progressait en elle, continuait de se soulever comme écrasée par une tonne. Plus d'une interminable minute s'écoulait entre chaque respiration : le temps de rassembler les forces nécessaires pour l'inspiration suivante. Le père Karl peinait à rester concentré sur ses prières pendant que la lutte se poursuivait, et même l'infirmière engagée pour prendre soin de Jonas fixait le malade en s'agrippant aux bras de son fauteuil, comme brûlée elle aussi par un tel acharnement à survivre.

Le père Karl ôta ses lunettes et versa un peu d'eau froide sur un mouchoir qu'il pressa contre son front douloureux. Il sourit. *Ah, si vous l'aviez vu au sommet de sa forme!* pensa-t-il. Trente-huit, non, presque trente-neuf ans auparavant. Il frissonnait encore au souvenir de cet hiver dans les Carpates et des souffrances qu'ils avaient endurées tandis que Jonas les poussait à traverser des coulées de neige dans lesquelles ils s'enfonçaient jusqu'à la taille. L'endroit grouillait de patrouilles nazies à skis. Malgré ses seize ans, Jonas était aguerri et adulte. Ils étaient les enfants de Max Krásno, et par conséquent ils devaient mourir, comme les autres. Le monde se souvient de Lidice mais a oublié Drbal. Plus de cent cinquante kilomètres séparaient leur village condamné des ruines du château slovaque près de Strecno, dans les Malá Fatra, où ils espéraient trouver un groupe de partisans disposé à les accueillir en son sein. Cent cinquante kilomètres de froid glacial et de faim, sans autres aliments que du thé de lichen et de rares chauves-souris piégées par Jonas dans une grotte et rôties comme des pigeonneaux.

Yolande était morte dans les bras de Jonas à quelques kilomètres seulement du but, pathétique masse bleue enveloppée des lambeaux de la peau de mouton que Jonas s'était ôtée du dos en une ultime et vaine tentative pour la réchauffer. Malgré le thé d'herbes, elle avait craché ses poumons par petits morceaux sanglants. Avait-elle été étouffée par la main mise par Jonas sur son visage pour masquer ses bruits dans la nuit tombante, alors que les projecteurs ratissaient les arbres? Une fois à l'abri, il avait fallu presque vingt-quatre heures pour arriver à prendre Yolande à Jonas. Épuisé, Karl avait dormi, dormi. Quand il s'était réveillé, un délire en partie dû à la fièvre l'avait jeté contre son aîné. *Yon-hache ! Yon-hache ! Pourquoi tu ne l'as pas sauvée ?*

Il n'oublierait jamais la perplexité et l'angoisse qu'avait exprimées le visage de son frère, ni les larmes qui ne coulaient pas tout à fait. *Pas de chance, Karl*, voilà tout ce qu'il avait répondu. Le lendemain, il était reparti se joindre à la Résistance à Brno. Il avait tué de nombreux nazis durant la guerre, dont, peut-être, certains des SS responsables des horreurs de Drbal.

Permets-moi maintenant de réparer mes torts, songea Karl. Il reposa le tissu frais, saisit ses lunettes et son lourd rosaire en argent fabriqué à la main, luxe dont il avait parfois honte. Offert par Jonas pour son ordination. *Gloire au Père, au Fils et au Saint-Esprit…*

Mais la dernière respiration remontait à plus d'une minute, presque à deux. L'infirmière, debout près du lit, posait ses doigts sur le poignet de Jonas. Karl se leva lourdement, incapable de croire que c'était terminé. L'infirmière décrocha le téléphone. Karl hésita encore quelques instants, les yeux fixés sur la poitrine immobile. Puis il poussa un soupir et se mit à genoux.

Seigneur, accueille en ton sein l'âme de ton serviteur Jonas…

Jonas avait accompli son Acte de contrition parfaite quelques jours plus tôt. Il avait aussi reçu l'extrême-onction, les derniers rites de l'Église. Il y aurait une veillée pour les rares personnes qui prendraient la peine de venir, et une messe pour le mort. Dans deux jours, trois tout au plus, le père Karl retrouverait sa paroisse en Angleterre.

Une jeune interne arriva en moins de trois minutes et prononça le décès de Jonas. Karl emballa le reliquaire et la statue du XVIIIe siècle, une représentation de saint Florian, le saint patron d'une famille autrefois remarquable et maintenant quasi disparue. Il sortit dans le couloir.

Cosima y essuyait ses larmes. Elle attendait depuis deux heures de l'après-midi dans la salle d'attente, face au guichet des infirmières. Malgré ses larmes, elle semblait tenir étonnamment bien le choc, sans doute grâce à son tonus de danseuse.

« Je sais qu'il voulait que personne ne le voie, mais… »

Karl hocha la tête. « C'était ton père. Vas-y. »

Il patienta dans la salle d'attente. Une des infirmières d'étage lui apporta une tasse de café. Cosima revint plus pâle, mais les yeux secs. Elle lui prit une cigarette et ils se dirigèrent vers les ascenseurs.

« Tu dois avoir une faim de loup.

— Ça va », l'assura-t-il, la voix rauque d'avoir lu si longtemps à haute voix. « Je suis juste un peu fatigué.

— Allons boire un verre, alors.

— Ce ne serait pas de refus.

— Tu veux passer la nuit chez moi ? Jessica est partie passer quelques jours en famille. Il y a de la place.

— Non, merci, Cosima. Je suis très bien installé au presbytère. Demain est une fête d'obligation : je célèbre la messe de six heures trente pour le père Pannell. »

Elle tripota les gros boutons carrés en corne de son manteau en agneau.

« Je devrais appeler Charles et John. Non, ça peut attendre demain. La bagarre va donc commencer pour de bon. Toute la haine va ressortir.

— Mais tu n'en seras pas.

— Je ne veux pas un seul centime de mon père ! J'ai une bonne vie. Je te demande même pardon d'avoir mentionné nos… nos problèmes de fratrie. Je sais que cela a été une expérience terrible pour toi, oncle Karl. Il ne reste plus personne, maintenant. »

Il eut un sourire las. Pendant plus de vingt ans, Jonas avait été un parfait étranger pour lui. Il pensa au Jonas Krásno qui venait de mourir, à cet homme riche, méfiant et rejeté que tous ses associés et ses enfants méprisaient. Tous ses enfants sauf un. Comment Jonas en était-il arrivé là ? Comment avait-il pu changer à ce point ? Bien sûr, la guerre l'avait aigri ; sa haine des Allemands s'était petit à petit muée en une intolérance farouche aux multiples défaillances qui menacent l'humanité. Peut-être n'aurait-il pas vécu aussi longtemps s'il ne s'était laissé dominer par une idée fixe, s'il n'en était pas venu à ne s'intéresser qu'à l'accumulation de richesses et de puissance. Une histoire tragiquement familière. Le père Karl préférait se souvenir du garçon intrépide qui avait jeté de la lessive à la tête du chef de la Gestapo, survécu à une balle dans le dos et trimbalé deux enfants sans défense à travers des étendues sauvages et enneigées…

Lorsque Cosima et lui sortirent de l'ascenseur, au rez-de-chaussée de l'aile ouest de Herlands, il pensait à l'occupation de Drbal, aux hommes en trench-coats de cuir noir venus dans leurs puissantes automobiles pour tuer son père. Cosima ressassait ses propres souvenirs. Ni elle ni lui ne s'aperçut que deux hommes franchissaient les portes automatiques en verre.

« Plus un geste. »

Surpris, le père Karl leva les yeux et constata qu'on le tenait en joue. À la vue de ces trench-coats gris foncé, une seule pensée surgit dans son esprit : *Gestapo.*

Selon les théories classiques sur le conditionnement, notre comportement se laisse toujours dominer par un stimulus de notre environnement, et se détermine toujours en réaction à celui-ci. Sans son immense fatigue, sans cette longue veille qui lui avait ramené en mémoire tous les détails de la mise à sac de Drbal, depuis les mitraillages sur la grand-place jusqu'au gigantesque incendie final des heures plus tard, le père Karl aurait pu se laisser prendre au dépourvu et n'offrir aucune résistance. Mais l'impérieux stimulus de la pensée *Gestapo* eut comme double effet de le dissocier du présent et de stopper avec une précision quasi chirurgicale la formation réticulée dans son cerveau, lui imposant la réaction instinctive et la plus naturelle au danger qui le menaçait. La Gestapo avait fini par les retrouver, et le frère-héros était mort.

Le père Karl prit la fuite en tirant Cosima muette de stupeur par la main.

« Cours ! Cours ! »

Il y avait tant de lumière partout, il fallait qu'il aille dans sa chambre au plus tôt et tire les rideaux sur les fenêtres éblouissantes de midi afin qu'ils, afin que *rien* ne puisse regarder à l'intérieur. Il serait en sécurité par terre, dans le coin chaud et étouffant à côté des étagères où il rangeait ses maquettes de voiliers. Yolande ne ferait pas un bruit, ils se cramponneraient l'un à l'autre tandis que les bottes lancées à leur poursuite iraient et viendraient pour finir par disparaître dans les escaliers grinçants. Les bottes ne pouvaient pas entrer, jamais, parce qu'un jour qu'il était alité, l'archange Michel lui avait rendu visite et l'avait béni d'un sourire. Aussi cette chambre était-elle un sanctuaire protégé du mal par les pouvoirs d'un ange gardien, si seulement…

… il pouvait…

Le père Karl avait entrouvert la porte de l'escalier lorsque deux autres agents du MORG passèrent le coin pour lui tomber dessus. Le premier lui arracha la porte des mains d'un coup de pied, et lorsque le prêtre voulut prendre son rosaire dans son manteau, le second, armé d'un revolver, lui tira à deux mètres de distance deux balles à pointe plate qui l'atteignirent au ventre. Mortellement blessé, Karl tomba assis, assommé par la puissance des projectiles, le souffle coupé.

Cosima s'abattit en hurlant sur lui, mais il ne sentit pas son poids, soudain il n'avait presque plus aucune sensation sous la poitrine. Ils la relevèrent presque aussitôt, mais son manteau en mouton était aussi taché qu'un résidu d'abattoir. Karl se sentit profondément désolé, elle qui était toujours si propre et si soignée et si gracieuse dans ses mouvements et qui devait maintenant se battre comme une bête sauvage, hors d'elle, hurlant pour revenir vers lui. *Oh mon enfant, ne t'inquiète pas pour moi.* Il avait perdu toute perspective auditive, les voix sonnaient bizarrement, comme venant du fond d'un tunnel. Des hommes, toujours plus nombreux, partout. Qui fouillaient le grand sac de Cosima ou parlaient dans des talkies-walkies. *On l'a eu !* Moi ? pensa Karl. Absurde. Je ne vaux tout bonnement pas qu'on se donne tant de mal. Des hommes en blanc s'avancèrent et s'agenouillèrent à ses côtés ; le rosaire tomba par terre quand ils ouvrirent son manteau. D'autres emmenaient Cosima, qui tourna une dernière fois les yeux vers lui, les cordes vocales saillant dans son cou.

Karl ouvrit la bouche pour lui parler, mais il n'y arrivait pas, sa mâchoire pendait. Il regretta de ne pas pouvoir la voir danser à Londres au printemps, finalement. L'un des internes lui glissa son précieux rosaire entre les doigts puis le leva afin qu'il le voie, et le père Karl lui en fut reconnaissant, et il mourut avec cette reconnaissance à jamais figée dans le regard.

Dans l'ascenseur, au sous-sol de l'aile nord de Herlands, Peter ôta son col de pasteur et son costume noir, puis fit un paquet du tout qu'il abandonna sur le toit. Il referma la trappe et descendit du chevalet. Il portait maintenant une chemise à manches courtes en coton blanc, un pantalon froncé blanc et des chaussures blanches. Il tira de son précieux sac noir une autre paire de lunettes, des demi-lunes mode qu'il se posa à mi-hauteur du nez. Il s'ébouriffa les cheveux et garnit sa poche de poitrine de stylos à bille auxquels il adjoignit une lampe de poche. Il se suspendit un stéthoscope au cou. Il avait l'air un peu bizarre à se promener ainsi avec un sac, mais c'était son assurance-vie. Il contenait son Baretta calibre .38 automatique et deux chargeurs pleins.

Il contourna la machinerie d'ascenseur commune aux trois ailes de Herlands et se dirigea vers l'aile sud, qui renfermait l'énorme blanchisserie du complexe. Comme il s'y attendait, il la trouva déserte. Il dénicha un stock de blouses repassées à la main rangées à part sur une étagère réservée à l'élite des puissants de l'hôpital. Il en choisit une étiquetée Dr Chen.

Il n'avait entendu personne depuis un certain temps, mais voilà qu'une porte venait de claquer avec un bruit métallique digne d'un donjon et que plusieurs voix lui parvenaient.

Soit le MORG, soit le service de sécurité de l'hôpital. Peter reprit son sac et se précipita dans le vestiaire des blanchisseuses, puis gagna les douches adjacentes où quatre pommeaux gouttaient doucement. Les boutons de douche lui permirent d'escalader le mur et d'atteindre les longues fenêtres en demi-cercle situées près du plafond. Il en ouvrit une en utilisant une tige métallique. Il se glissa par l'ouverture et se laissa tomber, moite et crasseux, dans un petit passage humide avec deux portes noires verrouillées à chaque extrémité et une troisième au milieu marquée DANGER/TEMPÉRATURES ÉLEVÉES. Il repéra celle qui portait une marque à la craie verte dans le coin supérieur droit, chercha ses outils dans son sac et crocheta la serrure.

Il franchit la porte et se retrouva dans l'ancien hôpital, et plus précisément dans la zone comprenant la morgue, le crématorium et une salle d'autopsie. La peinture y était d'un vert Barbizon aussi crépusculaire qu'un paysage de Corot. Les grilles en cuivre de l'ascenseur mal éclairé qui ne servait qu'au transport des morts étaient ouvertes : il y avait à l'intérieur un lit à roulettes qu'occupait un cadavre sous un linceul. Peter poussa le tout dans le couloir et prit l'ascenseur jusqu'au deuxième étage. Il sortit de la cabine et pénétra dans un labo de l'autre côté du couloir.

Un jeune Noir replet, une bouteille de *root beer* à la main, saisissait de celle restée libre une requête sur le terminal de l'ordinateur. Une centrifugeuse ronflait. Le pathologiste jeta un coup d'œil à Peter mais n'ouvrit pas la bouche.

Peter hocha la tête, sourit et avança jusqu'à lui. Il posa le sac sur un comptoir et en sortit le Baretta dont il plaça le canon sur la tempe du Noir. Le pathologiste reposa son soda et voulut se mettre au garde-à-vous, mais son ventre resta coincé contre la console informatique. Il se tendit de plus en plus, mais toujours sans prononcer une parole.

« Vous êtes muet ? s'enquit Peter.

— Qu'est-ce que je pourrais dire, mec ? Vous êtes venu voler, servez-vous.

— Éteignez la centrifugeuse.

— Pour bousiller le lot ? Je vous entends très bien comme ça.

— Je veux pouvoir entendre ce qu'il se passe dans le couloir. »

Le pathologiste lui glissa un coup d'œil perplexe puis tendit la main et coupa la machine.

« Et maintenant, on fait quoi ?

— On sort d'ici, on descend l'escalier jusqu'aux urgences et on sort par l'arrivée des ambulances. Vous faites la conversation. Vous parlez de ce qui vous chante. Vous me racontez en quoi votre vie est passionnante. Mais si vous vous taisez une seule seconde, vous ne m'intéressez plus, et si vous ne m'intéressez plus, docteur…

— Paradies. Sydney Paradies.

— Je vous fais votre putain de fête, mon vieux. Il n'y a pas d'autre solution. Pas la peine d'en chercher une.

— Vous voulez sortir, c'est ça ?

— Exactement, docteur Paradise. Alors allons voir à quoi ressemblent les urgences, ce soir. »

Le chef de la sécurité de Washington Heights, un ancien commissaire de quartier nommé Adam Hazell, vivait avec sa femme et deux de ses quatre enfants dans un cinq-pièces de Manhattan. Les Hazell réveillonnaient joyeusement avec quelques amis de longue date et tout le monde s'éméchait gentiment lorsqu'à 23 h 04, le téléphone sonna. Le chef de l'équipe de seize heures à minuit, Tony Megna, lui parla comme s'il répétait ce qu'on lui soufflait. Il y avait un gros problème au rez-de-chaussée de l'aile ouest de Herlands, mais Megna ne voulut pas fournir davantage de détails, il n'arrêtait pas de répéter d'une voix forcée que Hazell devait venir immédiatement.

La tête bourdonnant dans l'air froid et pollué, Adam Hazell quitta Broadway par Dyckman Street. Il trouva l'entrée de l'aile ouest de Herlands sur Fort Washington bloquée par trois berlines à l'allure officielle et par de nombreux hommes tous en trench-coats gris foncé. Ils s'étaient garés sur la place en losange juste devant les marches.

Les flics piétinaient dans la neige fondue. Trois voitures radio bleu et blanc plus une d'un sergent du Trois-Quatre, tous feux éteints. Les flics restaient là sans rien faire d'autre qu'expirer des nuages de condensation en observant les types en gris.

Hazell vit que le hall de l'hôpital grouillait de monde ; il dénombra au moins six autres trench-coats gris plus deux uniformes, des hommes à lui. Il s'approcha du seul gradé présent, un sergent qui s'appuyait contre sa voiture en croisant les bras.

« Adam.

— Cass. C'est quoi ce bordel ?

— J'en sais rien, Adam. Des coups de feu. Ils ne nous laissent pas entrer.

— On vous refuse l'entrée ? ? Qui ?

— Ces types. Des fédéraux ou je ne sais quoi.

— Les stups ?

— J'en sais que dalle, mais ils sont des dizaines, comme s'ils s'étaient emparés de cette saloperie d'hôpital.

— C'est une propriété municipale, et s'il y a eu fusillade à l'intérieur, vous avez…

— Adam… J'ai essayé. Ils m'ont lu une espèce de directive, bordel.

— Quoi ? »

Sur un signe du sergent Casden, l'agent debout à ses côtés ouvrit son carnet et récita d'une voix ferme : « La décision de Sécurité nationale numéro M18 leur donne la préséance sur toutes les autorités locales, d'État *et* fédérales sur des questions jugées vitales pour la sécurité des États-Unis.

— Des questions ? Jugées vitales par qui ? »

L'un des hommes en gris s'avança. « Monsieur Hazell ?

— Ouais.

— Voudriez-vous me suivre, je vous prie ?

— Un instant, répondit sommairement Hazell avant de se tourner à nouveau vers le sergent Casden. Joe, si j'étais toi, je commencerai à aller secouer les chefs. À faire remonter cette affaire dans toute la Division, et fissa.

— Le soir du Nouvel An ?

— Ça s'appelle couvrir ses arrières, sergent », répondit Hazell d'un air menaçant. Il partit avec l'homme en gris, qui ne desserra pas les dents.

L'endroit où quelqu'un avait été descendu, à côté de la porte des escaliers, se voyait comme le nez au milieu de la figure. À l'autre bout du hall, on avait conduit un chariot d'urgence dans une salle de déchoquage improvisée où une équipe de docteurs et d'infirmières s'activait dans une espèce de frénésie contrôlée sur la victime. Ils l'avaient mis en sous-vêtements. Son costume noir avait été arraché ou découpé et des lambeaux en jonchaient le sol. En passant devant la pièce, Hazell aperçut un col de pasteur sur le sol et le rosaire qui pendait du poing fermé.

Sainte Mère de Dieu, pensa-t-il horrifié. *Ils ont abattu un prêtre.*

Les Feds avaient établi leur centre de commande dans une salle de réunion du rez-de-chaussée. Deux d'entre eux examinaient le portefeuille du prêtre et étudiaient son passeport. Leur chef, une espèce de Peau-Rouge, se servait d'un radiotéléphone contenu dans une mallette. Un autre agent criait dans un talkie-walkie sans rien obtenir en retour qu'une vague salve de parasites. La plupart des fréquences de police ne fonctionnaient pas dans l'hôpital, mais Hazell ne le leur dit pas, il refusait de rendre service à ces gens.

« O.K., dit calmement l'Indien. Apparemment, nous avons fait une erreur. » Il raccrocha. « Hazell, c'est ça ?

— Ouais.

— Darkfeather. »

Il produisit une pochette contenant une carte en plastique embossé sur laquelle figuraient sa photo et toutes les empreintes digitales de sa main droite, pas uniquement celle du pouce. En bas, une espèce de code magnétique et la signature. Au verso, une brève directive du Président, son sceau et sa signature.

« Qu'est-ce qu'il se passe, Darkfeather ? Les flics, dehors...

— Resteront dehors. Nous ne pouvons pas laisser la police de New York nous compliquer la tâche. »

En tant qu'ex-flic, Hazell connaissait la plupart des agences de renseignement américaines clandestines telles que l'USAINTC ou le DCDPO, qui accumulaient sans compter des dossiers sur les citoyens qui avaient encore la chance d'ignorer l'existence d'agences de ce genre. Mais le MORG était nouveau pour lui ; le MORG le laissait perplexe. Il lui faisait aussi un peu peur.

« Vous êtes quoi, une espèce de branche merdique des Finances ? Jamais entendu parler de cette agence !

— Nous investissons peu dans les relations publiques, vous savez. »

Hazell lui restitua son épaisse pochette et dit d'un ton exaspér : « O.K., chef, est-ce qu'on va me dire ce que vous faites ici ?

— Nous sommes à la recherche d'un individu très dangereux qui s'est introduit ce soir dans l'hôpital déguisé en prêtre. Il ressemblait beaucoup à ce véritable prêtre, le père Krásno, qui est à côté. Il y a eu une erreur humaine bien compréhensible. Mais notre homme est toujours dans les parages. Il est coincé à l'intérieur. Personne ne sort sans mon accord. Nous allons fouiller cet hôpital de fond en comble et le débusquer. Je vous garde sous la main au cas où nous aurions besoin de vérifier rapidement l'identité d'un membre du personnel, ou d'un renseignement sur la disposition des lieux. C'est tout.

— C'est tout ? Vous avez descendu le mauvais type ? Vous tuez un prêtre dans le hall d'un hôpital, et c'est tout ce que vous avez à dire ? Vous vous rendez compte de quoi ça a l'air ? »

Darkfeather se contenta de le dévisager. Peut-être subjuguait-il les femmes grâce à son regard d'aigle et à ses dents resplendissantes, mais cela n'impressionnait pas Hazell.

« Nous avons un groupe entier qui ne s'occupe *que* de ce dont cela a l'air. À eux de s'en charger. Ces flics dans la rue devraient avoir d'un instant à l'autre des nouvelles de leur commissaire. »

Un agent qui semblait avoir couru trop longtemps fit irruption dans la salle.

« Monsieur. Je crois. Qu'on l'a repéré. Sandza. Urgences. L'ancien hôpital. Sur Broadway et. La 165e. La radio marche mal, alors je…

— Identification positive, cette fois ? demanda Darkfeather sans ciller.

— Lou deMasio. Dit que ça fait quatre ans mais. Qu'on n'oublie pas cet. Enfoiré de Sandza une fois. Qu'on l'a connu.

— Comme il a raison, répliqua Darkfeather. Pressons-nous un peu, maintenant. »

Adam Hazell se retrouva soudain seul dans la pièce. Il cligna des yeux et suivit les agents du MORG dans le hall. L'absence d'activité autour du prêtre attira son attention. Une ligne droite traversait solennellement l'écran de l'oscilloscope ; une infirmière noire se signa d'un air maussade et se détourna de la table.

Des portières claquèrent à l'extérieur, et la première des trois voitures de poursuite, toutes équipées de carburateurs quadruple corps, quitta la place en trombe, jaillit dans la rue avec un craquement – elle était pleine d'hommes – puis fit une embardée, accrocha la route avec un crissement de pneus et s'éloigna à toute bringue.

Pauvre type, songea Hazell. *Quoi que tu aies fait, tu ne mérites pas ça.*

« Alors j'ai envisagé de me spécialiser dans l'obstétrique et la gynécologie, disait Sydney Paradies. Les horaires sont acceptables quand on prend des associés. Quand on se partage le travail, si je puis dire. Les méthodes sont une horreur, on se croirait au Moyen Âge, vous voyez, mais les bébés, ça n'arrêtera jamais de naître. J'ai toujours pensé que c'était pour le fric. La fac de médecine, c'est une corvée *fan*-tastique, ma femme rentre après une journée de travail à Gimbels, elle pleure sans pouvoir s'arrêter, elle allait si mal qu'elle n'arrivait plus à se lever. Je savais que je ne serais pas l'un de vos grands chirurgiens, le cardio que tous les rupins s'arrachent, mais tant pis. *Path ?* Vous savez ce que c'est, Path ? Quatre pièces dans Park West Village, et quelques semaines dans les Adirondacks tous les ans. Le seul problème, c'est que ça me plaît trop. J'adore les secrets. Ça me branche de regarder ces jolies petites cellules, et aussi celles qui ne sont plus aussi jolies, les bizarres qui explosent sans que votre organisme en ait encore conscience. C'est les flics, mec ? Je n'en vois aucun dans le coin. Ils vous attendent dehors ?

— Possible », répondit Peter en hochant la tête comme s'il écoutait un diagnostic brillant.

Le Baretta à la main dans la poche, il marchait à côté du Noir, avançant tranquillement dans le large couloir des urgences.

Pour les urgences, c'était une soirée comme toutes celles où les gens ne font généralement pas grand-chose, où ils ont hâte de passer un bon moment et ne prêtent pas assez attention à leur précieux corps. Des fractures, des crânes défoncés, des infarctus du myocarde grands comme un dollar en argent, des delirium tremens, les séquelles d'une tuerie domestique. Une brûlée au gaz enveloppée dans une couverture fut amenée en hâte, un flacon de fluide se balançant au-dessus de sa tête noircie. Un enfant fiévreux pleurait, assis au bord d'un lit à roulettes. Dans la salle de soins numéro 2, l'équipe s'occupait d'un patient qui convulsait, le vomi dont il avait éclaboussé le plafond leur dégoulinant dessus. Des vieux schnocks, des minables et autres personnes bizarres qui avaient vaguement de quoi se plaindre emplissaient le hall.

Peter dévisagea tout le monde, sans repérer personne qui lui mette la puce à l'oreille. Il ne vit d'autre représentant de la loi qu'un grand flic en conversation avec une infirmière au bureau des admissions, face à l'entrée.

« Docteur Paradis ?

— On nous appelait tout le temps comme ça au lieu de Paradize. Ça rendait maman folle de rage.

— On va sortir fumer une cigarette. N'arrêtez pas de parler.

— Il y a un flic, dit le Dr Paradies en traînant des pieds.

— Ne faites pas attention à lui.

— Vous voyez quelqu'un d'autre ? »

Le médecin acquérait vite une mentalité de fugitif. Peter ne répondit pas, il venait de remarquer quelque chose qui diminuait ses chances de s'éclipser.

Quelqu'un avait jeté un trench-coat gris foncé sur une chaise, dans une des salles de soins. Il y avait donc au moins un agent du MORG assis ou en train de patrouiller dans le couloir en bras de chemise. Peut-être ce type à l'air soucieux avec un pansement sur l'œil, ou cet autre allongé le bras bandé sur trois chaises pliantes.

Peter aperçut une porte entrebâillée marquée *Privé* qui donnait sur une pièce obscure. De l'intérieur, on pouvait surveiller la moitié du service. Derrière le bureau des admissions s'ouvraient deux portes à panneaux de verre translucide : des glaces sans tain utilisées par la sécurité ?

Dans ce cas, la salle sur laquelle elles donnaient était peut-être remplie de MORG en train de les observer, le docteur Paradies et lui.

Peter ne pensait pas qu'on le reconnaisse si vite, mais garda la tête baissée en riant aux paroles du docteur. Il ne se sentait pas d'humeur joyeuse. Quelque chose en lui l'exhortait à filer d'une manière rapide et inattendue, à agir au plus vite.

Le grand flic quitta le bureau des admissions et sortit d'un pas tranquille en passant devant les deux hommes. Peter jeta un coup d'œil à la voiture de patrouille garée en marche arrière sur un emplacement d'ambulance, la portière droite ouverte. L'agent assis au volant buvait du café. Apparemment, ils venaient de conduire quelqu'un aux urgences.

Peter suivit le docteur à l'extérieur. Cela manquait d'espaces dégagés : il y avait l'hôpital sur deux des côtés et un mur de béton longeait l'allée. Des marches menaient à un parking entièrement grillagé qu'éclairaient de grands lampadaires à vapeur de sodium. Douze à quinze automobiles étaient garées derrière la clôture surplombant les urgences. Le moyen de fuite le plus sûr et le plus rapide consistait donc à emprunter l'allée. Paradies fit tomber son paquet de cigarettes et dut mettre un genou à terre pour les ramasser. Peter s'appuya au mur en briques de l'hôpital et regarda en arrière par les portes vitrées. L'homme au pansement sur l'œil s'avançait lentement vers lui. Il avait l'air de quelqu'un qui essaie de se décider à foncer et à se comporter en héros. Peter eut une grimace.

« On fait quoi, maintenant ? » demanda Paradies en frissonnant et en plaçant ses mains en coupe autour d'une allumette. La cigarette tremblait entre ses lèvres.

« Profitez de votre cigarette. J'ai décidé de me rendre. »

Le souffle coupé, Paradies leva les yeux vers Peter qui se dirigeait vers la voiture de police. Peter l'atteignit juste au moment où le grand flic s'asseyait à droite de son partenaire. Il se glissa à côté de lui sur le siège tout en sortant son Baretta. Il referma la portière, enfouit le canon de son arme dans l'aisselle du flic auquel il se collait et annonça : « Vous êtes en état d'arrestation.

— Hein, quoi ? » s'étonna le grand flic. Il voulut résister mais se fit mal au cou à vouloir regarder le pistolet.

« Vous êtes en état d'arrestation pour usurpation de fonctions d'agent de police. Je vous emmène au poste. *Bougez*-moi ce tas de ferraille !

— Hé, mon vieux, écoutez, fit le flic au volant, pour qui vous vous pren…

— Marty, Marty, il a un flingue ! Il me l'a fourré sous le bras, Marty ! »

Marty décolla de quelques centimètres ses mains du volant en un geste exaspéré. Du coin de l'œil, il regarda Peter, qui lui retourna calmement son regard par-dessus ses lunettes.

« Bon, d'accord. Qu'est-ce qu'il faut que je fasse ?

— Prendre Broadway. En direction du centre-ville.

— Pourquoi ça ? »

Peter enfonça brutalement le Baretta dans l'aisselle du grand flic. « *Roule*, dit celui-ci après avoir inspiré entre ses dents. On discutera en chemin. »

Marty embraya et la voiture cahota dans l'allée menant vers Broadway. Un feu orange clignotait au coin de l'hôpital, mais il y avait peu de circulation : Marty tourna sans s'arrêter sur Mitchell Square. Un rapide mouvement de tête permit à Peter d'apercevoir deux berlines du MORG qui s'engouffraient dans le parking au moment où deux voitures de poursuite descendaient Fort Washington et tournaient en dérapant sur la 165e. Il entrevit aussi des agents du MORG équipés de talkies-walkies qui sortaient en courant des urgences, dont le type au pansement sur l'œil. Ils l'avaient reconnu, très bien. Mais quelque chose, sans doute un problème de communication, les avait empêchés de refermer le piège à temps.

« Vous avez une destination particulière ? demanda Marty d'un ton hargneux.

— Le GW, répondit Peter.

— Le pont George Washington ? Merde, vous voulez aller dans le New Jersey ?

— Exactement.

— C'est un peu en dehors de notre secteur, prévint le flic que Peter tenait en otage.

— Emmenez-moi juste faire une grande balade. Pour l'instant, il n'y a qu'avec vous deux que je me sens en sécurité. Laissez-moi profiter de votre compagnie. »

Les flics échangèrent un regard. Marty essaya de l'amadouer.

« O.K., d'accord, pourquoi pas ? On aime bien se promener comme ça, et puis au bout d'un moment vous aurez peut-être envie de parler. Pas de problème en ce qui nous concerne. Vous vous appelez comment ?

— Peter.

— Moi, c'est Marty, Marty Coranallis, et lui, l'agent de police Dominick.

— Salut Peter. Appelez-moi Dom.

— Salut, Dom.

— Vous voulez que je me pousse un peu ? Les gars du Trois-Quatre ont tout défoncé la banquette avec leurs gros culs.

— J'ai toute la place qu'il me faut, Dom. Mon pistolet dans votre aisselle ne vous gêne pas, j'espère ?

— Pour être franc, Peter, je ne me sens pas tout à fait à mon aise… Dites, vous n'arrêtez pas de regarder derrière. Quelque chose vous tracasse ?

— Exactement.

— Mais vous ne voulez pas encore en parler, intervint Marty, pas vrai, Peter ?

— Continuez à choper les feux verts, Marty », lui répondit Peter.

Les quatre berlines du MORG restaient à un pâté de maisons derrière la voiture de police qui remontait Broadway vers la 178ᵉ. En parallèle, d'autres automobiles roulaient vers le nord sur Riverside Drive, Fort Washington, Wadsworth et Amsterdam.

« Pourquoi est-ce qu'on n'intervient pas ? » demanda l'assistant de Darkfeather, un nommé Beau Cliff, dans la voiture de poursuite numéro deux.

« Pour deux raisons, Beau. D'abord, il y aura pas mal de coups de feu si on s'en mêle maintenant. Les deux flics se prendront des balles. Et le commissaire divisionnaire de New York est un des protégés de Childermass. Après l'affaire du ferry de Staten Island, il y a deux ans, Childermass lui a solennellement promis qu'il n'y aurait plus de funérailles de policiers à cause de nous. Peter le sait probablement, et c'est pour ça qu'il s'est emparé de ces flics. Il n'a aucune chance de nous échapper. On va le suivre tranquillement jusqu'à ce qu'on sache ce qu'il compte faire.

— Vous croyez qu'il leur raconte quoi ?

— Il peut bien leur raconter ce qu'il veut, répondit l'Indien. De toute façon, ils ne le croiront pas. »

Dans l'aile nord de Herlands, Gillian, vêtue de l'imperméable blanc à ceinture qui était un de ses cadeaux de Noël, s'assit près des fenêtres de la chambre 909 et se rongea frénétiquement les ongles.

Dès qu'elle entendit frapper, elle se leva, saisit son nécessaire de voyage et traversa la pièce. Elle avait fait la moitié du chemin lorsque la porte s'ouvrit sur deux hommes en gris foncé qu'éclairait la lumière du couloir.

L'un d'eux alluma sa torche. Gillian gémit et détourna la tête.

« Ah, voilà donc où tu te cachais. »

L'autre, une main sur le récepteur dans son oreille, dit : « Signal de rappel. Tout le monde décolle. Ils l'ont.

— Et pour…

— Tout le monde décolle !

— O.K. » La torche s'éteignit. Gillian ne leva pas les yeux. Elle broncha au contact d'une main sur son épaule.

« Tu restes ici, la gamine, et tu ne bouges pas. Compris ? On viendra te chercher. »

La porte se referma et Gillian ouvrit les yeux. Elle vit plein de cierges magiques. Son cœur battait à tout rompre et pourtant elle n'avait plus de sang dans ses extrémités, qui la picotaient de froid. Après tout ce temps dans un lit, quelques minutes debout suffisaient à lui donner mal au cœur et à la priver de ses forces.

Mais on l'avait retrouvée, et bien sûr on lui reprocherait cette histoire avec Mme McCurdy. Il arriverait à Gillian quelque chose d'horrible si elle ne sortait pas de cet hôpital. Elle ne pouvait pas se permettre d'attendre Mme Busk plus longtemps. Elle ramassa donc une nouvelle fois son nécessaire de voyage, lâcha un profond soupir et se dirigea vers la porte d'une démarche un peu hésitante de funambule.

« Marty et moi sommes partenaires depuis longtemps, dit Dominick. Ça fait six ans. » Ils traversaient l'Hudson par le niveau supérieur du pont George Washington, en direction des tours résidentielles dressées sur les hauteurs de Fort Lee, dans le New Jersey.

« Un bail, en effet », répondit Peter, qui semblait tendu et préoccupé.

« Vous n'êtes pas vraiment docteur ou quoi que soit, Pete, n'est-ce pas ?

— Non. J'ai volé la blouse.

— Autrement dit, c'est un déguisement ?

— Voilà.

— Plutôt futé, fit Dominick avec un petit rire.

— Merci, Dom. Sauf que ça n'a pas marché. Ils m'attendaient.

— Quelqu'un vous poursuit ? s'enquit Dominick avec bienveillance.

— J'ai travaillé autrefois pour une agence gouvernementale dont vous n'avez jamais entendu parler. Une grosse agence, très puissante. Je leur ai livré mon fils. Je vous raconterais bien pourquoi, mais c'est une très longue histoire. Bref, mon fils a disparu. Ils m'ont dit qu'il était mort, mais ce n'est pas vrai. Ils en avaient besoin, alors ils l'ont pris. Ces gens-là ont un pouvoir effrayant. Ils peuvent faire disparaître quelqu'un aussi longtemps qu'ils veulent. Vous saviez qu'un employé ou ancien employé du MORG n'a pas le droit de révéler la moindre information sur l'agence ? Pas même pour confirmer qu'elle existe. Des lois comme celle-ci sont votées parce qu'un certain Childermass comprend les rouages gouvernementaux mieux que personne. Le gouvernement doit croître ou disparaître, alors il pille les fonds publics pour croître. Quand il y a de l'argent disponible – et la puissance pour s'en emparer –, il y a toujours un Childermass pour encourager les gens bien à regarder ailleurs, pour exploiter leurs peurs les plus profondes. Peut-être qu'on peut stopper Childermass. Il faut que quelqu'un s'en charge. Mais je suis tout seul, Dom. »

L'agent de police Dominick jeta un coup d'œil prudent à Peter. Était-ce des larmes qu'il voyait dans ses yeux ? Dieu nous aide, se dit Dominick, il pourrait bien péter les plombs dans la voiture. Et se mettre à descendre tous ses ennemis imaginaires.

« Ouais, eh bien, c'est *vrai*, et si vous me permettez une suggestion… on peut peut-être vous aider, Peter. »

Marty Coranallis comprit ce que son partenaire avait en tête.

« Vous voyez, Peter, Dom et moi, ça fait pas mal de temps qu'on s'occupe de… vous voyez, du genre de types qui prennent leur pied à emmerder les autres, à les harceler…

— Mon beau-frère habite par là, dit Dominick. À Teaneck. Il m'a amené dans un endroit, une fois, un petit restau ouvert la nuit sur la 93 à Leonia. Qu'est-ce que vous en dites, si on allait y prendre un café et…

— Ne vous arrêtez pas ! » Le cri de Peter les fit sursauter de peur. « La voiture ne doit pas cesser de rouler. »

La salive qu'avala Dominick avait un petit goût de vomi. « D'accord, Peter. Écoutez, mon vieux, on est de votre côté, on essaie juste de vous aider.

— Marty ? fit Peter.

— Ouais ?

— Vous connaissez les quais au bord du fleuve, en bas de Fort Lee ?

— Pas très bien, Peter.

— Marty, je veux que vous sortiez à Fort Lee pour longer le fleuve sur la 505 jusqu'à la vieille cale de radoub à l'angle de la 125e et d'Inglenook. Ils font beaucoup de travaux à l'emplacement de l'ancien dépôt de rails, il y a pas mal de détours brusques. Quand on arrivera dans le coin, il faudra qu'on sème nos poursuivants.

— On nous poursuit ? demanda Dominick.

— Ne tournez pas la tête, Dom, et gardez vos mains sur vos genoux ! Marty, il y a quatre, peut-être cinq… merde, je ne sais plus exactement… mais ils sont tous là derrière, et les deux de tête sont des voitures de poursuite. Une Camaro rouge et une Granada argent et noir. Ils ont sorti le grand jeu. Ces deux bagnoles-là montent sans problème à deux cents sur le plat. »

Marty jeta un coup d'œil au rétroviseur extérieur et confirma à voix basse à son partenaire : « Il a raison, pour la Camaro et l'autre. Je les avais déjà repérées au péage.

— Si vous voulez qu'on ait une chance, il faut semer ces deux voitures.

— Tu trouves qu'ils ressemblent à des Feds, toi ? marmonna Dominick.

— Va savoir, répondit Marty. Il se passe peut-être quelque chose.

— Les manœuvres de dérobade à haute vitesse, vous savez faire ? lui demanda Peter.

— Un peu. Mon frère est dans la police d'État, et ils l'ont envoyé sur la côte à l'école Bondurant. On y apprend ce genre de choses, là-bas, et il m'a montré quelques trucs. Savoir virer sur n'importe quelle surface, les dérapages contrôlés, rouler à fond en marche arrière…

— À mon signal, je veux que vous conduisiez comme si votre vie en dépendait, Marty. Parce que si ces types derrière nous peuvent faire disparaître mon fils, s'ils peuvent me faire disparaître moi… ils peuvent très bien vous faire disparaître *vous.* »

La sortie pour Fort Lee approchait. Une centaine de mètres derrière eux, les voitures de poursuite se rapprochèrent un peu.

« Peter, dit Dominick, j'ai un peu peur que ce pistolet parte tout seul… Accidentellement, je veux dire, quand ça va commencer à secouer, vous comprenez ?

— Vous avez bien raison d'avoir peur », confirma Peter.

Gillian ouvrit la porte de la chambre 909 et sortit dans le couloir. Une infirmière trapue au teint coloré avec une verrue comme un second nez se tenait près du distributeur d'eau fraîche adjacent à la porte de Gillian. De toute évidence, elle était de service.

« Bonjour, chérie, dit-elle. Où vas-tu ? »

Gillian la regarda et ne répondit pas tout de suite. Elle lécha ses lèvres abîmées.

« Chez moi, murmura-t-elle enfin.

— Oh, mais…

— Je rentre chez moi, répéta Gillian sans regarder l'infirmière dans les yeux.

— Tu ne peux pas quitter l'hôpital sans autorisation médicale, et pour ça je pense qu'il va falloir attendre le matin. Je sais que tu as été très malade. Tu ne te sens pas bien du tout, en ce moment, pas vrai ? Pauvre chou. On a vraiment eu une soirée horrible. Mais les choses reviennent à la normale. Je m'appelle Evelyn. Si tu retournais dans ta chambre, maintenant, elle est toute propre, rangée et tout, et je t'amènerai une jolie petite pilule pour t'aider à dormir dès que le huitième étage m'aura transmis ton dossier.

— Laissez-moi passer, s'il vous plaît, l'implora Gillian.

— Allons, ne sois pas vilaine avec Evelyn. Tu verras la situation d'un autre œil demain… »

Elle tendit la main pour saisir Gillian par le bras. Au bout du couloir, près du guichet des infirmières, il y eut une perturbation soudaine aussi intense qu'un cyclone.

« Ne me racontez pas d'histoires ! criait une femme d'une voix terriblement rauque. Vous croyez vraiment que je ne suis pas au courant ? Il y a un fou en liberté dans cet hôpital, et je ne resterai pas ici une minute de plus !

— Oh, oh ! » fit Evelyn avant de partir en trottinant vers le guichet.

Gillian la suivit.

L'une des femmes les plus imposantes qu'elle ait jamais vues se disputait avec l'autre infirmière de service. Elle mesurait environ un mètre quatre-vingt-dix, et d'après ses traits marqués, avait dans les soixante-cinq ans. Elle brandissait néanmoins avec une force considérable une canne quadripode en aluminium dont elle cinglait l'air. Elle portait un grand manteau miteux bordé de fourrure bleue ainsi qu'un chapeau militaire orné de fleurs en plastique.

« Ne vous fichez pas de moi, de Graff, avertit-elle l'infirmière qui essayait de la calmer. Sinon vous allez vous retrouver dès demain avec une plaque sur le crâne ! Je refuse d'être assassinée dans cet hôpital ! »

Evelyn gagna le sanctuaire du guichet avant de prendre la parole.

« Madame Toone, le docteur vous a fait admettre ici à cause de votre pression sanguine. Vous croyez que c'est comme ça que vous allez l'améliorer ? Regardez-vous, vous êtes rouge comme un sorbet à la framboise. »

Mme Toone pointa sa canne sur de Graff.

« Hors de mon chemin !

— Quel est le problème, madame Toone ? Je vous assure que vous ne courez *aucun* danger. Le FBI est là. Enfin, je crois que c'est le FBI. Vous n'arriverez qu'à vous faire du mal en vous comportant comme ça. »

Mme Toone l'écarta, remit les extrémités caoutchoutées de sa canne en contact avec le sol et partit en direction des ascenseurs.

« Je peux venir avec vous ? » s'enquit timidement Gillian d'une voix indistincte et difficilement compréhensible.

« Qu'est-ce que tu dis, petite ?

— J'ai peur… de rester ici.

— Ça, je te comprends ! Qui n'aurait pas peur ? D'accord, viens avec moi. » Elle planta sa canne dans le bouton d'appel de l'ascenseur.

« Madame Toone ! Cette fille est très malade ! Elle ne peut pas partir…

— Oh, la ferme, Evelyn ! Et qu'aucune de vous ne s'avise de toucher à un seul de nos cheveux…

— J'appelle la sécurité, madame Toone. Vous vous expliquerez avec elle. »

Le tableau des infirmières s'allumait. Evelyn ne put joindre la sécurité. L'ascenseur en fonctionnement ne tarda pas à arriver du rez-de-chaussée.

« Je vous préviens, madame Toone ! Vous faites une grave erreur en emmenant cette fille.

— Au revoir, au revoir ! » s'écria gaiement Mme Toone lorsque les portes de l'ascenseur se refermèrent.

Elle se tourna alors pour examiner de plus près sa compagne. Gillian restait debout sans bouger, une main sur la barre d'appui, les yeux grand ouverts. Elle est dans une espèce d'état de fugue, conclut Mme Toone. Toute cette agitation brutale, ces histoires de violence et de peur… elle-même avait la tête qui tournait un peu et voyait le monde s'assombrir. Cette bonne vieille pression sanguine. Calme-toi, maintenant. Mme Toone prit Gillian dans ses bras. L'enfant gémit doucement. Oh, ma chérie, pensa Mme Toone, quelle adorable petite chatte ! Les artères dans son cou lui faisaient l'effet de ballons trop gonflés et elle avait une sensation bizarre dans la tête, une espèce de brûlure désagréable qui n'était ni fièvre ni migraine. Une brûlure qu'elle pouvait sentir, goûter, on aurait dit de vieux pneus de camion. Elle serra davantage ses bras autour de Gillian, oh oh, il commençait à faire vraiment très noir.

Mme Toone avait un tout petit peu peur d'avoir exagéré, cette fois.

Benny Alonzo, veilleur de nuit à Marina Vista, le site numéro 4 de Medina Brothers, entendit le rugissement rauque de moteurs puissants qui dévalaient les Palisades vers la clôture protégeant le dépôt de matériel. Il les entendit slalomer entre les coffrages auxquels il ne manquait plus que la coulée pour achever les fondations du complexe immobilier. Deux, trois, quatre moteurs différents – il voyait le reflet rouge de leurs feux scintiller sur les fenêtres sales de la caravane.

Il engloutit la dernière bouchée de son sandwich au rosbif et gagna la porte au moment où la voiture de tête atteignait le pont temporaire jeté sur un canal récemment creusé, qu'elle franchit en cognant et en vibrant sur les plaques métalliques.

C'était une voiture de police de New York. Une Camaro rouge apparut à une cinquantaine mètres derrière elle. Vint ensuite toute une procession d'automobiles zigzagantes. Des feux de brouillard. Des sirènes. Des gyrophares rouges protégés par des grilles.

Deux qui arrivaient de directions différentes, s'enchevêtrèrent à l'approche du pont non signalé. Une autre partit sur deux roues finir sa course dans une toile recouvrant une pile de fers à béton qui transpercèrent la voiture et ses passagers. Une quatrième rebondit au-dessus du boisage du pont temporaire et plongea dans le canal boueux. Un fer à béton propulsé à une trentaine de mètres vint retentir contre le flanc de la caravane non loin de l'encadrement de la porte dans lequel Benny restait bouche bée.

D'autres voitures continuaient d'arriver, versaient, s'inclinaient, déviaient de leur trajectoire, rebondissaient, percutaient les véhicules déjà hors course. Jamais Benny n'avait assisté à spectacle aussi incroyable.

Puis, aussi soudainement qu'elles étaient apparues, la plupart des automobiles disparurent, s'estompèrent dans l'obscurité en aval du fleuve en abandonnant quelques épaves à Benny. Dans les chenils, les chiens d'attaque de l'entreprise de BTP devenaient fous. De grandes flammes s'élevaient d'un moteur. Des blessés rampaient entre les ornières avant de s'effondrer ; d'autres appelaient à l'aide du fond du canal aux parois d'acier.

Benny se saisit d'un grand extincteur et partit à leur secours.

Le long du fleuve, plus au sud, dans la direction empruntée par la voiture de flics et la Camaro, il y eut une collision mortelle, accompagnée d'une explosion et d'une boule de feu. Benny se retourna pour regarder. La poursuite était terminée.

« Impossible de les lâcher », annonça Marty, d'un ton plutôt calme vu ce qui mugissait derrière eux. « Cette vieille guimbarde va tomber en morceaux. Et cette saloperie de volant ne répond plus ! »

Ils roulaient sur une petite section de chaussée découpée en chevrons par des rails rouillés. Chacune des lourdes secousses tirait des râles d'agonie au châssis. Les plaquettes de frein étaient presque à bout et les tambours avaient commencé à fumer.

« Marty, vous voyez cette balise, devant ?

— Sur la colline ?

— En fait, elle est sur le toit d'une fabrique de savon cachée par la colline. Il y a une voie ferrée de garage qui passe au beau milieu de l'usine. On va suivre ces rails à l'intérieur. Gardez votre gauche le plus possible une fois dans l'usine. Attention aux piliers de soutien, ils sont assez gros pour nous pulvériser. »

La Camaro rouge avait regagné du terrain. La moitié de la lunette arrière de leur voiture de patrouille explosa dans un scintillement de givre, les arrosant de verre et d'un peu de plomb.

« Merde ! cria Dominick.

— Relax, le rassura Peter. Ils ne tirent pas pour tuer. On devrait arriver à la voie de garage, maintenant. Ah, la voilà. Suivez-la, Marty. »

Un cognement de mauvais augure retentit sous le capot.

« Les pistons ! gémit Marty. On n'ira plus bien loin.

— Plus que cinq ou six cents mètres. Pied au plancher, Marty ! Voilà l'usine. »

Face à eux, quelques feux orange clignotèrent devant la structure du bâtiment. Marty manœuvra comme un forcené pour prendre la direction du grand rectangle noir dans lequel s'engloutissaient les rails.

« À gauche, à gauche ! » hurla Peter.

L'un de leurs phares n'ayant pas résisté aux brutalités subies par la voiture, ils ne purent qu'entrapercevoir les énormes engins de démolition garés dans les ruines de l'usine et la grosse larme rouillée d'une tonne qui semblait suspendue juste devant eux dans l'air empli de poussière.

Marty braqua. Ils passèrent assez près de la boule de démolition pour voir des résidus de ciment et de brique sur sa surface grêlée. Puis Marty eut fort à faire pour éviter les piliers et les vestiges des quais de chargement qui jonchaient le sol de l'usine.

Lorsque la Camaro se rua à cent kilomètres-heure dans le hangar, son chauffeur tourna instinctivement pour suivre leurs feux arrière, mais il avait une demi-seconde de retard. L'impact propulsa l'énorme boule plus de deux mètres en arrière. Elle frémit sur son câble et repartit en avant juste au moment où la seconde voiture de poursuite se précipitait à l'intérieur, sautait par-dessus la Camaro écrasée et heurtait de front la boule fatale. Au même moment, le réservoir de la Camaro explosa comme une mine, dispersant des morceaux de la Granada argent et noir dans toute l'usine. Le second impact fit céder les câbles, et la larme d'acier tomba sur ce qu'il restait de la Camaro et du petit groupe d'hommes en train de brûler à l'intérieur.

« Sainte Marie mère de Dieu ! dit Dominick dans la voiture

qui ressortait à l'autre bout du bâtiment. Vous leur aviez monté un piège ! Vous aviez tout prévu, hein ?

— J'avais prévu ça, répondit Peter. Ne ralentissez pas, Marty. On a pris un peu d'avance, mais ils ne renoncent jamais. Comprenez-le bien : ils ne renoncent *jamais*. Alors continuez à conduire. »

Gillian avait oublié ce que c'était d'avoir si froid.

En quittant l'hôpital, elle s'était traînée sur Broadway vent debout, le corps agité de frissons, la tête basse. Malgré son manteau et sa robe en laine, elle avait l'impression de n'être plus qu'un ensemble d'os se cognant les uns aux autres. Elle crut marcher très longtemps, mais lorsqu'elle s'arrêta pour reprendre son souffle, elle vit dans son dos l'hôpital qui se dressait toujours au-dessus d'elle. Elle avait donc dû piétiner sur place, comme dans un de ses rêves. De longues et lentes enjambées pendant que le trottoir, magiquement, se transformait en corridor ; elle aurait bientôt regagné l'intérieur, mais cette fois pas plus grande qu'un insecte dans ces endroits hostiles et resplendissants.

Deux jeunes Portoricains la dépassèrent lentement et s'arrêtèrent un peu plus loin pour l'observer. Gillian ne leur prêta aucune attention. Elle essayait de respirer, elle essayait de ne pas être un insecte même si elle le méritait grandement. Les garçons se disputèrent à son propos, mais le plus âgé finit par secouer la tête et ils s'éloignèrent.

Gillian se dit qu'enlever ses bottines l'aiderait à se débarrasser de ce rêve qui l'emprisonnait. Pieds nus, elle avait toujours été la plus rapide du camp.

Elle s'assit sur le trottoir et réussit à ôter une chaussure, mais n'eut pas la force de s'attaquer à l'autre.

Le caniveau sentait le rance. Elle resta là à haleter. Quelqu'un lui cria une obscénité en passant en voiture ; une bouteille vint exploser non loin d'elle.

Gillian ne leva pas les yeux. Elle essayait de se souvenir pourquoi elle était dehors, seule, si tard dans la rue et dans la nuit. Elle s'enfuyait, oui, voilà. Mais *pourquoi* s'enfuyait-elle ? Y avait-il un rapport avec cette grande femme malade qui s'était effondrée dans l'ascenseur ? Gillian avait mis un temps fou à se sortir de son étreinte de fer.

Elle avait de drôles d'yeux, exorbités comme cela. Et le nez qui saignait. Mais qu'est-ce qui lui arrivait ?

Qu'est-ce qu'il m'arrive ? se demanda Gillian. Se lever. Manteau tout dégueulasse. Mais…

Une automobile s'arrêta. Phares aussi surprenants qu'un flash. Gillian leva des yeux méfiants.

Un visage familier.

« Oh mon Dieu, mon Dieu !… Gillian ?

— Madame… Busk ?

— Oui, oui, oh mon Dieu, mais tu trembles !

— Ah ? » Évidemment qu'elle tremblait. Et depuis si longtemps qu'elle ne trouvait plus cela anormal. Trembler et ne pas s'en apercevoir. « J'suis sortie. Pouvais pas attendre à l'hôpital. Ça pue là-bas.

— Je vais t'aider, chérie. La voiture est juste là. Je suis venue tout de suite, je t'ai vue, je n'en ai pas cru mes… et je ne sais pas pourquoi, j'ai rebroussé chemin et… Qu'est-ce que c'est que ça ?

— Qu… Quoi, madame Busk ?

— Ce que tu as dans le dos de ton joli manteau. On dirait du sang…

— *Enlevez-le-moi !* » hurla Gillian. Déjà elle s'agrippait aux boutons, les mains s'agitant frénétiquement mais sans arriver à rien. « Enlevez, enlevez ! »

Grâce à Mme Busk, Gillian put arracher son manteau et le jeter dans le caniveau.

Elle s'effondra ensuite au creux du siège en cuir de la somptueuse Porsche maternelle, les oreilles bourdonnant de stress. Mme Buck effectua un grand demi-tour et eut la plupart des feux de Broadway au vert.

Au bout d'un ou deux kilomètres, Gillian se calma un peu. Mme Busk la dévisagea, les larmes aux yeux.

« Oh, Gillian, qu'est-ce qu'il s'est passé ?

— Musique », exigea Gillian.

Mme Busk chercha dans la bande FM. Elle tomba sur Brahms, le troisième mouvement de la *Symphonie numéro deux en* ré *majeur.*

La Porsche disposait de haut-parleurs d'une qualité exceptionnelle. Petit à petit, la douceur de l'*Allegretto grazioso* apaisa Gillian. Elle se redressa, plongée dans la musique, l'esprit ailleurs.

Mme Busk conduisait comme un ange : l'automobile bleue flottait dans les rues. Gillian voyait la ville défiler comme derrière une vitre translucide. Elle se souvenait de cette ville, et ce n'étaient pas de bons souvenirs. Où était-elle allée, pourquoi ne pouvait-elle pas revenir ? Peu importait, elle se nourrissait de la musique, et pour le moment, il n'y avait pas besoin qu'autre chose existât hors de la sphère que créait cette délicate et fascinante mélodie.

La voiture de police s'immobilisa sur le vieux débarcadère de chemin de fer qui s'enfonçait de trente mètres dans l'Hudson. Son phare restant ne suffisait pas à en éclairer l'extrémité, autour de laquelle le fleuve luisait de pollution. Sur le rivage opposé, Manhattan s'étalait avec faste, mais ses lumières et ses flèches s'étaient fondues dans une brume froide, comme si la cité devait son apparition à un magicien inexpérimenté. Le pneu avant droit se dégonfla lentement en sifflant lorsque le moteur s'arrêta.

Les trois hommes restèrent assis en silence, les yeux fixés sur l'eau, trop exténués par la poursuite pour s'exprimer. Leurs excrétions, les sels et huiles amères de leurs corps empuantissaient l'automobile.

Peter dut forcer sa portière coincée. Il sortit, l'arme toujours braquée sur les policiers. Des larmes lui coulèrent sur le visage. De l'ouest soufflait un vent mordant, et la présence de la neige était tout juste perceptible dans l'atmosphère.

« Qu'est-ce que vous allez faire maintenant, Peter ? demanda Dom.

— Vous sortez tous les deux. De ce côté-là. En gardant vos mains bien en vue. »

Les deux policiers glissèrent sur la banquette pour descendre péniblement de voiture. Ils se mirent debout côte à côte. Marty se frottait les mains pour éviter qu'elles tremblent. Il avait l'air au bord de l'effondrement. Le fleuve claquait et suçait les grands piliers.

« Débarrassez-vous de vos revolvers, leur intima Peter. Balancez-les dans le fleuve. »

Ils dégainèrent et jetèrent leurs armes de service. Deux ploufs.

« Cent cinquante dollars chacun, dit Dominick d'un air maussade. Et vous n'ignorez pas qu'on devra les rembourser de notre poche.

— Inutile d'essayer de me faire honte, Dom. Et maintenant, reculez, Marty et vous.

— Peter, écoutez, mon vieux, vous ne pourrez pas continuer longtemps comme ça. Il doit bien y avoir quelqu'un qui peut vous aider.

— RECULEZ ! »

Un instant, Dom crut que Peter allait les descendre. Il tira Marty par la manche et les deux policiers se mirent en marche, progressant en crabe, les yeux fixés sur le sol afin de repérer les planches manquantes ou pourries.

« Peter, vous croyez sans doute que le lait de la tendresse humaine est tari, et je parie qu'en ce moment vous pensez que le monde entier s'est tari au nichon. Mais je vous le dis, moi qui ai vécu un sacré pacson de trucs avec vous et qui en suis venu vous considérer comme un ami : nous sommes tous humains, nous avons nos limites, et personnellement, vous me semblez avoir atteint les vôtres. Franchement, je pense que vous ne savez plus ce que vous faites. »

Peter attendit qu'ils se soient éloignés de cinq ou six mètres.

Puis il contourna l'automobile, s'assit à la place du conducteur et embraya.

Dominick se précipita vers lui sans se soucier du terrain inégal.

« Eh, Peter, attendez ! »

La vitre était entrebâillée. Peter regarda derrière lui, une lueur de folie dans le regard, un sourire de satisfaction béat aux lèvres.

« Cette fois, il faudra qu'ils me suivent au fond du fleuve ! »

Poussant le moteur endommagé à son maximum, il relâcha le frein. La voiture de police bondit, chassa avec un bruit métallique, lâcha un énorme panache de fumée grasse et plongea par-dessus bord. Dominick courut, trébucha, tomba à quatre pattes, roula sur lui-même les mains pleines d'échardes, et se traîna le reste du chemin. Il eut à peine le temps d'entrevoir la traînée faiblarde laissée par le phare dans l'eau boueuse avant qu'un court-circuit achève le système électrique de la voiture. Le fleuve éructa une fois ou deux et la dernière bulle amena une odeur indescriptible de fond de rivière, l'odeur des déchets et de la corruption dans lesquels Peter s'était réfugié.

Dominick revint vers son partenaire en tremblant et en pensant à la température du fleuve en plein hiver. Même les spécialistes en récupération des cadavres avaient du mal à tenir plus d'une demi-heure avec leurs combinaisons.

Marty, debout sur la jetée, avait posé sa tête sur ses bras croisés.

« Il l'a fait, lui dit Dom. Il a foncé dans cette saloperie de fleuve ! D'abord, j'ai cru qu'on avait affaire à un cinglé. Ensuite, quand les Feds se sont lancés à nos trousses, je me suis dit que finalement il ne l'était pas tant que ça. Mais maintenant, je ne sais plus quoi penser.

— Fous-moi la paix, murmura Marty.

— Je vais essayer de trouver un téléphone », dit Dom.

Katharine Bellaver se fit reconduire chez elle par un ami à une heure du matin.

« Content que notre jeune fille soit rentrée, dit Patrick, le garde en faction au portail de Sutton Mews. Bonne année, madame Bellaver. »

Un brouillard jaune s'étirait sur le fleuve. Quelque part, un clairon sonnait avec monotonie dans une parodie de célébration. Mme Busk vint l'accueillir à la porte d'entrée. Katharine réclama un café bien tassé, qu'elle but en écoutant Mme Busk lui raconter tout ce qu'elle savait.

Katharine ne posa qu'une question. « Vous êtes certaine que c'était du sang, sur son manteau ? »

Mme Busk ne put le confirmer de manière catégorique.

« Trouvez-moi Wally », dit sombrement Katharine. Wallace Mockreed était l'avocat de la famille. « Dites-lui de venir et que je me fiche qu'il soit quatre heures du matin. »

Katharine portait une lourde robe longue Halston qui entravait sa marche ; elle en avait déjà déchiré l'ourlet en grimpant le porche. Elle demanda à Mme Busk de lui en ouvrir la fermeture à glissière et monta dans la chambre de Gillian vêtue de son seul slip.

Dans la chambre sombre et presque froide de sa fille, Katharine se mit à claquer des dents. Elle souffrait d'une migraine nerveuse. De la musique jouait, à peine audible. Chopin ? Katharine vit Gillian immobile dans son lit et la crut endormie. Elle se choisit une robe dans une des penderies. Puis elle examina les vêtements que sa fille portait à sa sortie de l'hôpital pour voir s'il y avait des taches sur la culotte.

Sur son lit, Gillian se redressa avec raideur et s'appuya sur le coude.

« Bonjour, mère.

— Bonjour, Gil. Comment te sens-tu ?

— Je ne sais pas. Contente d'être à la maison, en tout cas. »

Elle avait beaucoup de mal à articuler, ce qui la rendait peu compréhensible. Sa tête dodelinait. Si Katharine n'avait su ce qu'elle pensait des drogues, elle l'aurait crue en train de planer. Elle s'assit à ses côtés. Elle eut l'impression que Gillian prenait prudemment ses distances et se dit que son imagination lui jouait des tours.

Elle voulut poser sa main sur le front de Gillian, mais celle-ci se déroba.

« Non.

— D'accord.

— Tu es en colère contre moi parce que je suis rentrée ?

— Bien sûr que non. Il faut juste faire très attention que tu ne rechutes pas. C'est la pièce la plus ensoleillée de la maison, mais aussi la plus froide la nuit. Tu devrais te mettre sous les couvertures. »

Gillian, qui était en pyjama, se couvrit. D'évidence, elle était épuisée, mais aussi nerveuse et agitée.

« Parle-moi de la fête », demanda-t-elle. Katharine avait quelques anecdotes toutes prêtes. Gillian se blottit sous les couvertures et ferma les yeux, mais les rouvrit quelques instants plus tard pour regarder autour d'elle avec appréhension. Katharine essaya de lui prendre la main. Gillian se dégagea avec une force surprenante.

« J'ai dit non ! rappela-t-elle en tremblant d'angoisse.

— Pourquoi, Gillian ?

— Tu pourrais… »

Elle ne put se résoudre à aller jusqu'au bout de sa phrase. Ses yeux vagabondèrent.

« Il est toujours là ?

— Qui ça ? Il n'y a que toi et moi dans la chambre, ne fais pas l'idiote.

— Je ne fais pas l'idiote, s'écria Gillian, indignée et blessée. Qu'est-ce que tu racontes ? Je l'entends qui parle. »

Ses yeux s'emplirent de larmes. Sa tête tourna, tourna.

Katharine déglutit avec difficulté. Elle se sentait désarmée et effrayée, mais sans savoir pourquoi.

« Tu es sûre que tu ne m'en veux pas ? demanda enfin Gillian d'une voix de petite fille.

— Arrête, Gillian ! Tu n'as plus six ans. Nous avons une relation plus adulte que ça, du moins je l'espère.

— Oui, c'est vrai. Je t'aime vraiment, mère, mais tu es toujours en train de me rabaisser. Pourquoi tu fais ça, c'est si odieux, je ne veux pas te blesser, moi. »

Katharine grimaça. « C'est l'autre manière dont les adultes consentants passent le temps. Je n'arrête pas de me dire... Je suis désolée. Gillian, il faut que je sache. À l'hôpital, est-ce qu'un homme est venu dans ta chambre ? Un homme qui... n'aurait pas dû être là ? Et est-ce qu'il a...

— Non. Non.

— Tu ne veux pas te souvenir.

— Je ne me souviens pas ! Il ne s'est rien passé à l'hôpital. J'étais... fatiguée de rester toute seule, je voulais rentrer à la maison. Et c'est tout, il n'y a pas de quoi en faire toute une histoire. »

Elle quitta son lit et se rendit dans la salle de bains. Katharine l'entendit pisser. Gillian revint en ignorant sa mère et s'approcha du théâtre de marionnettes, une antiquité française du XIXe siècle plus large qu'une porte et haute d'environ un mètre quatre-vingts. Les marionnettes reposaient en désordre sur la scène. Gillian prit M. Noodle en se chantonnant une petite mélodie.

« C'était si gentil, dit-elle. Ils jouaient, dansaient, chantaient pour moi quand je rentrais à la maison. Skipper chantait toutes les chansons que nous avions inventées à l'époque.

— Qui ça ? demanda Katharine en se levant.

— *Skipper.* »

Gillian prit un autre personnage au fond de la scène et se retourna en le tenant affectueusement dans ses bras. Skipper était long d'environ cinquante centimètres, de proportions humaines et ingénieusement articulé. Sa tête était de noix, son corps de pin. À l'inverse des autres marionnettes, pour certaines des antiquités du début du siècle, Skipper semblait avoir été sculpté peu de temps auparavant. Il ne portait pas de costume traditionnel. Il avait un visage de garçon constellé de taches de rousseur sous une tignasse rouge. Dans la pénombre, ses cheveux semblaient presque réels à Katharine. Elle s'aperçut avec stupéfaction qu'on avait doté la marionnette de couilles sculptées avec réalisme et d'une bite de taille adulte qui pendait entre le galbe de ses cuisses en bois.

« Où as-tu… eu cela ?

— Qu'est-ce que tu veux dire ? J'ai toujours eu Skipper. » Gillian actionna la corde qui levait et abaissait la mâchoire en une imitation de parole. Puis elle toucha la longue bite d'un air pensif. « Sauf qu'il n'en a jamais eu une comme ça. Elle était plus petite, tu sais, mignonne et courbée, et des fois elle se redressait, un peu comme le bout de mon petit doigt. »

Elle tourna et retourna Skipper, dont les yeux clignèrent l'un après l'autre. Gillian lui rendit son clin d'œil. Elle déposa un baiser sur son crâne couleur brique et replaça la marionnette sur la scène avec les autres. Elle referma les rideaux.

Katharine se força à sourire.

« Gillian, ça te plairait de finir la nuit dans ma chambre ?

— Oh oui. Oui, mère, ça me plairait.

— On te donnera un peu de lait chaud pour t'aider à dormir.

— J'adorerais ça. »

Gillian désirait de plus que les chats de la maisonnée lui tiennent compagnie, mais ceux-ci se faisaient parfois rares sans raison précise. Aussi monta-t-elle se coucher sans eux. Katharine s'assit avec sa fille. Elles firent une partie de *stink-pink*[1], comme

1. Jeu consistant à deviner les deux mots rimés correspondant à la définition donnée. Du genre : « Petit insecte volant à l'air malhonnête ? » « Mouche louche. » (*N.d.T.*)

autrefois. Katharine la divertit ensuite en évoquant certaines des peccadilles les moins obscènes de leurs connaissances communes, tout en essuyant les larmes de fatigue qui sortaient parfois des yeux de sa fille. Gillian finit par sombrer dans un sommeil lourd et immobile.

Katharine se servit un autre verre de lait qu'elle corsa de brandy, songea à appeler Avery dans son hôtel à Boston, décida que cela attendrait le matin. Elle resta longtemps debout à regarder Gillian dormir avec la main légèrement recourbée entre les seins. Elle sentait quelque chose lui rester en travers de la gorge, et fit la grimace lorsqu'elle finit par se rappeler quoi. Elle se retourna brusquement, descendit en hâte l'escalier et pénétra, le cœur battant, dans la chambre de Gillian. Elle alla droit au théâtre de marionnettes dont elle tira les rideaux.

La marionnette Skipper n'était plus là. À la place, il y avait un chat roux effroyablement mutilé qui s'était appelé Sulky Sue.

Katharine sentit sa santé mentale s'agiter à l'intérieur de son crâne comme une fumée épaisse cherchant une issue par laquelle regagner l'air libre. Elle porta la main à sa bouche. Le hurlement que le sentiment de menace l'incitait à pousser ne franchit pas ses lèvres.

Sulky Sue n'avait pas l'air écrasé, et son cadavre ne sentait pas la mort. Il n'y avait aucune trace de sang. Sulky Sue semblait avoir été désassemblé par un esprit d'une curiosité diabolique qui avait ensuite remis les pièces en place, mais pas aux bons endroits, comme s'il ne se souvenait plus trop à quoi pouvait bien ressembler un chat. Oh, oui, bien sûr, cela rappelait certains des dessins de jeunesse de Gillian. Des couleurs vives, mais avec la queue accrochée à un endroit bien improbable. Une oreille était plus grande que l'autre. Les pattes étaient de grossières esquisses, sans orteils bien définis. Quant aux yeux…

Katharine refusa d'en voir davantage. Elle ouvrit le placard et y prit un sac plastique dans lequel le pressing avait emballé une robe de Gillian. Elle se servit d'une grande règle pour glisser dans le sac le truc bizarre d'un orange tirant sur le jaune qui avait été un chat.

Et maintenant ? Il fallait à tout prix éviter que Gillian voie cela.

Mme Busk s'étant retirée pour la nuit, Katharine descendit le sac au rez-de-chaussée et sonna Patrick. Lorsqu'il se présenta à l'entrée, elle prétendit avoir trouvé la pauvre bête devant la porte de la cuisine, morte, de toute évidence heurtée par une voiture, et est-ce qu'il pouvait s'en débarrasser *s'il vous plaît ?*

Patrick jeta un coup d'œil à l'imbroglio de fourrure, secoua la tête avec compassion et s'apprêtait à l'emmener lorsque Katherine ajouta avec un petit rire : « Patrick, quand vous... Après, j'aimerais que vous fouilliez toute la maison. »

S'il fit le lien entre son angoisse et le cadavre du chat, il n'en dit rien et ne posa pas de questions. Il revint un peu plus tard accompagné d'un autre membre de la patrouille privée.

Katharine craignait d'entrer à nouveau dans la chambre de Gillian ; seule la présence de deux hommes armés au bout du couloir lui en donna le courage. Elle alluma toutes les lumières et fouilla la chambre elle-même. La marionnette Skipper n'était pas là.

Soit on l'avait emportée et remplacée par le chat, soit...

Mais elle n'avait *pas* imaginé Skipper, elle l'avait bel et bien vu flasque et lisse entre les mains de Gillian, aussi vulgaire qu'un godemiché. Il avait été conçu pour cela, évidemment, mais pourquoi Gilly l'avait-elle ? Était-ce un de ces trucs de filles perverses qu'on se repassait à Bordendale ? Katharine avait une bien trop haute opinion de la sensibilité et des goûts de sa fille pour adhérer à pareille hypothèse. Toujours était-il que Gillian avait câliné cette horreur.

Bon, *où était-elle passée ?* Katharine faillit réveiller Mme Busk ; mais de quoi aurait-elle eu l'air en accusant une vieille et fidèle gouvernante de s'être enfuie avec une poupée dotée d'une réplique de pénis à même de...

Patrick et son collègue frappèrent à la porte. Un chat de gouttière se débattait dans les bras de Patrick, un castré blanc et noir à la somptueuse tête d'Égyptien. Mr. Rudolph.

« J'ai trouvé la pauvre bête cachée dans les toilettes, en bas. »

Mr. Rudolph sauta à terre et s'enfuit. Il ne voulait pas s'approcher de la chambre de Gillian ce soir-là.

« Madame Bellaver, nous avons vérifié la maison, rien à signaler. Si vous voulez, Donny restera là un moment.

— Oh, je ne pense pas que ce soit nécessaire, merci, Patrick. »

Une fois les deux hommes partis, Katharine s'assit sur le lit et réexamina la situation en urgence. Premièrement, il faisait très sombre dans la pièce. Deuxièmement, la crainte que Gillian ait été violée plus tôt dans la soirée l'avait bouleversée et avait provoqué une hallucination grotesque mais tout à fait appropriée. Tout cela était donc dû à un dérangement temporaire de son psychisme. Gillian avait câliné une autre poupée, une poupée qui lui rappelait le Skipper de son enfance.

Quant au chat... il avait été blessé, certes, mais sans doute bien plus tôt dans la journée, et il avait escaladé les escaliers marche après marche pour venir mourir dans la chambre de Gillian, dans ce fouillis de marionnettes derrière les rideaux du théâtre.

Katharine ne trouvait aucune autre explication, et il lui en fallait absolument une pour l'aider à finir la nuit.

L'hélicoptère venu de Washington remonta l'Hudson à basse altitude en mettant petit à petit le cap sur le rivage côté New Jersey, où des projecteurs sur le vieux débarcadère illuminaient une opération de sauvetage.

Le pilote contourna une zone délimitée par des balises roses. L'hélicoptère, gravide d'hommes assis, se posa dans l'herbe hivernale couchée par le vent et se tut avec quelques hoquets. Childermass en sortit derrière son garde du corps, qui arborait un fusil d'assaut. Il fut accueilli par deux de ses cadres de la section intérieure du MORG, qu'on appelait habituellement « les Locaux ».

« J'ai regardé Dietrich dans *Agent X27*, ce soir, leur confia Childermass en marchant vers la jetée. Je me demande si vous l'avez vu ?

— Non, monsieur.

— Non, monsieur.

— Un vrai bijou. Dietrich n'a jamais été meilleure que sous la direction de von Sternberg. Elle est sexuelle, séduisante, facétieusement libertine. Un seul de ses regards étudiés contient plus d'énergie et de passion que trois heures de *Hamlet*.

— J'aimerais voir ce film un jour.

— Moi aussi.

— Je possède une des deux copies complètes existantes. Je crois savoir que c'est Dietrich elle-même qui a l'autre. »

Ils avancèrent entre les automobiles garées. À l'arrière d'une grande dépanneuse venue extraire la voiture de police du fond du fleuve, un treuil gémissait et grinçait.

« Quel est le score ? s'enquit Childermass.

— Pour l'instant, sept morts chez nous.

— Deux disparus. Ils ont peut-être coulé.

— Neuf blessés, dont trois graves.

— Trois véhicules détruits. Cinq autres endommagés. »

Childermass secoua tristement la tête. « Peter nous a bien arrangés, ce soir, hein ?

— Oui, monsieur.

— Oui, monsieur.

— Qu'est devenu Darkfeather ?

— Il a été éjecté d'une des voitures de poursuite qui s'est écrasée et a brûlé.

— Il a brûlé aussi. Ce n'est plus qu'une masse de charbon.

— Il était encore vivant quand on l'a retrouvé. Du moins, ses yeux avaient l'air vivants, c'était la seule partie de son corps qui n'avait pas brûlé.

— Mais quand on a essayé de le déplacer, il est tombé en morceaux.

— Dommage », fit Childermass en fronçant les sourcils.

Ils s'arrêtèrent presque au bout de la jetée et regardèrent le treuil enrouler lentement sa chaîne. L'eau jetait de multiples reflets autour des hommes-grenouilles. La chaîne était tendue en biais, mais on ne voyait pas encore l'automobile qu'elle remontait.

« Pour survivre, un animal doit réagir à ce qui le menace, commenta Childermass d'un air songeur. Mais pas de manière excessive.

— Oui, monsieur.

— Absolument.

— Ce soir, Peter a réagi de manière excessive. Encore que. Cela fait quoi, un an et demi ? On a peut-être réussi à l'acculer à la folie, mais à quel prix…

— Enfoiré de cinglé.

— Le cinglé. »

Childermass leur adressa un regard de réprimande de son œil le plus large.

« Un type unique. Perspicace, et avec un sens de l'équilibre incroyable. Des yeux sur la peau. Je suis sûr qu'il avait des noyaux de sensibilité thermique dans le crâne. Comme les serpents à sonnette, vous savez. »

Childermass fit une pause comme s'il cherchait une citation pouvant servir d'épitaphe.

« Je n'étais pas de ceux à qui son style déplaisait », conclut-il.

L'arrière de la voiture de police sortait du fleuve. Le véhicule déversa bientôt des torrents d'eau par une douzaine d'ouvertures. Les plongeurs forcèrent une des portières et braquèrent leurs torches à l'intérieur.

« Il n'est pas dedans ! » cria l'un à ceux qui les observaient depuis le débarcadère.

Childermass redressa brusquement la tête. Il sourit d'un air inquiet. Il regarda ses cadres comme s'il les soupçonnait d'être partie prenante d'un spectacle à la Houdini. Son garde du corps ôta la sécurité de son fusil d'assaut. Childermass s'éloigna vivement, s'arrêta, revint en arrière et se pencha tellement par-dessus bord que l'un des cadres prit peur et l'agrippa par le manteau.

« Draguez le fleuve !

— On draguera ce foutu fleuve.

— On le retrouvera, monsieur.

— Non, vous ne le retrouverez pas. Parce qu'il a recommencé. »

Il fut pris d'une crise de rage qui dura plus de cinq minutes. Il donna de multiples coups de pied dans le flanc d'une voiture. Il arracha le fusil d'assaut des mains de son garde du corps et tira sur deux projecteurs. Des adultes se marchaient dessus en tentant de se faire tout petits. Childermass lâcha l'arme et se donna des coups de poing dans le visage jusqu'à ce qu'on parvienne à le maîtriser, à le forcer à s'asseoir et à lui faire absorber du whisky.

Le whisky calma Childermass, mais lui donna aussi le fou rire. Un de ses yeux enflait à cause des coups de poing. Ses cadres s'accroupirent autour de lui comme deux chouettes décolorées. Childermass finit tant bien que mal par se remettre sur pieds pour tituber jusqu'à la voiture de police arrachée au fleuve. Hissée jusqu'au niveau du débarcadère, elle attendait en se balançant.

« Monsieur.

— Monsieur.

— Faites pas chier ! Alors comme ça il se fiche encore de nous ? Mais cette fois, ce n'est pas *moi* le dindon de la farce, les gars. C'est lui, c'est Peter Sandza. Vous voulez savoir pourquoi ? »

Il ramassa un bout de bois qu'il brandit pour donner du poids à ses paroles. Puis il se tourna et hurla vers le fleuve : « PARCE QUE ROBIN S'EN FOUT, MAINTENANT ! IL N'EN A RIEN À FOUTRE QUE SON PÈRE SOIT VIVANT OU MORT ! »

Il vacilla quelques instants au bord du débarcadère, mais même son garde du corps ne voulut pas s'approcher de lui avant la fin de cette crise émotionnelle. Childermass finit par reprendre ses esprits. Il lâcha le bout de bois et revint rapidement vers le petit groupe. Il semblait maintenant impatient de s'éloigner des lumières et de quitter cet endroit exposé.

« Et puis merde, murmura-t-il en essuyant les larmes de son œil enflé. C'est le Nouvel An. Reprenons l'hélicoptère et allons baiser à New York. C'est moi qui régale. »

DOUZE

FACULTÉ PSI
JUIN-JUILLET 1975

Robin se réveilla l'estomac retourné et la bouche encore pleine du goût graisseux du fleuve. Il descendit du grand lit aux pieds en chêne presque aussi gros que des poteaux téléphoniques. Il ne se sentait pas très solide sur ses jambes. Il portait son vieux pyjama de coton jaune lavé tant de fois qu'on pouvait lire le journal à travers. La veste n'en était pas boutonnée. Quelqu'un avait raccommodé la déchirure sous le bras.

Il avala plusieurs fois sa salive et trouva sa gorge un peu irritée. Une crampe le précipita aux toilettes. Il eut des haut-le-cœur au point de craindre de se rompre le nombril, mais ne rendit qu'une bile jaune et brillante. Tous ces efforts lui donnèrent la migraine. Il parcourut la salle de bains du regard, les yeux emplis de larmes. Tout y était immense, même pour lui qui approchait du mètre quatre-vingts. Vingt mètres carrés de sol carrelé, peut-être un million de ces petits carreaux hexagonaux, un lavabo rectangulaire assez vaste pour s'y baigner et une curieuse baignoire ressemblant à un grand coquillage d'un mètre vingt de haut. Cet endroit inconnu était humide et ancien, plus ancien encore que la maison de Lambeth.

Penser à Lambeth et à sa tante Fay lui tira des torrents de

larmes qui ne cessèrent que lorsqu'il se rinça le visage à l'eau froide. Quand il en eut terminé, ses doigts lui fourmillaient encore, mais les crampes d'estomac avaient disparu. Il se débarrassa de son pyjama taché et mouillé avant de revenir dans la chambre.

Quelqu'un était passé sans faire de bruit. Les rideaux étaient ouverts ; c'était de simples voiles qui ondulaient dans la petite brise matinale. Une agréable odeur de forêt imprégnait l'air, qui fondait sur sa langue comme une hostie. Et qui lui donnait une faim de loup. Cela avait été prévu. Sur une table ronde au milieu de la chambre, on avait disposé un plateau contenant une carafe de jus d'orange fraîchement pressé. Avec, à côté de la carafe couverte de gouttes de condensation glacées, un mot dactylographié qui lui était adressé.

Bonjour Robin!
Avec ton jus de fruits merci de prendre la gélule jaune et verte ainsi que la pilule blanche cela fera disparaître tes nausées et soignera ton mal de tête bien à toi
Gwyneth

Gwyneth ?

Robin se servit un grand verre et en but avidement quelques gorgées. Il se souvint alors des cachets qu'il regarda d'un air soupçonneux. Il se résolut à avaler la pilule, qu'il eut du mal à saisir tant elle était petite. Quelque chose d'aussi minuscule ne le tuerait probablement pas. Il n'avait encore vu âme qui vive, mais il n'avait aucune confiance en eux.

N'ayant pas détecté de goût suspect dans son jus d'orange, il finit son verre. Il chercha ensuite des vêtements du regard.

Il trouva sans trop de difficultés la plupart de ses vieilles affaires, dont beaucoup qu'il n'avait pas emportées à cet autre endroit dans New York parce qu'on lui avait dit qu'il n'y resterait que quelques jours. Il y avait aussi un nouveau Levi's, de la coupe qu'il préférait, des T-shirts, des shorts et quelques tenues habillées, dont un blazer croisé tricoté de chez Saks, sur la Cinquième Avenue. Dans les autres tiroirs, il découvrit, soigneusement emballés, ses livres, jeux, photos et autres souvenirs précieux. Tout son équipement de sport était rangé dans un placard.

« Robin ? »

La voix douce et claire le fit sursauter juste au moment où il allait s'abandonner aux sollicitations de sa mémoire et se remettre à pleurer. Une fille l'appelait, dehors. Qui était-elle, et que voulait-elle ? Il enfila un Levi's coupé et effiloché ainsi qu'un débardeur rouge passé. Puis, pieds nus, il franchit les grandes fenêtres qui s'ouvraient comme des portes sur le balcon, d'où il découvrit son nouvel environnement.

Des montagnes bleu-vert et un lac scintillant dans le lointain. Plus près, entourés d'arbres, des bâtiments en pierre des champs avec des toits pentus en ardoise. Une école ? Encore plus près, il vit un jardin aux haies de conifères taillées au cordeau, des parterres de soucis et des sentiers à la courbe gracieuse bordés de roses. À côté de la maison, il y avait un bassin de natation privé parsemé d'affleurements rocheux et entouré d'irréprochables spécimens d'épicéa. Un pont de bois enjambait un déversoir. Dans l'angle ouvert entre les ailes de la demeure, une terrasse dallée descendait sur plusieurs niveaux jusqu'au bassin.

La fille qui était dans l'eau verte leva le bras en le voyant.

« Salut ! Descends donc finir ton petit déjeuner. » Elle plongea et il la vit filer sous l'eau telle une loutre en direction de la terrasse.

L'homme de haute taille en veston blanc et pantalon noir rayé de gris qui attendait Robin devant la porte lui sourit, ce qui lui rida la peau autour des yeux.

« Par ici, monsieur. »

Robin lui emboîta le pas. Le couloir, une galerie intérieure richement boisée, arborait une moquette évoquant un tableau abstrait tout en orange brûlé, en rouille et en brun. Trois immenses fenêtres en vis-à-vis, chacune de la taille d'un terrain de badminton, éclairaient la galerie en régulant la chaude lumière déversée par le soleil du matin à travers des persiennes de vitrail au motif apparemment religieux.

« Nous allons prendre l'ascenseur jusqu'à la terrasse, annonça l'homme. C'est plus rapide que de descendre toutes ces marches. Je m'appelle Ken, au fait.

— On est où, ici ?

— Jusqu'à ce que le Woodlawn College dépose le bilan, c'était la résidence du recteur. Lorsque la Faculté Psi a repris le campus, c'est devenu la demeure et le bureau du directeur.

— La Faculté Psi ?

— Le docteur Charles vous expliquera tout cela », dit Ken en souriant à nouveau. Il montra à Robin l'ascenseur aussi exigu qu'un placard qui descendait au rez-de-chaussée. Ils traversèrent une chapelle reconvertie en salle de réunion/salle à manger, sortirent sur la terrasse et passèrent devant une grotte avec une cascade réduite à un filet d'eau. On en avait ôté les statues religieuses pour les remplacer par un monolithe que Robin aurait décrit comme une croix au sommet en forme de boucle.

« Qu'est-ce que c'est ?

— On appelle cela un *ankh*, lui expliqua Ken. Dans l'Égypte antique, c'était le symbole de… de l'immortalité, je crois. Le Dr Charles saura vous renseigner plus précisément à ce sujet, vous n'aurez qu'à lui demander… »

À l'ombre d'un grand parasol à franges, un deuxième homme en veston servait le petit déjeuner sur un plateau ovale en verre grené posé sur des pieds de fer forgé peints en jaune sombre.

« Bart, dit Ken, voici Robin.

— Bonjour, Robin », dit Bart, un homme dont la tignasse bouclée couleur cuivre et le regard bleu et vif surmontaient un sourire identique à celui de Ken. « Asseyez-vous donc là, face au bassin. Le Dr Charles arrive dans une minute. Encore un peu de jus de fruits ?

— Non… merci.

— D'accord, eh bien, nous avons en entrée du melon de Perse glacé, à moins que vous ne préfériez une tranche de papaye fraîche, c'est vraiment délicieux avec une grande cuillerée de crème épaisse. Nous avons des tranches grillées de cet excellent pain complet qu'ils vendent à la coopé, ainsi que de succulents muffins glacés au son tartinés de confiture de framboise. Comment voulez-vous votre œuf ?… Pas d'œuf ? Puis-je vous proposer un petit filet poché de truite mouchetée ? Pêchée ce matin à cinq heures, à moins d'un kilomètre d'ici. »

Lorsque Bart s'éloigna, Robin saisit une cuillère qu'il plongea dans la chair pâle et tendre du melon, mais sa gorge se serra avant même la première bouchée.

Il se leva et s'approcha du bassin en songeant à la fille qui y nageait. Il n'avait pas vu grand-chose d'elle de son balcon au deuxième étage. Une espèce de plante aquatique vert et jaune bordait les rochers à demi submergés près de la berge. Un courant agitait l'eau, même à proximité du rivage, une eau si propre et si claire qu'on voyait les galets marron et les petits cailloux au fond du bassin, deux ou trois mètres plus bas.

Robin se demanda ce qu'il lui était arrivé une fois qu'il avait perdu l'équilibre sur le mur de la promenade du parc Carl Schurz qui surplombait de plus de quinze mètres l'East River. Il ne se rappelait que la nuit noire et l'apparition d'un demi-cercle de lumières qui devenait progressivement aveuglant, et aussi la montée d'une légère brume qui empêchait de bien voir où l'on posait les pieds sur cette balustrade métallique et courbe censée empêcher les gens de sauter et de se noyer. Tout le monde disait qu'à cet endroit le courant était traître et vous emportait rapidement vers la mer. Pourquoi alors, s'il était tombé, est-ce que *lui* ne s'était pas noyé ?

Il aurait voulu être mort, parce que s'il n'allait jamais revoir son papa…

Robin rougit misérablement et se mit à pleurer des larmes brûlantes, comme s'il avait en guise d'intestins un énorme abcès qu'il viendrait impitoyablement de percer pour permettre au liquide corrosif et bouillant de s'écouler. Il s'efforça d'arrêter ses larmes et s'en mit sur tout le visage, comme un gamin. Fou de rage, il brailla de frustration tout autant que de douleur.

« Ouh là là, si ça continue comme ça, on va finir par avoir un bassin d'eau salée. »

La voix était féminine et exagérément bourrue ; la main qui le toucha se voulait amicale, mais Robin s'en écarta d'une secousse, d'autant plus humilié de se savoir observé.

La fille recula et se frotta les cheveux avec une serviette pendant que Robin reprenait contenance, clignait des yeux et se demandait dans quoi il pourrait se moucher, le besoin s'en faisant de plus en plus sentir. Elle lui tendit la serviette. « Tiens, je n'en ai plus besoin. » Robin se sécha le visage en la regardant à la dérobée. Debout à trois ou quatre mètres, elle l'observait, les mains sur les hanches et un petit sourire soucieux aux lèvres.

La première chose qu'il remarqua fut la beauté de ses cheveux, qui, même ébouriffés et encore humides, ne se dressaient pas comme des piquants de porc-épic en révélant de vilaines portions de cuir chevelu. De la ceinture de son Lee Riders vert menthe taille basse, elle tira une brosse avec laquelle elle força son épaisse crinière fauve aux subtiles nuances gris-bleu à s'installer sur ses épaules nues, les mèches se retroussant comme des copeaux. Elle avait un petit corps ferme avec juste ce qu'il fallait de hanches et de derrière piriforme pour qu'on ne la confonde pas avec un garçon.

Au-dessus du nombril, elle était des plus féminines : elle portait un bain de soleil en tissu bouclé que tendaient deux nichons bruns à la rondeur apparemment irréprochable… sur lesquels, par contraste, les mamelons pointaient avec agressivité. Le duvet couvrant ses bras et ses jambes étincelait telle une brume dorée. Une goutte d'eau dévala une de ses chevilles pour aller se glisser dans l'interstice jouxtant le gros orteil. Ses pieds et ses mains étaient plutôt menus. De lourds cils ombrageaient l'amande d'un vert végétal de ses yeux et adoucissaient la franchise de son regard. Court et joliment retroussé, son nez évoquait celui d'une enfant qui n'aurait pas grandi. Elle était bronzée sur tout le corps et son nez pelait, mais avec grâce. Fossettes et grains de beauté étaient répartis à des endroits inattendus et intéressants, et lorsque Robin reposa enfin la serviette et la regarda bien en face, elle lui décocha un sourire éblouissant qui semblait révéler la totalité de sa dentition blanche et auquel Robin ne put pas plus résister qu'à la pesanteur.

« Mon nom est Gwyneth, mais je préfère qu'on m'appelle Gwyn. Je peux t'appeler Robbie ?

— Robin.

— D'accord. Je meurs de faim. On s'assoit ? Si tu n'as pas faim, on discutera pendant que je mangerai. »

Quand ils atteignirent la table, Bart s'y tenait debout avec le petit déjeuner de Gwyneth. Infusion, œufs brouillés et truite. On servit la même chose à Robin.

« Même quand on n'a pas faim, pas besoin de mâcher ou de se fatiguer, la truite fond quasiment toute seule dans ta bouche… Tu cherches quelqu'un ?

— On m'a dit que j'allais rencontrer un Dr. Charles quand je… »

Les fossettes des joues de Gwyneth blanchirent lorsqu'elle secoua la tête en essayant de ne pas paraître amusée.

« D'accord, tu m'as eue. Je suis le bon docteur. Qu'est-ce qu'il y a ? Je n'ai pas l'air assez vieille ? Vas-y, flatte-moi… dis-moi quel âge tu me donnes.

— … Dix-neuf ans ?…

— Vingt-huit. Ouais, bon, d'accord, j'en aurai vingt-neuf le 15 juillet. Tu arrives juste à temps pour mon anniversaire.

Voyons, tu as eu treize ans en février, c'est ça ? Dis donc, tu es vraiment grand pour treize ans. Tu mesures combien ?

— Un mètre soixante-dix-sept.

— Tu prendras bien encore dix centimètres, voire douze : tu as de grands os. Tu ne me demandes pas quel genre de docteur je suis ?

— Quel…

— Docteur en médecine, spécialisé en neurobiologie. Les nerfs, le cerveau, tout ça. J'ai aussi un diplôme de physique théorique. Pour quoi faire ? Aucune idée, ça m'avait l'air d'une bonne idée à ce moment-là, c'est tout. Comme tu vois, je suis bourrée de talents ! Sortie de la fac à seize ans, diplôme de médecine à Columbia trois ans et demi plus tard. Au début, ils ne voulaient pas me prendre, ils me trouvaient trop jeune. Il a fallu vachement les embêter pour qu'ils changent d'avis. Fais-moi plaisir, Robin, goûte un petit morceau de truite. »

Robin y c nsentit, mais eut toutes les peines du monde à avaler la bouchée de poisson. Il la regarda d'un air malheureux. L'appétit de Gwyneth tomba.

« Je *sais.* Oh, je sais ce que tu ressens : tu as faim mais tu n'arrives pas à… d'après mon oncle, ça a été vraiment dur pour toi. Forcément. Dis-toi bien que je lui en veux vraiment de t'avoir traité comme ça. Il manque vraiment de délicatesse, des fois. Mon Dieu, tu aurais pu en mourir ! »

Sur la promenade, des phares qui clignotent : il court, court, mais il ne sait plus où aller.

Childermass, qui sort d'une des voitures.

« Je suis l'ami de ton père ! Il aurait voulu que je prenne soin de toi. »

« Ton oncle ? répéta Robin, consterné.

— Childermass. » Gwyneth haussa les épaules pour rappeler qu'on ne choisissait pas sa famille. « Il est… parfois, je trouve qu'il a tout d'un tyran de conte de fées. Un roi du présent légendaire. Honnêtement, il a ses bons côtés. J'ai cru comprendre que ton père lui aurait confié sa vie.

— *Moi*, je ne lui fais pas confiance, dit Robin en fuyant son regard. Et je ne crois pas que mon père soit mort.

— C'est compréhensible. Mais tu sais qu'il vivait dangereusement, qu'il avait choisi de vivre ainsi. Robin, je ne dispose encore que d'informations parcellaires là-dessus, mais… tu veux en parler maintenant ?

— Oui.

— Il était en mission à Lamy, un de ces pays à fléau du côté de l'équateur, en Afrique occidentale, des kilomètres et des kilomètres de marécage et de brousse à chacal, quasiment sans la moindre civilisation. Le pays est un vrai nid à embrouilles, encore à l'âge de pierre sur le plan médical, où règne depuis trente siècles un mélange explosif de conflits territoriaux et tribaux. Il semble qu'on n'y meure plus pour rien, mais pour un champ de pétrole économiquement exploitable et potentiellement gigantesque découvert sous le delta. Du coup, les tribus reçoivent des tonnes d'armes par les sources habituelles et se font la guerre comme des mercenaires.

— Mon père…

— Je ne sais pas ce qu'il y faisait. Mais je sais que lui et deux autres hommes roulaient dans une Land Rover, de jour, dans une zone censée être sûre. Des armes automatiques ont ouvert le feu sur la Land-Rover, tuant les trois occupants. À propos, l'organisation de mon oncle essaie depuis plusieurs jours de contacter ta tante Fay par la radio inanwantan, mais il a fait très mauvais dans cette partie de la Nouvelle-Guinée. S'ils n'arrivent pas à transmettre un message par l'intermédiaire des missionnaires, ils enverront un hélicoptère dans les montagnes dès que les conditions météorologiques le permettront.

— S'il… S'il est mort, ils le ramèneront, non ?

— Robin, la région dans laquelle ton père a été tué est complètement coupée du monde, maintenant. Et là-bas, j'imagine qu'on est obligé d'enterrer très vite les morts. J'espère que ses effets personnels finiront par revenir. C'est mon oncle qui s'occupe de tout le côté légal, il a procuration. L'héritage de ton père, assurance comprise, se monte à un peu plus de deux cent mille dollars. Une fois les taxes déduites, le reste sera placé pour toi sur un compte en fidéicommis. Il me semble que la plupart de tes affaires sont déjà là, à part ce que tu avais mis au garde-meuble. On essaie vraiment de te faciliter la transition autant que…

— On est dans quel genre d'endroit, ici ? Qu'est-ce que je fais là ?

— À mon avis, il n'y a pas meilleur moyen de t'expliquer la Faculté Psi que de te la faire visiter », répondit Gwyneth avec un sourire satisfait.

Gwyneth avait pour habitude de se rendre au travail sur son vélo dix vitesses, mais lorsqu'elle avait un invité, elle optait pour une voiturette électrique. Un carillon tinta pendant qu'ils traversaient sans autre bruit un cours d'eau et des étendues de verdure, éclaboussés au passage par de chaudes gouttelettes de soleil.

« Ces montagnes sont les Adirondacks et ce grand lac, là-bas, le lac Celeste. Nous possédons cent quatre-vingt-dix hectares et il y a une ceinture verte de plus d'un kilomètre et demi autour du campus. C'est une réserve gouvernementale, alors tu verras de temps en temps quelques vieux croûtons patrouiller à pied avec un ou deux chiens. Il ne faut pas en avoir peur, c'est juste pour empêcher les campeurs et les chasseurs d'entrer dans les bois, vu qu'ils sont parfois pénibles. Ma grand-mère est allée à l'école ici ; Woodlawn avait une super réputation à l'époque. Mais la dotation était un peu limite et ils ont fini par ne plus pouvoir payer les factures. Mon oncle a récupéré l'ensemble pour une bouchée de pain. La moitié des bâtiments est pour ainsi dire au placard, mais le labo nous sert bien et on a construit ce qu'il nous manquait. Tu as passé combien de temps à l'Institut Parangon, Robin ?

— Six jours.

— Quelqu'un t'a expliqué ce que voulait dire "parangon" ?

— Non.

— Ça signifie le meilleur qui soit ; quelque chose d'inégalable… l'incroyable puissance de l'esprit humain. L'Institut Parangon est en fait une installation de test. Ici, on a le temps et les moyens financiers d'étudier la strate fondamentale de l'existence, c'est-à-dire la conscience, avec toutes les implications scientifiques, philosophiques et sociales de la recherche parapsychique. On a pris comme nom Faculté Psi, psi étant la vingt et unième lettre de l'alphabet grec…

— Je croyais que c'était la vingt-troisième ?

— Hé hé, je voulais juste voir si tu suivais ! La *vingt-troisième* lettre de l'alphabet grec, donc, dont l'idéogramme représente toutes les expériences paranormales. Tiens, voilà quelque chose qui pourrait t'amuser. »

Ils fondirent sur la cour rectangulaire bordée par des bâtiments en pierre de trois étages enrobés de lierre et par la tour du carillon, plus récente et de style gothique, qui s'élevait à trente mètres, bien au-dessus de tous les arbres du voisinage. Dans cette cour tranquille, à la croisée des chemins, un groupe de statues qui, de loin, ressemblait aux *Bourgeois de Calais*, présentait au soleil son bronze patiné d'ombre.

« Il y avait ici une Annonciation plutôt bateau, expliqua Gwyneth. Je l'ai fait réduire en morceaux au bout de deux jours et j'ai commandé ça à la place. Tu les reconnais ? »

Robin secoua la tête. Il y avait deux personnages très minces et un troisième corpulent. Les deux premiers se tenaient debout, tandis que le gros, à terre, semblait avoir paniqué. Tous trois fuyaient à la hâte, mais un fardeau de chaînes les retenait et allait même jusqu'à les déformer physiquement. L'un des personnages, un bras devant les yeux, tirait désespérément de l'autre sur les liens grossiers fixés à sa poitrine.

Gwyneth sauta à bas de la voiturette et fit faire à Robin le tour de ces statues de plus de deux mètres de haut, tapotant ici un coude, caressant là une cuisse, nommant chacune et lisant les plaques fixées à leurs pieds.

« Herman von Helmholtz, physicien allemand, 1821-1894 : "Ni le témoignage de tous mes estimés collègues de l'Académie des Sciences ni même celui de mes propres sens ne pourrait me faire croire à la transmission de pensée, qui est tout simplement impossible." Lord Kelvin, physicien anglais, 1825-1907 : "La quasi-totalité de ce qui concerne l'hypnotisme et la clairvoyance n'est qu'imposture, le reste étant observation défectueuse." Thomas H. Huxley, biologiste anglais et père de l'autre, je cite : "En supposant que ces phénomènes soient authentiques, ils ne m'intéressent pas." Fin de citation. Trois des esprits les plus fins du siècle. Celui juste avant le nôtre, je précise. »

Robin leva les yeux vers Gwyn, mit sa main en visière et ne dit rien.

« On devrait peut-être aussi ériger un monument à la vache, dit-elle en revenant vers la voiturette.

— Quelle vache ?

— Autrefois, en Europe, on pensait que les animaux pouvaient être possédés par les démons et contrôlés par le mal de Satan. Des cours ecclésiastiques jugeaient donc les animaux, y compris les oiseaux et les insectes, comme elles jugeaient les sorcières et les hérétiques. Elles les excommuniaient, les torturaient et les condamnaient à mort.

— C'était au Moyen Âge.

— Il y a eu un procès en 1740 en France, celui de cette vache dont je te parlais. On l'a jugée, déclarée coupable d'influence satanique et exécutée. Ça s'est passé il n'y a pas si longtemps que ça, à une époque considérée par les historiens comme raisonnablement complexe et sophistiquée. On a beaucoup progressé depuis, non ? On laisse des chercheurs responsables travailler tranquillement sur les notions de préhistoire longue de millions d'années pour le système psychique, de compassion télémagique entre tous les êtres vivants ou de niveaux d'existence et de hiérarchies de conscience à peine concevables à notre niveau actuel de connaissance. Et pourtant, quatre-vingt-dix-neuf pour cent de la population mondiale patauge dans un niveau de conscience primitif, très semblable à un demi-sommeil. Ils pensent comme s'ils se trouvaient en transe et leurs actions ne sont que de simples réflexes. Et il y a dans la région des personnes très sensées pour qui les alunissages n'ont été qu'une subtile mise en scène organisée par un gouvernement en mal de prestige. Il y a vingt ans, on aurait pu leur montrer à la télévision, en direct de la Maison-Blanche, un visiteur venu du système planétaire de 61 Cygni. Réalité. Mais ils n'étaient pas prêts pour cela, et ils ne seront toujours pas prêts dans vingt ans. Des personnes comme celles-là, quand elles assistent à des merveilles qui dépassent leur entendement, risquent de se troubler et de prêter l'oreille à une nouvelle génération d'ecclésiastiques, d'inquisiteurs et d'exorcistes prêts à éliminer tous les monstres, qu'ils soient astronautes, vaches ou clairvoyants. »

Une épaisse brume de sueur s'étalait sur la lèvre supérieure de Gwyneth. Elle jeta un coup d'œil à Robin qui restait tête baissée, l'air maussade. Elle posa la main sur lui et soupira.

« Des fois j'explose, tellement ça m'énerve, et dans ce cas tout le monde déguste. On n'est pas vraiment des héros, ici. En général, les chercheurs qui travaillent sur le paranormal, même les moins farfelus du monde dans leur démarche, sont considérés comme des charlatans par la communauté scientifique. J'ai une bonne équipe, mais je ne cracherai pas sur une douzaine d'autres personnes de qualité. Si j'arrivais à les trouver, et à les motiver…

— Ce que tu as dit, c'est vrai. Je suis un monstre, je le sais bien.

— Hé, je ne parlais pas de toi !

— Et il faut un endroit spécial pour garder les monstres. Un zoo. Tu peux lui donner le nom que tu veux, ça reste un zoo.

— Allez, Robin, arrête.

— Sauf que je ne suis pas prêt à aller dans un zoo, ni celui-là, ni aucun autre », dit-il, les yeux plissés et le visage fermé comme un poing. Il sortit de la voiturette et repartit vers la maison.

Il était rendu à mi-parcours lorsqu'il vit du coin de l'œil la voiturette le dépasser à toute vitesse à travers des bosquets de bouleaux et de cerisiers noirs. Le gazouillis strident d'un pinson à gorge blanche s'éleva dans les bois, évoquant le sifflet d'un maître d'équipage accueillant un amiral à bord. Lorsqu'il apparut, Gwyneth l'attendait, appuyée à la voiturette garée en contrebas sur le chemin.

« Tu vas où comme ça ?

— Prendre mes affaires. Je ne veux pas rester ici.

— Puis-je tenter de m'excuser ? »

Robin ne répondit ni par oui ni par non, mais s'immobilisa quelques mètres plus loin. Des deux mains, Gwyn rejeta ses cheveux en arrière, exposant l'intégralité de son cou gracieux.

« Très bien. Pour le peu que je te connais, tu me plais beaucoup. Tout ce que je sais vraiment de Robin Sandza, je l'ai lu dans un rapport très confidentiel de Parangon. Une transcription des bandes que tu as faites, et cætera. Je dois dire que j'ai été... vachement impressionnée par tes capacités. J'ai cru comprendre qu'il existait des films. J'aimerais les voir aussi. Quant à ce que j'ai dit sur les monstres... on est tous dans le même chaudron, on gesticule en se traînant vers un état de grâce, le plus souvent en faisant des trucs nuls et des gestes impardonnables, mais parfois on se tire d'affaire. Alors que toi, tu as effectué plusieurs bonds quantiques vers l'état parfait, tu es un gamin du XXIe siècle débarqué un peu trop tôt. Robin, on se dirige tous vers un endroit où toi, tu te trouves déjà. Tu me fais me sentir... humble, si étonnant que cela paraisse, et j'ai un tout petit peu trop envie de te plaire et de t'impressionner. Quand ils t'ont repêché dans le fleuve, vidé les poumons et mis sous sédatifs, ils t'ont emmené ici parce que mon oncle a pensé que c'était la meilleure solution. Il y a du calme et de l'espace, et si on veut s'éclater, on trouve toujours de quoi dans la campagne.

« Cela dit, techniquement, ta tante Fay est ton tuteur légal, sauf que nous n'arrivons même pas à la *localiser* et que la loi exige qu'un adulte veille sur toi jusqu'à tes seize ans. Qui sera cet adulte ? Ton cousin au deuxième degré qui purge une peine de prison pour détournement de fonds ? Ta grand-tante Harriet qui vit de ses dividendes dans une communauté de retraités en Arizona ? Psychologiquement, je ne pense pas que tu sois prêt à être lâché seul dans le monde, pas après ce que tu as vécu. Par conséquent… donne-nous une chance, s'il te plaît. Reste un peu. Fais ce que t'as envie de faire : nage, promène-toi, apprends la moto tout-terrain. Ici, c'est moi le chef, je peux donc te garantir que personne ne te forcera à participer à nos travaux. On te laissera complètement tranquille, si c'est ce que tu veux, et… aïe ! Et zut ! »

Gwyn bondit en se tordant pour s'agripper le fond du pantalon. Elle passa en sautant et en sautillant devant Robin et il vit le taon reprendre son envol. Elle se frotta la zone piquée, les yeux pleins de larmes.

« Oh, il y a vraiment de sales bêtes par ici ! Robin, tu peux regarder si j'ai une marque ? »

Tout en bas des reins, à un doigt seulement de la limite douce et ivoirine d'une fesse, l'endroit piqué par le taon commençait nettement à enfler. Gwyn se pencha en avant et baissa encore davantage son pantalon. Manifestement, elle ne portait pas de sous-vêtements.

« Tu veux bien frotter avec de la salive ? C'est ce que je fais quand je n'ai rien d'autre sous la main, en général ça soulage. »

Robin massa la piqûre du bout de ses doigts généreusement mouillés. Gwyn se redressa et se rajusta, puis sécha ses larmes du revers de la main.

« Ooooh, merci. Il a l'air de s'en être donné à cœur joie. Il devait vouloir me sniffer le trou du cul. »

Elle jeta un coup d'œil à Robin et haussa les épaules. « Excuse-moi. Il m'arrive d'avoir des accès de vulgarité. »

Ils se tenaient l'un près de l'autre sous un flot de soleil ; Gwyn continua à fixer Robin, mais aucun des deux ne céda de terrain. Une brise jouait avec quelques mèches de cheveux de Gwyn. Lui s'absorbait totalement dans l'ondulation de sa chevelure, dans la douceur de ses yeux calmes. Il trouva d'autres motifs à fascination. Ses lèvres qu'elle ne fermait presque jamais complètement. Celle d'en haut était nettement cambrée. Elle avait des encoches sur une de ses dents de devant, la gorge qui palpitait d'un pouls énergique et une odeur naturelle qui finirait par se révéler d'un érotisme exaltant.

Gwyneth se dressa à peu près à sa hauteur en se mettant sur la pointe des pieds, s'appuya sur son épaule pour assurer son équilibre, puis tendit la main pour toucher son nez rosi et sensible du gras du pouce.

« Toi et moi, on ressent la même chose, hein ? »

Robin avala sa salive et se mordit la lèvre d'un air pensif.

Elle lui caressa le nez comme pour plaisanter puis laissa retomber sa main, mais avec une espèce de langueur mélancolique, en l'effleurant jusqu'à la ceinture. Puis elle se mit les mains dans ses poches de devant en gardant les pouces sortis.

« On essaie d'être amis ? » proposa-t-elle.

Comme il répondait d'un sourire triste et incertain, Gwyneth baissa docilement les yeux, prête à l'attendre.

« Je crois qu'en dépit de ses problèmes, Robin et moi avons établi une relation qui ne pourra qu'aller en s'améliorant », déclara Gwyneth à la réunion de service de quatorze heures. Elle parcourut la table du regard avant d'ajouter : « Il m'a invitée à dîner ce soir. »

Les quatre hommes et les deux femmes qui assistaient à la réunion lui sourirent.

Le dîner ne fut pas une réussite. Robin se montra docile mais réservé. Gwyn eut toutes les peines du monde à le divertir, et s'il souriait de temps en temps, il la regardait comme pour se convaincre qu'elle existait vraiment. Jamais elle n'avait rencontré autant de réserve chez un homme, qu'il soit jeune ou pas. Un tel comportement la déroutait, et en fin de compte la mettait en échec. Il finit par se replier totalement sur lui-même et par dresser des murailles.

Robin évita délibérément tout contact avec elle pendant la semaine et demie suivante. Il dormait presque toute la journée et se promenait la nuit. Il avait tout le campus à sa disposition, le personnel prenant soin de rester hors de son chemin. Un matin, juste avant l'aube, Gwyn l'aperçut recroquevillé sur un rocher au milieu du bassin. Il était sec, et elle se demanda comment il avait fait pour ne pas se mouiller. La nuit, il passait des heures dans la bibliothèque de la Faculté à feuilleter certains volumes rares tirés de la collection de six mille ouvrages occultes, étudiant surtout des cartes. Il prit froid et souffrit d'une petite fièvre, et son appétit ne s'améliora pas. Une moitié de son visage enfla sous l'effet du sumac vénéneux. Il avait l'air misérable. Il se sentait misérable.

L'analyse des vidéos enregistrées pendant son sommeil démontra que Robin quittait son corps quatre ou cinq heures d'affilée.

« Il essaie apparemment de rencontrer son père dans l'astral », expliqua Newvine, la psychiatre et grande prêtresse de la Faculté, un travesti que tout le monde appelait « Mamie Sigmund ».

« Et il n'y arrive pas, ajouta quelqu'un d'autre.

— Il s'est beaucoup intéressé aux cartes détaillées de l'Afrique équatoriale, dit Gwyneth. Il cherche peut-être son cadavre. Il a besoin de se convaincre que c'est arrivé.

— Je doute qu'il y ait un corps, intervint un Anglais du nom de Saltmarsh prêté par le Conseil d'Enquêtes Psychiques de l'université de Londres. Ces sales mercenaires ont dû tout jeter dans le fossé du bord de la route. Il ne devrait plus en rester grand-chose à l'heure qu'il est, vous ne croyez pas ? Ou alors rien qu'un tas de guenilles et une vague odeur. »

Gwyn fit la grimace. « Pourvu qu'ils aient enterré ce pauvre homme ! Robin va finir par devenir cinglé à force de chercher le fantôme ou la dépouille de son père. Il faut absolument que je lui trouve vite un dérivatif. J'ai peur qu'il ne développe une condition psychopathologique qu'on n'arrivera à traiter qu'aux phénothiazines. Et les médicaments risquent de fermer de précieux canaux pathémiques.

— Puis-je faire une suggestion ? » proposa Mamie Sig. Le travesti était une personne imposante à l'ondulante chevelure bleu-gris et aux petites lunettes rondes juchées sur de petites joues rondes. Elle riait beaucoup, et quand elle riait, elle tremblait et rougissait sans quasiment jamais faire le moindre bruit.

« Je n'en attendais pas moins de vous, Mamie Sig. Il me mangeait pratiquement dans la main, mais…

— J'ai étudié l'excellent résumé de vos premières tentatives pour vous lier d'amitié avec Robin. Vous souffrez d'un défaut rare, ma chère. Celui de n'en avoir aucun. Vous êtes brillante dans plusieurs domaines, physiquement dynamique et compétente dans tous types de sport. Vous possédez cette capacité exaspérante de devenir une experte y compris dans des domaines qui vous intéressent peu. Vous savez régler comme une horloge votre DeSoto modèle 1957, expliquer le renversement de rôle chez les coyotes, discuter balistique avec un tireur d'élite et donner à Johnny Bench six solutions pour son passage à vide à la batte. Vous avez de bonnes manières et le sens de l'humour. Ainsi qu'une assurance intimidante en matière de sexe. Gwyneth Charles est une créature si complexe qu'à vouloir l'expliquer à quelqu'un qui ne la connaît pas, on se sent aussi désespéré que ces aveugles de la parabole qui s'efforçaient de décrire un éléphant.

— Génial ! Tous ces compliments m'ont beaucoup plu, mais... »

Le travesti trembla de son rire intérieur et devint de la couleur d'une veine thrombotique.

« Je vous ai vue, à peut-être cinquante pour cent de vos moyens, démoraliser une salle remplie d'excellents hommes de notre connaissance. Imaginez un peu l'impact que vous devez avoir sur ce garçon de treize ans. »

Gwyneth se mordit la lèvre inférieure. « Ce n'est pas un garçon ordinaire...

— Nous parlons là d'aptitude émotionnelle. Pour le moment, considérez-le simplement comme un être sexuel. Du point de vue génital, il est dans un état de développement irréprochable. Sur certains de nos films, il se masturbe et parvient à l'orgasme. Nous pouvons supposer, vu la profusion de matériel pornographique à laquelle tous les garçons ont accès durant leur croissance, qu'il dispose des connaissances théoriques adéquates. Il a admis n'avoir eu aucun rapport sexuel. Plus important, il ne s'est que rarement trouvé en contact avec des filles pubères. Son expérience sexuelle la plus significative est d'avoir bu au sein d'un substitut maternel dont il se sentait très proche.

— Je parie que je sais où vous voulez en venir.

— Oui. Votre plan à long terme en ce qui concerne Robin n'est pas sans comporter un risque considérable...

— Oh non, docteur, vous n'allez pas recommencer !

— Mais puisque vous tenez à cette ligne de conduite, je vous conjure de réévaluer votre stratégie.

— Ce que vous essayez de dire, c'est que je l'ai brusqué. Mais je ne cherchais pas à...

— Allons, ma chère... deux contacts évidents en moins d'une heure ! Et vous n'avez manifesté aucune vulnérabilité à laquelle il pourrait réagir. Voyez ses fantasmes d'adolescent : à qui pense-t-il en s'astiquant la colonne ? À la dernière playmate en date ? À cette naïade effrontée qui vend du déodorant à la télé ? À cette voisine sur laquelle il faisait une fixation ? Aucune importance, elles sont bien à l'écart de la réalité de l'acte au moment où il le commet. Je suis certaine qu'il ne pense pas à *vous ;* peut-être même l'évite-t-il consciemment. Parce que vous êtes bien trop proche et bien trop tout court, et plus femme qu'il ne peut le supporter. Lui montrer ne serait-ce qu'un tout petit bout de votre superbe *derrière*[1], cela ne l'a pas aguiché, mais terriblement intimidé. Cela a été un coup porté à sa sexualité bourgeonnante. Il vous désire sans doute, il est humain, après tout, mais il ne sent pas à la hauteur de la tâche, et cela pourrait porter à conséquence.

— Vous voulez dire que si ça se trouve, je l'ai poussé dans les griffes de Ken ou de Bart ? » railla Gwyneth, mais elle avait rougi jusqu'à la racine des cheveux. Plusieurs personnes dans l'assistance se retenaient de ricaner.

Mamie Sig eut un sourire apaisant.

« Oh, il reste sûrement assez de temps pour qu'il retrouve confiance. Mais si vous me permettez un autre conseil… Ne vous tracassez pas pour lui. Laissez-le se tracasser pour vous, pour changer.

— Hum », fit Gwyn, éclairée.

Robin ignorait que le campus de la Faculté Psi était aussi étroitement gardé qu'une installation de la CIA ou de la NSA. Il ne vit aucun policier casqué accompagné de meutes de chiens méchants ; il n'y avait pas de postes de contrôle protégé par des mitrailleuses. Les mesures de sécurité visibles incluaient des panneaux d'avertissement, l'utilisation nocturne de quelques projecteurs ainsi que, sur les routes d'accès, des barrières peu impressionnantes gardées par des hommes d'âge mûr bedon-

1. En français dans le texte. (*N.d.T.*)

nants et dyspepsiques armés d'une simple planchette porte-documents.

Il croisait parfois la seule patrouille de sécurité active dans la journée, deux hommes en tenue vert passé du Service des Eaux & Forêts qui mâchouillaient des cure-dents et rôdaient dans les bois avec un grand berger allemand sur le plateau de leur pick-up. Le chien aboyait, fulminait et montrait les dents à tous ceux qui approchaient, comme on le lui avait appris. Mais personne n'avait trouvé le moyen de l'empêcher de remuer la queue en même temps : il semblait détester ne pas être aimé. Robin vit également des employés gouvernementaux fumer la pipe en se penchant sur de jeunes plants ou sur des prélèvements géologiques ; il vit des employés d'exploitations forestières et des agents d'entretien, ainsi que des météorologistes affectés à la station juchée sur un promontoire dépouillé au-dessus du lac Celeste. Ceux-là aimaient se mettre torse nu pour jouer au frisbee pendant leur pause déjeuner. De temps en temps, un hélicoptère passait dans le ciel habituellement vide. Personne ne suivait Robin ou ne s'intéressait particulièrement à lui. S'il voulait effectuer de longues balades sur la moto de Gwyn, rien ni personne ne l'en empêchait.

Il jouissait d'une liberté absolue tout en étant totalement prisonnier. Avant son arrivée, une partie de cette réserve du MORG avait servi à l'expérimentation de nouveaux modèles de détecteurs et de divers matériels de protection. La station météorologique, aveugle, abritait le système utilisé pour superviser plusieurs kilomètres carrés du campus et des bois. Ses appareils de surveillance et de poursuite dérivaient des tout derniers télescopes et caméras dont la NSA bourrait ses satellites espions. Les bois étaient quadrillés de détecteurs et criblés de bunkers, chacun contrôlant un secteur déterminé. Chaque équipe disposait d'un arsenal à même de s'opposer à n'importe quelle intrusion. D'une simple pression sur un bouton, ils pouvaient inonder le ciel nocturne de magnésium enflammé, détruire des ponts ou dresser des pièges mortels sur les routes sinueuses. Quelques secondes leur suffisaient pour gazer tout ce qui vivait sur un hectare. Les champs étaient semés de mines antipersonnel sauteuses renfermant un nombre suffisant de fragments métalliques pour déchiqueter un éléphant. Des missiles sol-air thermosensibles veillaient en cas d'attaque à basse altitude.

D'autres canidés, monstrueux cousins de celui qui remuait la queue dans le pick-up, avaient leurs quartiers dans une ferme proche. De gentils petits vieux qui se grattaient le ventre et bâillaient beaucoup savaient tuer de dix manières différentes n'importe qui leur paraissant suspect. Ken et Bart, qui tenaient si bien la maison, étaient particulièrement redoutables. Ken aimait conclure une longue traque silencieuse par un coup de couteau soudain ; quant à Bart, sa compréhension quasi mystique de l'anatomie lui fournissait toujours un moyen de tuer avec ce qu'il avait sous la main.

Le moteur 250 cm^3 de la moto tout-terrain pouvait être détruit à distance si Robin dépassait certaines limites. À l'intérieur de la maison, il était en permanence dans le champ de caméras conventionnelles ou infrarouges qui le mitraillaient à huit images par seconde.

Au bout de trois semaines, les hommes chargés de surveiller et d'anticiper ses mouvements virent émerger une configuration fiable : Robin s'habituait à sa nouvelle demeure, s'installait dans une routine. Il ne fit aucune avance ouverte à Gwyn, mais parlait plus volontiers avec Ken et Bart.

Aux alentours de son vingt-neuvième anniversaire, Gwyn décida d'aller passer quelques jours avec un vieux beau, un romancier en résidence à Yaddo, la colonie d'artistes au bout de la route, à Saratoga Springs. Elle partit sans avoir prévenu Robin, mais en lui laissant un petit mot enjoué.

Manifestement, son absence le choqua. Il se rendit à une ou deux reprises dans l'appartement de Gwyneth, situé au deuxième étage à proximité de sa chambre, juste histoire d'y jeter un coup d'œil. Il lut et relut sa note. Il emprunta un des couteaux suisses de la collection de Ken et battit les bois pour trouver des morceaux de tilleul dans lesquels tailler des figurines. Il se mit à manger tous les sandwiches que Bart lui préparait lorsqu'il partait se balader pour la journée alors qu'il n'en prenait jusqu'ici que quelques bouchées. Il s'acharna des heures durant sur ses sculptures, en brisant beaucoup qui ne le satisfaisaient pas pour recommencer du début. Il se fit aux doigts plusieurs coupures qu'il recouvrit de sparadrap.

Mamie Sig demanda à Ken et à Bart de descendre discuter avec elle dans son atelier donnant sur la cour.

« Son niveau de prescience était très bas du fait de son traumatisme émotionnel. Maintenant qu'il montre des signes de rétablissement, il va falloir être très prudents lorsqu'il est dans les parages. Il serait bouleversé et effrayé d'apprendre l'étendue de notre dispositif de protection. Plus tard, les mesures de sécurité ne lui feront ni chaud ni froid, peut-être même se sentira-t-il flatté qu'on se donne tant de mal pour lui. Mais pour le moment, mieux vaut éviter d'attirer son attention sur la sanglante vérité de vos vies dissolues, mes chéris.

— Il lit vraiment dans les esprits ? » demanda Ken, mal à l'aise.

Mamie Sig rit longuement, produisant un son de soufflet brisé.

« Il y a là un énorme malentendu. Parmi ses remarquables talents figure celui qu'on appelle psychométrie. Et tout *ça*, c'est… eh bien, peut-être un jour saurons-nous de quelle manière l'esprit transcende le temps et l'espace, c'est-à-dire la “réalité” telle que nous la connaissons. Pour l'instant, je dirais juste qu'il existe un univers bioplasmique dans lequel sont enregistrés la moindre impulsion humaine, le moindre mot, le moindre acte… des vies passées et à venir. En vous touchant, vous ou un objet qui vous appartient, Robin connecte le monde intemporel et le monde physique, et c'est cela que les clairvoyants appellent "vision". Il puise dans votre passé ou votre avenir… qui l'un comme l'autre font de toute façon partie de l'immense conscience collective.

— Vous croyez qu'il lira quelque chose dans ce couteau que je lui ai donné ? demanda Ken. Il était quasiment neuf, je ne m'en étais jamais servi.

— Inutile de s'inquiéter, dans ce cas.

— Il ne risque pas de récupérer un paquet de mauvaises vibrations chez Gwyn ? s'inquiéta Bart.

— Nous avons beaucoup réfléchi à ce problème. Tout ce que je peux dire, c'est que Gwyneth n'est en possession d'aucune information qui pourrait à elle seule la trahir. Elle n'aura jamais besoin de lui mentir. Nous allons bientôt nous livrer à une petite mise en scène qui donnera un coup de pouce à leur relation, mais Gwyn n'en saura rien à l'avance, il faudra qu'elle improvise, qu'elle réagisse aux événements. Et en tombant follement amoureux d'elle, le garçon deviendra aussi peu perceptif avec Gwyn qu'il l'est avec lui-même. Tout le monde sait que les clairvoyants sont incapables de prédire leur propre destin. »

Cet après-midi-là, il pleuvait un peu et le ciel commençait à s'assombrir lorsque Robin, sur le chemin de la maison, contourna à moto le lac Celeste. Sans la chercher spécialement, il ne put s'empêcher de remarquer la voiture de Gwyn garée sur un promontoire plat entre les mélèzes et les épicéas : c'était un de ses « lieux de méditation » où elle aimait rester des heures à contempler le reflet parfait des arbres dans l'eau. L'automobile était une DeSoto rouge et blanc en parfait état malgré ses vingt ans d'âge, dont Gwyn parlait fièrement comme d'« un de ces immenses paquebots voyants de Detroit, avec des ailerons arrière, super pour le pelotage. »

Elle était rentrée avec un jour d'avance de Saratoga Springs. Il se demanda pourquoi. Il s'arrêta en dérapage pour observer la voiture. Les phares clignotèrent deux fois dans la nuit tombante.

Robin roula jusqu'à la DeSoto sur un chemin glissant et jonché d'aiguilles de pin qui conduisait au lac. Gwyneth était affaissée derrière le volant. Elle le salua vaguement de la main, sans le regarder.

Il éteignit le moteur, mit la béquille mais resta en selle.

« Il me semblait bien avoir entendu ma vieille bécane, dit Gwyn. Ça va ?

— Oui. »

Elle se redressa, ouvrit la porte et sortit. Elle inspira lentement, profondément, et le regarda, regarda à travers lui.

« Tu avais dit que tu ne rentrerais que…

— Que demain, mais malheureusement ça a fini aujourd'hui. Une fois de plus, je n'ai pas su m'y prendre avec ce bon vieux Vic. »

Gwyn sourit tristement, essuya les gouttes de pluie sur son front et s'avança jusqu'au lac. Elle était pieds nus. Elle avait une démarche un peu empruntée, comme si elle souffrait du côté gauche. Elle resta deux ou trois minutes les pieds dans l'eau froide. Robin fit quelques pas en shootant dans les cailloux. Gwyn revint.

« On est en train de se mouiller, dit-elle.

— Qu'est-ce que t'as au côté ?

— Quoi ? Oh ! Je… me suis fait un bleu. Je me suis fait mal. Quelque chose comme ça.

— Ta lèvre… elle est coupée.

— Où ça ? Ah, là ? Ouais, bon, je me suis coupée.

— Pourquoi ?

— Tais-toi, Robin, tu veux ? » dit doucement Gwyn. Puis elle leva les mains, paumes vers le haut, en un geste d'excuse. « Désolée, reprit-elle avec une grimace. Je me suis pris quelques coups, voilà tout. Ce sont les côtes qui ont le plus souffert, cette fois. J'ai appris à ne pas rester jusqu'à la fin. Larmes et récriminations étaient au programme de demain, si je ne me retrouvais pas à l'hôpital. Un jour, Vic est gentil et charmant, le lendemain il boit et ne peut s'empêcher de devenir extrêmement… destructeur.

— Mais pourquoi est-ce qu'il te frappe ?

— Difficile à dire. Pas parce qu'il ne m'aime pas.

— Ah.

— Mets la moto dans la voiture, on va rentrer ensemble. »

Il aurait voulu poser d'autres questions : l'idée qu'on avait fait souffrir Gwyn le perturbait, le mettait en colère. Gwyn, elle, ne ressentait aucune colère, elle semblait juste très triste. Elle remua une fois ou deux les lèvres en conduisant, comme si elle se répétait tout ce qu'elle aurait voulu arriver à dire à Vic.

Puis, remarquant que Robin l'observait, elle sourit et se pencha pour lui poser une main amicale sur le genou.

« Ça va aller.

— Pas si tu continues à le fréquenter, répliqua Robin d'un ton un peu farouche.

— Mais c'est terminé entre lui et moi. Pour de bon. Enfin.

— Depuis combien de temps est-ce que tu… »

Ils avaient atteint un espace dégagé où trois routes non goudronnées se croisaient. Deux berlines boueuses y étaient garées. Un homme portant chapeau et imperméable clair sortait d'une des voitures pour monter dans l'autre. Il leva un instant les yeux lorsque les phares de la DeSoto balayèrent son visage.

Robin regardait par la fenêtre parsemée de gouttes de pluie. Il sursauta violemment, comme sous l'effet d'une décharge électrique.

« PAPA.

— Quoi ? » Gwyneth s'arracha à ses pensées. Elle jeta un coup d'œil dans le rétroviseur, sans ralentir pour autant. Robin avait descendu sa vitre mais ne vit dans les balafres de pluie que les feux arrière des berlines s'éloignant chacune de leur côté.

« Gwyn ! Stop ! Recule ! J'ai vu PAPA.

— Oh, non, Robin…

— *Je t'en prie !* » cria-t-il en se jetant sur le volant. Gwyn écrasa le frein. La DeSoto partit en tête à queue sur la surface argileuse et glissante et dérapa ainsi sur une trentaine de mètres.

« Robin ! »

Elle le repoussa d'une main et tenta de maîtriser la trajectoire. La voiture s'enfonça et s'immobilisa dans un bosquet de jeunes aulnes qui empiétait sur le chemin.

Robin ouvrit sa portière en grand, tomba à l'extérieur, bondit sur ses pieds et partit à toutes jambes sur la route.

Les berlines avaient disparu. Robin tomba à nouveau de tout son long tandis que Gwyn redémarrait le moteur et embrayait en douceur pour le suivre. Quand elle le rejoignit, il se tenait, l'air abattu, près de l'endroit où il avait vu l'homme.

La pluie de plus en plus forte tambourinait sur le toit de la voiture.

La poitrine de Robin se soulevait péniblement, sa chevelure voluptueuse s'emmêlait sur son front.

« Robin, s'il te plaît, remonte en voiture. »

Il secoua violemment la tête.

« Cela avait peut-être l'air… c'est impossible que tu aies vu…

— MAIS JE L'AI VU !

— Non, Robin, ton père est *mort*; je peux te le prouver si tu… »

Il se tourna vers elle, une lueur épouvantable dans les orbites illuminées par les phares.

« Tant qu'ils ne l'ont pas rapatrié, il n'y a pas de preuves ! »

Elle dut lui courir après.

« Robin, rentre avec moi à la maison.

— On aurait pu les suivre !

— *Où ça ?* Sur quelle route ? Je n'ai pas vu par où ils étaient partis. Sois raisonnable. Si par miracle tu ne t'étais pas trompé, il te contactera, non ? *Tu ne crois pas ?* »

Robin baissa la tête. Sa lèvre saignait un peu là où il s'était mordu. Le sang fut vite lavé. Gwyn le prit par le bras. Il fallut qu'elle le traîne, lourdement, difficilement, jusqu'à la DeSoto.

Il était dans sa chambre et sortait d'un bain chaud lorsqu'elle lui téléphona une heure plus tard.

« Robin, tu pourrais descendre dans l'étude quelques minutes ? »

Gwyneth s'était coiffée et avait revêtu une longue jupe tropicale. Elle buvait du scotch. Son regard semblait un peu vague. Il prit un siège près du grand bow-window qui donnait sur le bassin. Autour de la terrasse, les lanternes japonaises étaient allumées. La pluie avait quasiment cessé. Des nuages qui ressemblaient à de la fumée s'éloignaient vers la vallée de l'Hudson. Dans les toutes dernières lueurs du jour, les arbres dégoulinaient de diamants.

Elle lui apporta une enveloppe A4 sortie du coffre.

« J'ai ça depuis une semaine. Je n'avais pas l'intention de te le montrer. Je ne devrais peut-être pas, mais… » Gwyn essaya de dénouer la ficelle qui tenait le rabat fermé, mais elle avait les doigts trop maladroits. Robin lui prit l'enveloppe, l'ouvrit et en sortit plusieurs clichés noir et blanc sur papier brillant. Il resta trois ou quatre minutes les yeux rivés sur le premier. Une route plate d'un pays chaud. Un baobab. Les reflets du soleil sur ce qu'il restait du pare-brise éclaté de la Land Rover, inclinée d'une vingtaine de degrés dans le fossé. Trente ou quarante orifices d'entrées de balle dans la tôle. Un homme en saharienne affalé tête en bas en travers du seuil, le corps à moitié sorti. À l'arrière-plan, deux Noirs en treillis. Rangers, armes lourdes, cartouchières, bérets. Sourires tout en dents. Sous tous les aspects, la photographie était excellente.

Robin se força à passer au cliché suivant. Un plan d'ensemble d'un autre soldat indigène, avec tout son équipement, mais pieds nus. Il désignait d'un air enthousiaste un corps sur la route. Du sang noir ; un essaim de mouches autour du crâne fracassé.

Bouche bée, Robin leva les yeux vers Gwyn qui serrait son verre entre ses mains.

« Continue, dit-elle froidement. *Regarde la suite.* »

Il retourna les deux premières photos, les posa sur le siège et s'assit avec la troisième sur les genoux. Gros plan d'un autre corps à l'intérieur du véhicule. Un soldat, le visage suant strié de cicatrices tribales, relevait la tête du cadavre en la tenant par les cheveux, le regard ivre d'excitation. Cinq, peut-être six trous ronds et sombres laissés par les balles, rien que dans le visage de la victime. Les traits avaient beau avoir été déformés par la pression de divers fluides, ils restaient facilement reconnaissables.

« C'est bien ton père ? »

Robin ne répondit pas. Il retourna la photo sur les autres.

« Comment tu les as eues ?

— Par Childermass.

— Pourquoi… pourquoi ont-elles été prises ?

— Apanage du vainqueur.

— Quoi ? » dit Robin en tremblant de rage. Il battit des paupières. Ses lèvres blanchirent. Elle était quasiment certaine qu'il allait s'évanouir.

« Je suis sincèrement *désolée* ; c'est vraiment pas beau, et franchement, je ne voulais pas… Mais si tu continues jusqu'à la fin de tes jours à penser que tu vas peut-être le croiser d-dans la rue ; ou… ou si chaque fois que le téléphone sonne, tu… »

Robin se leva et sortit. Le cœur meurtri, Gwyn l'entendit monter l'escalier à pas lourds en sanglotant bruyamment. Elle s'assit, au bord de la nausée, et pressa le verre froid contre son front. Elle pleura un peu, par à-coups, tout en se servant un autre verre.

Vers vingt-deux heures, Gwyneth monta dans son appartement. Elle y trouva trois figurines en bois, polies à la main jusqu'à l'obtention d'un lustre parfait. Une paisible scène sylvestre. La mère et deux enfants adorables, un garçon et une fille, assis, un grand panier à pique-nique entre eux. Les détails en étaient rendus à merveille : la paume de la main de la mère, les plis de sa jupe, la courbure du sourire mystérieux d'un des enfants. Elle contempla longuement les trois figurines, ravie de cette preuve de talent. Elle comprenait maintenant pourquoi elle avait vu du sparadrap sur ses doigts.

Une carte d'anniversaire accompagnait le cadeau.

JE TE SOUHAITE

Elle ne disait rien de plus. C'était inutile.

Elle crut entendre Robin dans sa chambre. Qui se débattait dans son sommeil, qui criait. Elle laissa enfin couler librement ses larmes, en versa assez pour tremper l'une des manches de son chemisier brodé blanc.

Il y avait une grande douche dans sa salle de bains, un instrument de torture moderne qui évoquait une vierge de fer, avec la piqûre des jets d'eau venant d'une demi-douzaine de directions à la fois. Les côtes maltraitées par Vic au cours de sa crise d'amour et de rage lui faisaient un mal de chien, mais elle serra les dents. Elle se servit d'une éponge pour obliger le sang à circuler encore davantage.

Elle sortit de la douche rouge comme un homard, la respiration laborieuse et dans un agréable état d'épuisement, s'enveloppa quasiment de la tête aux pieds dans une grande serviette orchidée et s'allongea toute frémissante sur son lit pour harmoniser ses émotions. Elle n'était pas tout à fait sèche lorsqu'elle se débarrassa de la serviette pour saisir la petite bouteille d'huile de cannabis concentrée qu'elle gardait toujours à portée de main. Elle dosa directement sur le bout du doigt une petite goutte de la précieuse denrée. Elle s'assit en position du lotus, souleva la goutte ferme et visqueuse afin de l'observer bien en face. Puis elle baissa les yeux vers le galbe de son ventre sans rides et le délicat fumet de sa toison parsemée de gouttelettes. Sans décroiser les jambes, elle s'allongea sur le dos, s'enfonça rapidement le doigt dans la vulve, l'en retira aussitôt, se l'inséra dans l'anus et l'en retira également pour le laisser retomber avec délices sur l'arrogant et replet clitoris.

Quelques secondes plus tard, elle s'agitait dans tous les sens, au bord d'un orgasme qui pourrait durer toute la nuit puisqu'elle pouvait le prolonger à volonté par une nouvelle et judicieuse application d'huile de cannabis. Sa peau rougit à nouveau et sa tête était un gros nœud de vipères sensuellement entrelacées qui sifflaient comme le feu tandis que l'huile incroyablement puissante pénétrait les tissus érogènes.

Gwyneth plaça une autre goutte sur le mamelon gauche, où elle ne pouvait être absorbée trop facilement, du moins pas par elle. Elle mourait d'envie de poser ses mains sur son corps, d'agripper et d'étreindre sa poitrine humide et palpitante, de se frotter contre les murs et le mobilier, de tomber haletante sur la moquette rêche, de s'user la peau des hanches et du derrière en assouvissant son besoin. Elle s'obligea à un minimum de self-control et se précipita dans la chambre de Robin. Elle était un asile d'aliénés manquant d'air, une tempête étouffant de chaleur.

Il dormait, mais d'un sommeil léger : il se redressa d'un coup lorsqu'elle entra.

« Qui est là !

— Gwyn, mon chéri. Tu vas bien ?

— Je rêvais. J'ai… horriblement mal à la tête. »

Gwyn s'agenouilla à côté de lui sur le lit. Elle lui mit la main sur le front. Il était toujours groggy et suait abondamment.

« J'étais dans le bain. J'ai cru t'entendre, alors je suis venue tout de suite.

— Je vais…

— Je peux rester avec toi, ajouta-t-elle d'un ton pressant.

— Je…

— Je *veux* rester avec toi. Robin… j'ai ce qu'il faut pour ton mal de tête. »

Elle s'approcha un peu plus, un genou contre lui, l'autre levé, pour bien lui faire voir la couleur de sa peau, la tension de ses muscles, le pouls énorme, la palpitation à la fois racée et vulgaire de sa poitrine.

« Qu'est-ce que c'est ? demanda-t-il en toute innocence.

— Oh mon Dieu Robin, je t'en prie, prends-moi dans tes bras, vite vite avant que je devienne *folle !* »

Mais elle ne put attendre qu'il fasse le premier pas, elle le prit elle-même dans ses bras, couvrit son visage de baisers papillon. De sa langue, elle l'emmena au septième ciel. Ses mains aimèrent et errèrent, puis se firent lubriques et précises. Incapable d'attendre plus longtemps, elle le chevaucha, s'empala et lui mit son mamelon huilé entre les dents.

« Drôle de goût », murmura-t-il, et ce fut pour ainsi dire sa dernière pensée cohérente de la nuit.

Cinq heures et demie du matin. Les pierres de la maison suaient. Les conifères inclus dans la végétation vert-de-gris du jardin ployaient sous le poids des gouttes d'eau. Des couches de brouillard d'un blanc d'os montaient en spirales de la surface noire et luisante du lac. Deux cygnes narcissiques sifflèrent en glissant tels des pétales de roses jusqu'à l'autre rive où les grands épicéas, vagues sentinelles aussi sombres que minuit, commençaient à s'abîmer dans l'illusion. Un chant d'oiseau retentit, glacé, isolé. Gwyneth, en déshabillé mélancolique et joli suroît, parcourait nonchalamment les chemins loin de la base de l'âme, chérie par l'esprit qui dénoue la chair troublante, tous ses péchés exemplaires.

Elle entendit le murmure des ailes géantes un instant avant que l'oiseau n'apparaisse juste en face d'elle, à quelques dizaines de centimètres seulement du sol. Gwyn crut que le corbeau allait s'écraser sur elle et recula en jurant, mais d'une secousse rapide de ses ailes noires et iridescentes, il s'éleva en silence au-dessus des arbustes pour s'engloutir dans la brume cotonneuse.

Saloperies d'oiseaux, pensa-t-elle, les détestant pour ce qu'ils symbolisaient. Plusieurs corbeaux hantaient le campus, certains assez grands pour déclencher les détecteurs magnétiques. L'envergure de celui qu'elle avait failli heurter dépassait le mètre cinquante. Les types de la sécurité tiraient parfois dessus à vue, mais sans trop de réussite : les corbeaux avaient appris à être retors et à se faire quasi invisibles afin de survivre.

« C'est vous, Gwyneth ? » demanda Mamie Sig Newvine juste avant que Gwyn l'aperçoive un peu plus loin sur le sentier. Le demi-jour avait atteint le bosquet et Mamie Sig avança dans l'ombre dépouillée, bruyante, extravagante, puante de candeur, adorable avec son chapeau cloche bordeaux et son ample pardessus. Elle maniait une canne à l'aspect redoutable.

« Ah, oui. Vous êtes là. C'était cet oiseau ? Je l'ai vu aussi. Eh bien, vous m'avez l'air… en pleine forme, comme toujours. Moins fatiguée que je l'aurais pensé après ces heures en tête à tête avec votre petit blanc-bec d'âme sœur.

— Vous savez déjà ?

— J'ai deviné, dit Mamie Sig avec un rien de minauderie.

— C'était le bon moment pour… exorciser des démons. Je pense que nous sommes débarrassés de son père une bonne fois pour toutes. Robin m'est maintenant complètement acquis.

— Grâce à une bonne dose d'huile de cannabis pour lever les dernières inhibitions ?

— On dit que faire l'amour dans l'astral est le nirvana, répondit Gwyn d'un air songeur. Qu'au niveau sensations pures, cela éclipse tout ce que la chair seule peut accomplir. Mais on s'en est plutôt bien sortis, hier soir.

— Robin est assez habile dans l'astral. Pas vous. Soyez prudente, ma chère.

— De quoi avez-vous peur, Mamie Sig ?

— Pour commencer, de votre tendance à utiliser le sexe de manière douteuse.

— Vous vous comportez comme une vieille puritaine. Utiliser des drogues et des rites sexuels pour réaliser des expériences paranormales est une pratique occulte reconnue. La libération d'énergie sexuelle par la copulation rituelle peut se révéler *très* créative. C'est de la magie blanche. Je ne suis pas assez stupide pour toucher à la magie noire…

— Vous concentrez sur votre personne les forces libidinales de ce jeune homme stupéfiant. Il peut se révéler un amant extraordinaire…

— Étudiez les films, si vous voulez, l'interrompit Gwyn avec un haussement d'épaules désinvolte. Ça vaudra le coup d'œil.

— Il n'y a pas de quoi rire. Je pense que Robin va prendre bien trop d'ampleur pour que vous arriviez à le garder en main…

— Ah ! Ah ! Ah !

— Pure fanfaronnade juvénile. J'éprouve le plus profond respect pour les pouvoirs de destruction kinétiques de l'excitation sexuelle. Vous pouvez satisfaire, voire épuiser, le corps physique, simple affaire de mécanique, mais *quid* du "double", du corps bioplasmique que nous connaissons si mal ? Que se passe-t-il quand il est soumis aux spasmes prolongés d'un orgasme sans émission ? Pouvez-vous satisfaire Robin dans l'éthéré ? Et si vous n'y arrivez pas, que se passera-t-il ? Vous risquez de vous retrouver avec un *tulpa*, un cauchemar vivant que vous n'arriverez pas à contrôler. »

Gwyn frissonna à la mention des turbulents et souvent terrifiants *tulpas* issus du mysticisme tibétain. Elle répliqua néanmoins d'un ton moqueur : « Les *tulpas* sont des formes spirituelles, et je suis une réaliste pure et dure. Quant à Robin, c'est… c'est un garçon de la tête aux pieds. Je suis sincèrement très attachée à lui, Mamie Sig. J'en prendrai le plus grand soin.

— Très bien, murmura Mamie Sig. Je voulais seulement que vous ayez bien conscience des dangers éventuels. Et maintenant, qu'est-ce qu'on fait ?

— Je pense que Robin et moi allons prendre quelques jours de congé : une semaine de canoë sur l'Ampersand devrait lui plaire. Un travail très physique, et avec ces sacs de couchage confortablement garnis de duvet pour la nuit… Ça va être génial ! Et quand notre relation sera bien stable, je compte le présenter aux kabbalistes.

— Les Cinquante Jardins de la Connaissance ?

— Même maintenant, ses seules capacités brutes doivent le placer du côté de la Trentième Porte, et jamais aucun de nos génies terrestres n'est allé aussi loin.

— Salomon a franchi la Quarante-huitième Porte, rappela Mamie Sig d'un ton révérencieux. Par la grâce de Dieu, seul Moïse a séjourné dans le Quarante-neuvième Jardin.

— Robin franchira la dernière porte.

— Il accédera au Dernier Jardin, au Mystère Ultime ?

— À la création de la vie elle-même. Pourquoi pas ? » exulta Gwyn, qui se sentait la plus chanceuse des femmes.

Elles atteignirent un lieu plus élevé où le brouillard se dissipait. Devant elles, le soleil s'était levé, et le jour bleu et tacheté explosa.

TREIZE

À Manhattan, l'Institut Parangon occupait une partie du pâté de maisons délimité par la 86e Rue Est et la 87e Rue, en face du parc Carl Schurz et du fleuve. L'entrée principale en était située au coin de la 86e et de East End, dans une jolie maison fédérale en vieilles briques rouges. L'Institut possédait également la maison mitoyenne et les deux tout de suite derrière, auxquelles on accédait de l'extérieur par une ruelle étroite sur laquelle un immeuble résidentiel de vingt étages jetait une ombre perpétuelle.

Le soir du 4 janvier, la neige tomba pendant plusieurs heures. Un jour dégagé et glacial se leva le 5, un matin d'ombres bleues, de visages congestionnés, de respirations embuées et de pas crissant dans la neige.

Au deuxième étage, endormi sur le canapé de son bureau, Roth tressaillit et se couvrit le visage du bras lorsque quelqu'un entrouvrit les rideaux. Il poussa un grognement bourru.

« Docteur Roth ? »

N'obtenant aucune réponse, Hester Moore s'approcha de lui d'un pas déterminé et lui posa la main l'épaule.

« Docteur, votre agenda indique un petit déjeuner d'affaires à huit heures. »

Elle crut un instant qu'il allait l'ignorer. Elle parcourut du regard le bureau jonché de papiers et de dossiers. Deux thèmes astraux étaient affichés sur un panneau lumineux mural. À première vue, ils semblaient identiques.

Roth se redressa. Sa chemise était déboutonnée presque jusqu'à son ventre broussailleux et il avait besoin d'un bon rasage.

« L'est quelle heure ?

— 7 h 42. »

Il sourit et bâilla.

« Content de vous revoir, Hester. Comment se sont passées vos vacances ?

— Oh… très bien.

— Vous êtes allée où ?

— Aux sports d'hiver, dans le Colorado.

— Vous n'avez pas pris beaucoup de couleurs. Vous auriez dû revenir aussi bronzée qu'un penny en cuivre.

— Je n'ai eu presque eu que du temps couvert, mais c'était super quand même. » Hester fit un pas vers les thèmes astraux. « Je ne vous savais pas astrologue, docteur. »

Pour quelqu'un tout juste sorti d'un profond sommeil, Roth fut vite sur pied. Il détourna Hester des panneaux lumineux sans chercher à s'excuser de son impolitesse et enleva les transparents.

« Je peux dresser un horoscope, rien de plus. Je laisse à d'autres l'art subtil de l'interprétation. » Roth frotta son crâne dégarni avec un sourire gêné. « Dites à mon… mmmh… dites-lui que j'aurai un peu de retard. J'ai travaillé toute la nuit. »

Sa main glissa jusqu'à son menton râpeux et rebondi et il se mit à chercher son rasoir électrique dans les tiroirs de son bureau. « Oh, et apportez-moi du café, voulez-vous ?

— Oui, docteur. » Hester descendit à l'étage inférieur et franchit la porte donnant sur un foyer ensoleillé, où elle trouva un garde du corps debout, bras croisés, sur la moquette conçue par Léger. Elle ne fit qu'entrapercevoir, dans la salle à manger privée, l'homme assis derrière son *Wall Street Journal* qu'il tenait d'une seule main. Tout ce qu'elle vit réellement de lui fut cette main courtaude ainsi qu'une coiffure capricieuse rejetée en arrière ; ç'aurait aussi bien pu être un cacatoès de taille humaine.

Le sang d'Hester ne se figea pas comme elle s'y attendait mais elle ne put s'empêcher de se sentir gênée.

« Mademoiselle ?

— Ah, euh, le Dr Roth aura quelques minutes de retard.

— Merci. » Le garde du corps jeta un coup d'œil en direction de la salle à manger. « Je lui dirai. »

Hester avala sa salive, hocha la tête et s'apprêtait à repartir lorsque Childermass posa son journal et lui sourit. Hester s'immobilisa et sa gêne se mua en un sentiment de ridicule achevé tandis qu'elle s'efforçait de sourire aimablement pour effectuer une sortie courtoise.

Il lui fit signe et elle n'eut d'autre choix que d'entrer.

« Bonjour, comment allez-vous ? » fit Childermass. Bien qu'il semblât conscient des limites que lui imposait sa petite bouche aussi serrée et aussi attirante qu'un trou du cul – Hester ne trouva pas de comparaison plus gentille –, son regard brillait avec effronterie. Elle fut fascinée de constater qu'il avait recouvert un vilain coquard de fond de teint.

« Je ne vous avais jamais vue, vous travaillez pour Roth ?

— Oui. Comme Kristen. Je m'appelle Hester.

— Je connais Kristen. Une très jolie fille. Vous aussi, d'ailleurs. Vous travaillez ici depuis longtemps ?

— Presque un an.

— Bien, bien, bien. Le patron va me faire attendre, aujourd'hui ?

— Oh, seulement quelques minutes, monsieur. »

Childermass la dévisagea encore puis son regard se refroidit mystérieusement tandis qu'il reprenait sa lecture sans un mot de plus. Hester décampa, passa devant le garde du corps et descendit encore un étage jusqu'à la cuisine.

« Du café pour le Dr Roth », commanda-t-elle à la cuisinière. Elle ne s'arrêta qu'une fois dans les toilettes adjacentes. Elle verrouilla la porte, s'assit sur les W.-C. en serrant les genoux et laissa libre cours à ses tremblements.

Il n'y avait rien de bien troublant dans ce compliment d'usage que Childermass lui avait fait comme on offre la dernière pâtisserie, mais Hester avait le sentiment extrêmement inquiétant que Childermass connaissait sa vie dans ses moindres détails depuis sa première dent de lait… et qu'il savait tout sur sa relation avec Peter.

Se tapoter les joues à l'eau froide et en boire quelques gorgées la soulagea un peu. Elle analysa les causes de ce bouleversement irrationnel et comprit que Peter lui avait raconté trop d'histoires affreuses sur Childermass. Elle souffrait d'un cas grave de – comment Peter disait-il, déjà ? – de « mentalité de fugitif ». Si Childermass avait eu le moindre soupçon, il n'aurait pas échangé des banalités avec elle. Non, elle aurait disparu dans une petite pièce sombre et…

Encore cette mentalité de fugitif. Hester se sourit dans le miroir terni et trouva ce sourire encore plus détestable que celui qu'elle avait stupidement adressé à Childermass. Elle modifia son sourire en grimace et finit par se tirer la langue. Maintenant qu'elle était de retour à Parangon, elle avait des choses importantes à faire ; si elle voulait aider Peter, il fallait qu'elle fasse preuve d'audace et d'initiative sans se soucier des conséquences… Et pour le moment, le Dr Roth attendait son café.

Il était 8 h 06 lorsque Roth se glissa sur la chaise, face à Childermass et à la lueur diffuse émanant du parc enneigé situé de l'autre côté de la rue. Les paniers accrochés devant les larges baies dégoulinaient de feuilles de poinsettias écarlates. Ce n'étaient pas les plantes préférées de Roth, qui les considérait comme les putes de l'horticulture. Il leur préférait les plantes du désert, aux fleurs austères et délicates.

« Quelles sont les nouvelles, ce matin ? demanda Roth au *Wall Street Journal*.

— Un sampan rempli de parlementaires en voyage aux frais de la princesse a coulé dans le Styx. On suspecte un sabotage sans l'excuser pour autant. »

Roth rit et but son jus de pamplemousse. Childermass reposa son journal.

« Comment ça se passe, à l'hôpital ? s'enquit Roth.

— On a arrangé les choses, répondit Childermass d'un ton indifférent.

— J'imagine que tout le monde n'a pas encore porté plainte.

— Je pense qu'on a un tour d'avance sur tous ceux qui ont matière à se plaindre.

— Les Bellaver font des histoires ?

— Les personnes de qualité ne font pas "des histoires". Elles enquêtent. Elles dépensent tout l'argent nécessaire pour savoir dans les moindres détails ce qu'il s'est passé. Puis, si elles disposent de preuves, elles frappent comme un tsunami. Les avocats des Bellaver sont toujours en train d'étudier l'affaire. Ils ont l'air un peu perdus.

— La fille n'a donc pas parlé.

— Elle n'a probablement pas dit un mot. Ce qui ne l'empêche pas d'avoir laissé deux cadavres derrière elle.

— Gillian ne s'imagine peut-être pas qu'elle est responsable de la mort de McCurdy et de Toone. Elle a peut-être oublié tout ce qu'il s'est passé ce soir-là. »

Childermass fronça les sourcils.

« Vous me ressortez cette vieille scie de l'amnésie rétrograde ?

— L'organisme réagit bizarrement quand il est menacé d'effondrement psychique et émotionnel total. L'amnésie est la réaction la plus ordinaire lorsqu'on est confronté à un choc soudain et intense. Si vous aviez vu Gillian couverte de sang de la tête aux pieds, vous vous demanderiez comment elle a pu s'en sortir saine d'esprit.

— Bien vu. Elle n'est peut-être pas complètement saine d'esprit. En tout cas, la famille la garde au secret. »

Roth se beurra la moitié d'un toast. « Mais ils n'ont ni consulté de psychiatres, ni envoyé Gillian dans une bonne maison de repos. D'après les agents qui l'ont retrouvée dans la chambre 909 et l'infirmière d'étage qui lui a parlé, Gillian avait l'air un peu troublée mais se comportait de manière très rationnelle. Je pense qu'elle avait déjà bien effacé Mme McCurdy de son esprit. Et avec la Toone, elle a joué de malchance ; mon Dieu, celle-là, on peut dire qu'elle cherchait les ennuis, avec une pression sanguine comme la sienne. » Roth engloutit son toast en deux bouchées avant d'ajouter d'un ton ferme : « J'aurais tendance à poser un pronostic de, disons, de répression sélective qui pourrait durer quelques heures ou quelques jours. La mémoire de ce qu'il s'est passé pourrait lui revenir à tout moment. Et si cela arrive, que Dieu vienne en aide à cette pauvre Gillian.

— À mon avis, mieux vaut l'amener ici au plus tôt.

— Je pense aussi. J'y travaille, d'ailleurs. Cela nécessite de trouver les bonnes personnes pour me recommander aux Bellaver, et c'est aussi difficile à trouver que la sortie d'un labyrinthe… Entre-temps, la fille met son entourage en danger. Son talent psychométrique est totalement spontané. Elle doit créer un champ électromagnétique d'une puissance énorme. Bien sûr, tous ceux qui y sont exposés ne saignent pas. Mais la liste de ceux qui *vont* se vider de leur sang est longue. Un ulcère gastroduodénal, et c'est la mort en quelques minutes. Une microscopique faiblesse vasculaire dans le cœur, le cerveau ou les reins…

— Est-elle aussi dangereuse que Robin Sandza ?

— Pour autant que je le sache, elle n'a pas fait autant de dégâts que Robin, mais ce n'est qu'une question de temps. Regardez ça. »

Roth sortit d'un dossier les deux thèmes astraux qu'il n'avait pas voulu qu'Hester voie. Ils portaient chacun un numéro d'identification.

« Robin Sandza et Gillian Bellaver. En les superposant, on

s'aperçoit que compte tenu des quelques secondes d'ajustement du fuseau horaire, ils sont nés pratiquement au même moment : le 4 février 1962, à minuit neuf minutes et cinquante secondes, temps universel. Gillian à l'hôpital en haut de la rue, Robin à celui de la Marine, dans une ville du Maryland appelée Bethesda. Compte tenu de leurs différences héréditaires minimes, principalement de carnation, ils se ressemblent physiquement selon leur ascendant commun. C'était la nouvelle lune dans le signe du Verseau. La lune, le soleil et cinq planètes se trouvaient toutes dans le même signe. Un événement astrologique rare et considérable. Qui coïncidait de surcroît avec une activité solaire accrue.

« Ces enfants sont Verseau ascendant Scorpion, une combinaison puissante à la fois bénéfique et maléfique. Les voyants prédisaient que l'enfant qui viendrait au monde au cours de la Grande Conjonction serait peut-être le nouveau Messie. Et s'il n'y en avait pas qu'un… mais mille ? Pour l'instant, nous en connaissons deux d'extraordinaires…

— Statistiquement parlant, il pourrait y en avoir combien ?

— J'ai mis l'ordinateur sur le coup. Bien entendu, certains n'auront pas survécu.

— Mais nous avons trouvé un véritable phénomène, dit Childermass si excité qu'il n'arrivait plus à tenir sa fourchette. La jumelle psychique de Robin Sandza.

— Ils ont dû rester en contact télépathique dans leur petite enfance, dit Roth d'un air songeur. Chacun étant le compagnon de jeu imaginaire de l'autre.

— Même les tribus les plus reculées et les cultures les plus primitives de la Terre ont dû se réjouir de la naissance de *leur* Robin Sandza. Ces gamins doivent être en passe de devenir les magiciens, les prophètes, les grands guérisseurs de leurs tribus. Mais il n'y a pas de place pour des enfants de ce genre dans notre grande culture, ils sont bien trop supérieurs à ce que nous tenons pour sacré. Ça fait réfléchir, hein ?

— Et l'histoire nous apprend qu'une culture détruit ce qu'elle n'arrive pas à assimiler », conclut sombrement Roth.

Le reste de leur petit déjeuner arriva de la cuisine, mais ni l'un ni l'autre n'y goûta.

« Quand Gillian arrivera ici, dit Childermass, on prendra des dispositions pour la transférer à la Faculté Psi.

— Mais comment ? Un deuxième "suicide" sans cadavre serait une bien trop grosse coïncidence. Le temps que les Bellaver remontent jusqu'à nous…

— Cette fois, on va préparer un "accident". Il y aura un corps. Décapité, comme ça personne n'y regardera de trop près. »

Roth s'appuya au dossier de son siège et inspira profondément. Il avait l'air malade.

« C'est lourd. Très lourd.

— Vous n'avez pas l'air de réaliser l'étendue de mes responsabilités. Gillian Bellaver et Robin Sandza doivent être protégés… et nous devons nous protéger d'eux. Je rends compte à un comité composé de cinq personnes, docteur. De cinq des politiciens les plus puissants de la planète. Deux réclament déjà la destruction de Robin et les trois autres hésitent. Le Président est, me dit-on, "très inquiet". Ils n'ont compris la puissance réelle de Robin qu'en le voyant à l'œuvre. En fin de compte, nous travaillons tous dans la protection – l'intérêt personnel est la seule constante de la vie, et on préfère toujours le meurtre à l'impuissance. Les types de la CIA ne devraient pas tarder à attenter à la vie de Robin. Et toute cette neige à la Faculté Psi ne nous facilite pas les choses au niveau sécurité. La nuit tombe bien trop tôt, en ce moment.

— Et comment comptez-vous trouver un… une remplaçante pour Gillian en si peu de temps ?

— Nous avons déjà le corps. On nous l'envoie par avion de Copenhague. La fille s'est tuée il y a deux jours en se rompant bien proprement le cou et elle ressemble à Gillian d'une manière troublante. Dieu merci, on trouve plein de filles élancées dans son genre en Scandinavie. La victime a été congelée dans les minutes suivant son décès. On a payé vingt-cinq mille dollars pour l'obtenir à l'état naturel. Ça a posé bien moins de problèmes qu'avec le sosie de Peter Sandza, il nous avait fallu plus d'une semaine pour en trouver un.

— Oh ! Et pourquoi vous en aviez besoin ?

— Je suis sûr qu'il vaut mieux que vous ne le sachiez pas.

— Bien sûr ! Je veux dire… Simple curiosité concernant Sandza. Je me demandais si vous aviez retrouvé sa trace. »

Childermass sourit d'un air méchant.

« Vous avez la pétoche, docteur. »

La honte empourpra le visage de Roth.

« C'est… c'est un homme violent et dénué de principes. Il a été à deux doigts de me tuer.

— Nous sommes heureux de vous voir en un seul morceau. Trêve de plaisanterie, je ne pense pas qu'il vous aurait tué. Il pourrait encore avoir besoin de vous.

— Et… et pourquoi ?

— Peter vous a déjà infligé une sévère correction pour connaître la vérité, d'accord, mais pour lui c'était du travail bâclé. Il est bien plus efficace quand il a le temps. C'est un bourreau très doué. »

Roth ne dit rien. Il essuya ses paumes suantes sur son pantalon.

« Vous ne m'aviez pas dit… que vous renforciez la sécurité, ici ?

— Si, si. Nous l'avons fait. Mais le seul véritable moyen de garantir votre sécurité serait de vous placer en isolement. »

Childermass laissa ses paroles entrer en Roth comme une solution acide et glacée puis haussa les épaules en un geste d'excuse.

« En ce moment, on est un peu au four et au moulin, doc. Il faut surveiller Sutton Mews vingt-quatre heures sur vingt-quatre, au cas où Peter décide de recontacter la fille. Et on se démène pour découvrir son complice à Parangon. »

Roth en resta pantois. « Un complice ? Quelqu'un qui travaille *ici ?*

— Oh, il a dû infiltrer Parangon depuis des mois. Il, ou plus probablement *elle*, connaissant Peter. Il a pu retourner une de nos filles, ça lui ressemblerait bien. Mais nous vérifions minutieusement tout le personnel, et plutôt deux fois qu'une. Ça m'a obligé à rappeler des agents à la retraite pour ça. Mangez donc votre *bauernfrühstück* avant qu'il ait refroidi, docteur !

— J'essaie de perdre un peu de poids », marmonna Roth. Il se servit du café malgré sa nausée. « Quand je serai en contact avec les Bellaver, qu'est-ce que... jusqu'où je peux leur dire la vérité sur Gillian ?

— Tout dépend de ce qu'ils sont prêts à croire, répondit Childermass. En ce moment, ils doivent avoir hâte qu'un faiseur de miracles nommé Irving Roth fasse son apparition. »

QUATORZE

MARDI 4 JANVIER 1977
9 h 28

« Madame Bellaver ? Ici Jake, à Bedford, vous savez ?

— Ah, bonjour Jake, comment allez-vous ?

— Très bien, madame Bellaver, et on vous remercie tous bien, Monsieur et vous, pour votre merveilleuse prime de Noël. Mais je ne vous appelle pas pour ça. Votre secrétaire m'a dit que je ne devrais peut-être pas vous déranger avec ça, mais j'y ai bien réfléchi, et plus j'y réfléchis, moins je comprends ce…

— Quelque chose ne va pas à Bedford, Jake ? Les chevaux…

— Les chevaux se portent à merveille, m'dame. Ambrosia et Fan-fan sont pleines, et ce yearling qu'on a eu aux enchères en juillet dernier est en train de devenir un…

— Vous disiez ne pas comprendre quelque chose, Jake.

— Eh bien, oui, madame Bellaver, voilà. Je sais que Gillian a été très malade et tout, et qu'en fait elle vient à peine de sortir de l'hôpital.

— Exact.

— Sachant combien elle était malade, je n'ai pas cru Jody Pete – mon deuxième fils, vous savez, celui qui a eu tous ces problèmes de dos quand il est tombé du grenier –, je ne l'ai pas cru quand il m'a dit avoir vu Gillian près des écuries, ça devait être un peu avant sept heures du matin.

— Jody a vu… ? Eh bien, voilà qui… Il a dû se tromper, Jake. Gillian est ici, à la maison. Elle va bien mieux, mais elle n'a pas encore complètement récupéré et ne quitte quasiment pas sa chambre.

— Je sais bien que vous pensez que c'est… dingue, et que je vous fais perdre votre temps, mais Jody, il est à peu près de l'âge de Gillian, il en pince pour elle depuis toujours, et il me jure, papa, je sais que c'était elle, c'était Gillian. Gillian lui a parlé, qu'il dit. Elle n'arrêtait pas de demander après Pony. Elle était vraiment au bord des larmes de ne pas trouver Pony à l'écurie.

— Pony ? Ce mignon petit Shetland que nous lui avions acheté pour ses quatre ans, c'est bien cela ?

— Oui, m'dame. L'est mort d'une infection du sang, vous vous souvenez ? Je ne pense pas que Gillian l'ait eu plus de huit ou neuf mois en tout. C'est pour ça que ça m'a semblé bizarre : si c'était une fille qui ressemblait à Gillian et qui essayait de se faire passer pour elle, comment elle aurait su pour Pony ?

— Je n'en ai aucune idée, Jake, mais Gillian est là-haut, dans sa chambre. Et il y a plus de soixante-quinze kilomètres d'ici à Bedford. Quelle heure est-il, neuf heures et demie ? Même en arrivant à sortir sans que personne s'en rende compte…

— Oui, vous avez raison, c'est forcément une espèce de coïncidence bizarre. Je me disais, s'il y avait une chance qu'elle soit ici alors qu'elle n'est pas encore tout à fait remise et tout, vous voudriez le savoir.

— Un instant, Jake, s'il vous plaît. Jody a-t-il mentionné ce qu'elle… ce que cette fille portait ?

— Ne quittez pas, je demande. » Katharine abaissa le combiné pour écouter au loin les notes sinistres que Gillian jouait à la flûte dans sa chambre. De l'autre côté du bureau du rez-de-chaussée, Mlle Chowenhill interrogea Katharine du regard.

Celle-ci eut un sourire évasif et se remit le combiné à l'oreille en entendant Jake revenir en ligne.

« Madame Bellaver, il dit qu'elle portait un jean avec des pièces et des bandes dessus, ces bottes Frye qu'elles ont toutes, un gilet de ski rouge et un bonnet en laine bleu et blanc.

— Je vois. Eh bien, je ne peux que répéter qu'il s'agit d'une erreur, il y a eu erreur sur la personne, mais merci de m'avoir tenue au courant. Et… si vous voyez cette fille, essayez d'en découvrir un peu plus sur elle.

— Je n'y manquerai pas.

— Jake… Jody Pete n'aurait pas tout imaginé ?

— Ça non, il aurait jamais pensé à un truc pareil ! J'en mettrais ma main au feu. »

Mme Chowenhill était en communication sur une autre ligne. Elle jeta un nouveau coup d'œil à Katharine, qui raccrocha.

« La délégation zaïroise. Son Excellence souhaiterait repousser l'interview à dix-sept heures et la donner dans ses appartements au Carlyle plutôt qu'à l'ONU.

— D'accord », répondit distraitement Katharine.

En remontant à la source des notes de musique que jouait la flûte, elle croisa Rosalind, une des domestiques de jour, dans l'escalier menant au premier étage.

« Faudrait que je change ses draps, grommela Ros.

— Dans quelques minutes. »

Le plateau de petit déjeuner de Gillian était posé devant la porte de la chambre. Katharine tourna la poignée : la porte était verrouillée. Elle frappa doucement deux ou trois fois. Gillian continua à jouer, une mélodie perdue et triste qui finissait par devenir obsédante, un exercice mélancolique que Katharine, en se penchant pour examiner le plateau, trouva physiquement douloureux : elle avait l'impression que des échardes se logeaient entre ses côtes.

La flûte s'interrompit. La porte s'ouvrit presque aussitôt et Gillian découvrit sa mère un genou à terre.

« Oh, salut. Qu'est-ce que tu fais ?

— Je voulais voir si tu avais mangé.

— Tant qu'à fouiner, tu devrais peut-être aussi jeter un œil dans la cuvette des W.-C. ? »

Katharine se redressa, les poings serrés.

« Je n'arrive pas à croire que tu aies dit ça.

— Je… Je n'aurais peut-être pas dû, je m'excuse.

— Et pourquoi fermes-tu toujours à clef ? Tu as été très malade, tu pourrais avoir besoin d'aide au milieu de…

— Je ne ferme jamais à clef.

— Ça l'était à l'instant et ça l'est *tout le temps* ! Qu'est-ce que tu caches là-dedans, Gillian ? »

Gillian ouvrit toute grande la porte, qui alla cogner contre le mur.

« Grands dieux ! Entre, entre, puisque c'est si important pour toi ! »

Elle portait un short tout déchiré et un pull informe troué à l'épaule. Ses cheveux avaient besoin d'un coup de peigne et sentaient mauvais. Et elle était bien trop mince. La flûte à la main, Gillian retourna à son lit en désordre. Elle s'allongea à plat ventre, les cheveux flottant par-dessus le rebord. Elle avait de vilaines contusions jaunâtres à l'intérieur des cuisses, près de l'entrejambe.

« Gillian…

— Je ne mange pas parce que j'ai encore mal à la langue. Mais j'ai bu du lait pour me remplir l'estomac.

— Ros voulait savoir si elle pouvait changer les draps et nettoyer un peu.

— Oh, d'accord. » Gillian se releva et commença à défaire le lit. Elle s'interrompit pour observer Katharine qui ouvrait la porte à claire-voie d'un placard.

« Tu n'avais pas un bonnet en laine bleu et blanc ?

— Si, si, il doit être quelque part sur l'étagère.

— Tu portes encore ton gilet de ski rouge ?

— Bien sûr, tout le temps, tu m'as vu un million de fois avec.

— Et tes bottes Frye ?

— Je monte avec quand il fait froid, sinon je monte pieds nus. Mère, enfin, qu'est-ce que… je veux dire, franchement, je ne comprends pas…

— J'imagine que Jody Pete t'a déjà vue dans cette tenue.

— Jody Pete ? À la ferme ? Bien sûr. Enfin, je suppose. Mais pourquoi tu parles de lui ?

— Il… il est certain de t'avoir vue ce matin à la ferme. Vers sept heures. »

Gillian rit étonnamment fort.

« N'importe quoi, dit-elle en secouant la tête. Vraiment n'im-por-te-quoi.

— Ce n'est pas ce qu'on appelle un gamin plein d'imagination. Je l'ai toujours trouvé très pondéré et…

— Eh, je connais Jody Pete, inutile de me dire tout ça. Pourquoi irait-il inventer une histoire aussi dingue ? »

Katharine sourit. « Je n'en ai pas la moindre idée. Il fantasme sur toi, j'imagine.

— Oh, oui, bien sûr.

— Tu te sens mieux, Gillian, non ?

— Oui. Mais je me fatigue vite. Je dors beaucoup. »

Debout très droite et très calme, Gillian gardait les mains le long du corps et fixait un point situé à quelques centimètres de l'épaule gauche de Katharine. Elle avait une expression de secret, l'air de souffrir de la solitude qu'elle s'imposait. Katharine trouva cela pesant.

« Tu essaieras de ne pas t'enfermer ? Tu ne peux pas savoir à quel point cela m'inquiète.

— Mère, cette fichue serrure doit *vraiment* être détraquée.

— Dans ce cas, tu n'as qu'à laisser la porte ouverte.

— J'aimerais bien un peu d'intimité. Un tout petit peu. Pas plus que ça », répondit Gillian en écartant le pouce et l'index d'un centimètre. Elle était maussade et nerveuse. Katharine tendit la main vers elle. Gillian recula.

« Ne fais pas ça. Je te l'ai déjà demandé.

— … Pourquoi est-ce que je ne peux plus te toucher, Gil ? Pourquoi tant d'hostilité, est-ce que j'ai…

— De l'in-ti-mi-té, mère. Tu permets que j'aie une vie privée ! Je ne suis plus ton petit bébé à câliner rien qu'à toi, je ne veux pas qu'on me… caresse, et si tu trouves que c'est un comportement hostile, j'en suis sincèrement et profondément désolée. »

Gillian inséra une cartouche dans son magnétophone huit pistes et mit le volume fort, très fort, trop fort. Elle resta debout bras croisés, dos tourné, bandant ses muscles pour contrer l'impact sonore. Katharine sentit qu'elle pleurait. Elle rassembla les draps et sortit. Il n'y avait rien de Gillian dans ces draps : ils sentaient la sueur sèche, l'égouttement d'urine et l'animal, comme si une famille de belettes y avait établi sa tanière. Ils n'étaient pourtant sur le lit que depuis deux jours. Katharine frissonna et jeta les draps souillés en bas, où Rosalind les trouverait en remontant.

Au même moment, elle vit la porte de Gillian se fermer et crut entendre, malgré le rock jaggerien qui se jetait contre les murs épais, le clic du verrou qui se mettait en place.

MERCREDI 5 JANVIER
10 h 56

« Bonjour, madame Bellaver. Ne quittez pas, le Dr Hansel va vous parler.

— Salut Katharine !

— Eh bien, Park, j'imagine que tu n'aurais pas cette voix enjouée si c'était un cancer.

— Kath, j'ai reçu les résultats du labo, tout est négatif. Je revérifierai, comme d'habitude, mais pour l'instant je peux te dire que tu n'as aucun souci à te faire.

— Sauf peut-être celui de tomber enceinte. À un âge plutôt avancé pour une grossesse.

— Concevoir au début de la cinquantaine n'est pas sans précédent.

— Mais recommencer à avoir des règles deux ans après sa ménopause est plutôt inhabituel. Des règles encore plus abondantes que dans ma jeunesse, et ç'a été le Niagara jusqu'à ce que j'aie Gillian.

— Oui, je sais. Tu souffres encore de ces crampes ?

— Non, je me sens juste un peu molle et il m'arrive de déprimer. Ma vie a changé, je m'y suis faite, bon, c'est du passé maintenant. Je n'en reste pas moins une femme, et même plus que jamais, nom de Dieu. Et voilà qu'il faut que je recommence à la puberté.

— Kath, je ne peux pas te dire *pourquoi*, tout ce que je sais pour l'instant, c'est que tes organes ne présentent rien d'anormal, Dieu merci. Tu as un utérus sain et deux ovaires en état de fonctionner après, euh… eh bien, après ce petit hiatus. Tu t'es arrêtée assez tôt, tu sais, à quarante-trois ans et demi, alors que de nos jours, la norme est plutôt vers la cinquantaine.

— Ça aurait un rapport ? J'ai déjà entendu parler de grossesse nerveuse, mais jamais de ménopause nerveuse.

— Ce n'est pas impossible. Les symptômes subjectifs de la ménopause peuvent être très trompeurs. Je veux te revoir la semaine prochaine. D'ici là, prends tes cachets de fer et fais-toi prescrire un nouveau diaphragme, sauf bien sûr si…

— OH NON ; non merci, pas question ! »

11 h 15

« Allô, Larue ? Katharine Bellaver à l'appareil.

— Madame Bellaver ! Quel plaisir !

— Alors, comment ça se passe à Boston ?

— Oh, fichus critiques, ils sont d'un vache ! Le spectacle est magnifique, madame Bellaver, mais il n'est pas encore tout à fait au point, il lui faut juste un peu plus de temps pour marcher. Tout cet amour qu'il y avait dans la compagnie s'est transformé en amertume. Neil Simon va venir le voir ! Je parie qu'il aura plein de bonnes idées. Si seulement les producteurs n'étaient pas tout le temps sur le dos de mon père et ne voyaient pas toujours tout en noir…

— Je sais que ça peut être très dur hors de New York. Je me souviens qu'un jour que je m'apprêtais à jeter l'éponge, George Abbott m'a dit : "On fait ses premiers pas à Boston, on trouve son rythme à Philadelphie et on arrive à New York avec des bottes de sept lieues."

— J'aimerais *tant* que cela marche… Gillian va bien, j'espère ?

— Elle… va beaucoup mieux. Et tu lui manques.

— Je pourrais peut-être venir la voir ?

— Eh bien, laissons-la se reposer encore une journée. Je songeais plutôt t'inviter à dîner vendredi, vers six heures, ça ira ? Ensuite Seamus vous conduira au Lincoln Center pour le concert du Philharmonic…

— Ça a l'air super… Madame Bellaver, Gil doit être en train de, eh bien, de péter les plombs à rester enfermée chez vous après ce long séjour à l'hôpital. Vous pensez qu'elle pourrait passer la nuit chez moi après le concert ? J'aimerais beaucoup avoir un peu de compagnie. Je suis toute seule avec Bjorn et Aase, ici, vous savez, et ils disent pas plus de deux mots d'anglais par semaine.

— Je suis sûre que ce changement lui fera le plus grand bien, oui, c'est une très bonne idée. Merci, Larue. »

11 h 35

Pour une fois, la porte de la chambre n'était pas verrouillée, ni même complètement fermée. À l'intérieur, assise les pieds relevés, Gillian jouait de la flûte près de la fenêtre.

« Coucou, Gil. »

Gillian tourna la tête vers Katharine sans abaisser son instrument.

« Je viens de discuter avec Larue.

— Ah, elle est revenue ?

— Je l'ai invitée à dîner vendredi soir.

— J'ai hâte de la voir », dit Gillian après un temps. Elle se remit à jouer en offrant son visage au soleil qui entrait par la fenêtre.

« Elle propose que tu passes la nuit chez elle après le concert à Fisher Hall. »

Gillian y réfléchit et hocha la tête. Elle émit quelques fausses notes, fronça les sourcils, posa la flûte et se leva.

« Je crois que je vais faire une sieste.

— Une sieste ? Mais tu as dormi jusqu'à...

— Je t'ai expliqué que je me fatiguais facilement, mère. Qu'est-ce que j'y peux ?

— Rien. Mais je me demande si tu ne devrais pas consulter. Je pourrais te prendre un rendez-vous chez le médecin plus tard dans...

— Non, mère. Je vais bien. Je mange mieux, non ? Et je n'ai pas de fièvre.

— Je ne te pense toujours pas assez en forme pour retourner à l'école lundi.

— Eh bien, je garderai la chambre quelques jours de plus, dans ce cas. De toute façon, j'ai des trucs à faire.

— Tripoter ta flûte ? Te tourner les gros orteils ?

— Voilà qui n'est pas joli, joli, mère.

— Je… commence… à perdre patience.

— C'est *toi* qui es montée dans ma chambre », fit à juste titre remarquer Gillian. Elle désigna la porte. « Tu veux bien la tirer en sortant ?

— Elle pourrait mystérieusement se fermer à clef.

— Possible. Quand je dors, ça vaut mieux.

— Pourquoi ? »

Gillian joignit les mains et leva les yeux au ciel dans une parodie de prière mais répondit à la question.

« Il pourrait se passer des choses, sinon.

— Je ne suis pas sûre de bien te comprendre.

— C'est juste que je n'aime pas l'idée que… qu'on me regarde quand je dors. Tu risquerais de te faire des idées. D'essayer de me réveiller. Je ne me réveillerais peut-être pas tout de suite, et dans ce cas tu… paniquerais. Tu essaierais de me déplacer ou je ne sais quoi. De m'emmener à l'hôpital. Ce serait très mauvais pour moi, mère. »

Katharine écouta les battements de son cœur devenir aussi bruyants et aussi violents qu'une porte qui claque.

« Voilà qui n'est pas très rassurant.

— Oh, il n'y a pas non plus de quoi en faire tout un plat », dit doucement Gillian. Elle sourit, ce qui ne lui arrivait plus guère, afin d'éviter que Katharine ne prenne la mouche. « Tu sais, je suis grande, maintenant. Si seulement tu me laissais faire, tu verrais que je peux me débrouiller toute seule.

— Mais te débrouiller avec *quoi* ? »

Gillian avait à moitié fermé les yeux. « Avec des choses… que tu ne peux vraiment pas comprendre.

— Je suis toujours prête… à m'efforcer de comprendre… tout ce que tu voudras bien me dire. »

Pendant un instant, Gillian regarda Katharine presque avec désir, comme si elle avait envie de la prendre dans ses bras.

« D'accord, mère. Mais maintenant… si tu permets… »

Katharine montait les escaliers lorsque la musique rock s'éleva. Elle savait qu'il ne servirait à rien de rebrousser chemin pour aller tambouriner à la porte en protestant. La porte serait verrouillée et Gillian sourde. Elle sentit monter une crampe, se précipita dans sa salle de bains et ingéra le médicament prescrit. Elle battit des paupières pour refouler les larmes qui lui piquaient les yeux. Puis, pour la troisième fois de la journée, elle changea la grande serviette hygiénique qu'il lui fallait porter pour contenir ses règles abondantes.

Quand elle parvint enfin dans l'atelier, Katharine appela Mlle Chowenhill et annula tous ses rendez-vous et obligations de la semaine.

15 h 24

Aujourd'hui, la musique ne s'arrêtait pas, exprès, par provocation. Malgré la protection que lui fournissait l'importante dose de Valium, Katharine se sentait agressée.

« Avery, il faut entrer dans la chambre de Gillian. »

Surpris, il rangea l'ouvrage ancien qu'il consultait et baissa les yeux vers elle depuis le troisième échelon de l'escabeau de la bibliothèque.

« Je ne t'avais pas entendue entrer, Katharine.

— Elle a dû se faire ses propres bandes, des bandes de deux heures. Sinon cela ne continuerait pas comme ça sans jamais s'arrêter.

— Tu vas bien ? Tu as l'air…

— Je suis complètement défoncée, ça ne se voit pas ? Mais ça ne sert à rien. Je sens toujours, un peu, et *j'entends*, oh mon Dieu, si je pouvais seulement éteindre mon esprit quelques minutes, j'y prendrais un de ces plaisirs ! Comment peux-tu supporter ça ? Tu ne comprends pas qu'il se passe quelque chose, qu'elle…

— Oui, la musique. Elle est trop forte. Mme Busk dit que les voisins d'en face se sont plaints.

— Bon sang, Avery, écoute un peu ce que j'essaie de te dire. Gillian est en danger de…

— En danger ?

— De je ne sais quoi, mais il y a vraiment quelque chose qui ne va pas chez elle ! Quelque chose ne va pas dans cette *chambre*, elle me l'a pratiquement dit, il faut entrer.

— C'est fermé à clef ?

— Évidemment !

— Mais Mme Busk a…

— Oui, elle a un double des clés, sauf que celle-là manque.

— Tu as frappé ?

— Cinq fois en une heure. J'ai *cogné.* Elle n'est pas… on dirait qu'elle… personne ne dort aussi profondément. » Katharine massa doucement ses tempes contractées et douloureuses.

« J'appelle un serrurier, décida Avery en cherchant l'annuaire du regard.

— Non ! Je crois qu'on n'a pas le temps. Avery, tu es habile de tes mains pour réparer des montres et ce genre de choses. Il ne s'agit que d'un verrou tout bête avec un trou de serrure de notre côté… »

Il lui fallut dix minutes pour retrouver ses outils de bijoutier et trois autres pour venir à bout du verrou.

La porte de Gillian s'entrouvrit de quelques centimètres. La pièce était sombre, pour un milieu d'après-midi d'un jour ensoleillé. La musique rock, si proche, ébranla Katharine jusqu'aux dents. Elle entra la première et jeta un coup d'œil sur Gillian, allongée complètement en travers du lit, un drap la couvrant à moitié. Peu familiarisée avec l'équipement stéréo de Gillian, il lui fallut quelques secondes pour couper la musique. Et même après cela, un son hallucinatoire bouillonnait dans la pièce silencieuse.

Debout près du lit, Avery regardait Gillian.

« Katharine, tu peux faire entrer un peu de lumière, s'il te plaît ? »

Katharine écarta les rideaux de la largeur d'une main et se précipita vers le lit.

Ce qu'elle vit de Gillian la stupéfia : les paupières tendues sur des lunes blanchâtres de sclérose, les lèvres cireuses, les membres raides, la peau très pâle. Et pas de respiration, pas la moindre respiration…

« Gillian ! »

Avery intercepta sa main à deux centimètres de la poitrine immobile de Gillian.

« Non, ne la touche pas », dit-il d'une voix calme, mais Katharine se raidit de douleur sous la pression de ses doigts.

« Elle est…

— Arrête ! » dit-il plus sèchement en lui prenant aussi l'autre main. « Gillian n'est pas morte. Elle est… absente pour le moment.

— *Nom de Dieu, Avery, de quoi tu parles ? Mais regarde, regarde-la !*

— Le corps va bien. Sa respiration et son pouls ont ralenti petit à petit et la température corporelle a chuté, probablement à vingt-quatre degrés centigrades. Elle est dans un état de… je crois qu'on appelle ça un état de léthargie. » Il jeta par-dessus son épaule un coup d'œil à la stéréo, sans paraître s'apercevoir des efforts que Katharine faisait pour se libérer. « Ah, oui. J'aurais dû m'en douter. Elle a besoin de l'énorme énergie de la musique. Ces cérémonies ont à peu près toutes la même forme, que ce soit chez les Ashentis, les Bavendas ou les Hopis. Le ritualiste commence par utiliser l'énergie du son puis il entonne un nom de puissance. Il effectue ensuite une circumambulation, un mouvement rituel qui, à force, le plonge dans une transe profonde. Le novice a alors bien plus de facilité à se séparer de son corps physique. Bien sûr, les experts et les plus doués en projection astrale n'ont pas besoin de préparatifs particuliers pour se dissocier. »

Il cligna des yeux et se tourna vers Katharine, s'aperçut avec surprise qu'il la tenait assez serrée pour lui briser les poignets et qu'elle piquait une crise de nerfs, une crise atténuée par les médicaments, qui prenait la forme d'une litanie de gloussements et de gémissements accompagnée de mouvements corporels violents et soudains.

Par chance, Avery était un homme solide que ses séjours au sein des peuplades primitives avaient doté de certains réflexes. Il ne lâcha pas sa femme, la fit sortir et monter l'escalier pour l'amener dans sa propre chambre où il la jeta sous une douche glacée. Il l'y maintint jusqu'à ce qu'elle reprenne ses esprits et lui passa une capsule de sels sous le nez pour faire bonne mesure.

« Ça suffit !

— Il y a du sang dans l'eau, Katharine. Tu es blessée ?

— C'est j-juste mes r-règles.

— Après deux ans de ménopause ?

— Lâche-moi, il faut que je retourne voir Gillian !

— Mais je ne peux pas te laisser toucher… au corps. C'est toujours tabou. Katharine, écoute-moi. Tout être vivant dans cette sphère a son ombre, son doppelganger, appelle ça comme tu veux. Je crois que le terme populaire est "corps astral". Relié, sans doute par l'intermédiaire de la glande pinéale, au corps physique, mais capable de voyager dans d'autres plans, d'autres sphères. C'est ce que Gillian est en train de faire. Beaucoup de gens, quand ils croient avoir fait un rêve particulièrement vivant, ont en réalité…

— Les projections astrales ne sont que des conneries d'occultistes imaginées par des pseudo-intellectuels cherchant quelque chose à fourguer aux cinglés et aux vieilles filles naïves qui n'arrivent plus à rien avec leur oui-ja.

— Je ne pense pas, et j'ai beaucoup plus voyagé que toi. Les aborigènes du centre de l'Australie, qui ne disposent d'aucune langue écrite et vivent dans des conditions très difficiles, ont un système métapsychique étonnamment complet qui rivalise en perspicacité avec les mystiques les plus avancées. Les notions de temps, de rituel et d'archétypes protocosmiques sont englobées dans un mythe élaboré appelé *alcheringa*, ce qui signifie passé-présent, ou encore "temps du rêve". La vie ne commence et ne finit pas avec celle du corps physique. La vie est pensée, et par conséquent intemporelle. Nous avons créé ce monde en le *pensant*, en pensant cette grande machine à broyer dans laquelle nous sommes tous prisonniers ; mais comme disait Rimbaud : "La vraie vie est ailleurs."

— Il avait dû abuser de l'opium, ricana Katharine en se recroquevillant dans la grande serviette dont Avery l'avait enveloppée. Je ne connais pas tes théories, et je ne veux pas les connaître. Je veux ma Gilly, je veux retrouver ma fille.

— Elle reviendra. »

Entendre Avery répéter que Gillian ne se trouvait pas avec eux dans la maison provoqua un nouveau spasme, comme un haut-le-cœur.

« Hier… Jake a appelé. Il m'a raconté des absurdités sur Jody Pete, comme quoi il aurait vu Gillian là-bas dans les écuries à un moment où je la savais pertinemment *ici*. Ça m'a quand même fait peur, et puis Gillian… elle se comporte si bizarrement d'un coup… Il n'y a jamais eu de porte fermée à clef entre nous, jamais.

— Il est fort possible qu'il n'ait pas vu Gillian mais son…

— Fantôme ?

— Non, on ne voit les fantômes qu'après la mort du corps. Plutôt un spectre, mais aussi réel, aussi substantiel aux yeux de Jody Pete que toi et moi le sommes aux nôtres.

— Mais elle lui a parlé !

— Ça, c'est plutôt inhabituel, mais pas sans précédent.

— Je ne crois rien de tout ça ! Elle est malade, elle fait une espèce de rechute, il faut la ramener à l'hôpital !

— Katharine, j'ignore ce qui fait voyager Gillian, où elle va et ce qu'elle cherche. Mais je sais qu'on provoquerait un désastre en déplaçant son corps. Ce serait un enfer inimaginable pour elle de ne pas le retrouver à son retour.

— Mon Dieu. Je crois vraiment que tu… tu as passé trop de temps avec tes chasseurs de tête et autres sauvages buveurs de sang. Te voilà obsédé par leurs superstitions absurdes ! » Elle se leva tant bien que mal mais Avery se plaça résolument entre elle et la porte. Katharine frémit sous l'affront.

« Ma fille est mourante et toi…

— Non, Katharine.

— Elle se *meurt*!

— Non. »

Elle le frappa brutalement au visage. Il eut mal, mais ne bougea pas.

« Arrête, Katharine. »

Avery avait serré les poings. Katharine en fut choquée. Elle comprit qu'il l'assommerait, qu'il la retiendrait de force si elle essayait de passer. *Folie.* C'était le moins rebelle des hommes et il cédait toujours avec grâce. Katharine essaya de trouver les paroles tranchantes qui l'humilieraient, qui affaibliraient sa détermination et son jugement, qui rétabliraient sa propre prééminence dans leur relation. Mais la hiérarchie qu'elle avait toujours tenue pour acquise venait soudain d'être abolie, non parce que Avery était prêt à recourir à la violence, mais parce qu'il était convaincu qu'il *devait* le faire pour Gillian et pour elle : pour les deux femmes qu'il aimait le plus au monde.

« Je t'en supplie, Avery, laisse-moi passer. » Elle claquait des dents et pleurait avec accablement.

Il commença à ôter la serviette trempée.

« Enlève tes habits mouillés. Ensuite, va t'allonger dans mon lit. Repose-toi. Je veillerai sur Gillian. Il ne lui arrivera rien. On a été choqués de la voir dans cet état, mais il faut la laisser seule un moment. Essaye de comprendre, Katharine. »

Elle protesta vaguement mais n'était plus qu'un morceau de caoutchouc entre les mains de son mari. Trente secondes après qu'il l'eut déposée dans son lit, ses yeux se fermèrent. Trente secondes de plus et elle dormait sur le côté, les bras autour d'un oreiller.

Avery descendit et se dirigea vers la chambre de Gillian. Il se souvenait qu'en sortant avec Katharine, il avait laissé la porte entrouverte. Elle était maintenant fermée.

À clef.

Pour la première fois, il fut vraiment inquiet : la peau de ses avant-bras et de sa nuque réagit avec ce hérissement des poils et ce grésillement qui prévient de l'imminence de la foudre. Il essaya d'entendre Gillian en mettant l'oreille contre la porte. La pièce baignait dans un silence complet, sans le moindre bruit de respiration. Il ne pensait pas que Gillian avait réintégré son corps pour se lever et verrouiller la porte.

Il y avait donc quelqu'un, ou quelque chose, qui veillait sur son intimité. Il se demanda si ce quelqu'un ou ce quelque chose était bénéfique ou maléfique.

21 h 52

Dans sa bibliothèque, Avery somnolait devant la cheminée avec des livres aux pieds et d'autres sur les genoux. Un léger changement de position fit tomber un des volumes qu'il tenait. Il se réveilla avec un lourd mouvement de tête, bâilla à s'en décrocher la mâchoire et fixa son regard sur les flammes.

Se sentant observé, il jeta un coup d'œil par-dessus son épaule.

Debout sur le seuil, un pan de chemise élimé pendant sur ses cuisses nues, Gillian vidait une bouteille de lait.

« Salut, Gillian.

— Papa. » Elle s'avança vers lui, se laissa tomber dos au feu sur le tapis, croisa les jambes et termina la bouteille. « Mm. Plus rien ne me plaît davantage que le lait froid. C'est le deuxième litre que je bois aujourd'hui.

— C'est très nourrissant.

— Mais ça constipe. Qu'est-ce que tu lis ? » Gillian ramassa le livre tombé par terre, dont quelques pages se détachèrent. « Possession démoniaque ? Les pages ressemblent à des brins d'herbe séchés. Ça doit avoir deux cents ans. »

Avery la dévisagea.

« Les faits, pour ce qu'ils valent, semblent toujours identiques. »

Gillian exprima son manque d'intérêt d'un froncement de nez et reposa *Pactes et magie démoniaques.*

« Gillian, il faut que je te dise que je suis allé dans ta chambre en fin d'après-midi. »

Elle se pencha en avant et se croisa les bras sur les genoux.

« Tu as trouvé une clé ?

— J'ai crocheté la serrure.

— Mère était avec toi ?

— Oui. »

Gillian rit sans pourtant se sentir particulièrement gaie.

« C'était donc une idée à elle. Ça l'a beaucoup choquée ?

— Elle devrait s'en remettre. Katharine est d'une résistance remarquable.

— Qu'est-ce que tu lui as dit ?

— La vérité sur ta situation, telle que je l'ai comprise. »

Gillian jeta un coup d'œil à l'ouvrage de démonologie.

« La vérité n'est pas là-dedans, papa. Ce n'est… pas du tout comme ça.

— Tu veux bien m'expliquer ? »

Elle garda si longtemps le silence qu'il crut qu'elle n'allait pas répondre. Puis elle s'allongea à ses pieds et regarda le feu sans ciller.

« Il m'est arrivé quelque chose de bizarre à l'hôpital. Peut-être à cause de cette grosse fièvre. Skipper dit que certains d'entre nous Traversent dans la souffrance, après un accident ou un choc grave. Mais lui n'a jamais eu à Traverser, il a toujours pu Visiter, il n'a pas oublié comme moi. Quand j'avais entre trois ans et demi et quatre ans, j'ai commencé à perdre mes… mes droits de Visite, et j'ai perdu la trace de Skipper. Maintenant, il faut que je réapprenne comment Visiter. C'est comme apprendre à nager dans de grosses vagues. Des fois, ça fait peur. Il y a des choses – pas dans ce monde mais juste en dehors, comme des ombres sur une fenêtre, oh mon Dieu ! –, mais ça devient chaque fois un peu plus facile.

— Qui est Skipper ?

— J'avais une marionnette appelée comme ça qui lui ressemblait un peu : pendant un temps, après sa naissance, il détestait qu'on l'appelle *Robin*, il trouvait que c'était un nom de fille stupide.

— Robin, ou… Robbie, peut-être ?

— Des fois je l'appelais Robbie. » Gillian était ravie. « Tu te souviens ?

— Ça ne remonte pas à si loin que ça. Tu gardais toujours une place pour Robbie dans tes goûters. Il fallait faire très attention de ne pas lui marcher dessus par accident. Robbie est… revenu, c'est ça ?

— Je sais à quoi tu penses. Je ne suis pas folle ! J'avais un *jumeau*, papa. L'autre est mort avant la naissance, ce qui fait que Robin et moi n'avons pas pu être ensemble comme prévu. Mais il est vivant, il est réel, je le jure ! Et il n'y a que lui qui puisse m'aider. » Gillian s'assit en secouant la tête. « Je ferai ce qu'il me demandera, ajouta-t-elle d'un ton calme et désespéré. Je ferai tout ce qu'il veut, du moment qu'il m'apprend… à me contrôler.

Il peut accomplir des choses incroyables, l'activer ou le désactiver à sa guise…

— Gilly, où est Robin en ce moment ?

— Son corps ? Je n'en sais rien. Il me rend Visite quand il veut et qu'il a le temps. Et des fois il me parle, de très loin. Il me donne rendez-vous dans un de ces endroits où on jouait.

— Comme à Bedford, dans les étables ?

— C'était un de nos endroits préférés. J'ai attendu, attendu, mais pas de Robin. Ce n'est pas drôle, on n'a plus l'âge de jouer à cache-cache. Qu'est-ce qu'il est méchant, des fois ! Je l'aime, mais il a beaucoup changé. Peut-être qu'il ne peut pas s'en empêcher. Je crois qu'il lui arrive quelque chose de vraiment mauvais. Non, il ne me ferait pas de mal, mais il se conduit parfois de manière très stupide, comme quand il me fait attendre dans un endroit où je ne peux pas me défendre ; je pourrais me retrouver dans une situation si mauvaise que je n'arriverais même pas à revenir. »

Gillian se leva, la main plongée avec désinvolture dans sa longue chevelure, et se promena d'un air songeur dans la bibliothèque.

« Pourquoi as-tu besoin de son aide ? demanda Avery. Qu'est-ce qui te fait si peur, Gillian ? » Quelques secondes plus tard, il répéta tout doucement : « Gillian ?

— Oh, pardon ! J'avais cru entendre…

— Robin est là ? »

« Non », répondit-elle, la mâchoire crispée.

Gillian s'approcha de son père et s'assit sur le bras capitonné du grand fauteuil. Elle prit soin d'éviter tout contact avec lui. Après quelques douloureux faux départs, elle parvint à demander doucement, d'une voix lasse : « Tu as entendu parler d'une Mme McCurdy ?

— Je ne crois pas.

— Alors c'est qu'ils ont étouffé l'affaire. Elle était au même étage que moi, à l'hôpital. Une femme un peu énervante, mais qui… qui croyait bien faire. Elle avait été opérée. Des jambes. La nuit avant ma sortie, je devenais quasiment folle d'ennui. Comme je n'avais rien pour m'occuper, je suis allée à l'autre bout du couloir, dans la chambre de Mme McCurdy. Je me rappelle très bien qu'il y faisait chaud, on étouffait, elle avait branché un vaporisateur. J'ai tout de suite voulu ressortir, mais elle ne dormait pas et elle m'avait entendue. Elle m'a demandé de m'asseoir sur le lit pour lui tenir compagnie. Je lui ai sans doute pris la main. Oui, je suis sûre que oui, c'est arrivé pendant que j'avais sa main dans la mienne. C'est peut-être ce qu'on appelle une “vision”. J'avais l'impression de regarder un extrait de film. Je ne me souviens plus de quoi ça parlait, mais je sens encore à quel point ça la *blessait* après tant d'années. Elle n'avait jamais pardonné à son père, jamais. Je l'ai haï aussi. Ça s'est déversé de moi et de Mme McCurdy. Toute cette haine. C'est à ce moment-là qu'elle a commencé à saigner. À se vider de son sang, elle s'est vidée, vidée, *vidée*… Dieu me damne, je l'ai tuée. »

Gillian baissait la tête mais ne pouvait empêcher ses mains de chercher à tâtons le réconfort qu'elle ne pouvait obtenir de lui. Avery voulut toucher la nuque délicate ainsi exposée mais un instinct profond retint sa main.

« Gillian, elle a pu faire sauter ses points de suture par accident. Il y a forcément une explication médicale et rationnelle à ce qui est arrivé à Mme McCurdy et je compte bien la découv…

— Non. Il n'y a pas d'autre explication. Robin dit… que c'est nous. Mais lui ne prend pas ça au tragique. Quand je lui ai raconté ce qu'il s'était passé avec Mme McCurdy, ça n'a pas eu l'air de l'intéresser.

— Tu te souviens de ce qu'il s'est passé ensuite, quand tu es sortie de sa chambre ?

— Oui. Non. En partie, je crois. Il y avait des visages. Un prêtre. Qui avait l'air de savoir ce que j'avais fait. J'étais pleine de sang. Il a été gentil. Il m'a aidée. Il m'a dit que je devais m'enfuir de l'hôpital. Moi, je voulais partir avec *lui*, mais il avait des ennuis ou je ne sais quoi. Il a promis de venir me voir. J'aimerais bien lui parler pour que tout soit clair.

— Gillian, un prêtre a été abattu à l'hôpital, peu de temps avant que Mme Busk te trouve assise dans la rue. »

Elle leva les yeux, les nerfs trop tendus pour verser la moindre larme.

« C'est donc pour ça qu'il n'est pas venu.

— Mais je tiens absolument à t'aider. Et je ne sais pas comment. »

Il y a du sang dans l'eau, Katharine. Tu es blessée ?

C'est j-juste mes r-règles.

Après deux ans de ménopause ?

« Papa ?

— Oui, Gillian ?

— Je voudrais t'embrasser. Un… un baiser ne peut pas faire de mal. »

Avery sourit vaillamment. « Je suis sûr que non. »

Les yeux écarquillés d'appréhension, elle lui effleura précautionneusement le front de ses lèvres.

« Je vois bien à quel point tu es inquiet. Je voudrais presque ne t'avoir rien dit. Mais je sais que tu fais l'effort de comprendre, tu as vu des choses stupéfiantes. Comme ce saint en Inde qui reproduisait les miracles du Christ. Bien sûr, Robin peut faire la même chose. Et même mieux. Mais il n'a pas vraiment le complexe du Messie.

— Gillian, si tu n'as pas confiance en lui, comment peux-tu croire à ses paroles ? Es-tu certaine qu'il ne te fera pas de mal ?

— Je n'ai jamais *dit* que je ne lui faisais pas confiance. Des fois, j'ai juste un peu peur. Il a toujours été imprudent. Il y va à fond. Il pense pouvoir devenir toujours plus puissant et que rien n'ira jamais de travers. » Elle tira d'un air maussade sur sa lèvre inférieure. « J'ai confiance en lui, ajouta-t-elle au bout de quelques instants. Mais est-ce que j'ai vraiment le choix ?

— Tu pourrais peut-être prendre un autre mentor. Si on arrive à te trouver quelqu'un qui dispose de la sagesse et de l'expérience dont Robin semble manquer.

— Pourquoi pas », répondit Gillian, à nouveau sur la défensive. « Mais je ne voudrais pas que Robin le découvre et se mette en colère contre moi. Non, ça ne serait pas très bon.

— Il va falloir que je contacte des gens difficiles à joindre. On en reparle dans un jour ou deux. »

22 h 40

Gillian se lava les cheveux dans le lavabo pendant que son bain coulait. La radio de la salle de bains diffusait une musique douce : d'abord du Judy Collins puis un pot-pourri des tubes de Kristofferson, chanté, si l'on peut dire, par Kris lui-même. Elle se frotta la tête avec une serviette en évitant de se regarder dans le miroir. Elle savait qu'elle avait mauvaise mine. Il y avait trop de bleus, et trop de côtes qui saillaient bizarrement. Elle se languissait de la retraite familiale sur la baie d'Acapulco, avec sa terrasse conçue pour être toujours ensoleillée et toutes ces délicieuses spécialités mexicaines grasses et croustillantes que préparait Magdalena. Elle était fatiguée, moulue d'avoir essayé de contenter Robin sur un plan ou sur un autre. Il avait l'énergie d'un renard aux abois et ne se lassait jamais de tirer profit de l'inexpérience de Gillian pour la malmener et s'amuser à ses dépens.

Quand elle lâcha la serviette qui lui ceignait les reins et se tourna pour entrer dans le bain, elle découvrit au tout dernier moment que l'eau était devenue bouillante.

Gillian voulut pleurer, hurler, taper sur quelque chose, et de préférence sur les taches de son du nez de Robin. Il ne se montra pas en personne, peut-être était-ce trop difficile. Mais il était là. Elle refoula son ressentiment, mais pas complètement.

« Et ce que tu as fait à mon chat ne me plaît pas non plus », dit-elle. Elle redressa la tête et attendit en caressant avec douceur un sein par trop malmené depuis quelque temps.

JEUDI 6 JANVIER
0 h 16

Katharine soupirait et gémissait dans le noir : Avery l'entendit avant d'ouvrir la porte de sa chambre. La pièce était plutôt froide, elle avait baissé les thermostats au minimum. Il alluma une lampe dont la lumière tomba directement sur le visage de Katharine, qui sursauta comme si on lui avait tiré dessus et ferma les yeux de douleur. Elle était assise dans un fauteuil à bascule rembourré. Elle avait enfilé une des robes de chambres d'Avery et seuls les bouts de ses orteils dépassaient de l'ourlet, alignés en une jolie petite rangée.

« Qu'est-ce qu'il se passe ? » demanda Avery en allant allumer une autre lampe à l'autre bout de la pièce.

Il jeta un coup d'œil au lit et vit où elle avait dormi. Il en resta stupéfait.

« Oh, ma chérie, dit-il. Ma très, très…

— Ça a fini par s'arrêter. J'ai utilisé une grande serviette. Je l'ai arrêté.

— *Oh mon…*

— Du calme, Avery. Ce n'est sûrement pas aussi moche que ça en a l'air. Le cœur battait fort. Ça ralentit, maintenant. Je suis faible, c'est tout. »

Il revint vers elle.

« Tu peux t'habiller ? Marcher ?

— Je ne le ferai pas. Pas d'hôpital. Je reste ici. Gillian… a besoin de moi. N'appelle personne. *Je n'irai pas.*

— Gillian va bien, je lui ai parlé il y a quelques heures. Je me disais… pas plus loin que chez Min, pour ce soir. Tu veux bien finir la nuit là-bas ?

— Pourquoi ?

— Chez Min, je ne pense pas que tu risques… d'hémorragies soudaines de ce genre.

— Et comment le sais-tu ?

— Gillian prétend qu'elle peut par sa seule présence provoquer ce genre de saignements chez quiconque se trouve à proximité. Mais si tu t'éloignes, ne serait-ce peut-être que de quinze mètres…

— Quel cauchemar malsain as-tu encore fait ? Tu as fait croire à ma fille qu'elle était un vampire ?

— Tu n'as plus toute ta tête, Katharine ; tu as perdu beaucoup de… Va chez Min, je t'en prie, juste pour la fin de la nuit.

— Non !

— Si tu n'y vas pas, et si tu n'y vas pas tout de suite, j'appelle Parker Hansel. Et tu sais ce qu'il fera.

— Où est Gillian, en ce moment ? demanda Katharine.

— Dans sa chambre.

— *Tout entière* ? dit-elle avec un sourire affreux.

— Je n'en suis pas sûr. La porte est à nouveau fermée à clef. Il y a quelques minutes, j'aurais juré avoir entendu… des voix derrière la porte. J'ai parlé à Gillian ce soir, dans la bibliothèque. Je ne peux pas te dire grand-chose pour l'instant. Ses problèmes semblent liés à un cas assez exceptionnel de possession. Mais la tragédie qui nous menace tous est pire qu'un cauchemar. Nous aurons besoin de toute notre intelligence et de toutes nos forces pour survivre. Mets-toi bien dans la tête que Gillian nous aime. Elle ne nous veut aucun mal. Je t'emballe quelques affaires ? »

Elle avait commencé de se balancer d'avant en arrière, repliée comme un enfant sur son monde intérieur, la bouche formant des mots qu'elle ne prononçait pas, les yeux agités comme s'ils suivaient les rebonds d'une balle, comme s'ils les suivaient obstinément jusque dans l'oubli dans le théâtre sombre de son esprit.

Puis, soudain, elle releva la tête, son long cou raide de terreur.

« *Ça recommence* », dit-elle avant de fondre en larmes.

2 h 10

Installé dans son fauteuil, face aux cendres dans la cheminée de la bibliothèque, Avery était si épuisé qu'il devait se forcer à garder les yeux ouverts.

Il avait griffonné plusieurs numéros de téléphone sur le bloc-notes posé sur ses genoux car cela faisait plus d'une heure qu'il s'efforçait de retrouver deux de ses collègues qui, *a priori*, détenaient l'information dont il avait besoin. L'un, parti en voyage d'études, ne pouvait en aucun cas être joint. Avery était parvenu à localiser l'autre, Richardson, après avoir dérangé une grande partie de la population académique londonienne. Au moins Richardson avait-il pu fournir un nom et un numéro de téléphone à New York.

Avery tenait depuis plusieurs minutes le combiné sur son épaule droite, en vérifiant de temps en temps qu'il avait toujours la tonalité. Il n'entendait que les bruits de sa propre horloge de bureau. Le temps semblait passer plus vite au milieu de la nuit, quand il était l'unique objet de son attention : lorsque Avery sentait le poids des années, les secondes acquéraient une vélocité cruelle. Mais Katharine était en sécurité, cachée dans le lit de sa mère quelque part dans la maison voisine sur Sutton Mews. Le vieux domestique écossais de Min pensait probablement qu'ils s'étaient violemment disputés. Aucune importance. Ainsi qu'Avery l'avait prévu, le dangereux saignement avait cessé presque aussitôt Katharine sortie de la maison. Il l'espéra endormie. Avery avait ordonné au domestique de passer souvent la voir mais de ne la déranger que s'il constatait quelque chose d'anormal.

« *Allô ?* » La voix endormie et peut-être irritée d'un homme dont il avait désespérément besoin.

Avery s'agita, inspira profondément et reprit le combiné.

« Je sais qu'il est très tard, dit-il. Merci d'avoir répondu. »

Puis il écouta longtemps, sans émettre le moindre commentaire, les rides se creusant de plus en plus sur son front, jusqu'à ce que l'homme à l'autre bout de la ligne s'essouffle.

Avery put enfin glisser un mot.

« Effectivement, docteur Roth, c'est une drôle de coïncidence », dit-il.

QUINZE

VENDREDI 6 JANVIER

Les nouveaux amis d'Hester, les Bundy, avaient choisi une teinte Crème Vanille pour leur chambre et une plus hardie pour leur salon, un Rouge Fiesta qui s'accordait avec les gros meubles mexicains et les objets primitifs rassemblés durant leur semi-retraite à Cuernavaca. Et Meg n'en démordait pas : ce rouge était exactement celui de la robe qu'elle portait en 1952 dans leur numéro *zocalo*, le clou de leur dernier film pour la MGM, *Holiday in Guadalajara*. Miles se déclarant d'un avis contraire, il s'ensuivit une vigoureuse prise de bec que Miles tenta d'apaiser le vendredi après-midi en projetant sur un mur sale de leur nouveau salon une copie 16 mm du film empruntée à un collectionneur.

Hester prit plaisir à ce film tapageur et sentimental à peine plus vieux qu'elle. Elle trouva Jane Powell délicieuse et se régala avec certaines scènes de Red Skelton, dont le concours du plus gros mangeur de *tacos* l'opposant à un petit Mexicain qui se révélait être des triplés. Les passages dansés par les Bundy et la menue Vera-Ellen étaient spectaculaires, malgré les décors qu'elle jugea peu ressemblants à ce qu'elle avait vu trois ans plus tôt au cours de vacances d'été à Guadalajara.

La robe de Meg, l'objet de la controverse, était presque, mais pas exactement, de la nuance dont elle se souvenait. Meg en rejeta la responsabilité sur la dégradation du négatif et la mauvaise qualité de la copie. Miles, rayonnant d'une nostalgie induite par le gin, l'admit tranquillement, et tous trois se remirent à la décoration.

Hester s'était offerte à repeindre la salle de bains, une corvée plutôt minime pour elle eu égard à sa rapidité et à son efficacité. Meg s'attaqua au salon avec plus de nonchalance. Quant à Miles, il déplaça le mobilier, mélangea les peintures, but davantage de gin et déambula en jean et baskets miteuses en évoquant son passé avec un sens comique irrésistible. Hester en lâcha plusieurs fois sa brosse tellement elle riait. Les Bundy s'étaient indéniablement beaucoup amusés durant les dernières années d'or du vieil Hollywood, avant qu'il ne manque d'être détruit par la télé et le mélange d'amertume et de paranoïa généré par les chasses aux sorcières.

À dix-huit heures, Miles sortit acheter de la nourriture chinoise. Hester et Meg nettoyèrent, ouvrirent encore plus de fenêtres afin d'évacuer les odeurs de peinture et s'affalèrent sur les coussins du salon.

Meg avait, devait avoir dans les cinquante-cinq ans, elle ressemblait à une fille de fermier qui grisonnerait mais n'aurait rien perdu de son énergie ni de sa vitalité, possédant par ailleurs une silhouette des plus élégantes et une adorable touche de mère nourricière. Miles était un Californien aussi soigné et aussi *recherché*[1] qu'il en avait l'air dans tous les films d'antan. Lorsqu'ils dirigeaient leur petite école de danse dramatique à 'Vaca, Meg et lui dansaient ensemble chaque jour. Juste pour le plaisir, pensaient-ils : ni l'un ni l'autre n'espérait plus un autre engagement professionnel, que ce soit au cinéma ou ailleurs. Mais ils avaient récemment figuré dans un pastiche des meilleurs moments des comédies musicales de la MGM, au succès duquel

1. En français dans le texte. (*N.d.T.*)

ils devaient d'être du jour au lendemain très demandés et recherchés par ces promoteurs et ces packageurs qui gagnaient leur vie sur le dos des amateurs de guimauve. Ils avaient donc monté un spectacle, hommage comico-sentimental au capital cinématographique des lendemains de la guerre, dont les répétitions devaient débuter en février. D'où ce retour à New York, vingt-cinq ans plus tard, où ils appréciaient chaque instant de cette nouvelle aventure. Ils s'étaient déjà rendus deux fois au Roseland, juste pour le plaisir.

« Tous les habitués, les anciens, ont applaudi, s'émerveilla Meg. Mais sans bousculade, sans que tout le monde se précipite, parle en même temps et essaie de nous toucher. Non, ils ont poliment attendu au fond de la piste, comme si nous étions de la famille royale. Billy, le chef d'orchestre, a annoncé que nous allions danser pour eux. Puis, presque d'une seule voix – j'en ai eu des frissons dans le dos –, ils ont réclamé une valse. Imaginez, une valse ! Alors nous avons fait ce petit bout de dialogue de présentation du *Perfect Gentleman*, quand Miles et moi nous rencontrons la nuit à Waterloo Station. Il faudra qu'on vous le projette un jour, ma petite. Nous avons posé le décor, on voyait *presque* les gros panaches de fumée du train, et nous avons dansé, et c'était comme retomber amoureux. Tout Roseland a semblé sentir la magie de cet instant. J'ai vu des larmes en passant à côté d'eux ; on les a entendus murmurer “content de vous voir de retour”, “vous nous avez manqué”, des trucs de ce genre. Ça, on a passé un moment génial.

— Judy Garland, à quoi elle ressemblait, en vrai ?

— Vous aussi ? Pour tout dire, je ne la connaissais pas tant que ça, même si elle et moi avons travaillé des années pour le même studio. On a fait un film ensemble, il me semble que j'y avais quatre ou cinq scènes avec Judy. Ce que je me rappelle le mieux, c'est la fois où je l'ai vue courir toute nue se réfugier dans un coin sombre du plateau, derrière le décor. Oh, non, pas *à poil*, elle portait une épaisse robe à crinoline. Je parle de l'émotion nue qui se dégageait d'elle à cause d'un éclair au chocolat que je ne sais qui lui avait fait passer en douce. Elle avait un gros problème de poids, vous savez, du coup elle n'avait pas le droit aux pâtisseries pendant le travail, et le travail ne s'interrompait presque jamais. Voilà donc notre Judy s'emparant, ou plutôt *caressant* cet énorme éclair au chocolat, il devait bien faire trente centimètres de long, mais je n'en sais trop rien vu qu'elle en avait une partie dans la bouche : elle léchait, elle suçait, elle lui faisait subir tout ce que vous voulez à part les derniers outrages, j'avais l'impression d'être une voyeuse rien qu'à la regarder.

« Elle a presque failli s'étouffer avec quand elle m'a aperçue. Elle est restée comme ça avec son machin en train de fondre et de lui couler sur les mains – il faisait très chaud sur le plateau, même loin des projecteurs ; elle en avait jusqu'aux oreilles. Elle s'est même mise à pleurer. Comme elle ne me connaissait pas, elle avait peur que je sois une des espionnes que la compagnie payait pour rapporter le moindre de ses mouvements au réalisateur ou à Louis B. lui-même. La pauvre petite ! Je lui ai dit que j'adorais moi aussi les éclairs au chocolat (même si je n'ai jamais voulu en sucer), et je l'ai aidée à se débarbouiller vu qu'ils rappelaient la première équipe. Elle n'avait rien pour planquer le reste d'éclair, mais elle ne comptait pas y renoncer pour autant. Elle l'a remballé à toute vitesse et me l'a mis dans les mains en disant de sa voix si particulière : “Tiens, débrouille-toi pour qu'il ne lui arrive rien et je t'aimerai toujours.”

— Qu'en avez-vous fait ?

— Eh bien, je portais un tablier d'ouvrière, alors j'avais de quoi le ranger. J'ai caché l'éclair dedans. Je pensais ne le garder que quelques minutes. Sauf que j'avais oublié que je figurais à l'arrière-plan de la scène dont on re-réglait l'éclairage. Un assistant réalisateur m'a attrapée et tirée à ma place où je suis restée, figurez-vous, une heure et demie pendant que Judy sabotait vingt-trois prises d'affilée sous ces grandes lampes à arc qui simulaient le soleil du désert. Une vraie calamité. Je sentais l'éclair tourner juste sous mon nez. Je suis partie dès que la prise a été bonne, mais j'avais la Garland en train de saliver dans mon dos. Comme sa loge était bourrée d'espions, elle m'a traînée dans une autre cachette et elle a exigé son éclair. Vous auriez dû voir sa tête quand je l'ai sorti de mon tablier. Elle était *fu-rieuse!* Elle a tapé du pied en répétant : "Jésus Marie Joseph, regarde-moi ça ! Qu'est-ce que t'as fait à mon éclair ?" J'ai dû l'empêcher d'en lécher la garniture : il y avait sûrement de quoi anéantir la moitié de Culver City avec tous les germes qui s'y étaient développés. »

Miles rentra en titubant sous le poids de succulentes victuailles cantonaises, posa les cartons et s'aperçut qu'il avait oublié les nems. Il était prêt à repartir dans le froid mordant les chercher à dix pâtés de maisons de là, mais comme il en restait dans le congélateur d'Hester, elle dévala les deux étages pour aller les chercher.

Meg était de si bonne compagnie qu'Hester avait négligé de garder un œil sur la pendule. En entrant dans sa cuisine, elle constata avec surprise que dix-neuf heures approchaient. Elle attrapa les nems, remonta les marches quatre à quatre, se rua dans l'appartement des Bundy, lâcha son paquet à un endroit où Meg le trouverait et repartit à toutes jambes.

« Téléphone ! brailla-t-elle. Dix minutes ! Commencez sans moi ! »

Meg la suivit jusque sur le seuil. « Appelez donc de chez nous, comme ça vous pourrez parler et manger en même…

— Interurbain ! » contra Hester avant que la porte de l'appartement claque derrière elle. Meg secoua la tête et revint dans la cuisine.

« Je m'occupe des nems. Miles, tu veux bien fermer l'autre fenêtre ? Il commence à y avoir des courants d'air.

— Ça prend forme, ici, constata Miles en traversant le salon à moitié repeint. Hester nous a bien aidés, je trouve.

— Elle est tout simplement adorable », répondit Meg de la cuisine.

Miles ferma la fenêtre mais ne baissa pas les stores. Il regarda dehors, les mains dans le dos, jusqu'à ce qu'il voie en bas Hester descendre précipitamment les marches de grès brun en enfilant sa parka. Il jeta un coup d'œil à sa montre.

« Hester est sortie passer son coup de fil, observa-t-il.

— Mmmh.

— À sept heures précises, comme les autres soirs de la semaine.

— Tu veux combien de moo goo gai pan ?

— Beaucoup.

— Tu vas prendre de la brioche, le prévint Meg.

— Je m'en débarrasserai au lit », répliqua Miles. Sur le seuil de la cuisine, Meg s'agrippa le torse en feignant la terreur. Avec un sourire en tous points aussi engageant que celui de Fred Astaire, Miles lui adressa un doigt d'honneur, puis baissa le store et ferma les lamelles. Il alluma une autre lampe et fit un tour aux toilettes. Quand il revint vers la table, il se frottait les mains à la perspective du festin.

« Les toilettes ont l'air super, tu crois qu'elle a fait comment pour ne pas laisser de traces de pinceau ?

— Elle a été habile, répondit Meg. Elle *est* habile.

— Il faut faire quelque chose pour elle, dit-il en s'asseyant.

— Je sais.

— Mais quoi ?

— J'y réfléchis », dit Meg en servant le thé fort.

Peter l'avait avertie de n'appeler que d'un téléphone public, mais il y en avait très peu dans le quartier d'Hester, ce qui l'obligeait à courir jusqu'au carrefour de la 36ᵉ et de Lex. Elle y arriva quasiment à bout de souffle, le visage brûlant de froid. Sa montre de précision l'informa que l'heure était déjà passée de vingt et une secondes. Elle arracha un de ses gants, inséra sa pièce dans la fente et pressa les touches d'acier inoxydable. Quand elle eut composé le numéro, elle se blottit contre l'appareil pour protéger son visage du vent abrasif.

Elle ne raccrocha qu'après dix-neuf sonneries.

Elle sanglotait. Elle n'avait pas revu Peter depuis qu'il l'avait laissée sur Long Island, juste après deux heures du matin, le jour de la Saint-Sylvestre. Tout ce qu'elle savait des ennuis qu'il avait rencontrés depuis, elle l'avait déduit de quelques paragraphes du *Daily News :* un prêtre, qu'on avait manifestement pris pour Peter, avait été abattu. L'article était bref et le journal n'avait publié aucune information complémentaire. Cela faisait maintenant une semaine entière sans la moindre nouvelle de Peter. Elle aurait voulu crier sur ce téléphone qui ne répondait pas.

Es-tu vivant ? Mort ? Où es-tu, Peter ?

Le téléphone ne lui restitua même pas sa pièce.

Hester n'avait plus envie de compagnie mais, ne pouvant se résoudre à se soustraire à son obligation sociale, elle revint à son immeuble situé entre la Première et la Deuxième Avenue. Elle rayonnait encore d'un éclat trompeur dû au froid en arrivant chez les Bundy, mais ceux-ci virent bien que son moral n'était pas au mieux. Elle leur fut reconnaissante de respecter son intimité en ayant la délicatesse de ne pas évoquer le sujet.

Si New York était sous la neige, la Virginie bénéficiait d'une semaine particulièrement douce au sud de Charlottesville.

De l'hélicoptère Puma volant à mille deux cents mètres d'altitude, on voyait l'épais soleil rouge se coucher derrière les Montagnes Bleues. Non loin de lui dans le ciel délavé, mais en réalité peut-être à des centaines d'années-lumière du système solaire, quelque chose brillait comme une étoile du soir, comme une nova en explosion.

Nick O'Hanna, l'un des haut gradés que convoyait l'hélicoptère, la désigna à son chef. Byron Todfield quitta des yeux la dernière moisson de renseignements qu'il étudiait, mais ce qui se passait en dehors de sa sphère d'opérations ne l'intéressait pas réellement. Un autre haut gradé, le druidique Bose Venokur, profitait de ce voyage à la Plantation pour lire Mishima. Il cita *Neige de printemps :* « L'histoire est l'enregistrement de la destruction. On doit toujours faire de la place pour le prochain cristal éphémère », sans que personne ne fasse attention à lui. L'un des gardes du corps de la section Oiseau De Proie, qui perdait au black-jack, jura tout bas. Le puissant hélicoptère poursuivit son vol à sa vitesse de croisière de deux cent soixante-cinq kilomètres-heure.

Ils atteignirent la Plantation peu avant dix-huit heures et se posèrent dans le complexe situé sur la rive sud de la James. Dans le ciel nocturne encore dégagé, une brume se formait déjà sur les jachères pour s'épaissir en brouillard dans les méandres de la rivière. Ils s'engouffrèrent dans les véhicules qui les attendaient au milieu de lumières brûlant comme des gouttelettes de napalm. Un frisson parcourut O'Hanna lorsqu'il pensa à la crise. Ce n'était pas à lui de savoir ce qu'il se passait à la Plantation, aussi en savait-il très peu. Mais il avait entendu des histoires assez épouvantables.

Quelques minutes plus tard, ils arrivèrent au presbytère, une maison en briques de style colonial, munie d'une véranda surplombant la rivière et entourée d'annexes de même style mais moins imposantes ainsi que de haies de buis plantées avant la guerre d'indépendance. Un valet en culotte leur ouvrit la porte et leur prit leurs manteaux.

Leur hôte, un petit homme aux lunettes à verres miroirs, descendit le large escalier courbe pour les accueillir. Aimable, voire chaleureux, Marcus Woolvine avait une poignée de main correcte qui ne suffit pas pour autant à le rendre sympathique aux yeux d'O'Hanna. Il faut dire que Nick n'avait jamais apprécié, lorsqu'il regardait un homme, de ne voir que son propre reflet déformé et indiscret. L'assistant de Woolvine, quant à lui, était un garçon imposant genre jeune fermier nourri au lait, avec une chevelure chaume et des joues rouges, mais O'Hanna n'aimait pas sa bouche dont la lèvre supérieure tombait brusquement et en oblique sur l'inférieure, comme une lame de guillotine. À nouveau, O'Hanna se sentit mal à l'aise : décidément, il n'aimait pas ces hommes, et ce que leur pouvoir impliquait le dérangeait. « Comment va Peter ? » demanda-t-il.

Woolwine sourit. « Votre ami s'exerce dans le gymnase.

— Hein ? s'étonna O'Hanna. Il était plutôt malade quand il...

— Je dirais même qu'il était extrêmement mal en point et à bout de nerfs. Avec une température approchant les 39,5 °C ainsi qu'un début de pneumonie dans le poumon gauche, sans doute à cause de la pollution du fleuve. Nous avons également découvert un ulcère du duodénum assez conséquent. Mais il a retrouvé la forme.

— En cinq jours ?

— On m'a déjà demandé des régénérations bien plus complexes en moins de soixante-douze heures, répliqua Woolvine d'un ton acerbe. Il n'y a pas de meilleur remède pour l'organisme que l'esprit. Venez donc le constater par vous-même. Vous lui parlerez, cette fois, monsieur Todfield ?

— Certainement. »

Ils gagnèrent le gymnase, situé à l'écart de la demeure, par un passage couvert et chauffé. Peter, en survêtement rouge, soulevait des poids. Une mignonne blonde aux fascinants yeux *ginger ale* et vert-de-gris l'assistait. C'était le genre de fille capable d'être à la fois radieuse et indomptable sans provoquer de choc insulinique. Peter, allongé à plat dos sur un banc, soulevait dix kilos avec chaque jambe. Il avait beaucoup sué. Sa peau commençait à acquérir un joli bronzage artificiel et il semblait de belle humeur.

O'Hanna, Todfield et Venokur s'approchèrent de lui sur le plancher en érable. La blonde leur jeta un coup d'œil et toucha l'épaule de Peter. Celui-ci se leva, sourit à Nick O'Hanna et étudia les autres du regard.

« Peter ? Bon sang, mais tu as l'air en super forme ! »

Peter serra la main tendue. « Je ne me suis jamais senti mieux, Nick.

— Je te présente mon patron, Byron Todfield. Ainsi que Bose Venokur, chef de notre section Serre chaude. »

Peter leur serra la main. « Vous venez d'arriver ?

— On est là depuis quelques minutes, répondit Todfield.

— Nick vous a certainement raconté ce qu'il m'est arrivé… et ce qui est arrivé à mon fils.

— Il nous a dit tout ça. Mais, bien entendu, nous en savions déjà pas mal sur vous, Peter. Vous êtes un homme ingénieux et de grande valeur. J'aurais aimé vous avoir dans *notre* équipe. J'ai trouvé stupéfiante la manière dont vous avez survécu à la traîtrise de Childermass et à cette grande chasse à l'homme. »

Peter jeta un coup d'œil à son ami O'Hanna.

« Cette fois, je ne m'en serais peut-être pas sorti sans Nick.

— On se demandait pourquoi tu n'étais pas venu me trouver plus tôt, Peter, répondit celui-ci. Je veux dire, bon, on n'était pas du même bord, mais tu sais bien que je t'aurais cru.

— Mon vieux pote de la Navy, fit Peter avec nostalgie. Mais il se trouve qu'au MORG, il y a un axiome qu'on nous enfonce tout de suite dans le crâne : ne faites confiance ni au FBI ni à la NSA. Et, surtout, ne faites jamais confiance à ces bandits de la CIA. J'avais peur que tu m'écoutes poliment et que tu me rendes à Childermass ensuite. »

O'Hanna fronça les sourcils. « Jésus ! À ce dingue ? Aucune chance.

— Maintenant, l'important est de… » Peter se tourna vers Todfield. « Pensez-vous pouvoir m'aider, monsieur ?

— Et comment ! répondit fermement Todfield. Mais pour l'instant, Peter, je vous avoue que nous ignorons où se trouve Robin. Nous poursuivons nos recherches. D'ici là… vous disposerez de tout le support matériel et moral que vous pourrez souhaiter. »

Peter hocha sobrement la tête.

« Merci. Merci. » Il ne pouvait plus s'arrêter de hocher la tête ; son visage parut se pincer et ses yeux se brouiller. « Merci. Parce que l'important, l'important, c'est que je retrouve mon fils. Mon fils. Il faut. Le trouver. Trouver Robin. Trouver Robin. » Il se tourna vers le mur et se mit à le marteler à coups de poing. « Trouver Robin. »

La fille s'avança pour poser d'un geste protecteur ses mains sur les épaules de Peter.

« Arrête, Peter. » Elle s'adressa ensuite aux hommes qui, interloqués, assistaient à la scène. « Il est un peu fatigué. »

Peter sanglota, un sanglot unique semblable à un violent serrement de gorge, et ne réagit pas lorsque la délicieuse créature lui glissa un bras autour de la taille. Elle couvrit le poing levé de Peter avec sa main libre.

« Tes amis vont aller dîner », dit-elle doucement. Puis, à O'Hanna : « Vous avez autre chose à lui dire ? »

O'Hanna déglutit, amer.

« Le patron reste quelques jours dans le coin, Peter. On... On discutera de tout ça. »

Peter changea pendant qu'ils s'éloignaient : l'état d'excitation frénétique dans lequel l'avait plongé l'évocation de son fils semblait de l'histoire ancienne, et il souriait.

« Hé, Nick ! »

Nick se retourna, l'esprit ailleurs. « Ouais, mon vieux ?

— Ça mord comment, pour toi ?

— Oh... plutôt bien, je pense.

— Continue comme ça, lui conseilla Peter.

— Pas de problème. Porte-toi bien, Pete.

— Je ne me suis jamais senti en meilleure forme, Nick. Écoute, demain à la première heure, on va sur les hauts-fonds.

— Un petit plongeon ? proposa la fille à Peter d'une enchanteresse voix de velours. L'océan est bien chaud à cette heure de la nuit, il n'y a pas mieux pour une longue baignade tranquille. »

En sortant du gymnase, ils entendirent Peter émettre un rire de gorge.

Woolwine et son jeune assistant les rejoignirent à l'extérieur. Woolwine trépignait d'autosatisfaction. « Messieurs ?

— Jésus, marmonna O'Hanna en secouant la tête. Le voir comme ça... vous l'auriez connu à l'époque... c'était un sacré type. Où est-ce qu'il croit être ?

— Avec vous, en train de pêcher dans les Florida Keys. Vous et lui avez décollé de Falls Church dimanche après-midi dans votre Cherokee pour aller dans votre pavillon sur Lower Matecumbe. Vous y êtes restés depuis. Lui fournir une mémoire continue commençant juste avant qu'il ne s'effondre sur la moquette de votre salon la nuit du nouvel an a bien servi. Donc, quand vous parlez avec lui, n'oubliez pas que tous les deux, vous pêchez et picolez un peu au soleil, d'où un bronzage correct mais pas trop voyant : il ne faut pas que Peter attire l'attention lorsqu'il se retrouvera à New York en plein hiver.

— Pour un robot, il m'a l'air trop émotif, fit pensivement Venokur.

— Quelle drôle d'idée », répondit Woolwine en le considérant d'un air d'abord surpris (comme s'il le regardait pour la première fois) puis méprisant. « Je ne crée pas de robots. C'est du bricolage, ça. M. Sandza est engagé dans une poursuite à la vie à la mort, une quête de proportions épiques. Il faut qu'il retrouve son fils. Notre but premier est de renforcer cette détermination afin de le rendre encore plus résolu et plus ingénieux. Nous ne voulons lui faire perdre ni de son tranchant ni de sa ruse animale. Sa crise semblait quelque peu théâtrale, j'en conviens, mais n'oubliez pas qu'il est plongé dans une transe de niveau quarante, dont il ne sortira qu'à la fin de notre implantation psychologique. C'est-à-dire aux environs de mercredi en huit. Je vous le garantis sans défauts mercredi.

— Vous faites des choses stupéfiantes, ici», dit Todfield d'un ton respectueux.

Amadoué, Woolwine gloussa.

«Je le crois en effet, monsieur.»

La limousine qui convoyait le Dr Irving Roth et son associée à Parangon, le Dr Maylun Chan We, stoppa à l'entrée de Sutton Mews. Le garde vérifia le nombre de passagers avant de leur faire signe de passer.

«Voilà donc Sutton Mews.» Maylun bénéficiait de cette perfection physique assez répandue parmi les Orientaux : pure, austère, deux perles noires assorties en guise d'yeux... elle semblait trop parfaitement fabriquée pour avoir été enfantée. La petite cicatrice d'une blancheur d'émail qu'elle avait au front en devenait un défaut précieux, un signe de faillibilité. «J'avais vu ces maisons du pont de la ligne de métro circulaire. J'ai toujours voulu savoir qui étaient les einards qui habitaient là.

— Les Bellaver et personne d'autre, répondit Roth. Le quartier tout entier leur appartient.

— Pas prétentieuse, comme demeure. Mais vraiment charmante.

— Ce n'est pas un prétentieux.»

Comme pour illustrer son propos, Avery Bellaver vint en personne leur ouvrir la porte. Il prit leurs manteaux, les accrocha et escorta ses invités dans la bibliothèque, où Katharine les attendait.

Roth vit aussitôt que Katharine Bellaver subissait un stress intense : elle semblait abrutie par des opiacés. Cela n'enlevait rien à sa splendeur et Roth lui adressa un sourire chaleureux. Il regarda ensuite son hôte d'un air interrogateur : «Gillian se joindra-t-elle à nous ?

— Elle est partie assister à un concert du Philharmonic avec une amie chez qui elle passera la nuit.» Comme Roth se taisait, Avery ajouta : «J'ai cru comprendre de notre conversation qu'elle ne devenait dangereuse qu'au contact d'un hémophile en puissance. »

Roth se passa la main sur cette zone dégarnie de son crâne qui semblait vulnérable. « De là à la confronter à une foule… J'aurais préféré que vous l'empêchiez de sortir.

— Je me suis dit qu'elle avait besoin… d'un peu de normalité dans sa vie, intervint Katharine. De bonne musique, de discuter avec quelqu'un de son âge. » Sa voix menaça de se briser mais elle réprima cette faiblesse d'un froncement de sourcils révélant une haine envers elle-même qui éveilla l'intérêt clinique de Roth. « Je voulais l'éloigner de la maison, l'éloigner de… de lui. »

Roth n'avait pas la moindre idée de qui elle parlait. « Espérons que vous avez pris la bonne décision.

— Vous ne savez pas ce qu'il s'est passé, se défendit Katharine. Vous ne savez *rien* de la situation.

— J'en sais très peu », reconnut avec humilité Roth, qui en avait énormément deviné. Maylun branchait son Nagra. « Vous avez une photographie récente de Gillian ? » Avery leur tendit le portrait sous verre posé sur son bureau. Elle était très différente de la fille que Roth avait croisée dans le couloir de l'hôpital. Elle avait un air pudique, intelligent et obstiné. Avec un front d'une largeur incroyable, des yeux ravissants, un grand sourire. Roth fit un éloge excessif de sa beauté et posa des questions dont les réponses ne pouvaient être que flatteuses pour l'enfant comme pour ses parents. Il commença ainsi à manipuler habilement les Bellaver, dont la gêne faisait pitié, et à les préparer pour la difficile enquête à venir.

Minuit avait sonné quand il posa sa dernière question. Trois ou quatre minutes s'écoulèrent ensuite dans un silence total. Katharine réarrangeait distraitement son abondante chevelure, s'interrompant pour étouffer dans un mouchoir une quinte de toux sèche. Avery, les yeux rouges, récurait le fourneau de sa pipe à l'aide d'une allumette taillée en pointe et le bruit que cela produisait portait sur les nerfs de tout le monde. Maylun rembobina la bande qu'elle avait enregistrée. Roth, ankylosé, mal à l'aise d'être resté aussi longtemps assis, se leva, s'étira et se resservit d'Ind Coope. Il avait déjà vidé trois pintes de cette bière anglaise qu'il considérait comme une des meilleures du monde et dont Avery Bellaver se faisait directement livrer des fûts depuis la brasserie. Roth lui envia ce côté vie facile.

Il fit face aux Bellaver assis sur le sofa.

« Tout ce que vous savez de Skipper, ou de Robin, c'est ce que Gillian vous en a dit. Vous ne l'avez jamais vu se manifester, ni l'un ni l'autre. »

Avery secoua la tête. Katharine frissonna.

« Vu... ? Non. »

Roth sourit avec indulgence. « Oui, madame Bellaver ? »

Elle baissa les yeux.

« Le soir où Gillian est rentrée de l'hôpital, elle m'a montré un... une marionnette. Une marionnette à cheveux rouges qui lui appartenait et qu'elle appelait Skipper. Une chose lubrique, avec un sourire jusqu'aux oreilles et une... une queue de taille adulte. Gillian m'a affirmé qu'elle avait toujours eu Skipper. Sauf que je ne l'avais jamais vu.

— Qu'est devenue cette marionnette ?

— J'aimerais bien le savoir. Elle a disparu. Une ou deux heures après, je suis revenue au théâtre de marionnettes. Elle n'y était plus. À sa place, j'ai trouvé un chat mutilé.

— Un chat mutilé, lui fit écho Roth.

— Oui. Mutilé n'est pas le mot exact. En tout cas, un chat mort. Déformé. La *forme* d'un chat. De la couleur de Sulky Sue, pour autant qu'on pouvait dire... J'ai demandé à Patrick de s'en débarrasser. »

Elle regarda Roth de ses yeux aux prunelles en pointes d'épingle.

« Je n'invente rien, ajouta-t-elle d'une voix rauque. Patrick l'a vu aussi.

— Le chat, dit Roth avec un faux sourire d'émerveillement.

— Oui, le chat !

— Alors c'était sûrement un chat, concéda Roth. Écrasé par un chauffard, peut-être ?

— C'est… ce que je me suis dit aussi. Mais… la marionnette…

— Je pense que Gillian vous a fait croire à Skipper un petit moment. *Elle*, elle y croit, et de toutes ses forces.

— Il n'y a pas de Skipper ? Pas de Robin ? » demanda Avery.

Roth secoua la tête. « Non, monsieur Bellaver. Gillian l'a inventé dans son enfance pour combler un besoin, et de toute évidence, il a pris la place de son jumeau mort peu avant terme. Confrontée à une situation de crise, elle l'a réinventé, lui ou une version plus adulte dotée de pouvoirs télémagiques, pour qu'il l'aide à y faire face. En tout état de cause, Robin S… Robin est un fantasme.

— Dr Roth, je ne peux croire que ma fille soit folle.

— Elle ne l'est pas, bien sûr que non ! Mais le pouvoir psychométrique qu'elle possède est affreusement réel, et dangereux. Vous connaissez cette histoire du voyageur dans le temps qui change le sort du monde en marchant par inadvertance sur un papillon dans la préhistoire ? En revenant dans son époque, il découvre qu'à cause de lui, le monde est devenu monstrueux, privé de beauté. En se baladant ainsi dans le temps, Gillian ressemble à cet homme. Ses pensées peuvent influer considérablement sur notre réalité. Il faut de toute urgence qu'un professionnel l'aide à discipliner ce pouvoir.

— Vous pouvez l'aider, vous ? demanda Katharine.

— Oui. Ne vous faites pas trop de soucis, madame Bellaver. »

Roth finit sa chope d'Ind Coope. Il se sentait persuasif et confiant : les choses se déroulaient bien mieux qu'il ne l'avait espéré. Il n'avait pas pu ne pas remarquer leur soulagement quand il avait décrété que Robin n'était qu'une illusion. Les mots aussi étaient magiques, et ce soir sa magie était puissante.

« Je crois que ce serait une très bonne idée d'envoyer chercher Gillian tout de suite », dit-il.

À mi-concert, entre l'*Ouverture tragique* de Brahms et des extraits du *Rêve de Gerontius* d'Elgar, Gillian s'était sentie mal et avait dû sortir en hâte. Craignant qu'elle ne s'évanouisse, Larue l'avait accompagnée, mais Gillian avait pris un cachet et sa nausée passa bientôt. La foule, un peu trop d'excitation. Elles arpentèrent le foyer pendant *Gerontius*, et hormis un léger mal de tête, Gillian se sentait bien.

Larue suggéra qu'elles rentrent chez elle sans écouter les *Danses de Marroszek*.

Gillian avait envie de marcher, aussi avança-t-elle que l'air frais lui ferait du bien. Huit cents mètres séparant le Lincoln Center de l'immeuble de Larue, sur Central Park South, Larue essaya d'en dissuader son amie. Gillian accepta un compromis et demanda à Seamus, le chauffeur emprunté pour la soirée à son cousin Wade, de les suivre dans la Rolls cuivre. Mais elle tenait absolument à prendre de l'exercice, elle détestait se retrouver à bout de souffle au milieu d'une longue volée de marches.

« Tu crois que le spectacle aura du succès ? demanda Gillian en chemin, à propos de la comédie musicale à laquelle le père de Larue s'efforçait de faire prendre forme à Boston.

— Pas impossible.

— De toute façon, une fois qu'il sera repris à New York, ton père va se retrouver sans boulot.

— Je sais bien.

— Et alors, vous irez où ?

— À Londres, je crois, soupira Larue. Pour un film. Et ma mère jouera peut-être dedans. Ça ne nous fera pas de mal d'être ensemble tous les trois, pour une fois.

— Tu me manqueras, si tu t'en vas.

— Tu me manqueras aussi. Tu pourrais venir nous voir. On est obligées de parler de choses tristes ? »

Larue habitait dans un duplex et sa chambre surplombait Central Park du vingtième étage. La lune brillait et, en se déshabillant, Gillian vit le rectangle blanc de la patinoire luire entre les arbres dénudés.

En bas, Larue préparait du chocolat chaud et réchauffait des beignets à la cannelle. Gillian se brossa les dents, enfila sa chemise de nuit et se recoiffa rapidement. Elle fit ensuite le tour de la pièce pompeusement meublée en Louis XIV, un style que Larue détestait. Tout le contenu de l'appartement avait été loué, même les serviettes de toilette et les couverts. Larue n'avait apporté que quelques vêtements et objets personnels.

Sur l'un des murs figurait l'agrandissement d'une photo de feu son demi-frère Michael, vêtu d'un maillot de sport aux armes de l'université de Californie du Sud. Comme beaucoup de joueurs de basket, il avait les membres longs et un air de lévrier. Les mains posées sur ses hanches, il rejetait la tête en arrière, comme s'il riait de quelque chose.

Larue monta et vit Gillian regarder la photo. Elle posa son plateau, passa sans un mot dans son dressing-room dont elle ressortit bientôt en fermant sa chemise de nuit sur sa poitrine.

« Dès que j'ai eu l'âge de lui coller aux basques, j'ai voulu l'épouser », dit-elle.

Gillian la regarda avec compassion.

Le visage de Larue se serra, tout son corps se tendit. Le spasme passa en quelques secondes.

« Parfois, je me dis que mon cœur va s'arrêter de battre, reprit-elle d'un ton neutre. Un de ces jours, je vais penser à sa beauté et à tout cet amour que j'éprouvais pour lui, mon cœur s'arrêtera de battre et je mourrai aussi. » Elle s'assit et servit le chocolat en prenant soin de ne pas en verser à côté.

Gillian s'assit à côté d'elle sur une chaise et grignota un beignet.

« Y a quelque chose de bien à la télé ?

— Bof », répondit Gillian.

Le téléphone à la française sonna et Larue répondit. C'était sa mère qui appelait de Yougoslavie. La ligne était mauvaise. La conversation dura longtemps. Larue parla peu, mais quand elle parlait, elle devait forcer la voix. Elle resta la plupart du temps avachie, les yeux fermés, le combiné sur l'épaule. Ses doigts pressaient et caressaient furtivement son avant-bras, comme si elle craignait d'avoir la chair de poule.

Larue raccrocha en annonçant : « Ils ont six semaines de retard, il leur en faut deux autres pour finir et elle doit se présenter à un tournage en Espagne dans dix jours. Ma mère va de film en film. Elle est fatiguée, seule, et s'envoie probablement en l'air avec un type qu'elle n'apprécie pas. Au fond, c'est quelqu'un de très bien, avec un sens démodé du péché. Rien de ce qui concerne l'intégrité humaine n'est méprisable, ce genre de choses. Un jour, j'ai entendu un acteur dire que dans le show business, on se servait des émotions comme d'une monnaie forte. Eh bien, ma mère dépense trop. On est pas mal à lui ressembler, tu ne trouves pas ? D'un autre côté, mon père est... trop coûteux. Il ne se fait pas d'amis : il crée des personnes à charge. Il fait en sorte que le travail soit mené à bien, j'imagine. Parfois, très rarement, il naît quelqu'un comme Mike. Quelqu'un d'une générosité absolue. Quelqu'un sans le moindre préjugé ni la moindre peur. » Larue regarda le visage de son frère. « Mais il a payé pour toute cette générosité, pour toutes ces exigences. Tu as lu Frost ? Frost a écrit : "Là où on est forcé de vous recueillir quand vous êtes obligé d'y aller, cet endroit-là est votre foyer." Mike a recueilli tout le monde. C'était une partie de son karma.

— Et l'autre partie, c'était quoi ?

— Pour la grâce de continuer à vivre, il devait accomplir des choses magnifiques, différentes et dangereuses. » Elle tendit les bras, amena lentement sa main gauche déployée contre son poing droit.

« Ma pauvre Larue », dit doucement Gillian, navrée que son amie ait été davantage bouleversée par l'appel de sa mère.

La main de Larue vola une fois encore avec grâce sous son regard songeur.

« Isabella savait qu'il allait mourir. Elle a essayé de me pré-parer.

— Isabella ? Qui c'est ?

— Une amie un peu sorcière de Malibu. Une fille vraiment adorable. Dans sa famille, ils sont tous sorciers depuis le XVIIe siècle.

— La vache, j'ai jamais entendu rien de tel.

— Dans quel monde tu vis, Gil ? Remarque, on ne doit pas trouver beaucoup de sorciers à New York.

— Tu crois à la sorcellerie ?

— Tu ne comprends pas. Là-bas, la vie n'est que drogue et ça. Quand t'es une fille, une jolie fille, on t'accoste dans la rue ou à la plage, pour l'amour du Ciel, ce sont des sorciers qui cherchent des recrues. Tu te fais assez vite avoir par les assemblées de sorcières si tu ne sais pas te protéger. Oh, la vie n'est pas rose en Californie du Sud. L'année dernière, j'ai rencontré un type, à la fête de la Renaissance. Il m'a tout de suite eue à la bonne, mais j'étais avec des copines et je n'ai pas voulu partir avec lui. Après ça, j'ai eu des gros ennuis pendant une semaine. Pas une seule nuit sans cauchemars. Je me sentais attirée vers une boutique occulte devant laquelle je passais en allant à l'école. Quand je refusais d'y entrer, il me prenait des migraines terribles. D'après Isabella, je subissais une attaque psychique. Heureusement qu'elle a pu briser le sort.

— Comment ?

— Je n'en sais rien. C'est de la magie blanche, de la magie populaire. Elle a juré de ne jamais en parler. »

Gillian épousseta ses genoux pour en faire tomber les miettes de beignet dans une serviette. Elle se leva et avança lentement vers les fenêtres. Elle regarda si longtemps dehors que Larue s'en inquiéta.

« Ton malaise te reprend ?

— Non. Je réfléchis.

— Tu dois trouver ça difficile à croire. Cette histoire d'attaque psychique. Ça arrive tout le temps. Gil, je pensais qu'on était assez proches pour pouvoir tout se dire, toi et moi. Vraiment tout. »

Gillian se retourna et dévisagea son amie.

« C'est vrai.

— J'ai toujours été honnête avec toi. »

Gillian sourit et hocha la tête. Elle regarda une nouvelle fois la photo de Michael. Puis, sans cesser de sourire, elle s'allongea sur le lit à baldaquin.

« Larue ? »

Larue s'avança et s'allongea à côté d'elle, le menton dans la main, une lueur de curiosité dans les yeux.

« Je voudrais te parler de Robin », dit Gillian.

Cela prit un temps considérable. Larue était fascinée, comme Gillian l'avait plus ou moins prévu. Elle posa des questions pertinentes chaque fois qu'un aspect de la relation l'intriguait ou lui échappait. À un moment, elle s'assit, ferma les yeux et tendit la main en s'efforçant d'imaginer le monde astral juste au bout de ses doigts.

« Il se passe quoi, là-bas ? demanda-t-elle.

— Pareil qu'ici et bien plus encore. C'est très animé.

— À quoi tu ressembles ? Quand tu y es ?

— Je ne change pas d'aspect. Mais je pourrais, si je voulais. Ou si j'y étais condamnée.

— Comment ça, condamnée ?

— Le mal ne se limite pas à ce monde, il continue. Mais là où il existe dans l'astral, il est visible. On ne peut pas cacher ses pensées ou ses émotions, là-bas.

— Et c'est le premier endroit où on va en mourant ?
— Oui, toujours.
— Donc Mike y serait ? demanda Larue avec agitation.
— Eh bien, peut-être. Mais il est mort très jeune. S'il avait un cycle à finir, une partie du cycle de quatre-vingt-quatre ans, alors il reviendra bientôt.
— Des fois, j'ai eu l'impression qu'il était encore juste à côté de moi. Qu'il gardait un œil sur moi. »

Larue enlaça soudain Gillian et la serra très fort contre elle. Gillian se raidit un instant puis se débattit.

« *Larue, non !*
— N'aie pas peur… si quelqu'un doit avoir peur, c'est moi. Je saignais terriblement du nez quand j'étais petite. Ça me donnait tellement mal au cœur que j'en avais le vertige et que je m'évanouissais. Je ne *supporte pas* la vue du sang ! Mais il ne va rien se passer. Il faut que tu surmontes ça, Gil, il faut que tu surmontes cette peur de toucher ou d'être touchée. »

Elles luttèrent avec acharnement pendant plusieurs secondes, mais Gillian manquait d'endurance et Larue n'eut aucune difficulté à l'emporter. Elle posa la tête sur le sein humide de son amie afin d'écouter le battement affolé de son cœur.

« Je vais bien, dit-elle d'un ton apaisant. Je vais bien. Il ne va rien se passer. Calme-toi, Gil. »

Gillian finit par se détendre et par effleurer tendrement la nuque de Larue. Elles respirèrent ensemble, rouges de chaud.

« Tu es folle, dit Gil. Je t'adore. Je n'ai jamais eu d'amie comme toi. Lève-toi, tu m'écrases les côtes. »

Les deux filles se redressèrent, souriant sans raison, persuadées de leur admiration réciproque et émues par elle. Gillian se pencha sur Larue et, du bout de la langue, lui enleva quelques miettes de beignet et grains de sucre du coin de la bouche.

« Tu crois que tu pourrais le contacter ?
— Mike ? Oh, non, je ne pense pas. Ce serait comme d'essayer de te trouver dans le métro. Si je ne sais pas exactement où

regarder, je pourrais rester dans les rames jusqu'à la fin des temps sans te voir.

— Mais s'il était à côté de moi en ce moment, juste de l'autre côté, à quelques mètres ?

— Je ne sais pas, dit Gillian d'un ton sceptique.

— Si seulement je pouvais lui parler quelques instants…

— Ne pleure pas, Larue.

— Je ne te demanderai p-plus jamais, jamais de service.

— Ça ne doit pas être un si grand service que ça. C'est juste que je ne sais pas si nous aurons de la chance. »

Gillian marcha quelques minutes de long en large et finit par s'arrêter devant la photographie de Michael.

Il y avait sur le verre un reflet qui l'empêchait de bien voir. Elle décrocha le cadre du mur. Le reflet persista, mais elle était maintenant contaminée par le sens de l'humour du garçon, par le chahut qui avait provoqué son hilarité. Elle rit aussi jusqu'à ce que le reflet, ou plutôt la lumière qui semblait émaner du centre du corps de Michael lui fasse mal aux yeux.

Elle cilla, les yeux pleins de larmes, secoua vivement la tête.

« Gillian ?

— Il y a trop de lumière, ici », se plaignit-elle en tenant le cadre d'une main et en frottant ses yeux humides de l'autre. Puis elle éclata à nouveau de rire, c'était vraiment trop drôle cette bataille de polochons sur poutre que personne ne semblait gagner. Si on frappait trop vigoureusement son adversaire, on perdait l'équilibre, et si on perdait l'équilibre on se retrouvait, à quelques dizaines de centimètres sous la poutre, plongé dans le bain de boue le plus visqueux qu'elle ait vu de sa vie.

« C'est à cause du plafonnier », dit Larue. Elle l'éteignit, mais la lumière dans le verre continua à briller avec force, comme le soleil, frappant Gillian droit dans les yeux.

Sans voix, clouée sur place, Gillian se mit à tourner sur elle-même, le cadre à bout de bras.

« Qu'est-ce qu'il se passe ? demanda Larue d'une voix stridente.

— Attention, attention », avertit Gillian, aveuglée, les pieds allant frénétiquement de plus en plus vite, la bouche béant sous l'effort. Soudain, le cadre se fracassa contre un des poteaux du lit, projetant des éclats de verre.

Gillian s'immobilisa en vacillant, tomba en arrière sur la moquette moelleuse.

Comme du fond d'un puits, elle vit un coin de ciel bleu, l'orbe du soleil qui ne lui blessait plus les yeux. Elle entendit et sentit le vent, le vent qui rafraîchissait son visage rougi tandis qu'elle s'élevait doucement et flottait, libérée des dix kilos de voile en Dacron pesant au-dessus de sa tête, libérée de la Terre…

Suis-je au bon endroit? se demanda-t-elle en regardant son ombre raser les pentes des Montagnes rocheuses. Une rafale la secoua, agitant d'un tremblement désagréable la structure tubulaire du deltaplane. Elle poussa la barre de contrôle vers la gauche et déplaça son poids horizontalement vers la droite pour virer en douceur. Puis, en bas, elle vit les autres qui l'attendaient dans l'alpage. Elle descendit peu à peu vers la zone d'atterrissage, la gorge nouée par l'euphorie du vol, son plus long à ce jour, baissa les pieds et poussa sur la barre de contrôle afin de redresser la voile.

Elle cessa d'avancer lorsqu'elle prit contact avec le sol et atterrit vent debout comme on le lui avait enseigné. Parfait. Cette fois, elle ne piqua pas maladroitement du nez. Quelques-uns des autres enfants se précipitèrent pour l'aider à se défaire du harnais. Elle avait parcouru quatre cent cinquante mètres en une demi-minute de vol. Elle bafouillait d'émerveillement et de joie.

Elle ôta son casque, les yeux levés pour regarder, là-haut sur la montagne, Mike qui entamait sa course de décollage. Elle sentit une bourrasque emmêler ses cheveux et rider la manche de sa veste en nylon. Une bourrasque bien plus puissante que la rafale qui l'avait gênée peu après son propre décollage.

Si ces vents de travers sournois persistaient, il faudrait renoncer à voler pour la journée, et elle voulait absolument recommencer… mais voilà que Mike avait décollé, prenant plus d'altitude qu'elle ne l'avait osé, sa voile jaune presque transparente devant le bleu ardent des cieux. Les surfaces réfléchissantes de son harnais et la visière de son casque les saluaient de petits clins d'œil de soleil : il était beau comme les étoiles de Dieu.

Elle l'acclama et agita la main, mais Mike semblait tenté par son propre pouvoir, il monta si haut qu'il semblait ne plus jamais vouloir redescendre, et elle craignit qu'en une ultime démonstration de liberté, il n'allât choisir de survoler les sommets eux-mêmes et de disparaître derrière le grand rebord de la Terre.

Deux, trois minutes. Puis, à contrecœur, Mike se laissa emporter vers la prairie.

Ce fut comme s'il était rentré dans un mur.

Il s'arrêta, follement, et pendant quelques instants affreux ses jambes battirent tandis que l'aile, prise dans un cisaillement du vent, se fendait et soufflait comme une bouffée de fumée jaune sortie d'un canon. Mike tenta de reprendre le contrôle de l'appareil endommagé mais celui-ci vira, gravement estropié, vers la falaise abrupte dressée à l'extrémité de l'alpage. Il tourna dans l'air comme un bout de papier, fut emporté malgré lui par une nouvelle et vilaine rafale qui le poussa encore plus bas, encore plus vite, et oh, tout d'un coup beaucoup trop vite, il dégringolait avec seulement quelques lambeaux de voile flottant encore au-dessus de lui, il tomba d'au moins cent cinquante mètres et heurta la roche nue en un choc qui éteignit le soleil et la laissa, elle, les yeux arrachés, à se tordre dans l'herbe épaisse de la prairie, le souffle coupé au sein de ténèbres bourdonnantes…

Écœurée par ce désastre, Gillian se dépêtra de l'édredon que Larue avait jeté sur elle tandis qu'elle gisait sur le sol, qu'elle gisait… depuis combien de temps ? Elle l'ignorait. Son seul point de repère dans la chambre obscure était la veilleuse du téléphone qui sonnait.

« Larue ? »

Elle s'est peut-être endormie sur le lit, se dit Gillian. Elle se dépêcha de décrocher avant que le téléphone ne sonne à nouveau.

« Larue, Avery Bellaver à l'appareil, excuse-moi d'appeler si tard mais il faut que je parle à…

— Papa ?

— Gillian, c'est… je suis vraiment heureux de t'entendre, je… j'avais peur…

— Peur de quoi ?

— Non, rien. Gillian, ce soir, il faut que tu rentres à la maison, après tout. Je passe te prendre, je serai là dans une vingtaine de minutes.

— Quoi ? Pourquoi ?

— Tu transmettras mes excuses à Larue.

— Tes ex… ? Mais, papa, qu'est-ce qu'…

— On en discutera quand on se verra. »

Son père raccrocha sans dire au revoir, ce qui ne lui arrivait qu'en cas d'extrême distraction. Gillian resta assise, le combiné à la main, trop surprise pour aligner deux pensées cohérentes. Cela lui ressemblait si peu, qu'est-ce qu'il lui prenait ?

« Larue, chuchota-t-elle, tu dors ? »

Aucune réponse. Gillian chercha le cordon de la lampe à tâtons et inonda la pièce d'une lumière dorée. Larue n'était pas dans le lit.

Gillian se leva, se tourna, s'aperçut dans un miroir.

De grosses gouttes de sang en train de sécher, devenant rouille sur le devant de sa chemise de nuit bleue.

Gillian se jeta à genoux et saisit l'édredon. Elle découvrit d'autres taches de sang, comme si Larue avait été victime d'une hémorragie soudaine en se penchant pour la couvrir.

Et le sang s'était répandu à côté sur les fibres de la moquette, non en gouttes mais en lignes, en pistes sanglantes qui traversaient le dressing-room et menaient à la porte de la salle de bains.

Une porte de bois blanc fermée, marquée d'empreintes de mains sanglantes, au pied de laquelle s'étalait une grande flaque de sang.

Gillian se précipita en hurlant sur la porte, qui céda, mais pas assez. Gillian hurla, hurla, et se recula hébétée lorsque Bjorn, le domestique suédois, arriva en toute hâte.

... saignais terriblement du nez quand j'étais petite. Ça me donnait tellement mal au cœur que j'en avais le vertige et que je...

« Elle s'est évanouie à l'intérieur! Elle se vide de son sang! Sortez-la, *sortez-la!* »

Bjorn pressa son épaule contre la porte et poussa obstinément, gagnant deux ou trois centimètres à chaque fois. Derrière la porte, allongée par terre sur le dos, Larue bloquait le passage. On aurait dit que quelqu'un l'avait attaquée à coups de hache. Bjorn se fraya un chemin dans l'interstice. Il chercha le pouls de Larue et resta longtemps penché sur elle, deux doigts contre sa gorge.

Son épouse Aase arriva, jeta un coup d'œil à Gillian et regarda par-dessus l'épaule de Bjorn. Elle se détourna et prit plusieurs profondes inspirations. Elle se retourna à nouveau et serra l'épaule de Bjorn en l'appelant d'une voix sèche. Elle dut le secouer pour l'arracher à sa torpeur. Il se releva les larmes aux yeux. Il s'essuya les doigts sur son haut de pyjama qu'il macula de rouge. Aase referma la porte de la salle de bains. Bjorn et elle regardèrent Gillian.

« Sortez-la de là-dedans! »

La femme secoua la tête.

« Mais qu'est-ce que vous avez? Elle se vide de son sang!

— Déjà morte », dit Aase.

Elle ne quitta pas Gillian des yeux, même lorsque son mari éclata en sanglots. Curieusement, les yeux de Gillian restaient secs. Mais son regard changea et sembla s'emplir d'une sinistre lueur de démence.

« C'est… Elle… Vous…

— Désolée : elle est morte », répéta la femme.

Gillian s'en étrangla presque. « Mais… vous croyez que je peux en supporter combien ? » demanda-t-elle très calmement. Elle se tenait debout contre un des murs du dressing-room, les mains bien à plat contre le lambris. Sa peau commença à changer de couleur et prit une teinte rose foncé ombrée de bleue. Elle se raidit peu à peu, les muscles se tendant presque tous sous la peau, détaillant tendons, vaisseaux et de nombreux os devant le bois blanc en un étalage insolite et fascinant. « Combien ? Combien ? » Les lèvres se retroussaient sur les dents. Ses yeux semblaient d'os poli. Sa gorge était si tendue qu'il paraissait impossible qu'elle arrive à respirer. Son regard se posait alternativement sur l'homme et sur la femme. Alternait de plus en plus vite. Emplis d'une telle violence face à l'inexplicable et à l'insupportable qu'Aase en eut froid dans le dos. Elle eut peur que Gillian ne leur saute dessus, animée d'une force psychotique qui finirait par la détruire. Mais en leur faisant auparavant un mal énorme, à Bjorn et à elle.

Elle tira doucement son mari éploré par le bras, le fit passer devant Gillian qui, accroupie, les observa avec un intérêt teinté de démence, mais ne bougea pas. Le cœur de la femme battait à tout rompre. Elle évita les endroits pleins de sang sur la moquette, fit s'asseoir Bjorn, attrapa le téléphone et appela de l'aide en surveillant le dressing-room d'un œil inquiet.

Dans le dressing-room, Gillian fit un autre petit bruit, un bruit aigu de souffrance. Mais rien ne se passa. Rien ne changea.

SEIZE

JEUDI 13 JANVIER

À 14 h 30, il faisait – 16 °C à la Faculté Psi, avec un ciel d'une pureté et d'un bleu aveuglants. Mais une nouvelle tempête descendait à toute allure du Canada. Elle arriverait dans trente-six heures et promettait d'être conséquente. Il y en avait déjà eu deux depuis Noël, qui avaient amené soixante-quinze centimètres de neige supplémentaire et fait dépasser les deux mètres aux congères. Les chasse-neige s'activaient encore sur les petites routes reliant le campus au lac Celeste, gelé.

Vêtu d'un manteau et d'un chapeau d'astrakan noir, Childermass sortit sous escorte du véhicule qui venait de s'immobiliser devant le bâtiment administratif. Emmitouflée jusqu'aux yeux, Gwyneth Charles l'attendait sur le perron. Elle baissait la tête, soit pour réfléchir, soit de fatigue.

« Salut gamine », fit Childermass.

Il n'avait pas revu sa nièce depuis un mois. Et ne voyait d'elle que ses yeux qui, en trente jours, semblaient avoir vieilli d'au moins dix ans. Lents à réagir, ils reflétaient le bleu du jour sans renfermer de véritable lueur. Il la toucha. Elle frissonnait dans son pardessus.

« Tu travailles trop.

— Ça oui, répondit-elle d'une voix rauque comme si elle avait mal à la gorge. On travaille tous trop.

— Comment se porte notre petit génie ? »

Gwyneth ne répondit pas. Elle resta figée durant quelques secondes glaciales, les yeux plissés comme si elle soupçonnait quelque impolitesse, puis se détourna brusquement pour pénétrer dans le bâtiment de type gothique.

Childermass et ses gardes du corps la suivirent jusqu'à une salle de réunion sans fenêtres, dans laquelle Mamie Sig manipulait le complexe équipement audio à seize pistes et l'appareil vidéo couleur. Childermass, qui détestait les déviants et les ennuis qu'ils lui causaient généralement dans son métier, la salua sommairement d'un hochement de tête. Mamie Sig lui répondit d'un sourire radieux et éteignit les lumières quand Gwyneth retira son manteau.

Childermass s'installa dans un fauteuil face à un mur de dix écrans de télévision dont le plus grand dépassait le mètre carré. Dans la pénombre, Gwyn alluma une cigarette. Il ne put manquer de remarquer que ses mains tremblaient.

« Nous avons pensé que nous devrions vous remontrer son numéro de la Saint-Sylvestre avant que vous voyiez Robin en personne. Robin apparaîtra sur l'écran central. Les données appropriées seront affichées par les écrans périphériques, et nous avons également une bande son. »

Gwyn jeta un coup d'œil à Mamie Sig et se laissa tomber sur une chaise à quelques pas de Childermass. Les doigts de Mamie Sig volèrent sur la console, enfoncèrent des touches, tournèrent des boutons. Des bandes défilèrent, des images apparurent avec des dates en surimpression.

Childermass reconnut la place centrale de Bradbury et la stock-car enveloppée de treillis. Il sourit en imaginant la gêne – peut-être même la terreur – des VIP enfermés à l'intérieur. Il adorait se souvenir de la tête qu'avait faite son rival Byron Todfield juste après s'être vomi dessus. Quel dommage qu'on n'ait pas enregistré ce qu'ils s'étaient dit entre chien et loup en attendant le frisson de leur vie.

Il reporta son attention sur une vue extérieure d'un dôme géodésique de la Faculté Psi, le « labo froid » dans lequel Robin Sandza accomplissait ses exploits. Le dôme brillait d'un reflet argenté dans la lumière déclinante de fin décembre. Vu la puissance du champ électromagnétique que générait le travail de Robin et ses effets hémorragiques sur les personnes prédisposées, il avait fallu éloigner Robin à plus de trois cents mètres de quiconque.

Il apparut en quatre vues sur le grand écran : un gros plan sur son visage en partie dissimulé par les volutes de condensation sortant de ses poumons, des profils gauche et droit, et enfin un plan d'ensemble le montrant assis au milieu d'appareils sur un siège rembourré pivotant. La température dans le labo froid était donnée en surimpression : – 18 °C. En dessous, une horloge à diodes électroluminescentes égrenait les secondes presque trop rapidement pour l'œil. Pour se protéger du froid et faciliter le suivi de ses paramètres vitaux, Robin portait une combinaison spatiale, sans le casque-bocal. L'éclairage était tamisé. Sur l'une des bandes son, Childermass entendit le garçon respirer, et les voix des techniciens devinrent audibles.

« *Pouls à 92, continuant à baisser...*

— *La perturbation magnétique durant l'essai PK était de caractère stochastique avec une résonance paramétrique sur une fréquence de cinq cycles...*

— *Nous constatons une différenciation entre les ondes P et T; la légère arythmie cardiaque persiste...* »

Les images sautèrent sur l'écran, signalant une coupe. L'horloge avança de deux minutes et demie.

La voix de Gwyn : « *Robin, nous envoyons les circuits de Bradbury sur ton écran. Tu veux commencer tout de suite ?* »

Robin hocha la tête. Childermass regarda la voiture puis revint sur Robin, qui se concentrait intensément sur les moniteurs vidéo du labo froid. Les nuages sortant de la bouche lui donnaient l'air d'une locomotive d'une puissance terrifiante qui attendrait dans son abri. Childermass avait beau savoir ce qu'il allait se passer, il gigotait d'impatience dans son fauteuil. Il jeta un coup d'œil curieux à l'encéphalogramme de Robin, se demandant ce que les experts en tiraient.

« *Accroissement d'activité dans le lobe occipital et les formations réticulaires…*

— *Pouls en hausse…*

— *Détection d'ondes rotatoires dans les variations de champ de force…*

— *Pouls à 180, en hausse rapide…*

— *Niveau de gradient 40 à 1…*

— *Très forte fluctuation du champ électrostatique…*

— *Rythme cardiaque, ondes cérébrales et fluctuations du champ de force en proportion…*

— *Pouls à 240 !*

— C'est parti », murmura Gwyneth en revivant la scène.

Robin respirait furieusement. Sur l'écran de Bradbury, la stock-car s'éveillait, et Childermass rit tout haut. Gwyneth restait quant à elle recroquevillée sur sa chaise, les doigts en clocher. Childermass se délecta quelques instants du spectacle de la voiture donnant de la bande. « Vous savez comment il fait ? demanda-t-il ensuite. À cinq cents kilomètres de distance ? Je veux dire : vous savez l'exprimer sous forme mathématique ?

— Pas encore. Mais la distance n'entre pas en ligne de compte. Essaie de penser en termes de temps et non d'espace. Le temps ne se propage pas comme les ondes lumineuses : il apparaît partout au même moment. Si tu arrives à voir le temps comme une forme d'énergie primordiale de laquelle découle l'activité chimique et mécanique connue, tu ne devrais pas avoir de problèmes à comprendre au moins la théorie. »

Childermass fit la grimace et suivit le reste des événements, manquant bondir de son siège lorsque train et voiture évitèrent de justesse la collision. Les écrans de Bradbury se vidèrent quand la stock-car s'arrêta en douceur.

La bande audio restitua brièvement des congratulations et des félicitations. D'autres écrans s'éteignirent, ne laissant que Robin affaissé sur son siège, littéralement ivre : une lueur farouche brillait dans son regard mais il riait, euphorique, en tapant du poing sur le pupitre du bras de son fauteuil, ce qui éclairait et éteignait alternativement l'éclairage intérieur du dôme glacial.

« Qu'est-ce qu'il lui prend ? » s'enquit Childermass, intrigué par ce comportement fantaisiste.

Robin gloussa, souffla et gémit.

« Euphorie, choc, douleur, expliqua Mamie Sig. Il n'a que quatorze ans. Et il ne sait pas comment gérer ça.

— Gérer quoi ?

— Psychologiquement, Robin est déchiré entre la conscience de son omnipotence et celle de la létalité potentielle de ses pouvoirs. Il fait aussi face à un dilemme plus familier. Nos problèmes évoluent rapidement, tandis que nos corps changent lentement. Et nos émotions, elles, ne changent jamais. »

Incapable de continuer à regarder Robin sur l'écran, Gwyn enfouit son visage entre ses mains. Mamie Sig eut pitié d'elle, éteignit tous les appareils et ralluma les lumières.

« On ferait mieux d'y aller, maintenant, dit Gwyn. Je n'aime pas le laisser seul trop longtemps.

— Je croyais que vous alliez me montrer quelques-unes de ses dernières expériences. Vous ne les avez pas filmées ?

— Si, mais apparemment nous avons à chaque fois un problème avec le film, comme souvent dans des cas de matérialisation. Nous avons jusqu'ici mené trois expériences, intéressantes, mais qui ont toutes échoué. Je te propose une analogie grossière. L'eau a une structure moléculaire simple. Fais-la bouillir à 100 °C et elle se transformera en vapeur. Refroidis cette vapeur, condense-la, tu récupéreras de l'eau. C'est à la portée d'un enfant. Robin, en dérangeant sur le plan électromagnétique les cellules de… disons, d'un hamster, peut le transformer en quelque chose d'inanimé : ses seules limitations sont ses concepts créatifs. Il peut produire une sculpture en bois ou un vase de terre cuite. Mais bien entendu, nous ne récupérons pas le hamster ensuite. C'est justement ce qui le frustre, de ne pas arriver à créer une entité vivante à partir de terre et de bois. Il parvient à produire des fac-similés, avec de la vraie fourrure, des griffes et de la peau à l'extérieur. Mais l'intérieur ne contient que des cellules squameuses informes dépourvues d'identité génétique. Des cellules idiotes. Qui, n'ayant ni spécialité ni fonction, s'épuisent facilement et atteignent rapidement la limite de Hayflick. Et ensuite…

— J'aimerais voir une de ces créations. »

Gwyn secoua la tête. « On a beau les conserver du mieux qu'on peut, elles se dématérialisent peu de temps après la dissection, comme les entrailles et les tumeurs produites au cours des rituels de guérison par les chirurgiens parapsychologiques philippins.

— Mais Robin continue à essayer.

— Oh, ça, oui, il continue. »

En hiver, la plupart des employés de la Faculté Psi circulaient dans le campus en motoneige ou à skis de randonnée. Mamie Sig méprisait le vacarme féroce des machines et le ski ne convenait pas à sa corpulence. Elle avait résolu son problème de transport en achetant un traîneau, une antiquité tractée par les deux hongres Morgan noirs qui attendaient en bas des marches du bâtiment administratif en lâchant un épais crottin dans le soleil glacé.

Childermass regarda le traîneau d'un œil sombre : « Vous n'avez pas de voiture ?

— Je ne suis qu'une vieille fille démodée, répondit la travestie, essentiellement pour l'ennuyer.

— Je vous épouserais si je vous croyais aussi agile de l'anus que de la langue», répondit Childermass. Sur ce, ils partirent.

Un type de la sécurité prit les rênes. Les passagers voyagèrent enveloppés dans un plaid, Childermass et son garde du corps face à Gwyneth et à Mamie Sig. Les regards restaient impénétrables derrière les verres teintés. Personne n'entama la conversation. Le traîneau les emporta entre deux murs de neige tels des tsaristes en fuite sur une route lustrée. Les Morgan couraient tête haute. Le jour résonnait de cloches. Des ombres vacillantes les poursuivaient; les arbres crépitaient en lâchant des douches de glace au passage du traîneau.

En arrivant à la maison où Robin vivait avec Gwyneth, ils virent celui-ci tourner à toute vitesse sur ses patins de course à l'autre bout du lac. Ils montèrent sans qu'il les remarque au premier étage et l'observèrent par la fenêtre du bureau de Gwyneth. Childermass se servit de jumelles Vixen de grossissement 15 qui lui donnèrent l'impression de ramener Robin dans la pièce.

Gwyn ne dit rien quand Robin fit une vilaine chute, mais elle réagit comme si on lui avait jeté un lasso autour du cou. Robin partit en tourbillonnant vers une pile de cailloux enneigés qu'il percuta brutalement. Par chance, il était bien protégé. Childermass baissa les jumelles pour jeter un coup d'œil sur Gwyn. Elle se détourna, se masquant par réflexe le visage de la main, dissimulant son angoisse comme on cache un orgelet.

Robin se releva lentement. Childermass étudia son visage tandis qu'il griffait la glace rêche. Il avait rarement assisté à une telle manifestation de fureur. Une fois debout, Robin attaqua à nouveau la glace, les bras fauchant l'air devant son corps pendant sa course.

«Il y a combien de temps qu'il patine comme ça? demanda Childermass à Ken qui servait à boire.

— Environ une heure et demie, monsieur.»

Robin tomba à nouveau. Ils l'entendirent hurler, non de douleur mais de rage. Il frappa la glace du poing avant de se relever. Il recommença à patiner, raide, obstiné, sacrifiant d'importants efforts à son désir de vitesse.

« Vous ne pouvez pas le calmer ? »

Mamie Sig but une gorgée de calvados avant de répondre : « On lui administre chaque jour trois cents milligrammes de phénobarbital et cinquante de Prolixin. Avec double dose les jours d'expérience.

— Qu'est-ce que vous dites ? Il y a de quoi le tuer ! »

Mamie Sig sourit d'un air contrit. « La psychopharmacologie est une science empirique, basée sur un certain nombre d'hypothèses, la principale étant que les médicaments peuvent affecter au niveau synaptique les fonctions normales et pathologiques du cerveau. Mais dans le cas de Robin, les médicaments n'influent que sur très peu de paramètres psychologiques. Le problème semble résider dans son cortex cérébral, où siègent la plupart des fonctions normales de l'ego. Les tranquillisants n'ont pas l'effet voulu sur la zone hypothalamique. Par conséquent…

— Il a un ego monstrueux, compléta Gwyn. Ce qui affecte ses besoins naturels. La faim, le sexe… soit il en abuse, soit cela ne l'intéresse pas du tout.

— Et il se comporte souvent comme un chat de laboratoire à qui on a enlevé le cortex cérébral… Il se met en rage pour un rien. Ce qui, dans le cas de Robin, est extrêmement dangereux, comme vous le savez. »

Sur la glace, Robin, debout, immobile, les mains sur les hanches, regardait quelque chose.

« Qu'est-ce qu'il essaie de prouver, là-bas ? demanda Childermass en l'observant à nouveau à la jumelle.

— Il se pense capable d'enchaîner les exploits, répondit Gwyn. De faire suivre les miracles au labo par un record mondial de patinage de vitesse. Même s'il est plus athlétique que la moyenne, ce qu'il exige de lui-même est au-delà de ses capacités. Et l'échec lui procure un sentiment de frustration intolérable.

— Et au lit, il se débrouille comment ? »

Les joues de Gwyn s'empourprèrent et elle se servit un autre verre. Mamie Sig observa Robin qui avait recommencé à patiner et effectuait une grande boucle sur la glace. Il semblait envisager un exploit spectaculaire. Mamie Sig fronça les sourcils.

« Robin, dit Gwyn d'un ton clinique, a des éjaculations fréquentes. Il reste en général en érection complète entre les orgasmes. L'acte, qu'il soit oral ou génital, lui procure très peu de soulagement ou de plaisir. Mais il... » Elle se détourna afin de lui dissimuler les larmes au coin de ses yeux. « ... il tient beaucoup à me faire plaisir. Ce qui joue là aussi en notre faveur. Il a besoin de moi parce qu'il est... potentiellement schizoïde, comme nous l'avons dit, et souvent effrayé. Il me fait confiance pour l'aider...

— Quand il est de bonne humeur, précisa Mamie Sig. Parce que sinon...

— Nous nous disputons, reconnut Gwyn. Cela ne veut rien dire. Robin se sent obligé de mettre ma loyauté à l'épreuve. »

Elle s'était avancée vers la fenêtre. Ce qu'elle vit la fit sursauter au point de se renverser un peu de whisky sur la main. Robin patinait droit sur la pile de rochers de presque un mètre vingt de hauteur.

« Mon Dieu ! »

Au moment où cette exclamation lui échappait, Robin sauta. De la neige vola d'un des rochers écorché par la lame d'un patin, mais Robin passa par-dessus l'obstacle et n'évita que de justesse une dangereuse chute sur la tête. Il retomba brutalement, mais sur ses patins, et s'arrêta en tournant sur lui-même, les jambes un peu flageolantes.

Childermass en eut mal au cœur.

« Il va finir par se tuer avec ce genre d'acrobaties. Je me fiche de ses problèmes mentaux, vous feriez mieux de le contrôler si vous ne voulez pas le regretter ! »

Exaspérée, Gwyneth ferma les yeux.

« Il travaille sous une pression énorme depuis seize mois. Il a besoin de changer d'air. Nous avons prévu de partir skier, juste lui et moi…

— Non.

— Mais je le lui ai promis ! » insista Gwyn presque terrorisée.

« Tu n'aurais pas dû. Je manque de preuves, mais je crois savoir qu'il y a un contrat d'au moins un million sur la tête de Robin. Les types de la CIA cherchent quelqu'un, mais pour le moment, même le million de dollars offert n'a pas attiré de non-affilié assez fort pour s'infiltrer dans la Faculté Psi et effectuer le boulot. C'est du suicide pur et simple. Et Todfield le sait. Bien sûr, il pourrait monter une équipe assez puissante pour enfoncer nos défenses. Mais il ne veut pas d'une guerre avec moi, et il s'en prendra une s'il me cherche. Je le détruirai, ce sale fils de pute ! »

Childermass goûta au calvados de Mamie Sig. « Va savoir si c'est de la pisse ou du vinaigre », grommela-t-il en le reposant. Il secoua la tête à l'intention de Gwyn. « Non, non, du moment que Robin reste ici, je peux dormir tranquille, il est intouchable. Par contre, s'il part avec toi, vous serez morts en moins de vingt-quatre heures.

— Un garde du corps…

— Il faudrait vous en donner vingt, toute une armée ! pour le protéger. Cela ne ferait qu'attirer l'attention sur lui, ce que nous préférons éviter. Non, Gwyneth, pas de vacances au ski. Trouve un autre moyen de le distraire, de le divertir des corvées quotidiennes.

— Très bien. Mais rends-moi un service. Garde encore un peu la fille à New York. Ne l'amène pas ici, cela pourrait être désastreux pour Robin.

— Comment ça ? Gillian et lui sont très proches.

— Ce sont des jumeaux psychiques, oui…

— Il lui, comment on dit déjà ? rendait Visite… »

Gwyn hocha la tête. « Je sais, je *sais !* Mais il parle peu de

Gillian. Je crois qu'il est jaloux. Une espèce d'antagonisme fraternel. »

Childermass gloussa tant ce diagnostic lui semblait absurde. Mamie Sig le regarda, impassible : elle savait que personne ne voulait de son opinion.

« Je te préviens, mon oncle ! La présence de Gillian pourrait nous attirer de graves ennuis ! La concurrence risque de le déséquilibrer complètement...

— Je crois que c'est toi qui es jalouse. D'une fille de quatorze ans !

— N'importe quoi. C'est juste que nous n'avons pas besoin d'elle en ce moment ! Donne-moi une semaine ou deux...

— Gillian fait une dépression à cause de ce qui est arrivé à son amie... c'est l'état d'esprit idéal pour accepter notre hospitalité et couper définitivement les ponts avec sa famille, comme ça elle ne pourra plus lui faire de mal. Et elle veut retrouver son jumeau. Elle a besoin de lui, du moins elle pense avoir besoin de lui. Non, je ne peux accéder à cette demande. Cette fille nous est quasiment tombée du ciel. Et maintenant la machine est lancée. Profitons au maximum de l'aubaine. »

Gwyneth baissa la tête d'un air misérable.

« Si je le déçois... en laissant Gillian prendre de mon temps... oh, mon oncle, ne me rends pas la situation *impossible*, Robin et moi pouvons accomplir tant de choses !

— Elle sera là demain avant l'aube. Fin de la discussion. »

Gwyn se mordit la lèvre. Elle ne put s'empêcher de s'approcher à nouveau de la fenêtre. Le soleil amplifié agit sur son visage comme de la chaux vive, le fondant en os et en terreur fondamentale. Robin patinait, tournant encore et encore sur le lac comme l'aiguille d'une horloge. Mamie Sig but une gorgée, étudia le reflet angoissé de Gwyn, et avala une autre gorgée.

Sous le soleil pâle de Virginie, Peter Sandza progressait méthodiquement dans le champ de tir au pistolet de la Plantation, tirant, à cinquante mètres de distance, trois coups à la fois avec un revolver Smith & Wesson K-38 de compétition, utilisant des chargeurs rapides tous les six coups, tirant assis ou sur le ventre, de la main gauche ou de la main droite.

« Fantastique, s'extasia Nick O'Hanna qui suivait la progression de Peter. Seulement trois coups dans le neuvième cercle pour l'instant. » C'était de l'arme d'O'Hanna, lui-même excellent tireur, dont Peter se servait. « Je ne pense pas qu'il ait beaucoup tiré ces dernières années, mais son score final va dépasser les 570. »

Todfield bâilla : les coups de feu l'ennuyaient.

Woolwine observait patiemment la scène de derrière ses verres miroirs.

« C'est l'un des nombreux bénéfices de l'hyperesthésie hypnotique, expliqua-t-il. Peter voit mieux que jamais. Nous avons soigneusement affûté tous ses sens. Si jusqu'ici il était efficace et dangereux, le voici devenu virtuellement impossible à arrêter. »

Peter vida son dernier chargeur et alla récupérer ses cibles. Il les ramena en souriant à O'Hanna.

« Tu as vu ce tir groupé, Nick ? On ne voit même plus la croix !

— Bien joué, Peter. Tu n'as rien perdu de ton habileté. »

Peter ne regarda pas les autres hommes. Pour lui, ils n'existeraient que lorsqu'on l'aurait averti de leur présence.

Peter rendit le K-38 à O'Hanna.

« Tu as fait du beau travail sur ces surfaces de contact, observa-t-il. Aucune résistance. La détente est vraiment souple, mais le percuteur frappe toujours comme il faut.

— Eh bien, en fait, j'ai évité l'erreur habituelle, qui est de toucher au ressort principal. Par contre, j'ai… »

Huit cents mètres plus loin, sur la rivière, un hélicoptère survolait le complexe. À quelques pas de Peter, Todfield se tourna vers Woolwine : « Presque trois heures. C'est l'heure que Peter y aille. »

Woolwine hocha la tête en consultant sa montre.

« Il est prêt. »

Mal à l'aise, Todfield transféra son poids d'un pied sur l'autre. « Nous pouvons encore changer nos plans. Nous savons exactement où se trouve le garçon. Nous pourrions déposer Peter à moins de dix kilomètres de lui.

— Il ne survivrait pas, trancha Woolwine.

— Je ne pense pas qu'il ait plus de chances de réussir de l'autre manière.

— Les chances sont meilleures que vous ne le pensez, étant donné son courage, son audace et son génie de l'improvisation face aux dangers extrêmes. Ces derniers jours, j'ai passé presque quarante ans avec lui à explorer la vie instinctuelle, les bases de son dynamisme émotionnel. Nous sommes tous des créatures de mythe auxquelles d'archaïques images de la vie et de la mort font de l'ombre. J'ai vite découvert, profondément enfouie sous les amnésies systématiques, l'hystérie qui a régi sa vie. À dix ans, Peter a accidentellement tué son père pendant une partie de chasse. L'archétype classique devenu réalité, cela fait froid dans le dos. Toute sa vie ultérieure a été façonnée par cet acte de violence involontaire. Ayant tué la divinité, Peter a cherché à se racheter en se chargeant d'un combat douloureux contre ce que nous considérons généralement comme les maux du monde. Mais pour l'essentiel, ce combat a été une illusion orchestrée par le Magicien Noir archétypal, Childermass, et a servi de période de test et de préparation. Peter a compensé ce qui est peut-être devenu une monomanie pathologique en se mariant et en engendrant un fils, en menant une vie "normale" quand il lui fallait poser la bannière et quitter momentanément l'arène. Vous arrivez à suivre ?

— Merde, non. »

Woolwine eut un petit sourire. « Je serai bref. Comme nous le savons, le vrai combat de Peter inclut de reprendre son fils au grand méchant, au Magicien qui l'a si traîtreusement manipulé. Au point de vue mythologique, c'est une conclusion pertinente.

Mais hâter le processus qui permet à Peter d'accomplir sa destinée serait une erreur fatale. La forteresse dans laquelle ils détiennent son gamin est formidablement bien gardée. Vous hésiteriez même à y envoyer vos meilleurs hommes. Peter est assurément assez motivé pour réussir : son hiatus ici n'a en aucune manière interféré avec ses motivations premières. Mais sur le plan symbolique comme sur le plan psychologique, il ne faut pas intervenir maintenant pour mettre fin à sa quête. Ce serait l'équivalent d'une intervention divine. Cela le déstabiliserait, l'embrouillerait, le rendrait vulnérable ; il risquerait de faire des erreurs d'appréciation. Il n'est pas préparé à un succès soudain. D'une certaine façon, il n'a pas encore assez souffert.

— Mon Dieu.

— Oui, voilà.

— Dans ce cas, pourquoi est-il venu nous demander de l'aide ?

— Ce n'est pas de l'aide qu'il cherchait. C'est une trahison. »

Todfield mit la main en visière pour dévisager Peter qui discutait armurerie avec O'Hanna sans se rendre compte de rien. « Une trahison », répéta Todfield, perplexe et perturbé.

O'Hanna jeta un coup d'œil à son patron, qui hocha la tête. Il posa la main sur le bras de Peter.

« Peter, il est temps que tu y ailles. »

Ils passèrent devant Todfield et Woolwine et prirent place à bord d'un break pour rejoindre l'hélicoptère.

Dans l'automobile, O'Hanna confia à Peter un Colt Python 357 magnum à canon de dix centimètres, un silencieux, un holster Bianchi et une réserve de balles de treize grammes.

« Heure estimée d'arrivée à l'aéroport de Westchester County : 16 h 37 », annonça O'Hanna.

Peter hocha la tête. Il ôta sa veste en cuir de porc et enfila le holster.

« La voiture est une Cougar bleu foncé, immatriculée à New York sous le numéro 776-WIH et enregistrée au nom de Richard

Santry. Tu la trouveras sur le parking, deuxième rangée en sortant. » O'Hanna sortit une enveloppe de la poche intérieure de son manteau. « Clés, cartes de crédit, permis de conduire, deux mille dollars en billets de vingt et de cinquante. Je t'ai préparé un sac de voyage avec nécessaire de rasage, pulls et chemises. Ainsi que les outils du métier : un système de contre-mesures Saber CM-300. Ça pourrait t'être utile.

— Très bien. »

Tandis qu'ils approchaient de l'hélicoptère, O'Hanna regarda d'un air sombre par la fenêtre.

« Je... J'aimerais pouvoir en faire plus, mon vieux.

— Tu en as déjà fait beaucoup. Je ne l'oublierai pas. »

Ils se serrèrent à peine la main et Peter grimpa à bord de la Vought Gazelle.

« Eh bien, j'espère que ça continuera à mordre, pour toi, fit Peter d'un ton enjoué.

— Ouais, j'espère aussi. »

Peter referma la porte de l'hélico derrière lui. Dès qu'il eut bouclé son harnais, il sombra dans un profond sommeil.

O'Hanna s'écarta pour laisser décoller l'hélicoptère. Il avait beau avaler sa salive, il n'arrivait pas à faire passer la boule coincée dans sa gorge. Il se sentait empli d'une indignation qu'il n'arriverait jamais à exprimer.

Il se sentait complètement sale.

Todfield regarda l'hélicoptère s'éloigner. « Quel est le mot clé ? demanda-t-il à Woolvine.

— "Commandant".

— D'où le sortez-vous ?

— Peter était officier de marine. Il appelait – appelle – souvent son fils "Skipper", et Robin répond toujours en lui donnant du "Commandant" en marque d'affection et de respect.

— Je vois. Et donc, en supposant que nous ne perdions pas notre temps avec lui...

— Ayez un peu confiance.

— En supposant tout cela, lorsque Dieu sait comment Peter et Robin se retrouveront, Robin répondra avec le mot clé…

— Et Peter, s'il a une arme à feu à la main, lui logera aussitôt une balle dans la tête. S'il a un couteau, il l'égorgera. S'il n'a pas d'armes, il le tuera d'un coup dans le plexus solaire ou sur la nuque.

— Si tant est que votre conditionnement soit efficace.

— N'avons-nous pas, sur d'autres sujets, prouvé à votre entière satisfaction qu'il l'était toujours ? répliqua Woolwine d'un ton cassant. N'écoutez pas ces imbéciles qui prétendent qu'on ne peut pas forcer quelqu'un à agir contre certains instincts. Il suffit de lui fournir une bonne raison qui conforte un instinct encore plus fort que celui qu'on veut contrecarrer. Peter adore son fils, c'est un fait, mais n'oublions pas que Robin a acquis un statut mythologique dans l'inconscient de Peter. Le cercle se referme. Peter a tué son père, et son fils le tuera en grandissant. Cette peur primordiale lui permettra d'assumer, pour un temps, le rôle de son propre père : il se défendra comme le père ne l'a pas pu.

— Et quand Peter s'en apercevra, quand il réalisera ce qu'il a fait… »

Woolwine haussa les épaules. « Cela aura pour lui des conséquences inimaginables, épouvantables. Il en sera complètement dévasté. Cela pose un problème ?

— Non. Seul le garçon pose un problème.

— Il faudra que vous m'en disiez un peu plus sur lui, un jour. »

La suite que Gillian occupait au dernier étage de l'Institut Parangon, meublée confortablement mais sans style, avait vue sur le parc et sur le fleuve. Gillian passait la plus grande partie de la journée au salon, dans un rocking-chair face aux fenêtres, tandis que Mme Cunningham, l'imposante préposée à sa surveillance, faisait de la tapisserie ou des mots croisés sans guère desserrer les dents sauf quand on lui adressait la parole.

Le mélange de barbituriques somnifères et d'anxiolytiques qu'on lui administrait l'apaisait sans la priver de sa lucidité, la rendait aussi docile qu'un oiseau dans un bocal. Lorsqu'elle pensait à ses parents, ils ne lui manquaient pas. Elle pouvait discuter calmement de la mort de Larue avec le Dr Roth et son assistante, le Dr Maylun Chan We. La chose qui tuait se trouvait dans son esprit, mais ils lui expliquèrent que les médicaments calmaient cette chose : Gillian ne pouvait pas leur faire du mal, ni à eux ni à personne d'autre. Elle en ressentait une certaine gratitude, encore que ses émotions n'avaient jamais de force et ne duraient jamais. Le temps passait dans le confort. Elle écoutait de la bonne musique, mais n'avait pas envie ni n'était obligée de jouer de sa flûte.

Deux jeunes femmes relayaient Mme Cunningham : une blonde aux cheveux aussi courts que les poils d'un chat de gouttière et une autre aux boucles chatoyantes d'un noir de charbon. Kristen et Hester, et, les premiers jours, Gillian les confondit en souriant. Puis ce fut Hester, la brune, qui vint plus souvent, apportant systématiquement les médicaments et restant discuter pendant que Mme Cunningham prenait une longue pause. Hester devint une amie. Gillian sentait vaguement qu'il était dangereux d'avoir à nouveau une vraie amie, mais comment ne pas apprécier quelqu'un d'aussi agréable qu'Hester ?

Afin d'entretenir le tonus musculaire de Gillian, le Dr Roth lui avait prescrit beaucoup de rocking-chair, de la gymnastique suédoise et deux promenades quotidiennes de dix minutes qu'elle effectuait le matin et avant le dîner. Mme Cunningham et elle parcouraient lentement d'interminables couloirs et descendaient des volées de marches sans jamais rencontrer personne. Les trois premiers jours, Gillian eut du mal à marcher, mais leur sortie se terminait invariablement dans la cuisine où officiait une Noire appelée Mayborn qui lui avait tout spécialement préparé une douceur. Mme Mayborn raffolait de Gillian et arrivait toujours à satisfaire son appétit capricieux.

Pour sa part, Gillian appréciait de pouvoir souffler et se faire choyer dans la cuisine, une pièce longue et étroite à laquelle on accédait en descendant quelques marches depuis le rez-de-chaussée. Le sol était couleur érable et les murs de brique peints de jaune crème ; une profusion d'ustensiles en cuivre pendait des poutres du plafond.

La cuisine donnait sur une espèce de cour ou de ruelle. En s'asseyant à un coin de l'épaisse table en bois, Gillian pouvait contempler par la fenêtre les tas de neige qui prenaient une teinte pipi de chien sur les pavés. Les gens passaient d'un bon pas et des voitures entraient ou sortaient. Il s'étendait là un monde agité et inquiétant, un monde qui lui était interdit.

Le mercredi matin, en regardant la porte – la Sortie –, elle fut prise d'une telle crise de nerfs qu'elle en lâcha tasse et soucoupe par terre. Pleine de sollicitude, Mme Mayborn refusa qu'elle l'aide à nettoyer les dégâts ; quant à Mme Cunningham, elle ne manqua pas de remarquer ce comportement inhabituel et de le signaler au Dr Roth.

Lors de sa visite suivante, celui-ci demanda à Gillian si quelque chose n'allait pas. Gillian sourit tranquillement en répondant par la négative. Il lui tapota l'épaule et la pria d'essayer de manger un peu plus afin de reprendre des forces. Gillian promit de faire un effort.

Balancement.

La chose qui tuait se trouvait dans sa tête.

Alors il fallait prendre les médicaments, comme ça la chose ne tuerait plus jamais.

Elle avait conscience d'une émotion, d'une sensation d'étouffement et de perte. Cela la crispait. Elle se balança patiemment, certaine que l'émotion finirait par s'en aller. Mais cette fois, elle ne disparut pas. Elle devint au contraire de plus en plus puissante et Gillian en aurait pleuré si elle avait pu se souvenir de comment on faisait.

Mais qu'est-ce qu'il arrive à Gillian ? pensa-t-elle en se balançant plus vite. *Quand je prends ces médicaments, je cesse d'être Gillian.*

Balancement.

La chose qui tue se trouve dans la tête. Dans la tête. Dans la tête.

Si je ne peux pas être Gillian, qui est-ce que je peux être ? Qu'est-ce que je peux être ?

Balancement.

La stéréo jouait *Slow Down*, un boogie d'Alvin Lee qu'Hester avait apporté et demandé à Gillian de passer. Hester aimait que le volume soit fort. Un peu étonnée, Gillian regarda Hester lui vider quasiment sous le nez ses capsules de diazepam et de secobarbital dans un Kleenex humide qu'elle tenait au creux de la main. Elle fit cela d'un geste habile mais furtif, sans quitter des yeux la porte du couloir restée ouverte.

« Qu'est-ce que tu fais ? »

Hester approcha sa bouche tout près de l'oreille de Gillian afin qu'elle l'entende.

« Ce soir, je te mets au régime sec.

— Pourquoi ?

— Parce qu'il va bientôt falloir que je te fasse sortir », répondit Hester en glissant le mouchoir dans la manche de son pull à côtes. Elle lui tendit les capsules vides et un verre d'eau. « Avale ça.

— Pourquoi tu veux que je parte ? » demanda Gillian, déconcertée.

La peur qu'Hester semblait ressentir l'effrayait.

« Parce que si tu ne sors pas d'ici, lui expliqua Hester en se penchant sur le rocking-chair, tu vas disparaître, tout comme

Robin Sandza a disparu. Je sais que c'est ce qu'ils ont prévu pour toi.

— Qui ?

— Oh, Gillian, tu es bien trop droguée pour que je te fasse comprendre quelque chose ce soir ! Mon Dieu ! Je ne vais *jamais* y arriver !

— Ne te fâche pas, Hester.

— Je réduis petit à petit ta dose de tranquillisants depuis deux jours, mais ton système est bourré de came. Ce soir, tu vas te retrouver en manque. Ça va te faire un choc. Mais il faudra continuer à faire semblant d'être calme… Souris et conduis-toi de manière distraite quoi que tu ressentes, et ça ira. Surtout n'éveille pas leurs soupçons ! Je reviens dans la matinée, d'ici là je devrais avoir tout mis au point et je saurai comment te faire sortir. » Elle vit des larmes briller dans les yeux de Gillian. « Chérie, non, ne pleure pas ! Tout se passera bien. Aie confiance en moi ! Et surtout, ne laisse personne s'apercevoir que tu n'es pas en train de planer. J'aurais de *gros* ennuis si le Dr Roth découvre que j'ai réduit ta dose de médicaments. Tu comprends ? Tu ne voudrais pas que j'aie des ennuis ? »

Gillian secoua vivement la tête.

« Du calme, doucement. » Hester glissa un coup d'œil vers la porte et saisit une brosse. Elle lissait la chevelure de Gillian sur un côté lorsque Mme Cunningham réapparut en grimaçant à cause du son trop élevé. Hester mit la brosse dans la main de Gillian et lui tapota l'épaule en essayant de sourire avec enthousiasme.

Gillian lui adressa un curieux sourire en retour, puis une lueur d'inquiétude passa dans ses yeux, comme une vilaine pensée, comme un chat prêt à bondir.

« Courage, murmura Hester en baissant la stéréo. Bonne nuit. » Puis elle partit, juste à temps pour son coup de téléphone inutile de dix-neuf heures qu'elle passa d'un guichet de péage venteux sur York Avenue.

O.K. Deux saloperies de semaines sans un mot, et voilà qu'elle s'était jetée dans une opération qui semblait tourner au désastre. Peter l'avait pourtant bien prévenue : *ne fais pas* la maligne, ne joue pas avec ces gens-là. Si Peter était mort, à quoi cela servait de faire évader Gillian de l'Institut Parangon, si tant est qu'elle ait assez de chance pour ne pas tout bousiller ?

Mais Peter mort… non, c'était trop sinistre, trop affreux, trop définitif. Hester refusait d'y croire. Peter avait sûrement une très bonne raison pour la laisser si longtemps sans nouvelles. Il devait avoir un tour en réserve.

Et dans ce cas, il était probable qu'il n'avait plus besoin de Gillian.

Hester eut honte de ressentir du soulagement. Au diable ce dont Peter avait besoin ou pas, et cette pauvre petite Gillian, alors ? Qu'est-ce qui allait lui arriver dans quelques heures ou peut-être quelques jours ?

La Faculté Psi, voilà ce qui allait lui arriver. Quoi que ce fût. Hester avait risqué sa peau pour consulter une fois de plus l'ordinateur. Un certain nombre de cas – et donc, forcément, de gens – avait été transféré là-bas depuis l'Institut Parangon. Hester ne savait pas grand-chose sur la Faculté Psi : simplement que cet endroit existait quelque part et engloutissait des médiums doués du genre de Robin Sandza et de Gillian Bellaver.

Et donc, tout autre motif mis à part, elle avait moralement raison d'essayer de faire sortir Gillian de Parangon avant qu'elle disparaisse. Sauf que, gros problème, elle n'avait pas l'ombre d'un début de plan, et en supposant qu'elle en trouve un et qu'il réussisse, Gillian se retrouverait quasiment seule et sans défense. Impossible de la rendre à ses parents, ils la remettraient aussitôt à l'Institut. Probablement reconnaissants qu'on les débarrasse de la pauvre enfant. Hester, de par son éducation de classe moyenne dans une petite ville, avait piètre opinion des Américains riches et célèbres. En tant qu'adorateurs du dieu dollar, ils ne pouvaient qu'être insensibles et incapables d'affection véritable. Non, elle ne pouvait risquer de leur rendre Gillian en espérant qu'ils feraient ce qu'il fallait.

Mais Hester savait qu'elle se retrouverait extrêmement suspecte à l'Institut, et qu'elle aurait à détourner les soupçons tout en protégeant Gillian et en s'occupant d'elle jusqu'à ce que Peter fasse son apparition. Et comment se comporterait Gillian une fois libérée de ses tranquillisants ? Elle serait à moitié folle, et donc peu fiable et potentiellement aussi dangereuse (sans que ce soit de sa faute) que la peste bubonique. Hester pourrait bien avoir besoin d'un peu de protection elle-même.

Vingt et une heures. Musique. Du rock, puis un blues mordant d'un de ces cueilleurs de coton des années vingt à la voix aussi sombre et riche qu'un café de Louisiane.

Oh, liver-rot me baby, treat me
To your death's head pearly smile :
Then you can ride me on down to your boneyard
In a twelve-cylinder automobile.

Hester se demanda comment Gillian se débrouillait et se mit à trembler. Si Gillian ne faisait pas ce qu'il fallait, si elle se trahissait, alors Hester était fichue. Mauvais trip. La moindre voix dans le couloir de l'immeuble, le moindre bruit de pas l'inondait d'une sueur glacée, d'une sueur glacée. Vingt et une heures trente. Elle entendit ses amis les Bundy sortir, une vieille chanson de Cole Porter aux lèvres, heureux comme des palourdes, et eut envie de foncer en bas pour qu'ils l'emmènent passer quelque part une soirée sans prétention, un verre ici, quelques plaisanteries là. Elle alla même jusqu'à la porte, mais ne l'ouvrit pas. Inutile. Inutile d'essayer de se défiler. Si le MORG la voulait, il la trouverait. Sinon… Il n'y avait rien d'autre à faire qu'errer dans son mignon deux-pièces cuisine en s'enivrant petit à petit de sa grande infortune et en redoutant l'arrivée du matin, où il lui faudrait entreprendre de guider des événements déjà en marche vers la conclusion voulue.

Turn down your sireen woman
You like an ambulance on the street

C'est peu après deux heures du matin qu'elle trouva sa grande idée : par désespoir, peut-être, puisque tout reposait sur la manière dont Gillian réagirait aux premiers instants de l'évasion. Mais ce plan plaisait à Hester. Il n'était pas compliqué, sa réussite dépendait de la surprise et, avec un peu de chance, il y aurait une demi-minute de confusion totale. Il y avait hélas une pierre d'achoppement potentielle en la personne de Mme Cunningham. Elle n'avait pas l'air du genre à se laisser désorienter facilement, et elle ne s'éloignait presque jamais de Gillian lorsque celle-ci sortait de ses appartements.

Mais Hester avait retourné le problème dans tous les sens et elle ne pouvait faire mieux. Tout ce dont elle avait besoin maintenant était d'une tierce partie, un gars gentil et stupide qui ferait ce qu'elle lui demanderait sans trop poser de questions. Elle était sortie avec plein d'hommes de ce genre, aussi avait-elle déjà fait son choix lorsqu'elle se traîna au lit et s'endormit au milieu d'un bâillement.

Casked-eyed baby
Pull them shades down to the floor
And hand me your blank check, honey
For my final signature

Une fois couchée, Gillian n'arriva pas à s'endormir et parla beaucoup. Mme Cunningham vint à deux reprises jeter un coup d'œil. Gillian s'agitait et marmonnait en tirant sur les couvertures. La deuxième fois, Mme Cunningham alluma la lampe près de la porte et vit la sueur luire sur le visage de Gillian.

« Cette chambre. Ce lit. La chambre de Robin. Il…

— Oui, ma petite ? »

Gillian se tut soudain et la regarda comme d'un coin reculé de son esprit.

« Tu n'aurais pas mal au ventre, chérie ?

— Un peu », croassa Gillian.

Mme Cunningham sourit pour lui assurer qu'on allait s'en occuper. Elle referma la porte de la chambre et téléphona à Maylun Chan We du salon. Celle-ci prescrivit un antinauséeux et un somnifère. Mme Cunningham appela ensuite l'auxiliaire médical de garde de nuit à Parangon afin qu'il lui apporte les cachets depuis l'officine.

Lorsque Mme Cunningham entrouvrit à nouveau la porte de la chambre, Gillian, allongée sur le côté, semblait enfin calme. Mme Cunningham lui parla à voix basse. Aucune réponse. Manifestement, le malaise de Gillian était passé. Si elle se réveillait plus tard, les médicaments étaient prêts. Satisfaite, Mme Cunningham revint dans le salon retrouver la bile, le fiel et le mauvais sang du journal télévisé de la nuit, ignorant que, pour le moment, elle ne gardait plus une fille endormie mais une coquille vide…

Gillian avait été attirée ailleurs.

Elle était maintenant une notion d'horizon   et d'hiver
Étalée à la truelle   champs de neige   lune
Brûlante dans le climat brutal
Détournée par un éclat trop brillant, tout mouvement
Interrompue selon les lois du temps et
De la distance
Elle attend une confrontation avec l'esprit
Du garçon   attend avec un œil tourné vers le précieux passé,
Une attente qu'il ne manquerait pas de combler

« Robin ? »

Suivant la ligne de moindre résistance, ils
Se rencontrèrent   se reconnurent sans surprise
Leurs regards rivés   brûlant, dans des champs de neige
aussi dépourvus de vent qu'une tombe

Quelque chose de très cérémonieux entre eux,
un nouveau développement… elle reste silencieuse
face à l'animosité de son regard.
« Viens », dit-il   reparti
extrêmement combustible   comme l'éclat d'une étoile
entre les croix en feu. Soutenue par
l'étroite et impitoyable vision de sa confiance,
elle suit dans sa peau de larmes de demoiselle d'honneur
jusqu'au lit de sa pute :
(Bébé
ahuri
aux yeux
tailladés
proprement
désossé
et pulsant
somptueux
à la posture
docile ronron
nante du sang
tout déployé &
offrant
un aperçu
obscène
d'un trou du cul)

Gambade
avec la pute   Robin qui frime   qui la chevauche
de côté   à l'envers

ou les pieds par terre Comme vous voulez
Une cataracte de sang
Les nerfs noirs sous la peau
comme le son d'une corde de violon colophanée ici
il jouit
Sa manière de se déclarer
déchargeant des chandelles romaines de confession
créant des galaxies de péchés impénitents
Elle te plaît, Gillian ? Yeux lents
sombrer blessures

Elle sourit en volute comme des flammes qui noircissent
l'esprit, et lui est (comme il se doit)
à la fois terrifié et amusé, connaissant
l'au-delà et l'en-deçà comme sa poche
tandis que son corps, incapable de continuer
à vivre partout à la fois
Menace de se désintégrer.

« Va-t'en, maintenant. »
D'un simple mouvement de la main, il
l'envoie valdinguer, tel un moustique, dans le cours du temps

Excité par sa propre cruauté insatiable
il se tourne une fois de plus vers Gwyneth assoupie. Il
est avide d'étreintes,
et de l'absolution auxquelles elles mènent toujours.

Le jeudi matin, Hester arriva à l'Institut à huit heures. Roth et Maylun étaient déjà là. Ils semblaient avoir eu une longue réunion. Quelque chose se tramait, sans doute à propos de Gillian. Hester n'avait pas la moindre idée de ce dont il s'agissait. Mais au moins la fille se trouvait-elle toujours à Parangon : elle avait craint qu'ils ne l'escamotent pendant la nuit.

À huit heures vingt, elle accompagna les deux médecins à l'étage. Assise dans son lit, Gillian regardait par les fenêtres piquetées de givre. Elle affichait un sourire mielleux, mais ses yeux gonflés et humides avaient l'air, pour Hester peut-être un peu trop empathique, horriblement tristes. Hester retint son souffle quand Gillian lui jeta un coup d'œil, mais le sourire de Gillian ne changea pas, et son comportement n'avait rien d'inhabituel. Hester ne put déterminer si cette indifférence était ou non authentique. Si oui, cela signifiait obligatoirement que, pour une raison ou pour une autre, ils l'avaient gavée de médicaments durant la nuit, ce qui réglait l'affaire et ruinait complètement son plan.

Hester demanda à Gillian ce qu'elle voulait pour son petit déjeuner et se vit répondre « ça m'est égal ». Le Dr Roth examina alors Gillian. Sa pression sanguine avait augmenté et son pouls était plus rapide que vingt-quatre heures auparavant. Roth sembla trouver cela encourageant.

« J'aimerais prendre un bain avant de manger, dit Gillian.

— Pas de problèmes, estima Roth.

— Est-ce qu'Hester peut rester pour me shampouiner ?

— Pourquoi pas. Hester ?

— Avec plaisir », répondit Hester en s'efforçant de ne pas étudier l'humeur de Gillian. Maylun leur laissa les médicaments et les vitamines et les deux médecins se retirèrent ensemble en conversant à voix basse.

« Quel temps fait-il ? demanda Gillian en regardant à nouveau par les fenêtres.

— Froid. » Hester frissonna pour souligner ses dires, puis sourit à Mme Cunningham qui sortait une robe pour Gillian. « Vous devriez aller prendre votre petit déjeuner pendant que je m'occupe de son shampooing.

— Ça me semble une bonne idée.

— Je voudrais un jean, aujourd'hui, madame Cunningham, dit Gillian.

— Et toutes ces jolies robes, alors ?
— J'ai plutôt envie d'un jean.
— Comme tu veux, chérie. »

Hester gagna la salle de bains en laissant la porte entrebâillée et ouvrit le robinet. Lorsque la baignoire fut à moitié pleine, Gillian entra sans regarder Hester. Elle ôta sa chemise de nuit dans un coin, releva sommairement ses cheveux à l'aide de barrettes puis se mit debout dans l'eau chaude, les yeux baissés sur son corps qui, quoique manquant alors de plénitude, était structuré avec élégance et laissait voir des courbes modestes promettant de s'épanouir à merveille dans la féminité. C'était une splendeur à cou de gazelle d'un mètre soixante-treize, une beauté ombrageuse aux lèvres floconneuses – et qui ne devait jamais avoir eu de boutons, pensa Hester avec une pointe de jalousie. Gillian s'immergea jusqu'au sternum dans l'eau, les genoux écartés, et entreprit de se savonner. Puis, sans quasiment le moindre signe avant-coureur, elle craqua.

Hester, pétrifiée d'angoisse, vit Gillian tenter d'étouffer ses sanglots dans le gant de toilette. Elle eut alors l'idée de brancher le bruyant aérateur serti dans le plafond. Avec un peu de chance, cela empêcherait les microphones qu'elle savait avoir été installés dans la salle de bains de capter ce chagrin que Gillian n'aurait pas dû ressentir, pas avec les médicaments qu'elle prenait.

Cédant à une impulsion maternelle, Hester s'agenouilla ensuite près de la baignoire pour entourer de son bras les épaules glissantes de la fille.

« Oh, Hester, c'est la fin de tout !
— Gillian, allons.
— Je veux sortir d'ici !
— J'ai presque tout réglé. Chhh, chut, allons… Je prendrai soin de toi. »

Gillian se couvrit la bouche des deux mains en la fixant d'un air incrédule.

« On *peut* le faire. Je le sais.

— Quand ?

— Cet après-midi.

— C… Comment ? »

Hester se plaça face à la porte au cas où Mme Cunningham arriverait inopinément. Elle entama le shampooing de Gillian et murmura dans son oreille ivoirine tout en lui frottant le cuir chevelu.

Quand Hester eut exposé son plan, la seule réaction de Gillian fut : « Mme Cunningham a un revolver.

— Ah ! Tu es sûre ?

— Dans la poche de son cardigan.

— Mais elle ne te tirerait pas dessus.

— Non, mais peut-être qu'elle tirerait sur *toi.* » Gillian ne put réprimer ses larmes et son nez se mit à couler aussi.

« Ça va marcher, Gillian, j'en suis sûre. Ne te fais pas de soucis. Il n'y aura pas de blessés.

— J'ai peur, Hester ; je sais bien que je vais faire une grosse bêtise et… Tu m'as dit d'aller où, déjà ? *J'ai déjà oublié !* Ça vient de disparaître de mon esprit.

— Ne t'inquiète pas, je te l'ai écrit. »

Une fois Gillian sortie du bain et enveloppée d'un peignoir, Hester sortit un sparadrap rond de sa poche. Gillian sursauta lorsqu'elle glissa la main sous le peignoir pour coller le sparadrap près de l'aine.

« J'ai tout écrit. Si tu oublies quelque chose, il suffit de déchirer le pansement. »

Gillian claquait des dents. Hester frotta les cheveux mouillés jusqu'à ce que la peau du crâne prenne une teinte rose nourrisson. La tête de Gillian bringuebalait sous ce massage. Elle bâilla et se détendit petit à petit entre les mains expertes d'Hester.

« Hester, je ne peux pas rester avec toi, quoi qu'il arrive.

— On s'occupera de ça plus tard.

— Il faut que je sois seule. *Seule !* Jusqu'à ma mort. Robin me déteste, je n'ai nulle part où aller. Il… il me déteste forcément, pour faire ce qu'il a fait. »

Hester voulut l'interroger sur Robin. Mais le téléphone sonna dans la chambre et elle dut aller répondre. C'était Mme Cunningham. Le petit déjeuner de Gillian l'attendait, peut-être que pour changer elle aimerait le prendre au petit salon ? Hester promit de la faire descendre tout de suite.

Elle raccrocha sans oublier d'empocher les médicaments posés sur un petit plateau près du lit. Elle administra les vitamines à Gillian.

Mme Cunningham était censée monter chercher Gillian elle-même, deviendrait-elle un peu paresseuse et négligente ? Ce serait plutôt bon signe. Hester aida Gillian à enfiler des vêtements chauds. Trop chauds pour l'intérieur, mais il faudrait bien qu'elle s'en accommode.

Une conversation sérieuse étant devenue impossible, Hester parla de cinéma, de fringues et des difficultés qu'avait une femme travaillant à New York à joindre les deux bouts. Gillian l'écouta sans émettre le moindre commentaire, le menton contre la poitrine, comme dans une hébétude chagrine.

Pour Hester, le reste de la journée fut la plus cruelle des tortures. Les problèmes lui pesaient sur l'estomac telle une petite bombe qui ferait tic-tac. Kristen ayant congé le jeudi, Hester avait fort à faire. Elle engloutissait eau et café au litre, mais sa bouche restait sèche. Ses intestins tremblaient fréquemment, nécessitant de nombreux déplacements aux toilettes. Elle ne put retrouver ce qu'elle avait classé deux jours plus tôt, se trompa de numéros de téléphone et fut incapable de prendre sous la dictée des phrases pourtant simples. Le Dr Roth eut du mal à dissimuler son irritation.

Malgré toutes ces difficultés, le temps passa trop vite. Soudain, l'horloge devant elle indiqua seize heures trente. Où était passé quinze heures trente ? Et sa pause déjeuner ? *Seize heures trente et une.* Hester se précipita pour neutraliser sa panique. Elle rassembla tout le courrier expédié par les divers services : beaucoup de paquets, ce jour-là, presque de quoi remplir deux sacs à provisions. Manteau, chapeau, gants. Soulevant les sacs, elle dévala les escaliers jusqu'à la cuisine. Son visage empourpré luisait, son pouls battait à un rythme impossible. Si ce n'avait été *le* moment, elle savait qu'elle se serait évanouie.

Comme chaque après-midi en fin de promenade, Gillian avait pris place à la table de bois massif, où elle sirotait une tasse de chocolat à quelques pas de la porte. Mme Cunningham et Mme Mayborn se léchaient les babines au-dessus d'une marmite qui mijotait sur le fourneau.

« Voilà le Poney Express », fit Hester sans s'arrêter ni oser regarder Gillian en face. Elle vit néanmoins du coin de l'œil que celle-ci avait levé la tête.

« En retard, Hester ? remarqua Mme Mayborn.

— Ça a été infernal, aujourd'hui, Felicia.

— Ne m'en parle pas, le patron a failli m'arracher la tête pour un rien. »

Hester grimpa à toutes jambes les six marches menant à la porte de derrière, que protégeait un verrou Medeco. C'était une serrure de très haute sécurité qui exigeait une clef spéciale. Hester posa les sacs, sortit la sienne et déverrouilla la porte. L'air froid lui fit du bien. Elle renversa du pied l'un des sacs en se retournant.

Des enveloppes et des paquets enveloppés de papier d'emballage dégringolèrent l'escalier.

« Et merde », marmonna Hester en se précipitant au bas des marches pour les récupérer. « Ne vous dérangez pas », ajouta-t-elle en retenant d'un geste Mme Cunningham et la cuisinière. Elle eut ramassé le courrier en quelques instants, et Gillian n'avait pas bougé. Hester lui jeta un coup d'œil désespéré. Gillian semblait abrutie, paralysée, comme privée de volonté.

Pour l'amour du Ciel, pensa Hester, *bouge-toi le cul !*

Et Gillian finit par se lever sans que personne semble s'en émouvoir. L'air timide et docile, elle s'approcha des marches et se pencha.

« Tu en as oublié une, dit-elle.

— Oh, merci Gil... »

Alors, en un clin d'œil, Gillian bondit dehors et se mit à courir. Elle n'oublia pas de bousculer suffisamment Hester au passage pour que celle-ci, sur le rebond, n'ait nul besoin de simuler un fort opportun coup d'épaule dans le thorax de Mme Cunningham qui, en dépit de sa corpulence, réagissait vite en cas d'urgence.

Le souffle coupé, Mme Cunningham eut néanmoins assez d'énergie pour envoyer Hester valdinguer tel un jouet contre le mur le plus proche. Elle monta tant bien que mal les marches en fouillant dans une des poches de son cardigan à torsades.

Le revolver, pensa Hester horrifiée. Mais ce n'était qu'un talkie-walkie.

« Sécurité ! brailla Mme Cunningham en posant le pied sur le trottoir. La fille s'échappe. La fille s'échappe. Toutes les unités, sur la 86e direction ouest. Bouclez le secteur ! Bouclez le secteur ! Vigie Un et Deux, suivez-la à la jumelle ! »

Hester venait de passer la porte lorsque quelqu'un d'autre sortit à toute vitesse en la bousculant, manquant la jeter à terre. Maylun Chan We. Hester n'avait pas la moindre d'idée d'où elle venait. Mais jamais elle n'avait vu de femme aussi rapide : avant qu'elle ait recouvré l'équilibre, Maylun avait évité Mme Cunningham qui, statique, criait toujours dans son appareil, contournait en souplesse le camion-citerne garé devant l'immeuble auquel il livrait du mazout, et se dirigeait vers la rue à la suite de Gillian.

Il y eut beaucoup d'agitation autour de l'Institut Parangon. Deux berlines banalisées garées à l'autre extrémité de l'allée démarrèrent soudain, leurs feux à éclats et leurs puissantes sirènes branchés. Mais le camion-citerne leur bloquait le passage. Hester prit ses jambes à son cou dans le sillage de Maylun aux pieds ailés.

C'était le début de l'heure de pointe sur la 86e : cela ralentirait les autres automobiles qui viendraient sur East End de derrière le parc pour participer à la poursuite, mais Hester comprit très vite que Gillian, si rapide soit-elle et malgré ses vingt secondes d'avance, ne pourrait semer Maylun. Des têtes se tournèrent, d'autres yeux chronométrèrent la course. Qui se serait douté que la modeste docteur chinoise était une ancienne star des stades ? Hester courait en se battant contre elle-même. Dans son dos, le hurlement des sirènes réclamait qu'on leur dégage le passage. Une automobile bondit sur le trottoir et en redescendit.

Essaye d'arriver au carrefour, la conjura intérieurement Hester. Déjà ses poumons la brûlaient comme un poulet à la broche. Gillian se retourna à moitié et découvrit avec stupéfaction qu'à peine quinze mètres derrière elle, Maylun la poursuivait à longues enjambées assurées. *Fonce !* exigea Hester, mais Gillian n'en avait pas besoin. Franchissant d'un bond une laisse de chien tendue, elle atteignit York Avenue et tourna à droite. Maylun Chan We l'imita quelques instants plus tard.

Derrière, Hester souffrait. Elle parvint à l'intersection en boitant, à bout de souffle et morte de peur.

Gillian avait réussi à s'asseoir à l'arrière de la caisse à savons d'un taxi à damier, mais Maylun, une main sur la portière, se penchait à l'intérieur comme pour arracher Gillian de la banquette. La fille se recroquevilla dans le coin opposé. Hester voulut détourner l'attention de Maylun en criant quelque chose, mais elle manquait trop de souffle pour articuler quoi que ce soit.

Puis Maylun recula d'un pas, claqua la portière et se retourna tandis que le taxi décollait du trottoir pour se perdre dans un accroissement soudain de circulation.

Manifestement, Maylun ne s'attendait pas à ce qu'Hester

l'observe, appuyée contre un lampadaire. Elle ne se démonta pas pour autant.

« Une idée à vous ? » demanda-t-elle.

Hester la regarda bouche bée, puis s'étonna elle-même en hochant la tête.

« Que… Maylun, pourquoi est-ce que…

— Parce qu'il y a des choses que je n'arrive pas à accepter, expliqua l'autre.

— Je sais ce…

— Oui, bon, et vous savez aussi ce qu'il nous arrivera si vous ne la fermez pas ? »

Hester parvint à hocher la tête.

« Je… ne dirai rien.

— Très bien », dit Maylun en scellant leur pacte d'un rapide serrement de main, juste avant qu'une vague d'équipes de sécurité du MORG ne les engloutisse.

« Vous n'avez qu'à vomir dans le sac en papier », prévint Walter, le chauffeur de taxi ami d'Hester, en entendant Gillian lutter contre la nausée sur la banquette arrière.

Gillian enfouit à moitié sa tête dans le sac et se vida l'estomac. Walter tourna sur la 91e et arriva jusqu'à Park Avenue avant d'avoir un feu rouge. Il déboucha alors un Thermos et remplit de thé chaud une tasse en polystyrène qu'il tendit à Gillian. Elle était assise sur la banquette bordeaux, toute raide et toute pâle, avec une pâleur étrangement luminescente : sa peau semblait du néon. Elle accepta la tasse de thé.

« Hester m'avait prévenu qu'avoir autant couru pourrait vous rendre malade », expliqua Walter. Des cheveux prématurément gris bouclaient au-dessus de ses oreilles et il avait un visage à la fois aimable et affreux, comme celui d'un nain de Disney. « Elle m'a parlé de ce problème entre vous et votre petit ami. Je compatis totalement. Ne vous inquiétez pas pour le sac. Je le jetterai à la poubelle au prochain feu rouge. Un peu de musique ? QXR, ça vous va ?

— O.K. »

Walter descendit Park Avenue au sein de la folie de l'heure de pointe, évoluant en douceur afin de ménager l'estomac fragile de Gillian. Elle avala la moitié du thé fumant, prenant une gorgée chaque fois qu'un frisson glacé menaçait de lui démettre les os et de la faire vomir.

« On est arrivés. »

Gillian n'avait pas porté la moindre attention à leur trajet. Le soleil s'était couché : il ne restait que quelques fenêtres illuminées dans le ciel clair et dégagé, loin au-dessus de la masse indistincte et grouillante de la ville basse. L'ombre s'entassait dans les rues et l'air était plein des choses soufflantes et graveleuses. La tête de Gillian grondait à son propre rythme.

« Où ça ? »

Walter montra un cinéma. Ils étaient arrêtés sur la 33e, près de Lexington Avenue. Le cinéma s'appelait « Le Fauteuil du metteur en scène » et passait deux ou trois classiques du grand écran par séance.

« Ici », répondit-il en souriant. Il lui tendit un ticket.

Gillian resta paralysée, le ticket à la main, sans savoir ni que dire ni que faire.

« Adieu, et bonne chance », fit Walter. Il n'avait pas l'air de vouloir en dire plus. Gillian ouvrit la portière et sortit. Le vent souffla à travers elle comme à travers une cage vide.

« N'oubliez pas votre manteau. » Walter lui tendit une parka en laine par la fenêtre. Puis il partit. La parka vert olive était doublée de tissu écossais. Gillian ne l'avait jamais vue. Elle l'enfila quand même.

Elle examina les deux côtés de la rue d'un œil inquiet. Elle ne connaissait pas cet endroit. Le vent s'engouffra dans son manteau, mordit les lobes de ses oreilles et lui gela le cou jusqu'à ce qu'elle resserre le cordon du capuchon. Elle tourna plusieurs fois sur elle-même, du néon lui coulant des yeux. Elle se sentait surchargée par les rares passants, avec le poids de l'inconnu et du non-voulu qui l'envoyait par le fond. Si elle arrivait à se concentrer, elle n'aurait aucun problème à se rappeler les instructions d'Hester. Cela viendrait. Le thé n'avait pas totalement étanché sa soif, la gorge la brûlait toujours d'avoir vomi, d'avoir mal inspiré le vent. *Mon Dieu, oh mon Dieu, je m'appelle Gillian.* Un homme à la moustache en écouvillon noirci et aux vertigineuses touffes de cheveux fumait un barreau de chaise en la contemplant avec une passion indescriptible depuis une affiche placardée à la devanture du cinéma.

Son ticket fut accepté à l'entrée. Hester ne verrait peut-être pas d'inconvénient à ce qu'elle s'asseye juste quelques instants, d'ailleurs c'était peut-être ce qu'Hester attendait d'elle. Une vieille machine à pop-corn se dressait dans le hall et la regarder répandre ce truc blanc et croustillant lui donna faim. Mais elle n'avait pas d'argent. Elle enfonça ses mains dans les poches de la parka et trouva dans chacune un billet neuf de cinq dollars. Hester faisait des miracles. Avec la monnaie d'un des billets, elle acheta du pop-corn et du chewing-gum pour se nettoyer les dents ensuite. Ils ne vendaient pas de sodas. Elle but longuement l'eau tiède que fournissait la fontaine, puis descendit vers le centre de l'écran dans une obscurité de cagibi. Chahut. Trois clowns en train de minauder. Les gags verbaux fusaient si vite qu'on avait du mal à les suivre. *Noix de coco.* Il y avait dans le petit cinéma une douzaine d'amateurs de vieux films qui s'en régalaient. Gillian s'assit au milieu, à trois sièges de l'allée de gauche.

Et maintenant... par là, nous allons construire une clinique d'yeux. Ou alors un hôtel d'yeux, dit Groucho.

Puis : *L'amour prend la porte quand on jette l'argent par les fenêtres.*

Et un peu plus tard :

Mais à ce moment-là, Gillian, qui avait presque fini son pop-corn, s'était plus ou moins endormie dans la confortable chaleur de son manteau et de sa capuche. Pour attendre. Attendre d'autres miracles d'Hester. *Mon Dieu oh mon Dieu je suis Gillian. J*'étais *Gillian.* C'était presque la fin du monde, mais peut-être restait-il un peu de temps pour quelques miracles. Sinon, il ne restait plus qu'à mourir : mourir.

Si seulement elle savait comment.

Au moment d'entrer dans le bureau de Roth, Hester décida que la meilleure défense serait une grave crise d'hystérie. Contre toute attente, Roth la déclencha lui-même... avec dans les yeux une lueur que seule expliquait la proximité de la hache du bourreau. Le Dr Irving Roth était dans la merde jusqu'au cou. Quelque part, ils l'étaient tous, mais en dernier ressort, c'était à lui qu'incombait la responsabilité de l'évasion de Gillian.

« Hester, Hester, allons... Personne ne vous reproche rien.

— Ce serait plutôt à moi qu'il faudrait faire des reproches, intervint courageusement Maylun. C'est moi qui ai prescrit ses médicaments. Gillian n'aurait pas dû être en mesure de courir comme ça. Elle n'aurait même pas dû y penser.

— Cette fille est très spéciale, répondit Roth d'un air sombre. Mais nous la retrouverons. Pour l'amour du Ciel, vous ne pouvez rien faire pour... ? »

Maylun baigna le visage d'Hester à l'eau glacée. Le téléphone posé sur le bureau de Roth sonnait. Dans tout l'Institut, des téléphones sonnaient. Roth choisit une ligne au hasard. C'était Avery Bellaver, à qui on avait demandé de rappeler au plus vite.

« Pourriez-vous venir ici tout de suite ? » le pria Roth.

Au-dessus de la vallée de l'Hudson, dans l'hélicoptère du MORG qui volait vers le sud, l'un des cadres de Childermass raccrocha le combiné du téléphone à brouillage. « Aucune trace de la fille pour l'instant », annonça-t-il à son chef.

Ce n'était guère facile à dire à un homme réputé très mal

accueillir les mauvaises nouvelles, mais Childermass, en manches de chemise, se laissa aller en arrière dans son fauteuil club, son unique main derrière la nuque. Il regarda par le hublot le noir de la nuit chercher des rumeurs de lune.

« Coup monté de l'intérieur.

— Oui, monsieur.

— Trouvez qui, et on saura où est Gillian.

— Je pense aussi.

— Dites-leur que pour moi, c'est la Chinetoque. Dites-leur de ne pas prendre de gants. Dites-leur qu'on n'a pas le temps d'en prendre, qu'ils foutent tout de suite son nichon jaune dans la vieille presse à cidre.

— Et pour l'autre, Hester ? »

Childermass n'appréciait pas qu'on lui propose une alternative.

« Je vous donne un avis en or et vous l'écoutez comme s'il valait que dalle. » Il tourna résolument son pouce vers le bas. « Je l'ai rencontrée. Elle n'est pas très futée. Connaissez votre ennemi. C'est toujours le Péril Jaune. Que quelqu'un me file un clope. »

Il fuma mollement sa cigarette, tapotant du pied, pensant, sifflant. Les autres hommes présents dans l'hélicoptère envoyaient d'abominables messages codés et prononçaient des paroles terrifiantes au téléphone.

« Friture, rainure, dit tout bas Childermass. Double coup dur. En Alabama les étoiles tombent à toute allure. » Son front se plissa de profondes rides. Il cracha une bouffée de fumée. « Elles tombent, tombent. »

Dans le cinéma, Gillian s'éveilla avec l'impression d'étouffer et constata que sa lèvre supérieure suait : la parka lui tenait trop chaud. Elle se battit avec les cordons de la capuche et déboutonna le manteau. En abaissant la capuche, elle s'aperçut qu'il y avait quelqu'un assis à côté d'elle.

« Vous avez failli lâcher votre pop-corn, dit-il. Je vous l'ai mis de côté. » Il lui tendit le récipient. Le pop-corn n'était plus bon, mais Gillian sourit quand même.

« Merci. » Sur l'écran, un clochard accostait Harpo. *Vous n'auriez pas une pièce que je puisse m'acheter une tasse de café ?* Sur quoi Harpo plongeait la main dans une poche de son vaste pantalon et en ressortait une tasse de café fumant qu'il tendait au clochard. Le jeune homme à côté de Gillian éclata de rire. Gillian, mal réveillée, se demanda quel film elle regardait.

« Je ne sais pas combien de fois j'ai vu Harpo faire ça, commenta le jeune homme, mais je trouve ça toujours aussi drôle. »

Gillian le dévisagea poliment, mais déjà il lui était familier. Elle côtoyait ce genre de jeunes hommes depuis toujours. Elle savait à peu près quel lycée privé il avait fréquenté. Ensuite, il avait fait ses études à… Princeton, bien entendu, puisqu'il portait une bague de Princeton. Les mains croisées sur le coûteux pardessus en cachemire posé sur ses genoux. Les ongles manucurés brillant dans le noir. Les cheveux coiffés à la mode pour donner de la dimension à un visage plutôt petit mais bien proportionné. Même son choix de lotion de rasage était prévisible. Il essayait de se faire pousser une moustache. Il devait être plus vieux que les dix-neuf ans qu'il semblait avoir.

« Je m'appelle Bradford, annonça-t-il.

— Gillian.

— Salut, Gillian. »

Il rit encore en voyant Groucho escroquer un barman. Gillian remua sur le siège trop dur et soupira. Bradford la regarda patiemment un long moment. Gillian écrasa lentement le récipient de pop-corn, s'écorcha une partie de la lèvre inférieure et leva enfin les yeux pour lui rendre son regard.

« Cela vous dirait de rentrer avec moi, maintenant ? » demanda-t-il.

Elle frissonna de joie à l'idée de ne plus rester assise là avec ces fantômes aux blagues dépassées dont l'humour semblait inopérant, reflet d'un style de vie aussi distant que *la chanson de geste*[1]. Elle n'en oublia pas toute prudence pour autant.

« C'est Hester qui vous envoie ? »

Bradford sourit de manière tout à fait réconfortante.

« Bien entendu. »

Après ce calvaire, Hester ne se sentait pas la force de rentrer en bus, aussi prit-elle un taxi jusqu'au carrefour le plus proche de son appartement. Elle procéda à quelques achats de première nécessité à la supérette, se procura au drugstore, un médicament pour sa tête et un autre pour son estomac passa récupérer un paquet à la blanchisserie et remonta le vent âpre jusqu'à la porte de son immeuble, où elle arriva étourdie et les jambes en coton.

Sept heures avaient déjà sonné et elle était folle d'inquiétude pour Gillian, bien que là où elle se trouvait, elle ne courait aucun danger avant plusieurs heures – avant minuit, d'après le programme du cinéma. D'ici là, Hester avait d'autres soucis. Même si les types du MORG s'étaient montrés avec elle d'une étonnante gentillesse et ne lui avaient posé que quelques questions, ils l'avaient probablement suivie jusque chez elle. Et pourquoi Maylun avait-elle disparu si soudainement, laissant Roth se dissoudre dans sa graisse ? Jamais elle n'avait vu d'homme aussi bouleversé. Hester était méfiante et elle avait peur. L'ennemi était le MORG, maintenant, et le MORG était puissant.

Une note sur sa porte, signée Meg Bundy : *Que diriez-vous d'un Scrabble, ce soir ? Passez-nous un coup de fil.* Hester se sentit coupable. Ces derniers temps, elle avait si souvent décliné leurs invitations qu'ils allaient finir par croire qu'elle les évitait. Elle essaya d'inventer une excuse acceptable en déverrouillant sa porte. *Ce soir, impossible : j'abrite une fugitive.* Merci quand même.

Hester entrouvrit la porte, la bloqua du pied, se pencha pour ramasser ses paquets. Elle entra dans son appartement à recu-

1. En français dans le texte. (*N.d.T.*)

lons et actionna d'un doigt resté libre l'interrupteur mural placé près de la porte. Dans le salon, la lampe à côté du canapé s'alluma.

Elle claqua la porte, se retourna et faillit avoir une attaque. Toutes ses courses lui échappèrent.

Peter Sandza, debout au beau milieu du salon, brandissait un panneau sur lequel il avait inscrit avec le rouge à lèvres d'Hester :

NE DIS RIEN. ILS ÉCOUTENT.

DIX-SEPT

Peter ne la laissa pas dire un mot mais la serra tendrement dans ses bras en lui couvrant la bouche de la main pour l'empêcher de pleurer tout haut. Il alluma la télé d'une pression sur la télécommande. Il enleva ensuite son manteau à Hester, défit la fermeture à glissière de sa jupe et lui baissa le collant sur les bottes. Hester n'avait jamais été baisée dans une telle urgence de sa vie. Ce fut un viol pour rire. Elle jouit, soit sur l'épaisse moquette, soit avant même d'y arriver : elle ne put par la suite se rappeler exactement.

Plus de migraine, de maux d'estomac ou de nerfs à vif; Hester était purgée. Ils partagèrent de merveilleux gestes érotiques. Dans leur union, la force de Peter la fit rayonner de vitalité. Elle lui prit le visage entre ses mains, tira la langue pour toucher le bout de son nez et goûter le sel de ses paupières.

« Tu es bronzé, dis donc ! D'où viens-tu ?

— De Floride.

— De Floride ! Et tu faisais quoi, en Floride ?

— Je pêchais, surtout.

— Tu pêchais ! Voyez-vous ça ! Ça mordait bien ?

— J'en ai rejeté des palanquées.

— Je suppose qu'il ne t'est jamais venu à l'idée que pendant que tu pêchais en Floride, ici, je pétais les plombs tous les soirs à sept heures précises ?

— Hester, je suis désolé.

— Ça ne change rien à l'affaire. Mmmm. *Oh*! D'accord, je ne t'en veux plus. Tu vas jouir encore?

— Si tu m'aides un peu…

— Comme ça? D'abord on *pèle* la pomme, ensuite on la *perce*… Ah! Mon Dieu. Bébébébébébé. »

Après, Peter lui raconta sa difficile évasion de l'hôpital et l'exténuante et interminable poursuite.

« J'ai failli y passer, dans ce fleuve, Hester. Je me suis cogné la tête en nageant sous l'eau. Ça m'a désorienté. Le courant m'a emporté à plus d'un kilomètre de là où j'avais prévu de rejoindre la rive. Je suis resté trop longtemps dans l'eau. Ma température corporelle s'effondrait, une minute de plus dans cette eau glacée et j'aurais été incapable de faire ce qu'il fallait, voire de penser. Heureusement que c'était la Saint-Sylvestre et que des routiers avaient garé leurs semi-remorques au bord de l'eau pour faire la fête dans un endroit tranquille. Je me suis traîné dans une des cabines où je me suis emmitouflé dans des couvertures sur la couchette en croquant une boîte de morceaux de sucre qui traînait par là. Il me fallait de l'énergie : une simple baisse de six degrés de la température du corps est fatale.

« Je me suis réveillé à l'aube, l'esprit toujours en compote, sur le parking d'un relais routier au sud de Wilmington, dans le Delaware. J'ai emprunté des vêtements et je suis parti. J'étais malade et je savais que j'avais besoin d'aide. Comme Washington était plus près que New York, j'ai pris un gros risque et je suis passé chez un vieil ami, Nick O'Hanna. Nous avons servi dans la marine ensemble. Je lui ai tout raconté. Il m'a trouvé un docteur et m'a emmené dans le sud en avion, à un endroit des Florida Keys où il prend ses permissions. Je suis resté au chaud pour me débarrasser de la grippe ou de je ne sais quoi. Nick m'a ramené à Washington, et cet après-midi j'ai pris un vol commercial jusqu'à l'aéroport de Westchester d'où je suis venu tout droit en voiture. Nick et son patron, un certain Todfield, essaient de localiser Robin pour moi. Sans succès pour l'instant. »

Hester s'assit et promena son doigt sur les lèvres de Peter.

« Je voulais justement t'en parler. Mais d'abord, si on se déshabillait pour faire *sérieusement* l'amour ? »

Peter sourit mais secoua la tête d'un air sévère. La récréation était terminée. Hester lui reprocha d'une grimace de déclarer forfait si vite, mais se déshabilla quand même car elle se sentait fripée et poisseuse.

« Je reviens tout de suite », promit-elle.

Sur le mur de la salle de bains, une autre note de Peter l'avertissait de la présence de micros. Hester frissonna en imaginant son appartement infesté d'obscènes petits mouchards du MORG et se lava sans un mot. Elle enfila une combinaison pelucheuse, se pulvérisa un parfum séduisant à la naissance des seins puis, juste pour le plaisir, mit des boucles d'oreilles rococo, un ensemble en argent filigrane avec de grandes opales que les Bundy lui avaient offert pour la remercier de les avoir aidés à décorer leur appartement.

Elle revint dans le salon, s'allongea et posa la tête sur les genoux de Peter. Ils purent discuter à leur guise, protégés par les beuglements de la télévision.

« Combien de leurs minimicros tu as trouvés ?

— Six.

— Six ! Comment tu savais où les chercher ? Je n'aurais pas su, moi.

— Ils étaient placés aux endroits habituels. J'ai utilisé un matériel de détection, un kit Saber. Ça m'a pris une vingtaine de minutes.

— Tu ne pouvais pas les enlever ?

— Si, et aussi me tenir tout nu à la fenêtre avec un abat-jour sur la tête.

— Ah. Oh-oh, je vois ce que tu veux dire. Tu es sûr de ne pas en avoir raté ?

— Oui, j'en suis sûr. »

Hester regarda autour d'elle avec répugnance. « Comment ont-ils fait pour venir les poser ? J'ai de sacrément bonnes serrures…

— Et eux ont ceux qui fabriquent les serrures pour des gens comme toi.

— Berk ! C'est insupportable. Ils m'ont espionnée. Moi ! Ça me donne presque l'impression de n'être plus personne. D'avoir été déchue de ma citoyenneté. Ils peuvent m'écouter quand ça leur chante. M'entendre mâcher, me gargariser, chier et m'astiquer la touffe quand je me sens seule et excitée et… et ils ont fait des trous dans mes murs ! Ils ont fait des trous dans *moi* !

— Presque, répondit Peter d'un ton apaisant en lui posant une main sur le bras.

— Les mouchards sont là depuis quand, à ton avis ?

— Au moins deux semaines. Certains, comme celui du téléphone, doivent dater de tes débuts à l'Institut Parangon.

— Et c'est pour ça que tu n'es jamais venu ici.

— Entre autres.

— Ceux qui écoutent sont où ?

— Quelque part dans le quartier.

— Dans l'immeuble ?

— Ce serait plus pratique. »

La respiration d'Hester siffla entre ses dents. Mal à l'aise, elle voûta les épaules.

« Eh bien… Ça complique méchamment la situation. Je l'ai, mais du coup je ne sais plus quoi faire d'elle.

— De qui, Hester ? »

Elle sourit avec fierté.

« De Gillian Bellaver. »

Bradford vivait à quelques rues du cinéma, dans une copropriété à l'angle de Park Avenue et de la 38e. Son nom de famille était Whitlock. Il existait beaucoup de Whitlock à New York et tous avaient de la fortune. Comme il ne lui posa pas la question, Gillian ne lui dit pas qu'elle était une Bellaver. Il voulut néanmoins savoir à quelle école elle allait. Bordendale, lui répondit-elle. Il eut l'air surpris, puis troublé. Je vous croyais plus âgée, dit-il. Son sourire lui découvrait les gencives. Vous avez *l'air* plus âgée. Ils s'arrêtèrent devant son immeuble et Bradford lui demanda si elle voulait manger un morceau. Il vanta le restaurant au coin de la rue, où on pouvait dîner aux chandelles. Gillian avait froid mais pas faim. Non, dit-elle, montons. Bradford sourit avec nervosité. Ses yeux bleus brillaient d'une lueur quelque peu irréelle, mais elle ne le crut pas pour autant en train de planer : certaines personnes avaient des yeux de poupée, voilà tout. Sur une fille, c'était joli. Bradford la prit maladroitement par le coude et ils entrèrent. Le concierge fit preuve de déférence et le liftier se montra ravi de la compagnie de Bradford. Il lui donna cinq fois du « monsieur » entre le rez-de-chaussée et le dernier étage.

La porte d'entrée leur fut ouverte par un homme énorme avec des cheveux blancs et un visage ridé constellé de taches de vieillesse. Il portait un pantalon gris au pli impeccable, une chemise blanche et une veste charbon avec une bande d'un bleu subtil. Il leur parla doucement sans jamais la regarder en face, mais semblait regretter qu'elle soit là.

« Bonsoir, monsieur.

— Bonsoir, Elias. »

Ils ôtèrent leurs manteaux et les lui tendirent. Les dessins sous cadre dans l'entrée semblaient l'œuvre de Grands Maîtres. Il y avait aussi une imposante huile du XVe siècle : un roi posant sur un balcon trop modeste pour son immense renommée. Le mobilier était français, toujours d'au moins deux cents ans d'âge et de grande qualité.

« Dois-je vous préparer de quoi manger, monsieur ?

— Je ne pense pas. Plus tard. »

Elias hocha imperceptiblement la tête et s'éloigna d'une

démarche arthritique en traînant ses pantoufles. Bradford reprit le coude de Gillian et l'escorta jusqu'au salon. Encore du mobilier ancien. Deux lampes étaient allumées, chacune dans un coin. Au-delà de la terrasse, on voyait surtout les lumières du Plaza des Nations-Unies au-dessus du fleuve.

« Vous vivez seul, ici ? demanda Gillian.

— Oui. » Bradford manipula un système de contrôle de l'éclairage dissimulé dans une table de jeu afin d'illuminer les nombreux dessins et peintures d'époque accrochés aux murs. Il les lui montra l'un après l'autre.

« Voici un de mes préférés, un Giordano. Ce n'est qu'un petit croquis. Elle vous ressemble beaucoup, Gillian. »

Gillian étudia poliment le dessin sans déceler de ressemblance. Encore qu'elle ne pouvait plus en être aussi sûre. Désireuse de voir de quoi elle avait l'air, coincée là avec des séquelles, elle jeta un coup d'œil à un vieux miroir. Mais celui-ci était trop éloigné pour qu'elle arrive à distinguer son reflet.

Bradford diminua l'intensité de la plupart des lumières puis revint vers elle et lui posa doucement la main sur l'épaule. Gillian plongea son regard dans ses yeux de poupée.

« Vous connaissez Hester depuis longtemps ?

— Oh… Deux ans.

— Elle va arriver bientôt ?

— Ne vous inquiétez pas. Un verre ?

— Non, je ne bois pas.

— Moi non plus. À part du vin pendant les repas, mais on ne peut pas appeler cela boire. Vous touchez à l'herbe ?

— Non.

— Moi non plus. Bon, je fume bien un joint de temps en temps, juste pour…

— … par convivialité. J'aimerais aller aux toilettes.

— Certainement. »

Il lui fit traverser sa chambre, qui était d'une simplicité monacale : un lustre, chaînes et cuivre sommairement martelé, un lit large et plat avec une lourde superstructure, des poutres grossières à la teinte sombre. Au sol, des carreaux rouges passés qui ressemblaient à des briques réfractaires. Des murs blancs. La salle de bains était conventionnelle et plus colorée, avec ses vitraux et ses lambris en noyer. Gillian verrouilla la porte et se regarda dans un miroir qui l'aveugla et lui tira des larmes. Elle trouva et baissa le rhéostat de contrôle des lampes qui entouraient le miroir. La pièce embaumait la lotion de rasage qu'il affectionnait.

Gillian avait conscience de son erreur : Bradford n'était pas un ami d'Hester. Il lui avait menti. Que voulait-il, alors ?... Que pouvait-il vouloir d'autre que... ? Gillian avala sa salive et trembla. Elle fit couler de l'eau pour se rincer le visage et se calmer. Une crampe du genre de celles dont elle souffrait pendant ses règles la saisit et la laissa livide. Elle déboutonna son jean et s'assit sur les W.-C., la tête entre les mains. Se vider les intestins la soulagea, mais se fit ni sans difficulté ni sans douleur. Elle avait probablement raté Hester en agissant de manière si stupide. Et maintenant qu'est-ce qu'elle allait faire ?

Un vague souvenir affleura lorsque ses doigts passèrent sur le pansement rond collé sur la peau tendre près de son aine. Elle détacha le sparadrap et le tint dans la main. Elle se rappelait maintenant à quoi il servait. Hester l'avait placé là au cas où Gillian se perde ou ait un trou de mémoire. Bien vu de sa part : il y en avait eu plus d'un. Gillian sépara la gaze de l'adhésif. Sous le tissu, en caractères si minuscules qu'elle dut réaugmenter l'éclairage pour les déchiffrer, Hester avait écrit quelque chose. Une simple adresse sur la 36e Est. La sienne ? Gillian remit la gaze en place et colla le sparadrap à un endroit plus pratique, à l'intérieur du poignet. Elle savait qu'elle risquait d'oublier à nouveau, même si elle avait l'impression de n'avoir jamais eu l'esprit aussi clair depuis des heures.

Elle sortit de la salle de bains en reboutonnant son jean. Bradford, nu, se penchait en avant, le dos vers elle, les mains agrippant les chevilles. Il avait étalé sur le lit un redoutable assortiment d'instruments de flagellation.

« Punissez-moi, Gillian », haleta-t-il.

Gillian fut surprise, mais n'eut pas peur ; ce n'était pas à proprement parler une agression. Elle regarda le visage renversé qui rougissait de plus en plus.

« Vous m'avez menti, pour Hester.

— Il fallait bien. Sinon, vous ne seriez pas venue. Mais vous pouvez vous venger, maintenant. Frappez-moi. Faites-moi crier. »

Ses fesses, couvertes de cicatrices et de zébrures couleur ver de terre, étaient un vrai cauchemar. Gillian détourna les yeux.

« Laissez-moi partir. Il faut que je trouve Hester.

— La porte est fermée à clef. Je ne vous ouvre que si vous me fouettez.

— Je vais hurler. Je vous le jure. Elias va m'entendre.

— Il a déjà entendu ce genre de hurlement. Je veux le noir avec plein de petits nœuds. Prenez-le pour moi, Gillian. Frappez de toutes vos forces. Faites-moi mal. »

Du point de vue génital, il était sous-développé, avec des organes d'enfant, un scrotum glabre et malingre qui ressemblait à un ballon de baudruche dégonflé. Sa bite à moitié dressée était en proportions. Bradford ne grandirait jamais. Il vivait dans un enfer luxueux. Pour la première fois depuis le matin, Gillian pensa à Robin, à la dernière fois où elle l'avait vu, couché avec sa pute. Qui essayait de la narguer. Mais qui vivait en enfer. Elle eut pitié de lui, mais elle comprenait maintenant que Robin non plus ne grandirait jamais : il était maudit. Un éclair de perspicacité plus douloureux qu'une crampe : elle se demanda si elle était maudite aussi.

Elle s'approcha de Bradford et l'examina posément. Il était couvert de sueur et tremblait de la tête aux pieds.

« Frappez, frappez.

— *Debout*, Bradford », ordonna Gillian. Comme il n'obéissait pas, elle le souleva par les cheveux. Il eut un frisson d'anticipation. Gillian plongea ses yeux droit dans le regard évasif qui rayonnait maintenant au milieu du visage cramoisi.

« À votre avis, Bradford, c'est la fin du monde ?

— Vous faites partie d'un de ces cultes de cinglés ?

— Non », répondit Gillian en l'embrassant doucement sur la joue.

Bradford tressaillit avant de reculer, confus et effrayé.

« Je n'aime pas qu'on m'embrasse. Et ne me *regardez* pas. Frappez-moi juste comme je le mérite. » Il couvrit ses organes génitaux impuissants d'une main, se donnant sans le vouloir l'air de la nymphe frivole d'un des vieux tableaux accrochés aux murs.

« Je ne peux pas, expliqua Gillian. Désolée que vous soyez dans un état si lamentable. Je ne vaux pas tellement mieux moi-même. Mais la différence… la différence, c'est que je ne peux pas m'y résoudre. Il faut que j'essaie d'y remédier. Si vous voulez bien ouvrir la porte, j'aimerais vraiment m'en aller, maintenant. »

Bradford se mit à pleurer avec une telle expression de douleur que Gillian ne put le regarder ; ses larmes étaient encore plus pathétiques que ses cicatrices. Elle fut soulagée qu'il s'enfuie dans la salle de bains et qu'il en claque la porte.

Gillian fit deux ou trois fois le tour de l'austère chambre avant de se décider à essayer de sortir. La porte n'était pas verrouillée, finalement. Bradford lui avait encore menti. Gillian jeta un coup d'œil compatissant vers la salle de bains avant de traverser le paisible appartement. Elias ne se montra pas. Elle trouva son manteau dans une penderie et l'enfila. Ses pas résonnèrent dans le hall d'entrée. Trois minutes plus tard, elle marchait tristement dans la rue en direction du fleuve.

Miles Bundy comprit qu'il allait passer une soirée difficile avant même de quitter le petit restaurant familial sur la Première Avenue. Il réprima un rot du mieux possible en prenant congé du propriétaire, mais son expression devait valoir le détour : Meg serrait les lèvres comme pour ne pas éclater de rire.

Une fois dans la rue, il le laissa se déployer du fond de son estomac sans se soucier du nombre de vitres que cela allait fracasser.

« Ben, mon vieux, fit Meg. Ne fais pas ça trop près de moi.

— Au temps pour ces petits restos charmants dont personne n'a encore entendu parler.

— C'est toi qui as voulu manger hongrois. Je t'avais prévenu.

— Je supporte la cuisine hongroise. Quand elle est bonne. Ça doit être deux gitans. En provenance directe d'un feu de camp. Ils jettent dans la marmite commune tout ce qui leur tombe sous la main, avec les poils, la peau, tout. » Miles exprimait son incrédulité d'un ton aigre. « En tout cas, c'est l'impression que j'ai eue : de manger du cuir chevelu.

— J'ai bien aimé les sanglots du violon.

— Et le violoniste ? »

Meg hocha la tête d'un air rêveur. « C'est le genre d'homme que j'aimerais ramener deux ou trois heures à la maison. Avec des chaînes.

— Il prend du bide. Et il se met du cirage dans les cheveux.

— Il avait des yeux de péché maison. J'ai remarqué que la petite serveuse à peau mate ne te laissait pas indifférent. Tu crois que c'était vraiment des marques de dents, sur sa poitrine ?

— Mordue une seule fois, comme une pomme empoisonnée. On a du Maalox quelque part ?

— Des Martiens, répondit Meg.

— Pardon ?

— Les Hongrois sont censés descendre d'une tribu perdue de Martiens venus coloniser la Terre. C'est pour ça que leur langue n'a aucun point commun avec les autres langues européennes. » Miles la dévisagea. « Le hongrois est *très* difficile à apprendre. Et les Hongrois ne sont pas comme nous, avec leur espèce de personnalité planante d'un autre monde. Une vallée de mystère s'étend derrière chacun de leurs sourires.

— Brrrrp. Zut. »

Ils firent le reste du chemin en silence. Meg ouvrit la porte de l'immeuble avec sa clé et ils montèrent.

« On passe au Late Show, ce soir, non ? demanda Miles.

— Si on est jeudi, oui. Chaîne neuf à vingt-trois heures.

— C'est celui qu'on a tourné avec Cyd, Frank et Anne Miller ? *Texas Red ?*

— "Billy the Kid", un numéro onirique, confirma Meg. Génial. J'ai hâte de le revoir. » La télévision d'Hester beuglait des émissions de jeu banales qu'on entendait parfaitement du couloir. Meg jeta un coup d'œil sur la porte au passage. « Hester a eu notre petit mot.

— C'était Gene, pas Frank, fit Miles. Et ce n'était pas Anne Miller mais Betty Garrett.

— Tu sais quoi ? Tu as raison. Betty Garrett. Nous avons fini le tournage quelques semaines seulement avant que Larry se fasse coincer. Je confonds toujours ce film avec *Holiday in San Antone.*

— Le ballet "La Chute de Fort Alamo".

— Ce n'est jamais qu'un des meilleurs films de tous les…

— L'Oscar ! » dit Miles en bondissant avec grâce pour claquer des talons, toujours aussi vif qu'un chiot. Puis il péta. Meg plissa le nez, ouvrit la porte de leur appartement et alluma la lumière. La peinture était terminée et tous les meubles installés.

« Tu voulais du Maalox, je crois ? demanda Meg en allant dans la cuisine.

— Avec un verre de lait pour faire descendre. » Miles posa son loden sur le canapé à motifs en chevrons puis s'installa sur le fauteuil en cuir dans son coin préféré pour troquer ses bottines contre des pantoufles.

« *Holiday in San Antone*, dit-il. Ce n'est pas là que je me suis bousillé le dos en glissant sur des carreaux mouillés ? »

Meg, occupée, ne répondit pas. Miles se releva et déverrouilla une armoire aux lourdes portes sculptées. Les tiroirs intérieurs avaient eux aussi des serrures. Il en tira deux, profonds. L'un contenait un volumineux récepteur UHF, l'autre un magnétophone à commande vocale. D'un coup d'œil à la bobine réceptrice, il s'assura que l'appareil n'avait rien enregistré en leur absence. Il fit chauffer la radio, une relique des années cinquante, et sortit deux casques d'un troisième tiroir.

« Tu te souviens de ce sale coco qui jouait l'imprésario du spectacle sous chapiteau ? »

Meg rapporta un plateau d'argent de la cuisine. Maalox et lait pour lui, thé et citron pour elle. Elle posa le plateau sur une petite table recouverte d'une reproduction gravée sur cuivre d'une pierre calendaire aztèque.

« C'était pas Lawrence Keats ?

— Ouais, Lawrence Keats. On l'a bien arrangé, hein ?

— On en a arrangé beaucoup, chou », répondit affectueusement Meg.

Miles se cala sur la fréquence adéquate. Une lumière rouge s'alluma. Il régla imprudemment le volume à un niveau trop fort, essaya le micro numéro trois et arracha le casque de ses oreilles lorsque la musique rock faillit lui crever les tympans.

« Ooooh, nom de Dieu, qu'est-ce que c'est que ça ?

— Grand Funk ?

— Non, je veux dire, elle a branché cette saloperie de télé dans le salon et cette saloperie de stéréo dans la chambre... Elle donne une fête ? Sans nous inviter ?

— Je ne crois pas. Essaie la salle de bains », suggéra Meg en lui administrant une cuillerée de Maalox. Miles avala puis tendit la main vers son verre. Il but le lait jusqu'à la dernière goutte avant de se remettre au travail, ajustant les cadrans avec précision.

« Des gouttes d'eau qui tombent, annonça-t-il. Elle devrait vraiment faire venir un plombier. » D'ennui, il se mit à imiter Ronald Colman pour amuser Meg. « Hester, très chère, où êtes-vous ? Vous ne dormez sûrement pas, pas avec tout ce boucan. » Il reprit sa propre voix et se renfrogna. « Hester est impossible, ce soir.

— Elle doit se sentir seule.

— Peut-être. Bon, la cuisine. » Miles se brancha sur un autre mouchard. Un son non identifiable sortit du casque. Miles fronça les sourcils et tendit les écouteurs à Meg.

« Ça doit venir d'une radio mal réglée, avança Meg.

— Ou de cet équipement pourri qui date de la guerre froide, marmonna Miles. Ce truc est si *vieux*, il faut dire. Ce n'est pas avec ça qu'on peut assurer une surveillance sophistiquée.

— Il a toujours donné satisfaction.

— On pourrait se servir d'un imageur thermique et d'un analyseur de personnes, rien que pour commencer.

— Il n'y avait probablement que ça de disponible.

— Et nous ne sommes pas prioritaires. Loin de là.

— Eh bien… Le MORG a voulu nous réintégrer. C'est déjà ça. » Elle l'enlaça et posa sa joue sur son épaule.

« Il y a quand même quelque chose qui me reste sur le cœur, Meg.

— Je sais…

— Après tout ce qu'on a fait pour le show-business, après tous ces sales Rouges et ces sympathisants qu'on a débusqués…

— Je sais, je sais.

— Le Duke n'a pas voulu me serrer la main. Je suis allé me présenter, à cette représentation de bienfaisance : "Monsieur Wayne, je lui ai dit, je m'appelle Miles Bundy et je pense que nous avons beaucoup en commun." Je ne demandais pas grand-chose, juste un : "Bien joué, mon vieux." Merde, il détestait les cocos autant que moi, non ? Mais il m'a tout simplement tourné le dos. Il m'a snobé. »

Meg mit son nez dans la nuque de son mari.

Miles écouta encore et dit : « Il y a trop de bruit. Tu vois ce que je veux dire ?

— Un brouillage sonore. J'y pensais aussi. Et je me demandais... pourquoi on ne regarderait pas si Hester porte notre petit cadeau ? »

Miles essaya une autre fréquence, et soudain ils entendirent parfaitement Hester.

« Maylun parlera tôt ou tard, dit Peter. Tu peux donc te considérer au chômage. Tu vas être obligée de nous accompagner, Gillian et moi.

— Un peu que je vous accompagne ! » Hester sourit et lâcha deux autres morceaux de poulet dodus et farinés dans l'huile qui bouillait sur la cuisinière. Il y eut un fort grésillement, un surplus de bruit bienvenu pour triompher du microphone pointé droit sur eux depuis la suspension. Elle avait placé un mixeur en marche sur le réfrigérateur et fixé un transistor réglé sur des parasites à quelques centimètres du mouchard. Ils se parlaient normalement, certains que même le meilleur matériel de filtrage du monde ne saurait isoler leurs voix au sein de toutes ces interférences.

Peter avait déjà mangé la moitié de son poulet et s'attaquait aux os de son dernier morceau. Hester se réjouit de lui voir si robuste appétit.

« Tu n'avais pas mangé depuis combien de temps ?

— Je ne sais pas. » Peter fronça les sourcils, reposa les os et s'appuya au dossier en fixant le mur. « Je ne me souviens pas, répéta-t-il comme si cette défaillance l'ennuyait.

— Hé, ne cale pas maintenant ! La suite arrive dans une minute. » Hester regarda sa montre. « J'ai le temps d'emballer quelques affaires ?

— On a déjà trop tardé.

— Il n'est que huit heures cinq.

— Dois-je te rappeler ce que Maylun subit en ce moment ? »

Cela refroidit Hester. « Non. Non. Inutile. Je peux remplir un sac de voyage en un clin d'œil. On prend ma voiture ?

— Non, tu seras recherchée. O'Hanna m'a fourni un moyen de transport. Je suis garé dans un parking de la 47e, juste après la Troisième Avenue. Une Cougar bleu foncé, modèle de l'année. On sortira d'ici chacun de son côté. Il va falloir que je vérifie que tu n'es pas suivie. Je te donnerai le numéro d'une cabine à appeler quand tu te seras baladée un peu. Si tout va bien, je t'attendrai pendant que tu iras chercher la voiture. Ensuite, nous irons voir à quel point Mlle Gillian peut se rendre utile.

— Peter, elle sait où trouver Robin. Elle le sait *forcément*. Ces thèmes astraux que j'ai vus dans le bureau de Roth, je pense que ce sont ceux de Robin et de Gillian. Sinon, pourquoi ferait-il tant de cachotteries dessus ? S'ils sont nés au même moment, à une seconde près, alors il n'est pas impossible qu'ils soient… qu'ils soient des espèces de jumeaux, tu comprends ? Des jumeaux astrologiques et psychiques. »

Peter sourit à grand-peine. « Je ne crois pas beaucoup à l'astrologie.

— Peu importe. Je suis certaine que Gillian est sur la même longueur d'onde que Robin. Elle nous mènera droit à lui. »

L'huile fumait sur la gazinière. Hester baissa le feu et enclencha le ventilateur d'évacuation. Elle repêcha les morceaux croustillants de poulet frit. Elle avait l'estomac dans les talons. La salive lui vint à la bouche et elle se dépêcha de s'asseoir en face de Peter pour dîner.

Meg se resservit une demi-tasse de thé tiède qu'elle agrémenta de quelques gouttes de citron. Elle s'assit sur le bras du canapé et regarda son mari à l'autre bout de la pièce.

« On nous a donné carte blanche sur cette affaire, rappela-t-elle.

— Mais ils ne s'attendaient pas à ce qu'on débusque du gros gibier.

— Il faut exercer notre privilège si on veut qu'on nous en accorde d'autres. »

Miles tripota sans rien dire le casque posé sur ses genoux. « Dans notre boulot, un seul pas en arrière est un pas vers l'oubli. » Ils y réfléchirent tous les deux. Meg sirota son thé. « Je ne suis pas prête pour l'autodestruction, chou », ajouta-t-elle doucement.

Miles leva les yeux. « C'est juste que ça me rend un peu triste pour Hester. »

Meg hocha la tête mais refusa résolument de lui sourire.

« Oui, je comprends. Mais Hester n'est pas ce qu'on pourrait appeler innocente, si ? »

Meg reposa sa tasse et décrocha le téléphone. Elle le tint levé, le regard calme, sans composer de numéro. Trente-trois ans qu'ils faisaient équipe. Elle aimait laisser le dernier mot à Miles. C'étaient des attentions comme celle-là qui faisaient la solidité de leur mariage.

Hester grimaça en enlevant ses boucles d'oreille argent et opale.

« Je n'ai pas l'habitude de les porter, dit-elle. Elles pèsent un de ces poids ! » Elle les tint dans sa paume pour les regarder. « Elles te plaisent ?

— Très joli », commenta Peter, l'esprit ailleurs.

« Un cadeau des Bundy. » Elle attendit qu'il ait l'air impressionné. « Meg et Miles *Bundy*. Ils ont joué dans plein de comédies musicales dans les années quarante et cinquante. Je leur ai donné un coup de main quand ils ont emménagé au-dessus, et quelque chose comme deux ou trois jours après, ils m'ont offert ça. »

Le téléphone mural sonna dans le dos d'Hester.

Elle regarda Peter en écarquillant les yeux. « Tu ferais peut-être mieux de répondre », dit-il. Hester posa les boucles d'oreille sur la table et se pencha en arrière pour attraper le combiné.

« 'llô. Oh, salut ! J'étais justement en train d'enl… de penser à vous. Non, non. Écoutez, je voulais vous appeler pour le Scrabble, ça pose un problème si je vous demande de m'excuser ? Oh. Oh, vraiment ? Sérieux ? Qu'est-ce que vous lui faites ? Hmmm, eh bien, ça, j'imagine qu'il aime. Oui oui. Vous avez de la veine, je ne l'ai pas jeté, il est toujours dans ma chambre. Le journal entier ou juste les mots croisés ? Non, ne vous dérangez pas, Meg… bon, d'accord. »

Hester raccrocha en souriant.

« C'était Meg. Miles a pris froid et voudrait les mots croisés du *Times* de dimanche…

— Elle descend ?

— Elle vient juste à la porte, je m'en débarrasserai en une seconde. »

Hester poussait la porte battante de la cuisine lorsque Peter pensa à demander : « Ils ont emménagé quand ?

— Oh, il y a à peu près trois semaines. Et si tu voyais la manière dont ils ont déjà arrangé leur appartement…

— J'aimerais voir ça », murmura Peter alors que la porte se refermait devant lui.

Dans le salon, Hester baissa le volume de la télé. Elle vit le Colt Python de Peter sur un coin de la table basse – il l'y avait posé quand le revolver avait glissé de sa ceinture pendant leurs ébats. Elle le ramassa et alla le fourrer dans son sac à main, qui reposait au pied du lit, dans la chambre. Elle coupa Grand Funk. Le retour soudain du silence fut une véritable bénédiction. Hester feuilleta le *Times* du dimanche à la recherche du magazine.

Peter, les mains derrière la tête, regarda la suspension à laquelle le transistor était accroché. Puis le téléphone mural. Quelque chose se fraya avec peine un chemin au fond de son esprit, fit une pause, reprit sa progression. Il reporta son attention sur les boucles d'oreille posées sur la table.

On sonna à la porte d'entrée.

La section magazine du *Times* à la main, Hester sortit de la chambre. Elle s'arrêta le temps de refermer la porte derrière elle et parcourut le salon du regard.

Les longues fibres de la moquette étaient aplaties là où ils avaient fait l'amour, mais qui d'autre qu'eux s'en apercevrait ? Elle se dépêcha d'aller ouvrir à Meg.

Peter prit une boucle d'oreille dans chaque main. Peut-être y avait-il une différence de poids entre les deux, c'était difficile à dire. Il les reposa sur la table, souleva et abattit une salière en verre au fond épais. L'une des « opales » se brisa en une douzaine de morceaux. Il les écarta, découvrit un petit émetteur radio surnommé « morceau de sucre » par les professionnels et un microphone assez minuscule pour tenir dans une carie. La puissance du morceau de sucre permettait de retransmettre leurs voix à plus de deux cents mètres.

Il bondit de sa chaise.

« Hester ! Non ! »

Au même instant, Hester ouvrait la porte d'entrée, chaîne mise. Elle entraperçut Meg dehors. Surprise par le cri de Peter, elle tourna la tête vers la cuisine.

Le pistolet à silencieux de Meg cracha et l'atteignit derrière l'œil gauche, cinq centimètres sous la tempe. La balle à tête creuse lui arracha la plus grande partie de la cervelle et lui brisa le cou tandis que l'impact la rejetait au milieu de la pièce. Un coupe-boulon entre ses mains gantées, Miles s'avança et cisailla la chaîne. Meg ouvrit la porte d'un coup de pied et ils se ruèrent à l'intérieur, bondissant avec souplesse par-dessus le corps tordu d'Hester. Miles avait son revolver à la main. Ils encadrèrent la porte de la cuisine. Tout cela – le coup de feu, l'entrée en force, le positionnement – avait été parfaitement chorégraphié et ne leur avait pris que quatre secondes.

« Peter ! appela Meg.

— Peter, c'est fini pour vous, annonça Miles. Nous connaissons l'agencement de la cuisine. Il n'y a qu'une porte et rien pour se cacher. Si vous êtes armé, vous n'avez aucune chance de nous toucher. Nous tirerons à travers la porte s'il le faut. »

Les secondes s'écoulèrent, de plus en plus pesantes. Meg et

Miles étaient bien trop disciplinés pour se regarder. La moindre distraction pouvait leur être fatale. Ils attendirent, tendus mais confiants.

Un son étouffé qu'ils ne comprirent pas leur parvint de la cuisine.

« Vous pouvez me redire ça, Peter ?

— Hes… Hester ?

— Nous l'avons descendue, Peter », répondit calmement Meg.

Encore une pause, puis ils l'entendirent sangloter.

« Oh mon Dieu, mon Dieu, je suis si fatigué… je n'en peux plus. Je n'en peux tout simplement… »

Meg ne put s'empêcher de jeter un coup d'œil à Miles. Il avait l'air tout aussi surpris qu'elle.

L'effondrement de Peter vira rapidement à l'hystérie.

« Nous comprenons, Peter, dit Miles avec une grimace de satisfaction. Mais maintenant, il faut faire comme on vous dit, et le plus tôt sera le mieux.

— Je ne veux pas mourir ! gémit Peter.

— Nous ne tirerons pas. Vous avez notre parole d'honneur. »

Ils l'entendirent remuer et renifler. Une chaise racla le sol carrelé.

« Sortez, Peter. Les mains bien en vue. »

La porte battante grinça en s'entrebâillant. Peter avait le dos contre le panneau. Il jeta un coup d'œil à Miles par l'interstice. Des larmes lui coulaient sur les joues. Meg se déplaça d'un pas à gauche pour ne pas être gênée par la porte lorsqu'il sortirait. Miles hocha presque imperceptiblement la tête à son intention. Elle était meilleur tireur que lui. Elle se trouverait à moins de deux mètres cinquante de Peter. Elle tirerait une fois de plus à la tête pour achever sa vie bénie des dieux en une milliseconde et un flot de sang.

Une odeur de poulet frit et d'huile chaude parvint aux narines de Miles et fit gronder son estomac bavard.

« Ne tirez pas ! les supplia Peter. Je, je, j'ARRIIIIIIIIIIIIVE ! »

Sur ce hurlement, il poussa brusquement la porte et se retourna, la marmite prise sur la cuisinière levée bien haut entre ses mains protégées par des maniques. Le coup de feu que Meg lâcha aussitôt ricocha sur la marmite métallique une fraction de seconde avant que les trois litres d'huile brûlante se déversent sur Miles et elle.

Miles en prit la majeure partie en plein visage et Meg fut suffisamment éclaboussée pour que son arme dévie. Son deuxième coup manqua nettement sa cible tandis que Peter poursuivait sa rotation pour lui écraser la marmite sur le côté gauche de la tête. Miles, cloué sur la moquette, bredouillait d'épouvantables bruits de porcherie. Sous la chaleur des paupières grillées et scellées, ses yeux pochaient dans leurs orbites. La moitié de sa tête avait instantanément cuit jusqu'à l'os.

Peter arracha le revolver de la main tendue de Meg, enjamba Miles toujours fumant et s'agenouilla à côté d'Hester. Elle était quasiment méconnaissable. Peter découvrit les dents en une horrible grimace. Il se leva et mit la télé en marche pour couvrir les bruits produits par Miles.

« Pitié ! Pitié ! » cria celui-ci en se tordant de douleur comme un asticot sur un hameçon.

Peter leva l'arme et lui tira deux balles dans la tête. Puis il revint vers Meg toujours consciente. Elle avait la bouche bée et les yeux révulsés. Ses doigts pétrissaient sans but la moquette. Son corps délicat se couvrait de cloques de haut en bas. Sa mâchoire était broyée du côté gauche et son nez ne se trouvait plus du tout au bon endroit.

Peter l'abattit aussi.

Il abaissa son pistolet et garda un moment les yeux fixés sur Meg, sentant sa joue boursouflée là où une goutte d'huile l'avait atteint. Une atroce puanteur de brûlé emplissait l'atmosphère. Un estomac plus solide que le sien ne l'aurait pas supporté. Il se retourna et vomit.

Lorsqu'il releva la tête, il y avait quelqu'un d'autre dans l'appartement.

Gillian, debout juste devant la porte d'entrée, qu'elle tenait ouverte dans son dos. Le visage sur le point de se défaire, elle regardait avec fascination les pauvres restes d'Hester. Lorsque Peter s'essuya la bouche d'une main, elle releva vivement la tête mais ne fit aucun autre mouvement, gardant les mains dans le dos comme pour y cacher une surprise. Elle le regarda à travers la brume bleue et puante.

Un rire dément à la télé. Les paupières de Gillian battirent comme des chauves-souris. Gillian qui comprenait cette annexe de l'enfer.

« J'ai frappé, dit-elle.

— Gillian.

— J'ai frappé, mais… »

Elle glissa en arrière par la porte ouverte, un mouvement rapide mais maîtrisé, et elle disparut.

Peter lâcha le revolver et se lança à sa poursuite. Il descendit deux volées de marches recouvertes de caoutchouc. Franchit les portes intérieure et extérieure. Gillian courait sur la chaussée face à un taxi lancé à toute vitesse. Elle l'évita d'une longueur de bras par un habile changement de direction et sauta sur le trottoir. Peter resta en arrière le temps que le taxi passe dans un crissement de pneus. Elle courait bien, mais la parka devait être lourde comme une ancre.

Gillian parvint à une excavation qui avait mangé la moitié du pâté de maisons du côté nord de la rue. Le chantier était entouré d'une grande palissade et d'un passage couvert en bois. Elle hésita à pénétrer dans ce tunnel et revint sur la chaussée. Peter la rejoignit alors qu'elle s'efforçait de grimper entre deux voitures de sport garées pare-choc contre pare-choc au bord du trottoir. Il l'attrapa par son capuchon et la jeta sans ménagement contre la palissade. Gillian cria, mais il n'y avait pas de peur dans sa voix, rien que de la surprise. Comme s'ils n'étaient que des enfants en train de jouer, et si quelqu'un regardait dans leur direction, il aurait du mal à les voir tant cette portion de rue était sombre et encombrée.

Quand elle releva le menton, Peter lui fourra le pouce dans l'angle de la mâchoire. Elle perdit aussitôt conscience, sans même avoir le temps de sentir la douleur, et s'affaissa comme une ivrogne dans ses bras.

Il la tira en bas des marches de la cave d'un bâtiment de grès brun dont il ne restait que les murs, juste à côté de l'excavation. Une fois hors de vue de la chaussée, il assit Gillian sur une poubelle retournée et lui maintint la tête en l'air afin qu'elle revienne plus rapidement à elle. Quand il l'entendit gémir, il la bâillonna avec la large ceinture de sa parka, qu'il serra dans son poing fermé derrière sa nuque.

Peter tremblait : il n'avait pas de veste, rien qu'un léger pull à col cheminée. L'écho de sa respiration lui revenait par les trous larges comme des fenêtres de la vieille façade.

Lorsque Gillian ouvrit les yeux et le vit, sa première réaction fut de se débattre. Elle donna des coups de pied, lutta avec acharnement et glissa de la poubelle, qui roula avec un vacarme épouvantable dans cet endroit confiné. Mais il lui tint fermement la tête et l'obligea à le regarder dans la lumière que reflétait un rebord de glace polie juste au-dessus d'eux.

« Gillian, c'est Peter. Tu te souviens ? À l'hôpital. Je t'ai aidée à l'hôpital. Je t'ai dit que je reviendrais. *Souviens-toi*, Gillian ! »

Un vent fouetta l'ensemble de la rue en chantant une mélodie froide et sinistre. Une voiture passa en sifflant, la radio branchée à plein volume sur une allègre station hispano-américaine. Gillian se débattait toujours, mais plus délibérément, le regard passant et repassant sur le visage de Peter jusqu'à ce que, dans un moment de compréhension soudaine, il croise le sien.

« Je n'ai pas tué Hester. C'était mon amie. L'homme et la femme l'espionnaient. L'un d'eux l'a abattue, il y a à peine quelques minutes. Et moi… je les ai tués. »

Gillian ferma les yeux et émit quelques petits bruits dégoûtants derrière le bâillon inséré entre ses mâchoires, mais ses mains avaient cessé de le frapper et restaient immobiles, accrochées l'une à l'autre.

« Je suis le père de Robin. »

Il détendit les cordons du capuchon et glissa une main à l'intérieur pour lui caresser le côté du visage. Elle respirait plus calmement. Il détacha le bâillon.

« Il faut que je trouve mon fils. Hester pensait que tu pourrais m'aider. C'est tout ce que je veux de toi, Gillian. De l'aide. »

Gillian leva vivement les yeux mais il n'y vit pas la lueur d'avertissement : son attention avait été attirée par une autre automobile qui roulait dans la rue.

La voiture stoppa brusquement. Les portières côté trottoir s'ouvrirent et Peter entendit la salve de parasites caractéristique d'une radio de police, entrecoupée par le bourdonnement d'une voix. Quelqu'un baissa ou coupa la radio. Des bruits de pas. Deux, non, trois hommes montant en toute hâte les marches d'un immeuble. Une deuxième voiture officielle passa au-dessus de leurs têtes, empruntant la rue à contresens. Son chauffeur écrasa trop brutalement les freins.

Par mesure de précaution, Peter posa la main sur l'épaule de Gillian avant de remonter de deux marches, le cou tendu comme un chat. Il regarda au-delà des clignotants orange qui délimitaient le chantier. Les voitures arrêtées en travers de l'autre côté de la rue, juste devant l'immeuble d'Hester, n'appartenaient pas à la police de New York. Les hommes portaient tous des trench-coats gris foncé. La rue se remplissait de Locaux. Après plus d'une heure de méthodes persuasives, Maylun Chan We avait fini par cracher le morceau.

Lorsque Peter revint vers elle, il avait des yeux froids de serpent qui firent battre le pouls dans la gorge de Gillian et lui engourdirent les coins de la bouche.

« Le MORG. Ils sont venus en force, et ils m'abattront à vue. Dis-moi où je dois aller, Gillian. Dis-moi où je peux le trouver. »

Elle secoua la tête.

« Je n'en sais rien.

— Comment peux-tu me mentir ? Tu ne sais pas ce que cela veut dire ?

— Si, mais je… »

Il noua ses mains autour de sa gorge et ses pouces firent petit à petit rentrer l'obscurité. Puis, aussi vite qu'elle l'avait envahi, la fureur déserta son visage et il lâcha Gillian. Elle s'affaissa dans un coin en cherchant son souffle.

« Oh mon Dieu, marmonna-t-il. Oh, non. Je suis désolé. Pardonne-moi, Gillian. »

L'air gêné, Peter la toucha. Elle secoua à nouveau la tête, croisa les bras et se balança en silence.

Gillian ne se rendit pas compte qu'il l'avait abandonnée. Quelques instants plus tard, les voix des hommes dans la rue se rapprochèrent et elle leva les yeux, stupéfaite. Il lui fallut un moment pour comprendre que Peter était parti. Elle rampa frénétiquement par l'encadrement de la fenêtre pour pénétrer dans les ruines de la maison. Elle fit trois pas et s'immobilisa, paralysée par l'obscurité.

« Peter ! » chuchota-t-elle.

Il ne répondit pas. Gillian reprit sa progression à l'aveuglette, se fit mal en se cognant à un poteau et tomba sur le sol de béton. Elle vit par-dessus son épaule le rectangle clair de la fenêtre. Elle refréna l'envie de renoncer et de rebrousser chemin.

« Peter ! sanglota-t-elle. Ne m'abandonnez pas. »

Elle se leva et repartit en avant, le pas hésitant, les mains tendues. Une allumette fut grattée à quelques centimètres de son visage. Elle tressaillit, pressa ses mains sales contre sa bouche.

« Gillian, fais demi-tour.

— Non ! Je ne peux pas ! Je n'ai nulle part où aller. J'ai vu Robin, Peter. La nuit dernière, ou celle d'avant. Je sais que je peux le retrouver. Mais il me faudra un peu de temps. Laissez-moi juste vous accompagner. Je vous promets que je le retrouverai. »

Peter souffla la flamme. Gillian, toute tremblante, l'écouta quelques instants se déplacer dans le noir. Puis elle le sentit à côté d'elle. Il l'agrippa par le coude.

« J'ai vu un escalier. Par là. Marche à côté de moi. Attention, il y a des trous par terre. »

Peter ne pouvait risquer une autre allumette, mais il les mena à petits pas traînants jusqu'à la volée de marches qu'il avait repérée à la lueur de la première . À l'étage supérieur, les lumières de la ville leur permirent de déterminer un itinéraire de retraite à travers les gravats. Un pâté de maisons plus au nord, ils escaladèrent un grillage et continuèrent, bras dessus bras dessous, vers la 47e Rue, où Peter avait garé sa voiture.

Pour le moment, ils étaient libres.

DIX-HUIT

Childermass jeta un coup d'œil à l'appartement d'Hester, duquel tous les cadavres avaient été enlevés mais où régnait encore une oppressante odeur de chair brûlée et de sang répandu. Il monta ensuite chez les Bundy, s'installa sur leur chaleureux canapé mexicain et réclama un whisky sec, qu'on lui servit. Il était vingt et une heures vingt. Childermass écouta pendant quelques minutes la bande enregistrée plus tôt dans la soirée par Miles Bundy.

Cela faisait plus d'un an qu'il n'avait pas entendu la voix de Peter Sandza, et il l'écouta avec une expression à la fois de douleur et de fascination. Si proche dans le temps et pourtant si insaisissable. Il posa à deux reprises son verre pour se caresser le moignon. Les autres hommes présents dans la pièce masquaient leur gêne en regardant par les fenêtres ou en contemplant le bout de leurs chaussures.

« Les Bundy me manqueront, dit Childermass une fois arrivé à la fin de l'enregistrement. Je les aimais bien, ces deux imbéciles de danseurs. On s'était connu au mauvais vieux temps, à l'époque où le MORG n'était qu'une suite de bureaux miteux dans un entrepôt au fond de l'arsenal maritime. 1946. Meg et Miles Bundy faisaient partie de mes premières recrues, Richard, vous le saviez ?

— Non monsieur, je l'ignorais, répondit Richard Kanner, le

chef des Locaux, la division domestique du MORG. Si seulement ils avaient appelé du renfort…

— Comment le leur reprocher ? Ils ne pouvaient pas se rendre compte qu'ils étaient dépassés. Le temps est un voleur et piéger Peter Sandza est extrêmement difficile. Il faut l'avoir affronté pour se rendre compte à quel point il est fort. Et combien ont survécu à cette intéressante expérience ?

— Je crois que nous devrions lancer un avis de recherche sur cette Cougar bleue, monsieur.

— À quoi bon ? Peter a eu une heure pour s'en débarrasser. On pourrait aussi diffuser leur signalement à la police, mais je ne suis pas sûr que ce soit une bonne idée. Même s'ils se font arrêter, il faudrait qu'on arrive à réagir assez vite pour empêcher que la fille se retrouve en une des journaux : le nom des Bellaver fait vendre.

— Il n'a peut-être pas emmené Gillian.

— Je pense que si. Il n'y a donc aucun doute sur sa destination. Hester l'a très bien dit : Gillian est sur la longueur d'onde de Robin. On se replie et on les attend à la Faculté Psi.

— Autre chose : le rôle que joue Nick O'Hanna dans cette histoire…

— Je vous écoute », répondit Childermass avec un clin d'œil à un subordonné qui se tenait à proximité.

Kanner serra ses mains entre ses genoux.

« Eh bien… Il semble évident que Peter est allé leur demander de l'aide. L'arme, les vêtements et les appareils électroniques retrouvés dans l'appartement d'Hester laissent penser qu'O'Hanna a accepté de subvenir aux besoins matériels de Peter. On peut supposer aussi qu'il a le soutien plein et entier du gang de la CIA. Pourtant, c'est la mort du garçon qu'ils veulent, pas que son père le libère.

— Il y a plusieurs moyens de faire les choses, Richard.

— Ils comptent doubler Peter ?

— Évidemment. Todfield ne va pas se gêner. Que Peter

arrive à récupérer son fils et ils auront tout loisir d'intervenir pour faire le sale boulot. Mais comme nous n'allons pas laisser Peter s'en approcher, même en souvenir du passé, ils en seront pour leurs frais. Ne vous inquiétez pas de la CIA. La situation évolue à notre avantage. »

Childermass se leva et on l'aida à enfiler sa veste et son long manteau noir d'astrakan.

« Eh bien, il est dans les parages, dit-il en souriant. Le fugitif existentiel, en cavale avec une fille tellement traumatisée qu'elle pourrait en devenir d'un seul coup folle à lier. Elle a le pouvoir imprévisible de le détruire. Même s'il survit à Gillian Bellaver, Peter va bientôt arrêter de courir. Il est quasiment fini, mais il ne le sait pas encore, oh non, il lui reste une dernière lueur d'espoir tenace. Longtemps, très longtemps, je l'ai cru ensorcelé. Vraiment. Je ne pensais pas que je l'affronterais à nouveau assez longtemps pour assister à l'extinction de cette indescriptible lueur. Pour voir qu'après il ne resterait rien de Peter. Rien qu'une épave humaine. Mais *cela arrivera.* Ça ne fait pas un pli. Voilà qui me rembourse de tout, et avec les intérêts ! Quel pied ! Ce soir, je dîne au Twenty-One avec des amis. Ensuite, je vais me lécher une paire de nichons à mille dollars et danser au plafond de la plus extravagante suite du Waldorf. Richard, je serai à la Faculté Psi à l'aube, si vous avez besoin de moi. Mais essayez d'éviter. »

« Nous fermons dans cinq minutes, prévint la bibliothécaire de Port Chester. Vous avez trouvé ce que vous cherchiez ? »

Elle sourit à Gillian, qui feuilletait un épais ouvrage de référence intitulé *Établissements d'enseignement supérieur catholiques d'Amérique du Nord.* Lèvres serrées, Gillian secoua la tête. Elle avait lu au moins deux fois chaque page et commençait à s'inquiéter sérieusement : le livre contenait des centaines de photos de campus, mais aucun ne lui semblait familier. D'angoisse, sa vue se troublait et perdait de sa stabilité.

« Gail, chérie ? »

Peu familiarisée avec son nouveau nom, Gillian leva des yeux coupables vers Peter, qui lui rendit calmement son regard de l'autre côté de la table.

« Tu es sûre que c'était une école catholique ?

— Oui. Il y avait une chapelle.

— Rappelle-moi à quoi elle ressemblait ?

— Elle n'était pas comme les autres bâtiments. » Gillian compléta ses paroles de gestes. « Elle était isolée sur un monticule ou une colline. Avec beaucoup de vitraux et… très anguleuse, tu vois, très futuriste, en forme de pyramide. Les angles du toit montaient et se croisaient pour former trois clochetons. Et partout où la lune brillait, il y avait de longues croix noires sur la neige. C'était vraiment superbe. »

La bibliothécaire hocha la tête. « Vous y êtes allée il y a longtemps ?

— Oh, des années, gloussa Peter.

— J'étais toute petite, expliqua Gillian.

— Vous avez une excellente mémoire des lieux, dit la bibliothécaire. Bon, eh bien, nous voilà presque à l'heure fatidique. »

Peter se frotta légèrement le front du talon de la main. « Suis-je bête ! » Il se pencha sur la table et souleva le livre pour lire la date sur la couverture. « C'est l'édition de cette année.

— Oui monsieur, la toute dernière…

— Mais l'établissement est fermé. Il a cessé ses activités.

— Comment le savez-vous ?

— Il figurerait dans ce livre, sinon. Vous n'auriez pas une édition plus ancienne ? D'il y a trois ou quatre ans ?

— Je ne sais pas. Nous mettons en permanence à jour notre rayon d'ouvrages de référence. L'édition précédente est peut-être en bas, dans un carton, en attendant qu'on s'en débarrasse. Si vous reveniez demain matin…

— Impossible, répondit Peter d'un ton abattu. Gail et moi sommes de passage et j'ai très peu de temps. Voyez-vous, je suis architecte, et on m'a mandaté pour remodeler un campus en Virginie-Occidentale. Nous cherchons des idées en faisant le tour de ceux de l'est du pays. Gail s'est souvenue de cette école catholique qui a l'air plutôt impressionnante et j'aimerais beaucoup la voir avant de rentrer. Il y a beaucoup de cartons ?

— Pas mal.

— Je me ferais un plaisir de vous aider à chercher. Ça ne devrait pas prendre trop de temps. »

Woodlawn College. Lake Celeste, État de New York.

Ils louèrent une chambre pour une nuit, puis Peter repéra la ville sur une carte publicitaire d'une compagnie pétrolière. Lake Celeste était situé sur une route d'État dans l'est des Adirondacks, au sein d'une région de moyenne montagne constellée de lacs. Trois stations de ski. Trois cent cinquante habitants. La voie de chemin de fer la plus proche se trouvait à cinquante-cinq kilomètres au sud-ouest. Aucun aéroport avant Glenn Falls. Un seul itinéraire pour s'y rendre, un seul pour en repartir : une route en tranchée facile à bloquer.

Un mètre vingt de neige recouvrait le campus de l'ex-Woodlawn College et la campagne qui l'entourait, et il y en aurait bientôt davantage. Peter avait téléphoné au service météorologique de l'aéroport JFK afin d'obtenir un bulletin détaillé. On prévoyait jusqu'à vingt centimètres de neige fraîche pour vendredi soir, dans des conditions proches de celles d'une tempête. Il ne savait pas encore si cela lui rendrait les choses impossibles ou si c'était précisément ce dont il avait besoin. Il lui fallait des cartes plus détaillées de la région de Lake Celeste, de celles que le gouvernement faisait établir à fins de relevés géologiques et sur lesquelles figurait l'emplacement de chacun des bâtiments du campus.

Dans une certaine mesure, Gillian lui avait été utile en décrivant la grande maison dans laquelle vivait Robin. Mais quand il lui demanda de Visiter à nouveau pour explorer l'intérieur de cette maison, elle refusa tout net. Et se mit bientôt à pleurer à chaudes larmes avant de s'endormir sur le grand lit de leur chambre commune.

Peter fut surpris qu'elle ait tenu si longtemps. Ce devait être une vraie pelote de nerfs à vif que torturait chaque nouvelle horreur qui lui tombait dessus. La vie facile qu'elle menait avait quasiment volé en éclats et allait maintenant à l'aventure, en avançant tant bien que mal vers un avenir qui ressemblait à l'Enfer. Et pourtant elle manifestait une volonté inflexible comparable à celles de ces survivants sortis des camps d'extermination nazis blessés et diminués, mais en aucun cas vaincus.

C'était à cause de Robin qu'elle rechignait à Visiter à nouveau la maison du Woodlawn College. Peter l'avait deviné, bien que la nature exacte de leur relation étrange et éthérée le laissât perplexe. Robin l'avait profondément blessée. Avant d'être terrassée par la fatigue et les larmes, elle essaya de lui expliquer que ces dix-huit mois passés au Woodlawn College avaient considérablement éloigné Robin de l'image du garçon que Peter chérissait encore. Mais elle perdit le fil de ses pensées et se mit à divaguer sur certains épisodes de son enfance dans lesquels, mystérieusement, Robin figurait, puis ne fit plus que pleurer sur ce qui était perdu ou irrécupérable. Il ne comprit qu'une très petite partie de ce qu'elle voulait dire.

Des fenêtres de leur chambre d'auberge, Peter lut l'heure sur le cadran illuminé de l'horloge de l'église congrégationaliste pré-indépendance. Onze heures moins six. Il n'était pas tard et pourtant une tranquillité absolue régnait sur le village historique de Mount Carmel. Peter n'avait pas vu de voiture passer depuis dix minutes. Mount Carmel, dans le coin sud-ouest du Connecticut, se situait un peu trop à l'écart des grandes routes et un peu trop loin de New York pour servir de banlieue dortoir. C'est à cette situation de bras mort que le village devait d'avoir gardé l'essentiel de son cachet colonial. La lune luisait sur la neige polie et les grands arbres dépouillés qui délimitaient le terrain communal.

Sur le lit, Gillian dormait d'un sommeil troublé, la respiration rauque. Elle était tout habillée, mais Peter lui jeta une couverture sur le dos pour la protéger des nombreux courants d'air. Une traînée de saleté qu'il n'avait pas encore remarquée se fondait dans un de ses sourcils. Elle se rongeait les ongles. Au milieu de ses cheveux en fouillis sur l'oreiller, son visage était d'une pâleur pitoyable. Mais il ne pouvait nier qu'elle produisait sur lui un effet viscéral : non du désir sexuel, estima-t-il, mais le pressentiment de la femme merveilleuse qu'elle pouvait devenir si on lui en laissait l'occasion.

Considérant qu'elle avait choisi de l'accompagner, il se demanda combien de chances elle avait de survivre au lendemain…

Dans une transposition particulièrement vivante et affreuse, Peter vit la tête éclatée d'Hester sur l'oreiller. Il s'écarta brusquement du lit et chercha la bouteille de gin achetée en sortant de la bibliothèque de Port Chester. Il s'en servit une bonne rasade et sentit que ce soir-là, il resterait à peu près sobre même s'il finissait la bouteille. Non, il n'allait pas penser à Hester. Il avait toujours su que cela risquait d'arriver malgré toutes leurs précautions. Et voilà qu'ils l'avaient tuée. Elle n'avait pas dû se rendre compte que sa vie touchait à son terme, elle n'avait sûrement pas souffert, inutile de pleurnicher là-dessus. Hester n'avait nul besoin, en guise d'oraison funèbre, de longs remords larmoyants qui ne feraient que diminuer l'efficacité et la détermination de Peter en ce moment critique.

Il vida son verre à petites gorgées en se concentrant sur les problèmes les plus immédiats.

Lorsqu'il était allé chez Hester, il avait emporté le matériel électronique, dont il pouvait se passer, le revolver Python, qu'il aurait aimé avoir encore, ainsi qu'un pardessus et un veston facilement remplaçables. Il avait laissé en sûreté dans le coffre de la Cougar l'essentiel de ses vêtements, la totalité des deux mille dollars en liquide et ses faux papiers d'identité. Il conduisait désormais un break Volaré de location, mais n'avait pas l'intention de l'utiliser pour se rendre à Lake Celeste. Le MORG en contrôlerait le moindre centimètre carré et les repèrerait en moins d'une minute.

Abandonner Gillian ? Il y songea une fois de plus, mais comprit que voyager seul ne le rendrait pas moins repérable. D'autant plus que sa capacité à communiquer télépathiquement avec Robin pouvait encore lui servir.

Un autre facteur, émotionnel celui-là, le décida à emmener Gillian. Depuis cette fameuse nuit à l'hôpital, il éprouvait envers elle un émouvant et déraisonnable sentiment de responsabilité, sentiment maintenant plus fort que jamais. Peter ne doutait pas que Gillian soit à la fois fortement attirée par lui et dépendante de lui. Non, il n'allait pas l'abandonner. Il avait perdu Hester, mais peut-être pouvait-il encore faire quelque chose pour celle-là.

Quand il s'avança à nouveau à la fenêtre, l'horloge indiquait deux heures moins dix et la bouteille dans sa main était presque vide.

Peter bâilla. Il avait trouvé quelques bonnes idées, dont un moyen de profiter de cette tempête de neige annoncée par la météo. Sans pour autant se faire beaucoup d'illusions sur ses chances de réussite. Il bâilla à nouveau, fatigué mais encore trop loin du sommeil. Gillian reposait paisiblement sur le lit. Il éteignit l'unique lampe de la chambre en se demandant si elle était là tout entière ou si elle était partie vagabonder. Il alla dans la salle de bains se brosser les dents et se soulager d'une bonne partie du gin absorbé, puis revint s'allonger à côté de Gillian.

Dès qu'il se coucha, elle se retourna, posa le bras sur sa poitrine et se blottit chaudement contre lui avec un long soupir de plaisir, ou de soulagement d'une profonde tension. Peter tint la tête de Gillian contre sa poitrine, embrassa une oreille à découvert et ferma les yeux.

Il s'éveilla peu avant l'aube, paniqué, certain qu'au cours d'un rêve dont il avait tout oublié, il était mort.

Il avait tenté de retenir Gillian contre lui en dormant, mais elle lui tournait maintenant le dos, à moitié découverte, assez chaude et toujours plongée dans un profond sommeil. La lune s'était couchée mais une vague lueur matinale entrait par la fenêtre. On ne meurt jamais dans les rêves, se dit-il. Il arrive qu'on souffre, mais on ne meurt pas. N'était-ce que le poids glacé d'Hester sur sa conscience ?

Il resta allongé sur le dos en respirant calmement pour se débarrasser de cette panique momentanée. Mais maintenant qu'il était bien réveillé, une chose qu'il n'avait pas rêvée l'obsédait. Il y avait eu une catastrophe, une répugnante violation de son esprit – des doigts avaient tripoté sa précieuse matière grise à la manière d'un petit garçon qui cherche des asticots dans la terre. L'image le choqua ; il frissonna comme un enfant et gémit à voix haute.

Gillian se redressa dans un demi-sommeil, le regarda d'un air interrogateur, puis sursauta et s'écarta précipitamment de lui. Elle tomba du lit et se releva, la tête entre les mains, avec de petits cris de détresse.

« Gillian, c'est Peter. Ne crie pas. Du calme, fillette. Tout va bien. »

Elle mit une minute à se ressaisir.

« Toilettes », marmonna-t-elle.

Il se leva, l'y conduisit et ferma la porte. Il s'aperçut alors d'une anomalie dans sa main gauche. Il ne sentait plus ses deux derniers doigts, qui restaient inertes comme des rameaux morts sur une branche encore vivante. Le bord de la paume était engourdi jusqu'au poignet. La dernière phalange de son majeur était elle aussi paralysée. Il ne contrôlait plus que la moitié de sa main gauche.

Il avait dormi la main coincée sous le corps, voilà tout. Les sensations allaient revenir. Mais la vérité lui apparut pendant qu'il essayait de se persuader que le problème était temporaire. Il ne s'agissait pas d'un problème de circulation ou de nerf coincé.

Une attaque, pensa Peter, plus stupéfait qu'effrayé. La forme de mort la plus calme. Un vaisseau capillaire cérébral s'était rompu quelque part au fond de l'hémisphère droit ou des ganglions basaux. L'hémorragie avait détruit sans douleur un petit groupe de neurones. Résultat : deux doigts morts, dont il risquait de ne jamais retrouver l'usage. Il avait conscience de sa chance : il pouvait fonctionner avec une main et demie. Il aurait pu se retrouver incapable de bouger ou de parler. Il aurait pu se retrouver frappé de tant de manières bizarres et handicapantes.

Oh, mon Dieu, pria-t-il, *faites que cela n'empire pas. Ne me laissez pas mourir infirme.*

Gillian sortit de la salle de bains et retourna se coucher.

Debout près des fenêtres, Peter la regarda avec respect, la main gauche dans la droite. Il ne lui était pas venu à l'idée qu'endormi ou non, il pouvait être affecté par le pouvoir immense qui avait tué cette femme à l'hôpital. Il ne savait rien de la manière dont ce pouvoir fonctionnait, ni de son origine, ni de la raison pour laquelle certains y étaient ou n'y étaient pas sensibles. Il se demanda si Gillian elle-même le savait.

« Tu as dormi avec moi, dit-elle.

— Pas au sens biblique du terme.

— J'aurais dû te prévenir… il y a quelque chose… bon, tu dois déjà savoir que je suis très bizarre. Mais il y a pire. Tu as entendu parler des poltergeists ?

— C'est un mot allemand qui signifie "esprit bruyant". Il désigne des phénomènes psychokinétiques – des meubles qui se déplacent, des objets qui s'envolent, des images qui se décrochent toutes seules du mur. J'ai lu quelque part que ce genre de phénomènes repose sur l'énergie générée par les colères refoulées ou la frustration sexuelle de certains adolescents. Il semble qu'il y ait toujours un enfant dans les parages dans les cas de poltergeists. »

Gillian se tourna sur le côté et le regarda.

« Je peux lire les gens, tu sais ? Comme un voyant extralucide. » Peter hocha la tête. « Je ne me souviens pas bien de ce qu'on m'a dit à l'Institut Parangon. On m'avait fait prendre des médicaments qui empêchent de trop penser… et de se souvenir. » Sa voix chevrota. « J'étais quelqu'un d'autre, là-bas, la plus calme des petites…

— Gillian, chérie. »

Elle serrait les dents mais se refusait à pleurer.

« Désolée. Ce que j'essaie de dire… quand je deviens extralucide, quand je me mets à avoir des visions, ça me transforme en une espèce d'horrible générateur. Comme un poltergeist, sauf que je ne casse pas de vaisselle, je fais se vider les gens de leur sang. Je les tue. J'ai tué m-ma meilleure amie.

— Mais ce n'est pas de ta faute.

— Comment peux-tu dire ça ?

— Tu n'es pas plus responsable que si tu avais depuis des années dans l'organisme un virus rare que tu transmettrais sans le savoir à des gens qui y seraient particulièrement sensibles.

— Il y a des antivirus pour contrer les virus. Pour moi, il n'y a qu'un remède… »

Gillian ne termina pas sa phrase, mais Peter comprit très bien ce qu'elle voulait dire. Il la rejoignit sur le lit.

« Tu t'es fait mal à la main ? » demanda-t-elle.

Peter ne s'était pas rendu compte qu'il massait ses doigts inertes.

« Ce n'est rien, juste un peu douloureux. Gillian, quand nous étions l'un à côté de l'autre à dormir ou à sommeiller, est-ce que tu m'as lu d'une manière ou d'une autre ?

— Oui.

— Tu peux m'en parler ?

— Il n'y a pas grand-chose à dire. J'ai juste eu une impression sur quelqu'un… dont tu es très proche.

— Hester ?

— Non, un homme. Tu ferais n'importe quoi pour lui – tu

dois l'aimer bien plus que tu as jamais aimé quiconque. Y compris Robin. Tu t'es mis à pleurer quand il a fallu que tu lui parles de ton père. Ça te faisait très mal de parler de ces parties de ta vie que tu avais essayé d'oublier. »

Peter regarda les fenêtres. Le ciel s'éclaircissait et les losanges foncés des rideaux sortaient peu à peu de l'ombre.

« Il ressemblait à quoi ? demanda Peter d'une voix tendue.

— Petit. Vieux. Presque plus de cheveux. L'air très ordinaire. Mais on ne voyait pas ses yeux à cause de ses verres miroirs.

— J'ai eu très peu d'amis dans ma vie, Gillian. Je ne connais personne qui ressemble à ça. Tu as dû le rêver.

— Les rêves et les visions ne sont pas la même chose. Cet homme existe vraiment. Qu'est-ce qui est arrivé à ton père ?

— Je n'en sais rien, répondit Peter d'un ton distant. Enfin, si, je sais. Son cœur a lâché. J'avais une dizaine d'années. Les pères meurent. On les enterre. Après, on essaie de ne pas trop penser à eux. »

Peter se leva et arpenta la chambre de long en large.

« Robin me croit mort. Ils l'en ont convaincu, sinon il n'aurait jamais coopéré avec eux. Ça va lui faire un sacré choc quand… bon, c'est un autre problème. Parvenir jusqu'à lui, voilà tout ce qui compte pour le moment. Il faut que je trouve Robin. Que je trouve Robin. Que je trouve Robin. »

Il lança son poing droit dans le mur avec assez de force pour réveiller toute l'auberge. Gillian se redressa sur le lit.

« Peter ! »

Il se retourna lentement, le poing levé.

« Quoi ?

— Arrête. Tu me fais peur. »

Peter s'assit au pied du lit. Il ne dit rien sur son coup de poing, mais ferma et rouvrit plusieurs fois la main droite, la tête baissée de concentration.

« Gillian, je connais très peu le cerveau, mais je crois qu'il y a un moyen de t'aider. »

Elle secoua la tête. « Je suis inoffensive quand je suis droguée. Oh, j'imagine qu'on pourrait m'opérer, m'enfoncer des électrodes dans le cerveau et juste… m'éteindre pour toujours. Mais je refuse de terminer comme ça. Je préfère mourir.

— Ce dont tu souffres pourrait être une forme rare d'épilepsie…

— Oh, mon Dieu, fit-elle avec abattement.

— Mais il n'y a pas de quoi avoir peur. Il existe une technique de biofeedback qui permet à beaucoup d'épileptiques de réguler leurs ondes cérébrales afin d'éviter les crises potentielles. Peut-être que tu peux contrôler complètement ta voyance et, du coup, ses effets de bord, la tempête magnétique dévastatrice.

— Je n'y crois pas.

— Certaines personnes ont des corps extraordinaires qu'elles entraînent pour exécuter des exploits littéralement inimitables. Par exemple Houdini, l'artiste de l'évasion… ou ces marathoniens qui aiment monter et descendre des montagnes à longueur de journée. Il y a quelques années, j'appartenais à un commando d'élite de la marine. Je m'entraînais à nager douze, quatorze heures par jour. Je trouvais ça plutôt bien, mais il y avait un petit gars dans mon unité qui pouvait nager encore plus longtemps que moi et enchaîner sur un millier de pompes.

— Où est-ce que tu veux en venir ?

— Tu es une fille brillante et intelligente, pas un de ces monstres ou idiots savants capables d'un seul exploit mental bizarre. Robin et toi prouvez par l'absolu ce que nous avons toujours su : que l'esprit humain est capable de tout. Mentalement, vous avez réalisé la fission de l'atome. En ce moment, tu ne penses qu'à l'holocauste, à la tragédie en puissance. Mais à la base, ton pouvoir est plus utile que celui de l'atome, il suffit que tu fasses l'effort de le maîtriser. Peut-être que personne ne peut t'aider, Gillian, tu devrais essayer de te débrouiller toute seule. Mais si je ne te croyais pas assez forte pour jeter toutes tes forces dans la bataille, je ne perdrais pas mon temps avec toi. »

Il ne fut pas surpris que Gillian se mette à pleurer, mais elle avait changé de manière spectaculaire : elle redressait la tête et son visage prit la clarté d'un camée lorsqu'elle le tourna vers les fenêtres, acquérant dans l'aube qui y entrait le niveau de beauté qu'il avait toujours désiré pour elle. Il l'observa devenir adulte en retenant sa respiration de peur que le moindre mouvement de sa part ne contrarie cette évolution.

« C'est… c'est vraiment trop d'espoir : je n'ose pas y croire. »

Peter poussa son avantage. « J'ai seulement dit qu'il y avait une chance, Gillian. Mais je la pense sacrément bonne, pour toi comme pour Robin.

— Robin, oui… Il a besoin d'aide, ça oui. Et vite, avant que…

— Si tu le crois vraiment, essaie d'entrer en communication avec lui. C'est indispensable. »

Gillian se rassit et sécha ses larmes, les yeux brillants.

« J'essaierai, promit-elle. Maintenant, tu veux dire ?

— Non. Approchons-nous d'abord. Le voyage va être rude. »

Peter se leva, la prit par la main et l'aida à sortir du lit. Elle s'appuya un long moment sur lui avec gratitude. Puis elle se raidit, et s'écarta en s'efforçant de paraître naturelle. Elle ne contrôlait pas sa peur de tuer, mais au moins l'espoir avait-il réapparu. Peter s'autorisa un petit sourire. Le majeur de sa main gauche, qu'il essayait de garder cachée, était engourdi jusqu'à la première articulation. Et les doigts paralysés avaient commencé à se replier sur la paume. Le petit accident cérébrovasculaire qu'elle avait provoqué suivait son cours. Peter pouvait prendre du recul par rapport à cet accident, faire preuve de fatalisme. Mais il avait peur de ne plus disposer d'assez de temps.

« J'imagine que tu aimerais avoir une brosse à dents, dit-il.

— Et d'une à cheveux. Et… ce jean est dégueulasse. Et si j'avais des milliers de *pancakes* avec des tonnes de saucisse, je n'en laisserais pas une miette !

— Amen. On devrait pouvoir trouver de quoi prendre un

petit déjeuner sur la route 7. Je te fournirai une garde-robe en arrivant à Poughkeepsie.

— Poughkeepsie ? » fit Gillian, la tête penchée, s'amusant à feindre la perplexité.

L'employée de l'agence de voyages que Peter trouva près du campus de Vassar College fut en tous points aussi obligeante qu'il l'avait espéré.

« La saison bat son plein et il reste *très peu* de disponibilités dans la région de Lake Celeste. Pourquoi ne pas aller dans le Vermont ? Non, je dis n'importe quoi, c'est encore pire là-bas.

— Je pensais que les gens éviteraient Lake Celeste à cause de la tempête de neige.

— Elle sera terminée demain matin et la météo prévoit un week-end ensoleillé. Voyons voir… Vous voulez rester à proximité de Lake Celeste. Ce qui nous limite à Shadowdown, Great Spirit Mountain et Purviance. Deux chambres… impossible. Quel âge a votre fille ?

— Quatorze ans.

— Elle serait d'accord pour partager sa chambre avec son papa ?

— Du moment qu'on peut skier. »

La femme décrocha son téléphone. « Le gérant de Shadowdown est un très bon ami, mais il va finir par trouver que j'abuse… » Elle consulta son fichier, composa un numéro longue distance et siffla entre ses dents en dévisageant Peter.

« Vous êtes un client *vraiment* difficile, vous savez ? » Elle lui adressa un sourire radieux. « Ne vous inquiétez pas, je vous trouverai quelque chose à Shadowdown. Je sais ce que c'est. J'élève moi-même deux enfants toute seule. On fait des promesses qu'on ne tient pas. Arrive un moment où on ne peut plus se permettre de les décevoir. Pour l'instant, il n'y a rien de plus important pour votre fille que de skier avec son papa. Il faut bien avoir l'air d'un héros de temps en temps pour ses enfants. »

Peter fit quelques achats et retrouva Gillian devant la bibliothèque du Vassar College. Elle avait l'air satisfaite d'elle-même.

« Ils avaient les cartes. J'en ai photocopié deux. »

Le soleil brillait dans un ciel sans nuages. La neige fondait et des ruisselets d'eau coulaient dans la rue. Peter prit le bras de Gillian pour flâner avec elle. Il portait une veste de tweed sur un chandail à col cheminée, ce qui lui tenait un peu trop chaud au soleil. Sa main gauche ne quittait pas la poche de sa veste. L'air vif rosissait les joues de Gillian, qui marchait avec sa parka sous le bras. Pour lui, elle avait l'air d'une jolie étudiante, mais une des plus jolies. Ils n'étaient que deux anonymes auxquels personne ne prêtait attention dans la foule qui se pressait sur le campus.

« Nous avons une réservation dans un hôtel appelé Shadowdown. C'est à vingt-sept kilomètres du Woodlawn College, de l'autre côté de la montagne. Notre train part à treize heures quarante. Le vendredi, ils mettent en service des tronçons de voie supplémentaires pour les fanas de ski. Il y a toujours pas mal de monde qui va dans les Adirondacks, dans le coin, dont pas mal d'étudiants sans attaches.

— Le MORG nous attendra là-haut, Peter ?

— Oui.

— On va se déguiser ?

— On va se fondre dans la masse. C'est bien plus efficace que tu ne crois.

— Il y a quelque chose que je ne comprends pas. S'ils s'attendent à ce que tu... à ce que nous arrivions, pourquoi est-ce qu'ils n'emmènent pas Robin ailleurs ? Ce serait le plus sensé, non ?

— Déplacer quelqu'un sous bonne garde augmente considérablement le facteur risque. Je ne pense pas qu'ils soient très inquiets. Childermass pécherait même plutôt par excès de confiance. Il y a un magasin de ski à quelques rues d'ici. Tu te sens de marcher ?

— Je me sens très bien », répondit Gillian.

À la limite du campus, elle s'attarda quelques instants à l'ombre d'un mur, l'air inquiet et pensif. Se trouver si près de la réalité avec sa routine de classes, d'amis et de rendez-vous du week-end lui donnait l'impression d'avoir fait un pas hors de sa vie. Mais quel pas, se dit Peter, et sans doute Gillian se fit-elle la même réflexion : elle se retourna rapidement et se remit en marche, le soleil implacable lui envoyant à travers les branches des rayons qui la mataient, l'aveuglaient et lui mettaient les larmes aux yeux.

« Mes amies craquaient l'une après l'autre, lui dit-elle. Elles sombraient dans le sexe ou la dépression. Elles ne supportaient plus le stress. Ça me rendait triste. Et en même temps, je me sentais au-dessus de tout ça, tu comprends ? À part, protégée. Je savais qui j'étais. Et ce que j'étais.

— Et maintenant, tu t'apitoies sur ton sort ? demanda Peter sans ménagements.

— Je me sens… désespérée », finit par prononcer Gillian.

— Pas de problème, dit-il en lui reprenant le bras de sa main valide. Ça peut nous servir. »

Dans le magasin de ski, Peter dépensa presque sept cent cinquante dollars en équipements ou vêtements de ski et d'après-ski pour Gillian et lui, dont une tenue de motoneige sombre avec casque et bottes. Ils sortirent du magasin vêtus de pulls scandinaves et de fuseaux, ployant sous le poids de leurs paquets. Gillian avait relevé ses cheveux avant de les couvrir d'un bonnet en laine et elle portait des lunettes avec des verres roses et d'épaisses montures à la française. Peter estimait que même sa mère ne la reconnaîtrait pas à plus de deux mètres.

« En général, les motoneiges sont interdites sur les domaines skiables, lui fit remarquer Gillian une fois dans la rue.

— Shadowdown doit en posséder quelques-unes pour ses employés. Je trouverai ce qu'il me faut.

— C'est comme ça que tu as l'intention d'arriver à Robin ?

En motoneige ? Même les derniers modèles font beaucoup de bruit… dans les soixante-treize décibels.

— Avec la bonne neige et sous le bon vent, le bruit ne portera pas à plus de quinze mètres.

— Mais tu vas prendre un risque terrible à sortir dans la tempête…

— C'est ma seule chance, Gillian. Si les conditions sont pourries pour moi, elles le sont aussi pour le MORG. Et arrête de me poser des questions. Ce que tu ne sais pas ne peut pas nous nuire. »

Ils s'arrêtèrent dans une autre boutique pour acheter à Gillian un grand fourre-tout à bandoulière. Arrivés à la voiture, Peter déballa un magnétophone à cassettes acquis un peu plus tôt. Il inséra une cassette vierge et parla pendant quinze minutes de lui, de Robin et du MORG.

Puis ce fut au tour de Gillian. Elle s'adressa d'un ton hésitant à ses parents, fondit en larmes, se ressaisit et les informa de l'endroit précis où ils pourraient la trouver.

« À quoi est-ce que cet enregistrement va nous servir ? » demanda-t-elle lorsque Peter ferma l'enveloppe de papier-bulle double épaisseur dans laquelle il venait de glisser la cassette.

« Ta famille – je veux dire, la famille Bellaver au sens large – est extrêmement puissante, Gillian. Elle a accès à toutes les personnes de pouvoir qu'on trouve à Washington. Mais même avec le MORG en situation difficile, il faudra qu'elle agisse vite et qu'elle suive mes recommandations si elle veut nous protéger.

— On ne pouvait pas tout simplement les appeler pour leur dire…

— Le MORG a mis leur téléphone sur écoute. Mais il n'interceptera pas leur courrier. »

Gillian inscrivit la mention « URGENT » et l'adresse de ses parents sur l'enveloppe tandis que Peter demandait à un agent la direction du bureau postal de Poughkeepsie.

« Pourquoi est-ce que le MORG sera en position délicate ? demanda-t-elle quand il revint dans la voiture.

— Childermass ayant toujours craint de trop déléguer à ses subordonnés, il n'a pas de dauphin naturel. Il suffira de couper la tête : les ennemis du MORG se chargeront d'en dévorer le corps. Ensuite, le squelette s'effondrera lentement sur les rives du Potomac.

— C'est ce que tu vas faire ? Tuer Childermass ?

— Oui, même si c'est la dernière chose que je fais de ma vie. »

Gillian cligna plusieurs fois des yeux. Elle appuya son crâne sur l'appuie-tête, le visage tourné vers lui. Elle avait l'air déprimée. Peter ne demanda pas pourquoi. Tous deux gardèrent longtemps le silence.

De Poughkeepsie, ils traversèrent la rivière pour arriver à la gare quinze minutes avant le départ.

Ils n'emmenaient que l'indispensable, abandonnant tout le reste, y compris les vêtements de Gillian, dans le coffre du break de location. Peter avait néanmoins l'impression d'être trop chargé.

« Ta main ne va pas mieux ? s'enquit Gillian. Tu ne t'en sers pas.

— C'est stable.

— Je peux porter nos skis », avança-t-elle, ce qu'elle prouva en se les appuyant sur l'épaule. Ils rejoignirent sur le quai une foule d'une centaine de personnes partant en week-end. Beaucoup de jeunes, mais aussi quelques familles : Peter repéra trois hommes à peu près de son âge avec des enfants à mi-croissance.

Il avait expliqué à Gillian qu'il vaudrait mieux qu'ils s'évitent tant qu'ils ne se trouveraient pas en sécurité dans leur chambre du Shadowdown. Il pensait que le MORG surveillait tous les hôtels, mais comme on attendait plus de quatre mille skieurs dans la région pour le week-end, il était peu probable que le MORG arrive à repérer Peter ou Gillian dans cette foule.

Gillian le laissa avec les skis et flâna sur le quai. À l'arrivée du train, elle lui présenta un garçon qui ne la quittait plus. Cary était un peu potelé mais semblait très drôle. Peter sourit avec indulgence.

Trente-sept minutes plus tard, alors que le train entrait à Hudson, dans l'État de New York, Gillian lui glissa à l'oreille : « Papa, je te présente Francis. »

Peter leva les yeux. Francis était grand, avec des lunettes, des cheveux d'homme des cavernes et un appareil dentaire. Peter lui serra la main avant de prendre Gillian à part.

« Où est passé Cary ?

— Oh, il est avec nous. Il est... » Elle agita vaguement la main vers le wagon dans leur dos. « Tu crois que je devrais tenter la passe de trois ? demanda-t-elle en rougissant d'autosatisfaction.

— Gail, ma chérie, tu n'en ferais pas un peu trop dans le mimétisme protecteur ?

— Mais ça *m'amuse*. C'est la première fois que je drague des garçons. »

La protection de Peter était un certain Galleher, qui se rendait à Shadowdown avec trois garçons de dix, onze et douze ans. Galleher travaillait dans l'assurance. Peter s'attira aussitôt la sympathie de Galleher en se plaignant de n'avoir jamais eu une assurance-vie suffisante. Il conquit ses fils en laissant les deux aînés le battre aux échecs. À seize heures trente-neuf, lorsque le train s'immobilisa à Fort Edward pour laisser débarquer la plupart des skieurs, Peter, Galleher et les garçons étaient inséparables.

Les hôtels avaient envoyé à la gare des bus de ramassage scolaire jaunes loués pour le week-end afin que leurs clients y effectuent le voyage de quarante minutes dans les montagnes. Peter prit place à bord de l'un des bus à destination de Shadowdown, Gillian embarqua dans l'autre avec Cary et Francis.

À Fort Edward, il neigeait déjà, mais modérément : loin à l'ouest, le soleil se couchait, rouge et brumeux comme un feu dans un tunnel. Le temps qu'ils arrivent à Shadowdown, il faisait sombre, la température avait chuté de dix degrés et la neige s'était mise à cingler.

Shadowdown consistait en un pavillon central de style chalet muni de trois ailes tarabiscotées construites l'une au-dessus de l'autre sur le versant de la montagne, le tout relié par un funiculaire et par deux escaliers couverts. Il y avait une piste pour le ski de nuit, une patinoire extérieure et une piscine surmontée d'un dôme juste derrière le pavillon. L'hôtel pouvait loger trois cents personnes dans des conditions qui allaient du grand luxe avec sauna privatif aux dortoirs collectifs, ce qui était l'une des raisons pour lesquelles les Galleher aimaient Shadowdown. Côté restauration, les clients pouvaient choisir entre un restaurant chic et intime, une cafétéria ouverte vingt-quatre heures sur vingt-quatre et un *pub* servant d'authentiques spécialités allemandes.

La chambre de Peter et Gillian se trouvait dans la deuxième rangée de chambres sur la montagne. Elle était surchauffée et contenait des lits jumeaux avec couvre-lits bleus, des lambris d'acacia sombre, des paysages de montagne sur les murs et des portes coulissantes en verre donnant sur un balcon qui surplombait le dôme illuminé de la piscine et l'immense toit en pente du chalet. Peter se tint une minute sur ce balcon exposé avant que la neige épaisse le repousse à l'intérieur.

Il s'assit sur un des lits et vérifia sa main gauche. Il avait maintenant un troisième doigt inutilisable et la paume quasiment insensible. Mais il s'inquiétait bien davantage d'un point engourdi grand comme une pièce de monnaie qu'il avait découvert sur son avant-bras, juste sous le coude. Il passa dans la salle de bains, déchira l'emballage d'un gobelet en plastique et se servit soixante centimètres cubes d'une nouvelle bouteille de gin.

Il revint dans la chambre et déplia les cartes détaillées de la région que Gillian avait photocopiées pour lui. Il repéra Shadowdown puis ce qu'il cherchait. La rivière s'appelait la Breed.

Elle naissait ruisseau à mi-pente de la montagne Shadowdown, s'élargissait en descendant dans la vallée et finissait par serpenter à travers le Woodlawn College où, sur la frontière est du campus, un barrage avait été érigé pour former un bassin de natation. Il y avait une maison ou une bâtisse, non identifiée, près de ce bassin.

Par endroits, la Breed ne dépassait pas les neuf mètres de large. À son débit maximum, à la fin du printemps, elle avait probablement un mètre cinquante à un mètre quatre-vingts de profondeur, avec des anses plus profondes ici ou là.

Peter composa le numéro des prévisions météo préenregistrées de l'hôtel. À dix-huit heures, la température était de – 10 °C et continuait à baisser. Vent de nord-ouest soufflant à cinquante kilomètres-heure. Avis de forte chute de neige pour la période de douze heures se terminant dimanche matin à sept heures. On attendait vingt centimètres de neige supplémentaires sur le mètre vingt déjà au sol.

Peter sirota son gin en réfléchissant au meilleur itinéraire pour Woodlawn.

En comptant tous les tours et détours de la rivière, la distance s'élèverait à trente-deux kilomètres. La visibilité ne dépasserait jamais les quelques mètres. Le vent ferait chuter la température apparente à – 40 °C. Et ce n'était pas le plus grave. Il ne connaissait pas la rivière. Selon le poids de la machine qu'il choisirait, il allait lui falloir au moins quinze centimètres de glace sur tout le parcours. Mais la neige isolait la glace et l'empêchait d'épaissir. Même en plein hiver, il pouvait passer d'un coup, sans le moindre signe avant-coureur, à un endroit où la glace se réduisait à une coquille friable. Sans compter le danger des trous pratiqués pour pêcher. Ou la brèche dans la glace créée par une petite source dans une anse. De plus, le moindre courant dans la rivière rendrait la glace dangereuse par endroits.

Mais il n'y avait pas d'autres moyens. S'il s'aventurait sans boussole par voie de terre dans cette tempête de neige, il se retrouverait très vite perdu ou enlisé dans des congères grandes comme lui. Avec un peu de chance et de concentration, la Breed gelée l'emmènerait là où il voulait aller… si toutefois sa main et son bras gauche ne l'abandonnaient pas complètement. Conduire une motoneige sur de la glace pendant plusieurs kilomètres n'était pas une partie de plaisir et exigeait une certaine vigueur.

Cela faisait un quart d'heure qu'il se trouvait dans la chambre et Gillian n'avait pas réapparu, mais il ne s'inquiéta pas. Il enfila une parka doublée légère comme une plume et des lunettes aux verres orange pour ressortir.

Shadowdown n'avait plus une chambre de libre et tout le monde était rentré à cause de la tempête. Des fêtes avaient commencé un peu partout. Les hommes qu'employait Shadowdown pour assurer la sécurité étaient faciles à repérer. Peter s'efforça de ne pas penser au MORG. Même si celui-ci était présent en coulisses pour vérifier discrètement toutes les arrivées, il ne le saurait que trop tard.

Il découvrit sans trop de problèmes quatre motoneiges garées sous les cuisines dans un garage accessible par une rampe. Personne ne s'était donné la peine de verrouiller les doubles portes, dont il aurait de toute façon réussi à crocheter la serrure avec un coupe-ongles. Le plafonnier était allumé. Les clés se trouvaient sur le contact. Il inspecta soigneusement les machines et en trouva une à chenilles cloutées, idéale pour la glace. La motoneige pouvait emporter deux passagers et disposait d'un moteur rotatif de trente-cinq chevaux moins bruyant que l'habituel deux-temps japonais. Les patins, la courroie de transmission et la suspension avaient récemment été changés, et le réservoir était plein.

En revenant, il trouva la porte de la chambre ouverte. Gillian recevait : il y avait là Cary, Francis et un jeune couple de Hamilton College ami de Cary. Après les présentations, Peter s'appuya au mur, les bras croisés et le sourire aux lèvres, sans rien dire. En moins de cinq minutes, les autres gamins avaient quitté les lieux. Peter referma la porte.

« J'ai déjà pris un sandwich avec les garçons, tu veux manger un morceau ? Cary est en prépa de droit à l'université de New York et Francis se passionne pour les voitures bizarres. Demain, ils…

— Gillian, nous avons du travail. »

Ce rappel suffit à la calmer et à la plonger dans la consternation.

« Je sais.

— Je veux partir dans une heure, prévint Peter.

— Je ne vois pas comment tu pourras arriver où quoi que ce soit. On ne voit vraiment rien, dehors.

— Essaie de contacter Robin maintenant. »

Le regard de Gillian vacilla, puis se releva, traversa la pièce pour finir par se planter dans le sien avec une colère pleine de remords. Peter n'eut aucun problème à le soutenir, et Gillian finit par baisser les yeux face au calme exceptionnel qui régnait dans les siens.

« Je ne suis pas sûre que…

— Maintenant. »

Elle se détourna, impuissante, et s'affaissa au bord d'un des lits.

« Très bien. »

Peter ne bougea pas.

« À mon avis, dit Gillian, tu devrais sortir de la chambre. J'ai peur de ce qu'il pourrait se produire si tu restes là.

— Comment ça se passe, tu pars là-bas ?

— Non, pas du tout. Robin peut voyager à sa guise, lui, mais moi, il faut que je sois endormie ou inconsciente pour Visiter. Je vais essayer d'étendre ma perception pour le trouver. D'après Robin, il faut former un modèle de pensée et le projeter. Nos esprits se rencontrent, ils s'entrelacent. » Elle leva ses deux mains agrippées l'une à l'autre. « Il est bien meilleur que moi à ce petit jeu. Mais comme il est tout près, je devrais pouvoir y arriver. Si tout est calme et que j'arrive à me concentrer. » Un gros rire éclata dans le couloir devant leur porte, et Gillian eut un sourire tendu.

« Je vais me mettre du coton dans les oreilles.

— Sur ce campus, il y a un bâtiment ou une grande maison au bord d'un lac artificiel. C'est peut-être la maison dont tu m'as parlé. Si Robin est dedans, je veux qu'il y reste. Et il me faut un moyen sûr d'y pénétrer.

— Très bien.

— Je vais dîner. Je n'ai pas faim, mais je vais avoir besoin d'énergie. Quarante minutes te suffiront ? »

Gillian haussa les épaules. « Si j'y arrive, oui. »

DIX-NEUF

Gwyneth Charles eut l'impression qu'elle venait de s'installer dans le bain brûlant et de fermer les yeux. Quand elle les rouvrit, Robin était là. Dans sa salle de bains *à elle*, la regardant sans vergogne. Elle ne put s'empêcher de frémir de ses manières furtives. Elle crut même rêver pendant un moment. Elle se demanda vraiment si elle dormait ou pas.

Est-ce trop demander d'avoir quelques petites minutes de solitude ? se dit-elle.

« Qu'est-ce qu'il y a, Robin ? demanda-t-elle d'une voix sans timbre.

— J'en ai marre d'attendre. Pourquoi tu mets si longtemps ?

— Robin, j'ai besoin… d'un bon bain, et d'un peu d'intimité, nom de Dieu ! » La glace cliqueta dans le verre lorsqu'elle but, lorsqu'elle engloutit l'éclair de feu du bourbon. Elle attendit impatiemment que la boisson fasse effet. Le Wild Turkey lui détendit les muscles mais ne put apaiser ses nerfs.

Robin ne bougea pas, elle n'en était pas débarrassée. Elle lui tendit le verre.

« Prépare-m'en un autre, puisque t'es là. La bouteille est sur le chariot à boissons. Wild Turkey. »

Robin prit le verre, le regarda et en lécha l'intérieur. Il est si beau, ce soir, se dit Gwyn, avec sa veste-chemise en daim bleu foncé, son pantalon gris et ses mocassins Gucci. Il lécha et lécha le verre. Mmmmmm-mmmmm. Une fois de plus, Gwyn voulait absolument détourner le regard mais n'y arrivait pas, hypnotisée par la sombre aura de danger qui entourait les yeux de Robin.

Il se mit un glaçon dans la bouche avant de s'agenouiller à côté d'elle. Il l'embrassa en le lui glissant entre les lèvres.

Gwyn frémit, se recula et recracha le glaçon. Robin s'accroupit, sourcils froncés.

« Je pensais que ça te plairait.

— Ça me plaît, mais au lit, quand on est en train de b... » Ses mains mouillées volèrent jusqu'à son visage : cette répugnance était là pour qu'il la voie, qu'il l'utilise à sa manière incroyablement complexe et intrigante.

« S'il te plaît, Robin, grinça-t-elle d'une voix tendue, tu veux bien me servir un verre ? »

L'instant d'après, de son point de vue à elle – et toutes ces sautes d'attention commençaient vraiment à l'inquiéter –, il avait débouché la bouteille et vidait le précieux bourbon dans les toilettes.

« Robin ! » Au lieu de sortir de sa baignoire de marbre située presque au ras du sol, elle s'y enfonça plus profondément.

« Je n'aime pas que tu sentes ce truc », dit-il, les yeux fixés sur le flot ambre.

« Je n'en boirai plus ce soir ! Arrête de le gaspiller ! »

Robin redressa la bouteille avant qu'elle ne soit vide.

« Tu veux que je te savonne le dos ? proposa-t-il avec amabilité.

— Je veux juste... cela fait des jours et des jours que nous sommes ensemble... tu ne me laisses jamais... Bon, d'accord. Savonne-moi le dos, mon chéri. »

Il s'avança avec la bouteille qu'il posa sur le rebord de la baignoire. Gwyneth la regarda avec un désir mal dissimulé. Il l'avait placée à sa portée pour la tenter, mais qu'elle essaie seulement d'en chiper une goutte et il se mettrait dans une colère noire.

Ne se sentant vraiment pas en mesure de supporter un autre de ses caprices, elle se redressa et lui tendit une éponge savonneuse.

Il retroussa ses manches et se mit à lui frotter l'échine.

« J'aime bien prendre un verre de temps en temps, expliqua Gwyn. Ça m'aide à me détendre. Tu sais que je suis très allergique aux barbituriques et je… j'ai du mal à dormir. Beaucoup de mal.

— Tu n'arrives pas à dormir ? demanda-t-il comme s'il l'ignorait.

— Pas quand toi, tu ne dors pas. Et cela fait presque cinq jours que tu n'as pas fermé l'œil. Je me demande comment tu tiens encore debout.

— Je me sens bien.

— Oh, Robin ! Tu vis dans un autre monde. Tu as dépassé les limites du commun des mortels. Tu n'as pas l'air de te rendre compte qu'*il y a* des limites, mais je sais, moi, ce qu'il t'est arrivé. »

Il secoua la tête d'un air perplexe… à moins qu'il ne la fasse marcher ? Gwyneth ne se sentait pas la force d'y réfléchir objectivement.

« Il ne m'est rien arrivé, Gwyn. » Il reposa l'éponge, se leva et se pencha sur Gwyn dans sa baignoire encastrée. Un mètre quatre-vingt-cinq, et il continuait à grandir. Une expression agréable, à la fois jeune et boudeuse, qu'elle trouvait des plus fascinantes. Elle éprouvait pour lui un désir confus qui semblait monstrueux, mais impérissable : il crissait en elle comme des os brisés. Elle s'immergea jusqu'au menton, les yeux piquants.

Robin reprit la bouteille de Wild Turkey, la déboucha à nouveau et en but quelques gorgées. Le goût du bourbon ne lui plut pas trop, mais manifestement, l'arrière-goût et la sensation de chaleur l'intriguèrent.

« Je me demandais pourquoi tu buvais ça. » Il goûta une autre grosse gorgée. « O.K., je peux comprendre.

— Doucement, Robin. Ça ne fait pas bon ménage avec tes médicaments. »

Il l'ignora et but encore. Il ne restait plus qu'un tiers de la bouteille lorsqu'elle avait réussi à le persuader de ne pas la vider entièrement dans les toilettes.

« Tu as bien pris tes médicaments ?

— Il neige vraiment fort, maintenant, répondit Robin en regardant par le hublot de verre serti au-dessus de la baignoire. On pourra peut-être sortir jouer, tout à l'heure. Histoire de se faire une vraie bataille de boules de neige.

— Robin, si tu ne prends pas tes médicaments comme prévu, on ne pourra pas… Tu es pris dans un cycle très destructif, que tu t'en rendes compte ou non. Tu brûles six mille calories par jour ! Tu es au bord de l'autoconsommation.

— Tu as fini ton bain ?

— … Oui. Quelle heure est-il ? »

Robin jeta un coup d'œil à la Rolex Oyster en or massif qu'elle lui avait offerte pour son quatorzième anniversaire.

« Sept heures dix. »

Gwyn soupira. « Il faut que je m'habille. On a du monde à dîner. » Elle s'efforça de prendre un ton plus léger. « Et arrête de picoler, on ne voudrait pas que tu tournes alcoolo.

— Qui est-ce qui vient dîner ? demanda Robin en abaissant la bouteille après une nouvelle gorgée.

— Mamie Sig. Et… mon oncle.

— Il ne me plaît pas.

— Je sais, répondit Gwyn en sortant de la baignoire et en s'enveloppant d'une serviette. Je n'y peux rien. Et puis ça nous fera de la compagnie. Pour une fois.

— Qui d'autre ?

— Personne d'autre. *Robin, veux-tu bien poser cette fichue bouteille ?* »

Il s'essuya les lèvres à un coin de sa serviette. « Ma langue s'engourdit », dit-il.

Même chaude et mouillée à cause du bain, Gwyn sentait la chaleur qui émanait de Robin. Il était bouillant. Il l'aida à se sécher. Un bleu sous un des seins de Gwyn attira son attention.

« Tu t'es fait ça comment ? demanda-t-il.

— Avec ton poing.

— Je t'ai frappée ? Quand est-ce que je t'ai frappée, Gwyn ? » Sa voix, toujours changeante, vira brusquement à l'aigu. Si elle ne s'était pas sentie aussi mal, peut-être en aurait-elle souri.

« Très souvent lorsque nous… Mais peu importe. Je peux avoir la serviette ?

— Tu ne veux pas que je te sèche entre les jambes ?

— Non. » Elle était sûre que cela mènerait à une relation sexuelle. Quatre fois aujourd'hui, une semaine d'un cirque harassant. Son corps dont elle était si fière avait perdu toute endurance. Robin ne se contrôlait plus du tout. Lorsqu'il pensait au sexe, il fallait qu'il le fasse, peu importait où et en quelle compagnie il se trouvait. L'avant-veille au soir, il l'avait violée devant Mamie Sig. Cela n'avait pas été un des meilleurs moments de la vie de Gwyn.

Robin recula d'un pas et, sans se soucier de l'expression désapprobatrice de Gwyn, vida la bouteille de bourbon jusqu'à la dernière goutte.

« Ça ne me fera pas de mal, assura-t-il. Rien ne peut me faire de mal. » Il s'enflait de sa fanfaronnade, son regard vif et intelligent posé sur Gwyn. « Rien ne peut me faire du mal. Même si tu l'empoisonnais, ça ne me ferait rien. » Mais il suait. Il téta la bouteille vide, tournant et retournant le goulot entre ses lèvres.

« C'est ce que tu voudrais faire ?

— Pardon ? » L'attention de Gwyn dérivait et vacillait à nouveau. Elle attrapa une serviette sèche.

« M'empoisonner. Te débarrasser de moi. »

Un flamboiement de danger dans l'esprit de Gwyn.

« Nom de Dieu, tu n'as rien trouvé de plus stupide et de plus lamentable ?

— Tu ne le ferais pas ?

— Non. Bien sûr que non !

— Tu mens. C'est une sorte de poison.

— Je ne te *mens pas*, Robin. Et j'en ai assez de tes… accusations ! De ta possessivité malsaine et dégradante ! De tes sarcasmes, de ta brutalité, de… »

Il se tourna souplement pour projeter la bouteille vide contre une des parois en marbre de la baignoire. Gwyn sursauta et sa peau se hérissa.

« Crac », dit Robin d'une voix égale. Il se retourna vers elle et lui agrippa la chatte. Ce n'était pas un geste d'amour. La chair de poule de Gwyn ne lui inspirait qu'une indifférence de boucher. Il glissa le doigt jusqu'au col de l'utérus.

« ÔTE TES PATTES DE LÀ ! » hurla-t-elle, sa patience enfin à bout. Et elle lui cracha au visage.

Bizarrement, Robin réagit avec une honte puérile. Les larmes lui montèrent aux yeux. Il lâcha Gwyneth. Ses lèvres tremblaient.

« Parce que ce n'est pas gentil. Ni tendre. C'est humiliant ! » La voix de Gwyn se mua en gémissement. Elle pleura aussi. Elle se servit de la serviette pour essuyer la balafre de salive sur le nez taché de son de Robin. « Oh, mon Dieu, Robin. Doux et gentil Robin, qu'est-ce qu'il s'est passé ? Je t'aime tant. Je veux récupérer mon garçon. Mon beau garçon affectueux. » Elle mit à l'aveuglette les mains sur la tête de Robin. Il se baissa et partit en courant, sortit de la salle de bains en claquant la porte. Gwyn resta sur place, tremblante de terreur et de passion.

Quand elle partit à sa recherche, elle ne le trouva pas dans la chambre de l'appartement qu'elle habitait et qui occupait la quasi-totalité du deuxième étage, dans l'aile sud de la demeure. La porte du salon était entrebâillée de deux ou trois centimètres. Elle entendit de la musique douce et Ken qui murmurait quelque chose. Elle sentit l'odeur de hors-d'œuvre délicieusement chauds sur le chariot de service. Ken lui avait préparé un grand feu de bois dans la chambre. Elle s'assit nue devant l'âtre, assez près pour risquer de se roussir le flanc, et s'immergea mentalement dans les flammes liquides. Elle passa quelques minutes délicieuses à absorber la chaleur du feu pour y puiser la force de s'habiller.

Comme elle avait les joues naturellement colorées, elle n'ajouta qu'un soupçon de rouge à lèvres et ombra ses yeux de vert champêtre. Quelques coups de brosse donnèrent du mouvement à ses cheveux. Elle enfila une jupe longue en laine blanche, des bottines de chevreau, un chemisier blanc à manches longues et col montant ainsi qu'un boléro en laine blanche. Elle n'ajouta aucune décoration, pas même une ou deux bagues.

On frappa à la porte de la chambre. Elle alla ouvrir et découvrit Ken qui lui tendait un verre de Wild Turkey *on the rocks*. Elle s'en empara avec un petit cri de joie et but avec avidité.

« Robin m'a dit qu'il avait cassé votre bouteille.

— Oh ! » Gwyn glissa un regard inquiet par-dessus l'épaule de Ken mais ne vit pas Robin dans le salon de douze mètres de long. Ken désigna un ensemble de fauteuils de cuir noir à grands dossiers près des fenêtres dépourvues de rideaux. La tempête tourbillonnait contre les vitraux.

« Il est dans quel état ? » chuchota-t-elle.

Ken joignit ses mains devant son sternum en un geste de prière puis les écarta d'un coup. La signification de cette mimique échappa à Gwyn. Soit il voulait dire que Robin était d'une humeur acceptable, soit il l'avertissait de ne pas s'y frotter.

« Je vois. » Elle reprit du bourbon. « Vous pourriez nous laisser quelques minutes ? Nous… Nous avons eu une petite prise de bec. » Les muscles d'une moitié de son visage tressaillirent, signalant un fou rire[1] qui ne sortit pas.

« Très bien.

1. Gwyneth vient d'employer un terme anglais qui signifie à la fois « prise de bec » et « cracher ». (*N.d.T.*)

— Faites… faites patienter les autres quand ils arriveront. Je sonnerai.

— Vous êtes sûre que ça ira ?

— Pourquoi ça n'irait pas ? »

Ken lui adressa un sourire de réconfort, traversa le salon et sortit en refermant la porte derrière lui.

« Robin ? »

Pas de réponse. De sa position, Gwyn ne pouvait déterminer lequel des fauteuils il occupait. Elle s'approcha à pas lents que la fatigue et le bourbon privaient d'assurance. Qu'est-ce que j'aimerais tomber ivre morte et laisser quelqu'un d'autre se charger de lui un petit moment, se dit-elle. Mais elle était possédée par la peur absurde de ne jamais revoir Robin si elle perdait le contact avec lui, ne serait-ce qu'une heure.

« Tu veux manger quelque chose, Robin ? »

Elle vit qu'il se tenait affalé, l'air mauvais, les ongles enfoncés dans l'épais cuir du siège, dans la zone froide qui entourait les fenêtres battues par les intempéries. Il ne lui parlait pas… ne la regardait toujours pas. Elle entendit le vent hurler, sa respiration se fit irrégulière. Elle avait maintenant la certitude qu'un épisode déplaisant s'annonçait. Dans le passé, lorsque Robin perdait tout contrôle, il s'ensuivait une phase narcoleptique durant laquelle soit il dormait, soit il se montrait merveilleusement docile. Elle se souvint l'avoir baigné et nourri à la cuillère pendant des semaines, ce qu'elle avait trouvé agréable, reposant pour tous les deux. Désormais, il n'arrivait plus à se reposer et les explosions de violence étaient devenues la norme. Après le sordide épisode du viol, Mamie Sig avait fortement suggéré qu'on lui passe une camisole de force. Mais Gwyn ne pouvait croire qu'on en était arrivé là. Malgré ses crises de rage et son comportement répugnant, elle ne pouvait trahir si froidement la relation qu'elle avait avec lui. Il allait se calmer, elle allait trouver un moyen de l'apaiser.

Gwyn s'appuya au dossier du fauteuil de Robin et regarda ses doigts crispés en râteau.

« Fiche-moi la paix.

— On ne pourrait pas se réconcilier ? plaida Gwyn.

— Tu m'as craché dessus !

— C'était… Je suis vraiment désolée. Pourquoi ne veux-tu pas essayer de comprendre dans quel stress je vis ? Je me fais énormément de souci pour toi. »

Scratch, scratch. Le bruit de ses ongles la crispait. Elle se pencha sur Robin en laissant ses cheveux pendre contre son visage.

« Arrête », supplia-t-elle à voix basse.

Les mains de Robin se figèrent en griffes.

« Merci, chéri. Maintenant, pardonne-moi, s'il te plaît. Je t'en prie… Gwyn veut que tu lui pardonnes. Gwyn est désolée d'avoir été si vilaine. » Elle fit aller et venir son long rideau de cheveux devant le visage du garçon, volant des aperçus impressionnants de son humeur précaire.

« Tu avais dit qu'on sortirait d'ici. Qu'on irait skier, rien que toi et moi. Et maintenant on ne *peut pas* y aller.

— J'ai été obligée de changer mes plans. Ordres d'en haut. »

Gwyn ne bougeait plus, elle l'écoutait respirer. Les lèvres pincées, elle attendit avec une appréhension croissante et pas particulièrement désagréable que Robin pique sa crise.

Elle fut surprise qu'il s'abstienne de tout commentaire. Elle s'aventura à le toucher et le trouva moins tendu que prévu.

« On pourra y aller plus tard ? » demanda-t-il, résigné et renfermé.

« Eh bien… je dois pouvoir arranger ça.

— D'accord.

— Bisou ? »

Il se laissa embrasser. Le courant d'air dans lequel il était assis lui avait refroidi le nez. Gwyn se redressa en souriant, si soulagée qu'elle crut presque se sentir pousser des ailes. Robin ramena ses mains sur ses genoux. Il était miséricordieusement calme, il n'avait pas été aussi calme depuis des jours. Ses yeux restaient à demi clos.

« Il faut que je mange un morceau », dit Gwyn. Et que je boive un verre. Elle commença par se verser une rasade de bourbon, puis s'approcha du chariot en acier inoxydable que Ken avait garé à quelques pas de la cheminée. Elle se sentait affamée. Elle engloutit six boulettes de viande avec les doigts et se précipita sur le couvercle du gratin aux fruits de mer.

Pendant ce temps, Robin s'était relevé pour arpenter la pièce en silence. Gwyn ne fit attention à lui que lorsqu'il verrouilla la porte.

« Pourquoi tu fermes ?

— Pour que personne ne puisse entrer.

— Mais pourquoi est-ce que tu ne... Qu'est-ce qu'il se passe, Robin ?

— Tu le sais très bien.

— Je te jure que non.

— C'est Gillian.

— Gillian ?

— Je t'ai déjà dit que c'était fini avec elle. Je ne veux plus la revoir, jamais. Je lui ai interdit d'approcher.

— Quand est-ce que tu... »

Robin explora la pièce du regard, doucement, attentivement.

« Et pourtant elle est là, dit-il.

— C'est impossible. Gillian est quelque part à New York. Elle s'est enfuie de... »

Robin la regarda en silence.

« "Robin, Robin", imita-t-il. Tu crois que je ne reconnais pas sa voix ? Ça oui, elle est là. Où l'as-tu cachée ?

— Je ne sais rien au sujet de Gillian. »

Robin cessa ses allées et venues et lui fit face de l'autre côté du chariot de service. Il se pencha par-dessus, les yeux fixés sur elle.

« Tu mens.

— Non, je ne mens pas.

— Elle fera tout ce que je peux faire. Je ne te manquerai pas le moins du monde.

— Mais qu'est-ce que tu racontes, Robin ? »

Il désigna la table ronde sur laquelle le couvert était mis.

« On va avoir des invités.

— Oui, et alors ? »

Robin compta sur ses doigts.

« Toi. Moi. Mamie Sig. Childermass. Gillian. Ce qui fait cinq personnes.

— Mais tu vois bien qu'on n'attend personne d'autre ! Il n'y a que *quatre* couverts.

— Quatre personnes à dîner. Je n'y serai pas. Je serai mort. Tu m'as empoisonné et Gillian va prendre *ma* place.

— C'est ridi... »

Robin explosa. Il poussa le chariot et le précipita dans la cheminée. Les bûches sautèrent dans une fontaine d'étincelles. Le chariot se retourna et une puanteur de nourriture carbonisée envahit la pièce. La fumée engloutit Gwyn qui recula en suffoquant. Robin la suivit. Gwyn, pliée en deux par la toux, tomba dans un fauteuil. Une partie de sa nuque la brûlait, comme si elle s'était froissé un muscle en toussant.

Se serrant la tête entre les mains, elle leva un regard impuissant sur Robin. Sa bouche grinça lorsqu'elle l'ouvrit, mais elle ne parvint pas à parler. La douleur était horrible, de plus en plus horrible. Son cerveau allait entrer en ébullition.

« Tu te souviens ? dit-il. Je t'avais prévenue que je n'avais pas besoin de te toucher pour te faire mal. Maintenant, je te fais mal. Parce que je ne t'aime plus. J'en ai marre de toi. »

La chaleur du feu semblait plus intense. De lourdes larmes coulèrent du coin des yeux de Gwyneth, son visage transpirait ce qu'elle crut être des gouttes de sueur. Elle étouffait. Elle arracha le col de son chemisier, se leva et attrapa une serviette de table près des assiettes. Agitée d'un affreux tremblement, elle pressa le linge sur son visage. Et l'en retira cramoisi.

Elle hurla. Elle vit à travers une brume de chaleur Robin se détourner et s'éloigner tranquillement. Il semblait penser à autre chose. Gwyn regarda le dos de ses mains. Elle saignait par presque tous les pores, de minuscules bulles de sang parfaitement formées qui se rejoignaient pour s'écouler. Lui vint aux narines une odeur de varech et d'herbe, une puissante odeur salée d'océan, et elle sentit une vague fatale déferler à travers sa peau.

Gwyn se traîna derrière Robin, toussant, incapable désormais de le voir distinctement. Les larmes qu'elle essuyait étaient des larmes de sang qui lui engluaient les cils. Gwyn flottait sans poids sur une vague ondulante. Elle se remit debout avec un haut-le-cœur, leva lentement un pied, toussa une autre grosse vague qu'elle attrapa à la perfection, qu'elle chevaucha d'une manière sensationnelle mais sans effort vers un rivage imprévu.

Robin sortit de sa rêverie et leva les yeux en entendant cogner à la porte.

« *Gwyn*!

— Allez-vous-en », dit-il, mais pas assez fort pour qu'on l'entende de l'autre côté de l'épaisse porte en chêne.

La pièce empestait. Il avait besoin d'air.

Les fenêtres à battants étaient larges de cinquante centimètres. Il en ouvrit trois. La neige se rua à l'intérieur en lui piquant le visage.

C'était mieux.

Toutes les portes de la maison étaient en chêne massif de cinq centimètres d'épaisseur. Il leur faudrait une hache. Ils commençaient justement à en utiliser une.

Il n'avait nulle part où aller, à part la chambre avec sa salle de bains. La neige s'entassait sur le rebord intérieur et vacillait jusqu'au tapis. Il vit de gros flocons fondre sur Gwyneth. Elle était rouge partout où il y avait eu du blanc.

Ils taillaient dans la porte. Le bois, dur comme du métal, résistait à la lame.

Ils ne pouvaient pas lui faire de mal. Rien ne pourrait jamais lui faire de mal.

Petit à petit, la hache progressait.

Encore trente secondes et la porte se fendrait en deux, et il n'avait aucune envie de leur parler de Gwyneth. Gwyn était de l'histoire ancienne. Qu'y avait-il à raconter ? Ce serait d'un ennui.

Mais il trouvait la neige excitante. La nuit glaciale lui lançait un défi.

Robin alla rapidement au bar prendre une bouteille presque pleine de bourbon Wild Turkey. Il la rangea dans sa veste. Puis il retourna vers les fenêtres en passant devant Gwyneth. Les membres agités de soubresauts, elle baignait dans une mare qui s'étalait, énorme, sur le tapis doré.

Il enjamba la fenêtre de profil, le visage sous l'épaule pour le protéger au maximum du vent.

Le rebord extérieur était constitué de quinze centimètres de calcaire bordé de glace. Le bassin de natation se trouvait non loin du côté de la maison. L'été précédent, il s'était demandé s'il pourrait y plonger directement depuis ce même rebord. Mais l'eau manquait de profondeur près du rivage, sans compter tous ces rochers près de la véranda. Il savait qu'il aurait pu y arriver, mais avait laissé Gwyn le persuader de rentrer dans la maison. Robin sourit en se souvenant de la tête qu'elle faisait, avec les petites gouttes de sueur qui lui tombaient du nez et du menton. À l'époque, c'était bien plus agréable d'être avec elle.

Robin regarda vers le bas. Il vit une vague lueur sortir des fenêtres éclairées. À part cela, rien que les trombes de neige, comme un chien blanc spectral en train de poursuivre sa propre queue. Rien qu'un mur de pierre d'une dizaine de mètres descendant jusqu'au sol.

Monter serait plus facile. Il y avait un troisième étage, peu utilisé, puis un grenier, un toit d'ardoise d'une pente raisonnable, avec des pignons sur toute la crête et des cheminées : cinq grandes cheminées en tout. Sur sa gauche, près des fenêtres, un tuyau d'écoulement solidement fixé. De petites excroissances du mur de pierre montaient jusqu'à la gouttière en cuivre : deux centimètres ici, cinq là. Des prises pour ses mains. Tout cela extrêmement glissant, bien entendu.

Mais la porte avait enfin cédé. Robin regarda par la fenêtre, vit une fente large comme la moitié d'un homme dans les panneaux de chêne et une main qui s'y glissait pour déverrouiller la porte. Gwyn ne bougeait presque plus, juste quelques vagues mouvements, fragile comme un enfant mourant de faim sur le tapis tout sale.

Il se demanda s'il pouvait la galvaniser comme la fois où il avait fait sautiller des animaux morts au labo. Peut-être pourrait-il remettre une dernière fois Gwyn sur pied pour qu'elle accueille ceux qui avaient défoncé la porte. Mais cela ne tromperait personne, même s'il arrivait à la lancer dans une espèce de danse virevoltante. Quand on était mort, on était mort. Elle n'avait qu'à rester allongée là.

Robin inspira profondément et commença à escalader le mur, le dos exposé aux coups de griffes du vent.

Lorsqu'il revint dans la chambre du Shadowdown, Peter trouva la porte du balcon grande ouverte. Les rideaux s'agitaient follement dans l'obscurité et la température de la pièce avait chuté.

Dehors, agrippée à la balustrade, Gillian tremblait sans pouvoir s'arrêter.

Elle n'avait pas enfilé de manteau. Le givre avait recouvert ses cheveux. Ses sourcils étaient une crête de neige en train de geler. Peter la détacha de la balustrade, la porta à l'intérieur, referma la porte isolante, poussa le thermostat au maximum, enveloppa Gillian de couvertures arrachées à la literie. Elle avait vomi, dehors, et son vomi partiellement gelé faisait comme des paillettes sur son pull.

Gillian s'accrocha à lui en claquant des dents. Il s'assura que ses doigts n'avaient pas commencé à geler. Il savait néanmoins qu'elle souffrirait lorsque le sang recommencerait à y circuler. Il la tint contre lui et sentit une de ses oreilles comme un morceau de porcelaine dure sur sa joue.

« Qu'est-ce qu'il s'est passé, Gil ? »

Elle essaya de répondre mais n'arriva pas à prononcer un mot. Sa main libre tambourina désespérément sur le dos de Peter. Redoutant une hypothermie, Peter l'allongea et l'enveloppa encore plus étroitement. Il alla dans la salle de bains brancher la cafetière électrique mise à disposition par l'hôtel. Lorsque le café fut prêt, il soutint Gillian par la taille et lui en fit boire une demi-tasse. Son violent tremblement se réduisit à des frissonnements irréguliers.

« Ooooooh, mes mains, mes mains !

— Tu aurais pu y laisser quelques doigts. Tu as passé combien de temps sur le balcon ? Et pourquoi diable es-tu sortie sans manteau ?

— J'ai perdu la notion du temps. Je suis sortie parce que… parce que le froid facilite le contact. »

Un coup retentit sur la porte et Peter leva les yeux, mais ce n'était qu'une autre fête impromptue qui parcourait les couloirs.

« Sortez, sortez, qui que vous soyez ! » s'exclama joyeusement une voix féminine, et quelqu'un d'autre rit. Puis les voix s'éteignirent.

« Tu as réussi à le contacter ? » demanda Peter.

Gillian avait le regard de quelqu'un en danger de voler une nouvelle fois en morceaux.

« Robin a des problèmes. Il… Il l'a tuée. Je crois.

— *Quoi* ? Tué qui ?

— La femme. Je ne sais pas qui c'est. Robin vit avec elle. Il l'a vidée de son sang. Exprès. Oh, mon Dieu ! *Exprès.* Tu peux le rejoindre ? Je crois que sinon il va mourir. Je le sens qui gèle… qui gèle. »

Gillian se plia en deux, se serra fort dans ses propres bras, pleurant de douleur, celle de ses mains froides ou celle qu'elle sentait en Robin.

« Il est où, pour l'instant ?

— Dans la maison à côté du lac. »

Peter abandonna Gillian en pleurs sur le lit. Il enfila ses bottes de motoneige et prit le casque sur l'étagère.

« Emmène-moi !

— C'est trop dangereux, Gillian. Ne pas geler serait le moindre de tes problèmes. Ferme la porte à clef et ne sors pas de la chambre. Je reviendrai. Sinon, ne bouge pas tant que tu n'as pas de nouvelles de ton père.

— *Peter !* »

Quelqu'un passait dans le couloir en essayant de chanter une énergique chanson *brauhaus* allemande. Une autre voix se joignit à elle. Peter s'immobilisa un instant, la main sur la poignée, pour jeter un dernier coup d'œil à Gillian. Puis il sortit dans le couloir.

Appuyés au mur d'en face, trois fêtards se passaient une bouteille en s'efforçant de chanter à trois voix. Trois solides jeunes hommes à l'abondante chevelure, vêtus de pulls de ski rayés, accompagnés d'une minette dont un bandeau jaune vif ceignait la tête sombre. C'était une erreur, puisqu'il attira l'attention de Peter sur la fille juste au moment où elle voulait glisser discrètement la main dans le sac qu'elle portait en bandoulière. Les skieurs n'en étaient pas, et la fête était pour lui.

Peter n'hésita pas, malgré le caractère quasi désespéré de sa situation. Le premier homme qui se détacha du mur intercepta le lourd et solide casque avec son menton, ce qui lui brisa la mâchoire en trois. Peter pivota tant bien que mal dans ses grosses bottes et atteignit le deuxième chevelu en plein dans la protubérance de l'entrejambe. Il fallait absolument qu'il s'occupe de la fille, mais elle reculait sans précipitation, une espèce d'arme à la main.

« Jerry ! » aboya-t-elle à l'intention du troisième chevelu.

L'homme, qui s'était placé entre Peter et elle, plongea sur la moquette pour dégager la ligne de tir. La fille fit feu. Elle visait bien. Les barbelures du Taser l'atteignirent au visage, fermant le circuit, et l'électricité à haute tension se rua sur lui, l'aveugla et l'expédia contre le mur. Le courant, qui pouvait monter rapidement à cinquante mille volts, avait perturbé son système nerveux, le privant du contrôle de ses muscles. Alors qu'il s'affaissait sur le sol, agité de convulsions et de soubresauts, il la vit s'approcher, reliée à lui par de minces câbles. La douleur était intolérable.

Arrêtez ça, pensa Peter. *Stop, stop!* Mais il voyait bien à quel point elle y prenait du plaisir.

Parfois, de là-haut où la neige et le vent soufflaient avec agressivité, Robin entendait des voix. Il savait avoir provoqué beaucoup d'animation dans la soirée. Ils avaient allumé tous les projecteurs extérieurs. Là où il se tenait, au-dessus de tous, il faisait sombre, mais c'était comme plonger le regard dans une sinistre et mouvante mer dorée. Lorsque le vent faiblissait quelques instants, permettant aux rideaux de neige de s'entrouvrir, il voyait des groupes de silhouettes sur le sol. Ils essayaient toujours de le trouver avec des jumelles et des projecteurs manuels dont le faisceau se promenait parmi les nombreux parapets, lucarnes et cheminées. Mais sans jamais le toucher. Il était trop rapide, trop agile.

Pendant un certain temps, la puissante voix du mégaphone l'avait supplié. Il l'avait ignorée. Puis deux hommes étaient sortis du grenier pour le ramener à l'intérieur. Au niveau des cheminées, le toit était plat et étroit, comme une passerelle, mais avec des ardoises mal fixées. Et la glace était traîtresse. Les hommes avançaient avec beaucoup de nervosité et de précaution, tout au contraire de lui. Robin ressentait un peu de mépris et il n'était pas d'humeur à se montrer fair-play. Il sortit de sa meilleure cachette, un interstice entre deux cheminées jumelles, contourna un grand type et le poussa.

L'homme emporta l'autre avec lui et ils glissèrent tous deux longuement vers le bas en agitant frénétiquement les bras. L'un, par chance ou par réflexe, parvint à s'agripper quelques minutes à une gouttière en cuivre. Les autres essayèrent bien de le secourir, mais il était raide de terreur et pratiquement inaccessible. Il finit par tomber aussi, la peur ayant eu raison de lui, ou bien ses doigts ayant gelé dans ses gants. Après cela, le mégaphone sembla en colère. Robin rit doucement *in petto*, leur lança des boules de neige et esquiva les faisceaux habiles qu'ils lui renvoyèrent.

Ils pensaient probablement qu'il finirait par geler, se fatiguer ou autre. Mais les grandes cheminées lui fournissaient chaleur et abri. Quand ses doigts s'engourdissaient, il en escaladait une afin de les réchauffer dans leur fumée boisée. Pour les coups de froid plus conséquents, la bouteille de bourbon qu'il avait emportée faisait merveille. Il cessait aussitôt de trembler de la tête aux pieds. Malheureusement, il avait presque tout bu. Il n'en restait plus qu'une ou deux gorgées. Robin sentit que, quand il n'aurait plus de bourbon, la situation cesserait de l'amuser.

Mamie Sig se resservit de calvados et regarda à l'autre bout du bureau du premier étage Childermass qui parlait d'une voix impérieuse dans un talkie-walkie au poste d'observation avancé que le MORG avait installé au grenier. Elle jeta un coup d'œil sur sa montre. Neuf heures vingt : cela faisait presque deux heures que Robin était sorti. Dehors, la température était tombée à – 20 °C, et la température ressentie dans ce vent pouvait très bien se révéler incalculable.

Selon elle, Robin avait deux options. Il pouvait rentrer et prendre son médicament. Ou bien rester dehors à gambader et finir tôt ou tard par s'épuiser, tomber et se briser le cou. Toute cette attention qu'on lui portait agissait sur lui comme un merveilleux narcotique et le poussait à tenter des exploits audacieux qu'il assimilerait à une prouesse surhumaine. Mamie Sig avait tenté de convaincre Childermass qu'il fallait éteindre tous les feux et toutes les lampes et aller tous se coucher. Au bout d'un moment, le froid et l'ennui pousseraient peut-être Robin à se glisser à l'intérieur afin de découvrir pourquoi il n'intéressait plus personne.

Childermass trouva l'idée idiote. Considérant qui l'avait émise, elle ne pouvait qu'être idiote. Mamie Sig sirota son alcool fort en adressant un sourire ironique au dos de Childermass.

Eh bien, mon chou, tu n'as que moi pour l'instant. Mais sa bravade était, Dieu lui en était témoin, pathétiquement creuse. Elle se mit à frémir et à trembler comme si elle riait de son rire habituel. Mais au lieu de cela, elle produisit deux grosses larmes, une au coin de chaque paupière, qui y restèrent suspendues comme une deuxième paire d'yeux. Maintenant que Gwyn, sa championne et protectrice, n'était plus de ce monde, elle se retrouvait une fois encore sans emploi dans sa profession. Si ce scélérat de Robin mourait aussi, cela la placerait très probablement en grand danger de mort. Il fallait qu'elle fasse quelque chose, mais quoi ? Elle n'en avait pas la moindre idée.

Elle produisit d'autres larmes, un volume digne d'une pluie qui s'écrasa dans son verre.

« Mais qu'est-ce que vous avez ? demanda Childermass en s'approchant.

— Juste un coup de blues, j'imagine.

— Foutu travelo. On a un problème sur les bras. Reprenez-vous. »

Mamie Sig hocha la tête, puis renifla jusqu'à ce qu'elle retrouve calme et sérénité.

Childermass leva les yeux.

« Il est comme un cabri là-haut. À vingt mètres du sol dans les hurlements de la tempête. Est-ce que quelqu'un peut l'atteindre ?

Je voudrais une opinion de professionnel, ça vous branche ? Dans quel état mental est-il ? Il est stable, ou cela se détériore ?

— Il est plutôt aliéné.

— Ne me donnez pas toutes les mauvaises nouvelles à la fois. Que voulez-vous dire par aliéné ?

— Vous avez regardé Gwyneth de près ? s'emporta Mamie Sig. Vous n'avez pas compris ce qu'il lui a fait ? Il a beau avoir un tempérament et des capacités uniques, il lui faut quand même se concentrer pour arriver à cela. C'était un meurtre prémédité. Et ces deux hommes en morceaux ont été *poussés* du toit. Robin est devenu un tueur psychopathe.

— C'est traitable ? Merde, j'en sais rien, moi ! Je ne suis pas psychiatre ! Aliéné ou pas, Robin est toujours d'une valeur inestimable. Je le confierai à vos soins dès que nous lui aurons mis la main dessus. »

Ken pénétra dans le bureau. « Les voitures sont arrivées de Shadowdown.

— Où est-ce qu'elles étaient passées ? Elles ont pris l'itinéraire touristique ou quoi ?

— Les routes sont mauvaises, ce soir, répondit Ken.

— Faites-les monter », ordonna Childermass. Ken se retira.

En voyant l'expression d'impatience et de faim intense qui se peignit crûment sur le visage de Childermass, Mamie Sig fut prise de dégoût et d'un sentiment de vulnérabilité. Elle faillit même vomir quand les yeux du manchot devinrent vitreux et qu'il tâta son moignon douloureux. Mais elle ne vomit pas. La respiration de Childermass produisait un sifflement lugubre en passant entre ses dents.

« Donnez-moi un whisky, sec », commanda-t-il, les yeux fixés sur la porte.

Il resta ensuite sans parler ni bouger, simplement à attendre, sans quitter la porte des yeux. Mamie Sig dut lui glisser le verre dans la main. Ils entendirent des voix. Puis Peter Sandza et

Gillian Bellaver furent introduits dans le bureau par un groupe de jeunes durs du MORG.

Peter tenait difficilement debout. Il semblait en léger état de choc. Le courant du Taser lui avait brûlé le côté de la mâchoire. Son bras gauche pendait bizarrement. Mais le calme régnait dans son regard lorsqu'il fit face à Childermass, et il posait l'autre bras sur les épaules de la fille effrayée en un geste protecteur.

Childermass s'approcha d'eux. Pendant un moment, son attention se focalisa sur Gillian. Il eut un sourire à son intention. Cette amabilité surprit Gillian, qui se mordit la lèvre en baissant la tête.

Puis le regard de Childermass passa à Peter.

Personne d'autre dans la pièce ne bougea ni ne prononça le moindre mot. C'était comme si quelqu'un qui n'était pas encore complètement mort se réveillait. Se réjouir trop tôt eût été de mauvais goût. Tous observaient Childermass, guettant une indication de la manière dont il allait se comporter.

Childermass sourit aussi à Peter, et ce sourire des plus inattendus parut aussi effrayant qu'un coup de feu.

« Content de te revoir, champion, fit Childermass. Tu pourrais peut-être nous donner un coup de main. »

Robin était mécontent. Il commençait à avoir l'impression que tout cela ne rimait à rien.

Ils semblaient ne plus vouloir jouer. Il n'avait plus entendu les appels pressants du mégaphone depuis bien longtemps. Ils ne braquaient plus des projecteurs sur le toit pour essayer d'éclairer ses cachettes. Il avait beau s'exposer effrontément, il n'attirait plus l'attention de personne.

Et il avait froid aux pieds. Il avait refusé d'y songer, mais ils étaient vraiment froids. Il ne se rappelait plus la dernière fois qu'il avait eu une sensation dans les orteils. Ne plus pouvoir se servir de ses orteils le rendait un peu maladroit, et il détestait cela.

« Roooo-bin ! »

Merde, qu'est-ce que c'était encore que ça ?

Il fallait qu'il fasse quelque chose pour ne pas s'ennuyer, aussi envisagea-t-il de courir d'un bout à l'autre du long toit en L, juste pour voir le temps qu'il lui faudrait. Sauter par-dessus les lucarnes, courir sur cette pente si risquée et sur l'arête gelée du toit, en pleine nuit de surcroît, même un écureuil aurait du mal à y arriver sans tomber.

Ça pourrait être marrant, d'ailleurs, de tomber encore et encore, de tourbillonner en flottant pour descendre faire une bonne grosse sieste. Il avait l'impression que maintenant il pourrait s'endormir et dormir vraiment s'il…

Plus tard. D'abord, courir. Mais pour cela, il fallait qu'il s'occupe de ses pieds.

Il déboucha la bouteille de Wild Turkey et but la dernière gorgée de bourbon en s'appuyant contre une cheminée qui n'était plus aussi chaude que plus tôt dans la soirée. Il imagina les feux s'éteignant l'un après l'autre sous lui. Ils avaient eu une idée brillante : le soumettre en essayant de le faire geler. Ils voulaient qu'il revienne à la fenêtre du grenier supplier les visages qu'il y avait aperçus en train de l'observer. Laissez-moi entrer, laissez-moi entrer. Comme un petit garçon. *Ch'uis dézolé.* Quelles conneries. Il n'allait pas rentrer tout de suite, et quand il rentrerait, il choisirait sa fenêtre.

« Robin ! Robin ! »

Allez vous faire *foutre*, monsieur. Ou alors, tombez.

Aucune sensation dans ses pieds, ce qui était la plus étrange des sensations. Robin réprima un ricanement et préféra roter.

Il n'aurait sans doute pas dû jeter ses chaussures, mais jamais il n'aurait réussi à escalader ce mur vertical en Gucci. Ses chaussettes en laine lui avaient protégé les pieds quelque temps, même une fois mouillées et devenues aussi raides qu'une cotte de mailles. Maintenant, il fallait qu'il trouve un autre moyen de réchauffer ses orteils hors service.

« Roooobiiiiiiiin ! »

La voix de l'homme s'était encore rapprochée, et elle lui semblait étrangement familière, même déformée par le vent. Tais-toi, le vent ! Robin tendit l'oreille. Il n'entendait plus l'homme. Eh bien, pour l'instant, cela ne le gênait pas qu'on le dérange. Approchez encore, pensa Robin, venez voir ce que vous allez récolter. Passez juste à côté de cette cheminée et vous allez descendre. Tout en bas.

Robin posa avec précaution la bouteille sur l'ardoise derrière lui (peut-être en avait-il oublié une goutte ou deux à l'intérieur), et ôta péniblement ses chaussettes gelées. Il ouvrit sa braguette. Il pissa, parvenant, après quelques à-coups, à produire un flot satisfaisant grâce à tout le bourbon qu'il avait absorbé au cours des deux dernières heures. Il pissa en plein sur ses pieds gelés, qu'il n'arrivait pas à distinguer des morceaux d'ardoise sur lesquels ils étaient posés.

Une torche au faisceau rendu fou par la neige l'effleura.

Lorsque le faisceau s'écarta, Robin se blottit encore plus profondément dans l'interstice entre les cheminées.

« Robin ? Où es-tu ? Réponds ! »

Je vous tuerai, pensa Robin. Vous pouvez y compter.

Mamie Sig et Lana, la fille armée du redoutable Taser et coiffée d'un bandeau jaune sur ses cheveux noirs, emmenèrent Gillian au fond du couloir du deuxième étage, dans une chambre spacieuse avec des fenêtres donnant à l'est et à l'ouest. Dans la cheminée du grand mur au nord, un feu brûlait tranquillement. Mamie Sig alluma les lumières. Gillian grelottait.

« Ou-ouvrez les fenêtres, supplia-t-elle.

— Tu trembles déjà de tout ton corps, chérie, répondit Mamie Sig.

— Il est là-haut ! Juste là ! » Gillian désigna un coin du plafond. « Je vous en prie, ouvrez… »

Mamie Sig regarda Lana, qui referma sa petite mâchoire volontaire sur une boulette de gomme avant de hausser les épaules.

« C'est vos miches, dit-elle. Si vous avez envie de vous les geler, j'en ai rien à faire. »

Gillian se précipita sur les rideaux de la fenêtre donnant à l'est.

Peter glissa et tomba à quatre pattes. La torche en acier reliée à son poignet droit cogna sur le toit en ardoises, mais grâce au verre frontal incassable, elle ne s'éteignit pas.

Mon Dieu, jura-t-il intérieurement, suant malgré le froid.

Il se releva avec précaution, une main sur la corde de nylon nouée autour de sa poitrine et de sa taille. La ligne tendue menait à la fenêtre du grenier par laquelle il était sorti quelques minutes auparavant. Il y imprima une secousse sèche afin de réclamer du mou. Juste au moment où il l'obtenait, le vent tourna d'un coup et faillit le renverser à nouveau. La neige lui frappait le visage tel du verre pilé. Il eut du mal à plier son bras gauche pour se nettoyer les cils avec le dos de son gant.

« Robin ? »

Après tout, les guetteurs pouvaient s'être trompés en le voyant de ce côté-ci du toit. Peut-être Robin se trouvait-il à soixante mètres de là, à l'autre bout de la maison, accroupi à l'abri d'une autre cheminée et hors de portée de voix. En tout cas, il n'y voyait sûrement pas mieux que Peter, qui avait quasiment l'impression d'être aveugle.

Ou alors il était tombé, sans un bruit et sans que personne s'en aperçoive. Au matin, lorsque le soleil orange monterait au-dessus des grands champs blancs, on le trouverait à moitié enfoui dans une congère, rendu dur comme de la pierre par la nuit glaciale.

Le vent tourna à nouveau et amena à Peter une odeur indubitablement humaine : celle de l'urine.

Il souleva sa torche et la braqua sur la grande cheminée devant lui. Il n'y avait rien derrière elle que le noir et la neige qui filait. Rien devant non plus. Mais il continua à avancer vers la cheminée en promenant le faisceau lumineux sur ses diverses facettes.

Au plus profond de la niche qui séparait les deux octogones, quelque chose réfléchissait la lumière. Comme si deux yeux le guettaient. Oh, mon Dieu ! Il fit encore un pas.

Et encore un autre.

« R-Robin ? »

Un visage méfiant émergea de l'ombre épaisse. Il s'était glissé de côté dans cette niche qui n'offrait que peu d'espace à un garçon de taille moyenne. Et Peter vit que Robin était bien plus grand que la moyenne. Il avait même dépassé son père en taille. Les boucles rousses et incrustées de neige qui s'étalaient sur son front viril attendrirent Peter. *Il est vraiment magnifique !* Peter sanglota tout haut. Un visage à la fois si familier et si étrangement intimidant. Il baissa la lumière afin de ne pas aveugler son fils.

« Robin ! Robin ! »

Robin découvrit les dents comme un chien. Peter arriva au bout de la corde en nylon et signala avec impatience qu'il lui fallait du mou. Il obtint soixante centimètres de plus.

« Robin, c'est Papa. »

Robin garda une immobilité de statue, mais plissa les yeux.

« Oui, je sais... ils t'ont dit que j'étais mort. Ils t'ont menti ! Ça fait dix-huit mois que je te cherche. Je n'ai jamais abandonné, j'ai... qu'est-ce qui se passe, Skipper ? Tu ne me reconnais pas ? Tu ne dis pas bonjour à ton vieux père ? »

Il finit par se rendre compte de sa stupidité. Comme il se tenait derrière la torche, Robin, ébloui, ne voyait pas son visage mais une forme vague dans la quasi-obscurité.

Peter sourit et s'éclaira avec le faisceau.

« Je suis là, Skipper. Ce n'est pas une blague. Je ne suis pas un... »

L'attaque de Robin le prit complètement au dépourvu, mais aux frontières de la lumière qu'il se projetait dessus, il vit un reflet jouer sur la bouteille qui s'abattait sur sa tête et leva instinctivement l'épaule gauche pour amortir le choc. Le vilain coup mit fin aux dernières sensations qu'il conservait dans le bras. Il glissa, tomba et déséquilibra Robin en s'agrippant à lui avec sa main droite. Ils passèrent de la partie plane à la pente du toit qu'ils dévalèrent à toute vitesse sur trois ou quatre mètres.

Empêtrés l'un à l'autre, ils dégringolèrent jusqu'au rebord de la gouttière et y restèrent accrochés. Au bout de la corde en nylon, plaqués contre la fenêtre du grenier par le poids de Peter et de Robin, les deux hommes avaient perdu une précieuse longueur de ligne et leurs mains brûlées jusqu'à l'os fumaient.

Robin passa par-dessus le rebord, la main dans celle de Peter. Il resta suspendu, visage levé dans le vent âpre, yeux grands ouverts d'un bleu céleste dans le faisceau oscillant de la torche, bouche figée de surprise en un O presque parfait. Peter, qui avait le bas du corps sur le toit et dont la corde étranglait la taille, voulut assurer sa prise sur son fils avec son bras gauche.

Le bras resta paralysé, la main recroquevillée et inutile sous lui.

« REMONTEZ-NOUS ! POUR L'AMOUR DU CIEL, REMONTEZ-NOUS ! » Ce cri lui vida les poumons, mais le vent hurlait plus fort que lui.

Peter sentit un à-coup dans la corde et ils glissèrent d'encore cinq centimètres. Robin, fasciné, fixait toujours son père. Il poussa un petit cri mais ne se débattit pas.

« Accroche-toi à moi, lui intima Peter. De l'autre main. Attrape l'épaule de ma parka. Grimpe par-dessus moi. Je suis – *ah!* – attaché, je ne peux pas tomber. Allez, vas-y. Vite avant que je m'évanouisse. »

Robin leva le bras lentement, très lentement, toucha la parka fourrée. Il plongea son regard dans celui de son père. Sa main avança, toucha le visage de Peter, et des larmes lui tombèrent dessus.

« Oh, Skipper, marmonna Peter. Allez, vas-y. Accroche-toi. »

Quelque chose de joyeux se fraya un chemin jusqu'au visage absolument impassible de Robin.

« Aaaaaah… » fit-il, une certitude lui venant alors qu'enfin il comprenait. « Aide-moi, Commandant ! »

Il sourit.

Puis Peter ouvrit les doigts et il tomba.

Il tomba, tomba, se retournant comme un chat au cours de sa chute. Il s'écrasa au bord du bassin, sur le tas de neige et de rochers.

Le vent passa sur lui. Des hommes accoururent et soulevèrent son corps. Il y avait une tache sombre à l'endroit où le crâne s'était fracassé. Peter, suspendu au toit tête en bas, observait la scène d'un regard sombre et curieux, comme si cette tragédie soudaine échappait à sa compréhension. Il garda le même air de profonde perplexité lorsque le manchot apparut en fulminant dans la neige pour le maudire. Il le garda lorsque la corde se détendit en crissant pour le descendre du toit, ce qui était plus simple que de le remonter. Il perdit momentanément conscience quand ses jambes rebasculèrent en bas et que le sang déserta sa tête.

Il descendit de trois mètres supplémentaires. En levant la tête, il vit à une fenêtre le visage abasourdi de Gillian. Le chagrin lui serra la gorge.

« Oh, fillette », dit-il. Ou crut-il dire. « Comment est-ce que ça a pu si mal tourner ? »

Il se demanda si elle l'avait entendu. Mais il ne pouvait supporter de la regarder plus longtemps. Ses yeux se voilèrent et il s'affaissa, le menton sur la poitrine. Il se balança dans le vent au bout de la corde tendue.

Childermass entra dans la chambre et se précipita à la fenêtre en écartant Gillian. Il se pencha à l'extérieur en agitant le bras pour écarter la neige de ses yeux.

« Peter ! Peter, sale fils de pute ! »

La neige couvrait la tête de Peter et dégoulinait sur son visage silencieux et fermé.

« Tu l'as lâché ! Je l'ai vu ! Tu as tué ton propre fils ! *Pourquoi !* Nom de Dieu, Peter, je sais que t'es pas mort ! Réponds-moi. »

Il sembla un instant qu'il avait gravement mésestimé Peter une dernière fois. Mais lentement, très lentement, Peter redressa la tête pour plonger son regard dans les yeux furieux de Childermass. Mamie Sig, qui observait le face-à-face, crut voir Peter sourire. Elle se trompait peut-être. Quoi qu'il en soit, il fit un geste sur lequel on ne pouvait se méprendre : il leva la main droite, majeur tendu.

Childermass se détourna et agrippa l'agent du MORG le plus proche : « Passez-moi votre arme.

— Non ! » hurla Gillian. On la plaqua au sol avant qu'elle puisse s'interposer.

Childermass se vit remettre un revolver .44 Magnum. Six balles à tête creuse et à grande vélocité. Il se plaça en position de tir à la fenêtre et vida le barillet sur Peter, qu'il dispersa en bonne partie. Qu'il fit tournoyer à toute vitesse dans une accalmie. Il eut ensuite la décence de tirer les rideaux.

Gillian, immobilisée par le poids de Lana, roulait des yeux hystériques lorsque Childermass s'agenouilla à côté d'elle.

« Eh bien, puisque je n'ai plus Robin, il faudra faire avec toi », dit-il.

Il jeta le revolver fumant sur le lit et sortit.

VINGT

La chose qui tuait se trouvait dans l'esprit.

Dans son rêve, par les fenêtres qu'elle venait d'ouvrir grandes comme le monde, Gillian regardait Peter suspendu dans le vide sur une balançoire d'enfant. Les pieds joints, pompant en rythme, il décrivait des arcs de cercle qui l'emmenaient toujours plus haut. Il rit et lui fit signe de la main en passant devant les fenêtres. Quelle bonne humeur !

/La poupée, rappela-t-il.

À contrecœur, Gillian baissa les yeux sur la poupée Skipper qu'elle tenait entre les mains. Elle avait Skipper depuis toujours et ne voulait pas le partager. Mais Peter insista. Lui aussi avait droit à Skipper.

/Donne-le-moi, Gillian, dit-il en repassant lentement devant la fenêtre./Tends-le-moi. Son humeur avait changé. Il ne riait plus. Elle savait qu'elle ferait mieux d'obtempérer.

Elle n'avait qu'à se pencher et Peter récupérerait Skipper à son prochain passage. Mais son courage la fuyait face à ce vide. Le néant la terrifiait. Elle voulut fermer les yeux et tendre Skipper à bout de bras pour que Peter l'attrape. Mais elle n'avait pas de paupières. Où qu'elle tournât la tête, elle était forcée de voir. Elle continuait à voir tout le temps.

La tête dans les mains de Gillian, les jambes ballantes, Skipper pendait à portée de main de Peter, mais celui-ci le rata. Lorsqu'il repartit en arrière, tendu dans une deuxième tentative pour s'en emparer, il perdit l'équilibre. Skipper et lui tombèrent ensemble, devinrent de plus en plus petits dans le grand vide. À la fenêtre, Gillian, mains tendues, voyait, voyait. Cette vision éternelle était sa malédiction. L'œil régentait l'esprit. C'était une étrange forme de démence, et les horreurs ne faisaient que commencer.

Elle tenait toujours la tête de Skipper.

Roulant avec raideur sur ses mains ouvertes, la tête cligna de l'œil, gloussa, lui tira la langue. Elle roula jusqu'en haut de son bras pour se percher sur son épaule où elle se métamorphosa en toucan, oiseau à l'œil tyrannique, au bec de corne féroce aussi luisant que des bottes cirées. Le toucan lui prit une oreille et la mangea. Gillian le supporta. Il lui démantela avidement les os du crâne et marqua un temps d'arrêt pour savourer la pulsation bleue du cerveau à nu. Ça suffit, maintenant, pensa Gillian au bord des larmes. Ce qui est à moi est à moi. Sale bête !

Elle s'éveilla avec un petit frisson et cligna des yeux, ce qui la rassura aussitôt : elle n'était pas condamnée à une existence sans paupières. L'esprit méprisa cet œil qui voyait tout et s'efforça de préserver l'organisme fragile en lui voilant la réalité. Le rêve se dissipa lentement. Elle vit les lueurs d'un feu de bois jouer sur le plafond de la pièce froide. Elle entendit quelqu'un au nez encombré respirer et feuilleter un magazine. Gillian tourna lentement la tête sur l'oreiller pour éviter tout bruissement des draps raides.

La fille au bandeau jaune était assise près du feu, un magazine sur les genoux, et se frottait le nez du dos de la main. Une lampe puissante dardait son faisceau sur elle. Gillian entendit le tic-tac d'une horloge. Elle se demanda quelle heure il était et pourquoi elle ne dormait pas. Mamie Sig l'avait poussée à prendre des gélules qui l'assommeraient pour au moins une journée. Mamie Sig s'était montrée inflexible sur ce point.

Mais Gillian, malgré cet affreux rêve, avait l'esprit clair et alerte. Elle était parfaitement réveillée et, espéra-t-elle, capable de pensées rationnelles. Elle se rappelait même le nom de la fille au bandeau jaune. Lana ne l'avait pas quittée depuis Shadowdown.

Et donc, si elle ne dormait pas, cela voulait dire que ces médicaments qu'elle avait avalés ne contenaient que du sucre. Intéressant.

Seule Mamie Sig semblait se soucier d'elle. Pour autant qu'elle le sache, Gillian n'avait jamais rencontré de véritable travesti auparavant, encore que certaines connaissances de sa mère… Elle les avait toujours considérés comme des créatures misérables et pathétiques, mais Mamie Sig était une personne directe et intelligente avec laquelle on pouvait facilement discuter. Elles avaient passé presque deux heures à parler de la tragédie, à débattre des nombreux exploits de Robin et de son incapacité ultime à gérer ses pouvoirs : ceux que Robin et elle avaient en commun. Après cela, Gillian n'eut pas de problèmes pour s'épancher. Mamie Sig comprenait.

Un téléphone sonna près de Lana. Elle jeta un coup d'œil à Gillian qui l'observait entre ses paupières, décrocha, écouta quelques instants sans rien dire et tourna à nouveau la tête.

« Complètement HS », annonça-t-elle. Elle écouta encore un peu, reposa le combiné et s'approcha du lit. Gillian feignit un profond sommeil. Lana lui posa la main sur l'épaule et la secoua doucement. Gillian sentit que l'autre ne s'arrêterait pas là et tenta de se changer en roc. Lana lui pinça le lobe de l'oreille de ses ongles pointus. Gillian ne broncha pas.

Satisfaite, Lana s'éloigna, murmura à nouveau dans le combiné, raccrocha et quitta la pièce.

Gillian compta deux minutes sans bouger, puis s'assit. Elle était seule. Elle sortit du lit et enfila ses vêtements en tremblant. Elle pensait à Peter et à ce qu'il lui avait dit moins de vingt-quatre heures auparavant. Elle pleura Peter, mais ses larmes ne durèrent pas. Ce n'était pas ce qu'il aurait voulu.

Sa chambre se trouvait au deuxième étage. Mamie Sig s'était

assurée, au cours de leur conversation à voix basse, que Gillian connaissait par cœur la disposition des lieux.

L'escalier descendant aux quartiers des domestiques, peu fréquenté, était froid et mal éclairé : à un moment, Gillian trébucha et fit un peu de bruit. Elle se figea contre la rambarde le temps que son cœur arrête de battre la chamade.

Elle atteignit le premier étage. Comme Mamie Sig l'avait promis, la porte n'était pas verrouillée. Elle entendit le puissant tic-tac d'une horloge à cabinet tandis qu'elle empruntait le couloir de l'aile sud. Il était quatre heures dix du matin.

Et les chiens ? avait-elle demandé, ce à quoi Mamie Sig avait répondu : Childermass ne supporte pas les chiens méchants. Il n'y en aura pas dans la maison.

Toutes les portes des chambres de l'aile sud étaient fermées. Quelques instants, Gillian se sentit perdue. Elle compta et recompta, posa l'oreille contre une des portes. Pas un bruit. Elle écouta à la porte suivante et entendit Lana parler, lointaine. Elle attendit, prête à fuir. Personne ne s'approcha de la porte. Gillian continua à écouter mais n'entendit plus la voix de Lana.

/Ce que tu fais par accident, dit Mamie Sig, tu peux y arriver délibérément. En le voulant.

Non, c'est horrible, je ne peux pas.

/Alors tu finiras sûrement comme Robin. Aussi folle et aussi monstrueuse que lui.

(La chose qui tuait se trouvait dans l'esprit.)

Gillian actionna la poignée, ouvrit tout doucement la porte et pénétra dans le salon de la suite qu'occupait Childermass.

Il n'y avait qu'une lampe d'allumée. Derrière cette lampe, dans la chambre, Childermass, nu, était assis au bord de son lit. Lana, vêtue de son seul bandeau jaune, se tenait un genou à terre entre ses cuisses, le visage près de son entrejambe. Elle fouinait et tétait. Sans obtenir plus de réaction que si elle n'avait pas été là.

Gillian repéra un placard près de la chambre. Elle attendit la fin du spectacle, qu'elle suivit avec peu d'intérêt. Lana se donna beaucoup de mal et parvint à une conclusion satisfaisante.

Dès que Lana en eut fini, Gillian se glissa dans le placard.

Elle les entendit discuter à nouveau. Apparemment, Childermass souffrait d'insomnie et pensait pouvoir y remédier avec un bain chaud. Gillian entendit Lana passer dans la salle de bains pour remplir la baignoire. Quand elle ressortit, Childermass se plaignit d'avoir faim. Il voulut un steak, des œufs et un petit verre de brandy. Lana se rhabilla. Du fond de son placard, Gillian la vit sortir de la chambre. Quelques instants plus tard, la porte de la suite se refermait derrière elle.

Coupe la tête, lui avait dit Peter, et les ennemis du MORG dévoreront son corps.

Gillian quitta le placard et se dirigea vers la chambre. Puis rebroussa chemin afin de verrouiller la porte d'entrée.

Jusqu'à maintenant, elle avait été relativement calme, mais s'enfermer avec Childermass faillit saper tout son courage. Son esprit dut avoir un raté car elle se retrouva soudain dans la chambre, bouche bée, à quelques dizaines de centimètres de Childermass qu'elle entendait soupirer et barboter mollement dans la baignoire, le dos vers la porte.

/Ce dont tu souffres pourrait être une forme rare d'épilepsie.

Oh, mon Dieu, comment puis-je faire ça ?

Je suis comme un générateur. On m'allume, on m'éteint.

/Robin pouvait le faire, dit Mamie Sig.

(Ce que je peux faire, tu peux le faire, Gillian : tu es ma sœur)

Mais qu'est-ce qui allume le générateur, Mamie Sig ?

/La haine. La colère. N'importe quelle émotion forte.

Je ne peux pas. J'ai trop peur.

/Oui, la peur. La peur fera l'affaire. Utilise-la.

/Utilise-la, Gillian.

Un œil sur la porte de la salle de bains, Gillian débarrassa posément le lit de son couvre-lit et de ses couvertures. Ses gestes étaient délibérés mais son pouls battait à une vitesse incroyable, bien supérieure à deux cents coups par minute. Sa peau s'était empourprée. Elle prit le drap de dessus et le plia en quatre.

Childermass s'assoupissait et dodelinait de la tête. Il sursauta avec un tremblement de tout le corps lorsque la porte de la salle de bains s'ouvrit en grinçant.

« C'est toi, Lana ? dit-il. Ajoute un peu d'eau chaude. Et je fumerais bien quelque chose.

— Va au diable », fit Gillian.

Il y eut un grand éclaboussement lorsqu'il se redressa en haussant la tête. Il n'eut le temps que d'entrapercevoir le visage furieux de Gillian avant qu'elle lui jette le drap plié dessus et enchaîne avec une clé de bras sur son corps trapu, le poussant vers le bas, le maintenant de toutes ses forces dans la baignoire. Le hurlement qu'il voulut pousser, assourdi par le drap, fut interrompu par un flot d'eau qui lui dévala dans la gorge. Il parvint néanmoins à ressortir aussitôt son visage de l'eau. Il se battit avec son bras mais le tissu mouillé collait et l'étouffait. Quand il donna un coup de pied, sa tête glissa profondément sous l'eau et Gillian appuya encore davantage, grognant, les bras mouillés jusqu'aux épaules, le visage dégoulinant.

Puis Childermass se mit à saigner sous le drap. Haletant, sanglotant, il releva encore une fois la tête avant de sombrer à nouveau. Gillian détourna le regard. C'était affreux, mais moins affreux que ses rêves. Ici, au moins, elle pouvait fermer les yeux et ne pas regarder le drap devenir rouge, l'eau prendre une vilaine teinte sombre.

Les yeux bien fermés, elle se souvint de l'expression de Childermass lorsqu'il avait assassiné Peter ; elle se demanda quelle tête il faisait maintenant. Mais elle ne tenait pas vraiment à le savoir. Sa fureur avait reflué juste après qu'elle avait posé les mains sur lui. Elle l'avait transmise tout entière à Childermass et maintenant il ne restait plus qu'à tenir jusqu'à ce que toute sa force se soit écoulée de lui.

Ce qui put prendre une minute ou une heure.

Après cela, nettoyer fut difficile ; Gillian eut la nausée et faillit s'évanouir. Elle dut se dénuder jusqu'à la taille. Heureusement, le pantalon fuseau était bleu foncé, cela ne la gênait pas qu'il soit un peu taché.

Dans la chambre, elle s'enveloppa d'une couverture et ouvrit les fenêtres. La neige avait faibli, ne laissant plus que quelques flocons isolés et, dans le ciel, une délicate couleur qui, vague après vague, devenait une lumière opportune se répandant sur les champs de neige sales.

Elle ne savait pas ce qu'il allait se passer ensuite. Fuir n'aurait servi à rien. Ses parents savaient où la trouver et arriveraient sous peu. Personne ne pourrait rester bien longtemps en travers de leur chemin.

Dehors, dans le couloir, Lana secouait la poignée, inquiète que le verrou soit mis. Gillian n'était pas pressée de la laisser entrer. Elle avait autre chose à faire d'abord.

Elle s'éloigna de la fenêtre et trouva un miroir dans lequel se regarder dans les yeux et se voir vraiment ; le reflet de la lumière hivernale la frappa au front comme un feu à travers une lentille.

Peut-être l'enfermeraient-ils quelque temps. Elle était dangereuse, aucun doute là-dessus.

Dangereuse, mais pas coupable.

Merci, Peter. Merci de me l'avoir dit. Je pense que je te crois, maintenant. La chose qui tue se trouve dans l'esprit… Mais c'est *mon* esprit. Je trouverai un moyen. Peu importe le temps que cela prendra.

Elle se toucha le visage et trouva ce contact réconfortant.

« O.K., dit-elle. Je peux vivre avec quelqu'un comme toi. »

Et elle sourit.

Composition Interligne.
Cet ouvrage
a été achevé d'imprimer
sur Roto-Page
en mai 2003
par l'Imprimerie Floch
à Mayenne.

D.L., juin 2003.
Éditeur, nº 122283.
Imprimeur, nº 57358.
Imprimé en France.